『晋军崛起』论

杜学文　杨占平　◎主编

山西出版传媒集团

北岳文艺出版社

图书在版编目(CIP)数据

"晋军崛起"论 / 杜学文、杨占平主编. — 太原:北岳
文艺出版社,2016.6
　(晋军崛起文学档案)
　ISBN 978-7-5378-4843-5

Ⅰ.①晋… Ⅱ.①杜…②杨… Ⅲ.①中国文学—当代
文学—文学评论—文集 Ⅳ.①I206.7-53

中国版本图书馆CIP数据核字(2016)第154546号

书　　名	"晋军崛起"论
主　　编	杜学文　杨占平
责任编辑	孙　茜
书籍设计	张永文

出版发行	山西出版传媒集团·北岳文艺出版社
地　　址	山西省太原市并州南路57号
邮　　编	030012
电　　话	0351-5628696(发行部)
	0351-5628688(总编办)
传　　真	0351-5628680
网　　址	http://www.bywy.com
E – mail	bywycbs@163.com
经 销 商	新华书店
印刷装订	山西人民印刷有限责任公司

开　　本	710×1000　1/16
字　　数	318千字
印　　张	24.5
版　　次	2016年6月第1版
印　　次	2016年7月山西第1次印刷
书　　号	ISBN 978-7-5378-4843-5
定　　价	49.80元

出版说明

晋军崛起是新时期文学中一个非常突出的现象，是中国当代文学史上反映地域创作实绩、特征的一个极其重要的概念和关键词。"晋军"所指，是以成一、周宗奇、张石山、韩石山、王东满、柯云路、李锐、张平、钟道新、燕治国、哲夫、蒋韵、赵瑜、王祥夫、吕新等为代表的山西作家群。晋军崛起，是山西文学创作界继赵树理、马烽等山药蛋派作家之后又一次群体性、规模化的展示。他们继承了山药蛋派作家开创的现实主义传统，表达了丰厚的中国文学经验，标志着山西当代文学在新的历史时期的发展贡献。直至今日，他们依然活跃于中国文坛。

《山药蛋派经典文库》出版后，山西省委宣传部决定继续策划、组织编辑出版《晋军崛起文学档案》，系统梳理晋军崛起时期（1979—1989）的文学收获和有关资料，对总结文学创作经验，传播当代文学经典，彰显中国文学精神，促进文学繁荣具有深远意义和重要价值。

本丛书只收录20世纪70年代末80年代初涌现出来的被称为晋军崛起时期代表作家公开出版、发表并产生重大影响的作品。分别为：成一的《游戏》《顶凌下种》，周宗奇的《新麦》，张石山的《镢柄韩宝山》，韩石山的《女儿的嫁妆》，王东满的《柳大翠一家的故事》，柯云路的《新星》《三千万》，李锐的《厚土》，张平的《法撼汾西》《姐姐》，钟道新的《超导》，燕治国的《小城》,哲夫的《长牙齿的土地》,蒋韵的《我的两个女儿》,赵瑜的《强国梦》,王祥夫的《拾掇那些日子》,吕新的《瓦楞上的青草》共十八种。此外,本丛书编选了一集《"晋军崛起"论》,意在进一步深化对晋军崛起作家的学术研究。

为保持作品历史原貌,除对一些明显错讹和不合出版规范处进行更正之外,其余均尊重原文,不作修正。尽管我们已经做最大努力,但难免仍有疏漏,敬请广大读者批评指正。

北岳文艺出版社

2016年4月

中国文学的重要一翼

——写在《晋军崛起文学档案》出版之际

◇ 杜学文

20世纪80年代注定是一个令人怀想的年代。那一时期,中国,又一次迈开了崭新的步伐,人民充满了期待。很多的理想,很多的抱负,在人们的憧憬与努力中绽放。在这个充满了激情与希望的时代,谁也无法预料,中国将会发生怎样的变革,并将如何影响世界,影响人类。今天,当我们回顾那些岁月,不禁感慨万千。我们有幸经历了那个时代,有幸用自己的劳动、智慧融入了那个时代。80年代,是我们生命之花绽放的时代!而我们的文学,不仅被那个时代所孕育,更深深地影响了那个时代。可以说,那同样是一个属于文学的时代!有许多文学期刊复刊、创刊——单月的、双月的,理论评论的、原创选载的,等等;有许多作品产生轰动,——以至于人们要讨论"轰动效应";有人一夜成名万众瞩目——因为一篇小说,或者一首诗。众多的流派涌现出来,不同的观点在争鸣,更重要的是,人们似乎极度热衷于讨论有关文学的话题——这些话题无涉名利、地位、收入与学历。文学,呈现出一种激情澎湃、百花争艳的动人景象。

1985年,《当代》第二期集中刊发了山西四位作家的小说,并在《编者的话》中指出，"本期刊载的中篇小说，均出自山西省的中青年作家之手。近几年'晋军'的崛起，引人注目"。于是乎一夜之间，晋军崛起突然成为中国文坛十分耀眼的现象，甚至引发了用"什么什么军"来讨论地域文学的热潮。

这并不是一种偶然。

被《当代》集中介绍的这批作家，就是晋军崛起时期一部分代表作家。如果说广义的文学"晋军"，那肯定是指山西的作家群。它是不分年龄、体裁、时代的。但我们这里所说的"晋军"，是特指在20世纪70年代末80年代初登上中国文坛，并被广为关注的山西作家群。他们是在一个比较集中的时间段，以群体的姿态出现在中国文坛的。这批晋军作家大多在三十岁左右，基本来自基层，或者在农村插队，或者在工厂做工，或者在基层机关工作，或者在哪个偏远的山村任教。总之，他们几乎都不在文化单位工作。他们之中的一些人属于"外来者"，因为某种原因从北京或者什么大城市来到了山西。大多数人则是山西本地出生，然后几经周折，最终走上了文学之路。从个人的成长来看，他们多有过比较复杂的经历，可以说较为深刻地体验了中国社会，特别是现代化程度较低的底层生活，对民众的日常行为、精神特质、价值取向、语言习惯、伦理关系等有着极其细致入微的认知与感受，甚至还有某种程度上的认可与同化。也正是在这样的人生境遇中，他们逐渐从生活的"局外人"转变为生活的思考者，并焕发出强烈的表达欲望。也许，他们生来就是要与文学为伴的，就是要以文学来证明自己生命价值的。在那些文化匮乏、媒体稀少的日子里，他们内心对生命意义，对民族命运，对国家未来的思考与探求从未停止。他们并不安分。不安于自己的生活处境，因而具有了改变现状的强烈期盼；不安于中国的现状，因而具有了强烈的家国情怀；不安于平凡的日常生活，因而企图用文学来表达自己对这个世界的看法。于是，尽管这些人分布在表里山河之地的东南西北、沟川塬峁，却不约而同地拿起了笔。他们不是被动的生存者,而是主动的生活者。他们生活着,思考着,并且表达着。

在20世纪70年代末,这些人开始登上文坛。尽管出现的时间节点不同,产生重要影响的前后不同,创作的风格及体裁不同,但有一点是相同的,那就是,他们与时代同步,与国家正在发生着的巨大变革同步。或者也可以说,他们几乎是在相近的时间里比较突出地展示出了自己的才华,为这个民族所经历的艰难抉择,及其之后的奋起勾画出历史性图像。

在这批人身上,一个非常突出的表现是民族文化、民族精神对他们的深刻熏染。很难说他们接受过比较好的学校教育。他们对自己民族的了解、认知更主要地来自他们的生活环境与经历。一方面是他们的家庭,比如一些人出生于大都市,是高级知识分子家庭,其父辈正是比较好地接受过中国传统文化教育的一代,对他们的成长,以及人生观的形成起到了言传身教、耳濡目染的作用。还有一些人则是本地农家出身。恰恰是农村与农民由于较少受到外来文化的冲击,故而保留了比较完整与典型的传统价值观生活方式,以及传统文化的丰富内核。另一方面则是他们的经历。这批作家绝大部分在农村生活过。中国农民,或者也可以说,在中国农民身上表现出来的比较典型的中国文化精神对他们有着重要的影响。也许他们不承认,但这一事实不能回避。当然,在他们的成长过程中,也或多或少地接受了外来文化,特别是西方及苏联文学的影响。可以说,他们的文化构成并不是单一的。他们在不自觉中被中国传统文化所熏染,而又在一个开放的、大量译介外来文化的时代被那些新涌进国内的文化观念所影响。在他们的创作实践中,可以说比较好地把"内"与"外"、"传统"与"现代"融合了起来。他们用中国人的眼光来观察社会、时代、人生,并不同程度地借鉴了外来文学中的表达手法,用以描写发生在中国本土的人与事。最终,他们超越了本土故事,使自己的创作达到了追求人类永恒意义的审美高度。

从他们最初步入文坛的那些作品来看,有一个突出特点是赵树理及山药蛋派对他们的影响。或者也可以说,在最初的阶段,他们对山药蛋派有着非常明显的追随。尽管他们中的一些人不愿意把自己归入某个流派。这或许与他们在开始创作时的社会文化背景有关。身处山西,信息闭塞,人们所尊崇的自然是与自己最近的那些文化因子。更何况,赵树理等在中国文学发展进程中具有非同一般的影响。他们尊崇赵树理等的创作思想,学习赵树理等的创作方法可谓近水楼台。甚至可以说,他们早期的作品均可归入山药蛋派。但是,这种状态并没有持续太久。在20世纪80年代中期之后,这批作家的创作就表现出了明显的分化。尽管直到今天,我们仍然认为这批作家在精神气质上与赵树理等人是一脉相承的。如他们所具有的家国情怀、对人民的热爱,以及重视文学的社会责任等等;但是,在表现手法、文学的终极追求,乃至于题材选择等诸多方面,他们开始呈现出鲜明的个性特色。我们已经不能用某种风格、流派、模式来讨论他们的创作,只能认为他们是山西这块土地上在比较集中的时间内涌现出来的一批作家。他们是文学世界里的"这一个",具有突出的个人风格。就山西的当代文学而言,这种分化与多元意义重大:它使山西的文学创作从此步入了多样化的发展态势。

需要强调的另一个特点是,崛起的晋军是一批创作力十分旺盛的作家。他们的创作明显不同于我们熟知的许多人,在某一时期产生重大影响之后,就再难写出让人关注的作品,很多人甚至不再创作,只是以"作家"的名义存在着。而这一批作家则不然,他们的创作一直没有停止。直到今天,在三十多年的时间过去之后,他们仍然激情不衰,作品的数量与质量不减反增。如果从一个群体的角度而不仅仅是从个人的角度去看,这简直是中国文坛的一个奇迹。

那么,在20世纪80年代,崛起的晋军为中国文学提供了什么?

首先,他们用文学表达或预判了中国未来发展的必然。作家的意义不仅在于表现现实生活,更重要的是,他们还应该揭示出历史发展的某种必然要求。这种要求不是某一部分人的一厢情愿,它是基于现实生活的,是来自于人民愿望的。晋军早期的小说描写了许多"小人物",但是,这些小人物并没有因为他们的草根地位就表现出单纯的社会地位的边缘性、生命意义的卑微性。晋军作家感受到了来自这些普通人物内心世界对社会发展进步、公平正义的期盼,表达了他们特定社会身份的行动。在20世纪70年代末,一个极为重要的事件就是"文革"的结束,改革开放的开始。这对中国从传统社会向现代社会的转型而言,极为重要,具有划时代意义。但是,历史并不仅仅是由偶然组成的。在某一事件之中,一定具有强大的必然性。这种必然性就蕴含在社会的组成元素——人民之中。晋军作家敏锐地感受到了这种必然性。虽然就他们中的某一作家而言,并不一定是自觉的,但即使是不自觉的,也非常突出地显现出晋军作家的艺术敏锐性及其与人民的血肉联系。如果晋军作家仅仅是在他们的创作中揭示出中国即将出现的伟大变革,也完全奠定了他们在中国文学中的历史地位,但事实是,他们并没有局限于此。

其次,他们表现了中国人的具有历史价值的生活状态和精神世界,以及与此紧密相关的文化意义。所谓"历史价值"即是说,他们并不仅仅表现中国人在某一时期之内的生活,而是从某一点切入,力图展示具有历史概括性的,甚至也可以说是数千年来形成的生活方式、价值选择、文化形态。这就使他们的创作具有了一种超越具体人事、时空的品格。他们是为中国的"这一刻"而生的,但又绝不仅仅局限于此。他们脚踏着坚实深厚的土地,心却向往着广袤深远的星空。即使是对"过去"生活的描写,也一定着眼于人类的未来;即使是描写了普通人的生活,也一定表现了普通人所具有的历史的必然性与文化的典型性。这是因为,在他们的内心深处,强烈地,但又是隐蔽地潜伏着一种文学的责任。他们努力体现出作家——知识分子,这个已经被时光销蚀得带有贬义的词——本来应该承担的社会文化责任。

再次，他们表现出对中国现代汉语及文体的自觉探索。如果说，在创作之初，他们在语言表达及作品的文体等方面还具有比较明显的一致性的话，那么在后来的发展中，特别是20世纪80年代中期之后，他们的创作开始了分化。这种分化首先表现在题材的选择上，其次也表现在个人语言的运用上，进而也表现在对作品文体的自觉探索上。尽管大部分晋军作家是从写农村题材短篇小说开始的，但之后立即发生了变化。现实中的农村不再是唯一的选择。这些作家除了汲取赵树理等前辈作家的语言经验外，非常努力地开始探索属于个人的语言样式。他们似乎要以群体性的努力来丰富现代汉语所能够具有的表现力，或强调汉语的诗性，以优雅的叙述来表现现代汉语的高贵品质；或突出汉语的凝练简洁，以及由此而来的表现张力；或展示源于民间的语言的生动性与丰富性，使得现代汉语活色生香、光彩照人，富于形象感和人性意味的魅力；或强化语言黄钟大吕式的豪迈气魄；或突出语言的调侃、幽默等等。由语言出发，这一批作家在文体构成方面也发生了分化，有的强调叙述的精彩，力求为读者讲述动人心弦的故事；有的强调叙述的非故事性；有的则追求超越具体事件的哲理性、寓言性，或者诗性。在传统的观念中，人们会认为山西作家的创作比较写实，而事实是，他们当中的许多人具有建立在写实基础之上的"虚幻性""魔幻性"与"非现实性"。总之，虽然他们具有非常多的一致性，但在语言与文体方面，已不再趋同而极具个性风格。从他们的创作中，我们领略到了20世纪晚期中国文学所具有的可能性与丰富性。

需要描述的另一个事实是，这批晋军作家几乎用自己的创作印证并涵盖了改革开放以来中国文学的几个非常重要的阶段，如伤痕文学、反思文学、改革文学、寻根文学、新写实主义及现代派文学等。在中国文坛这些非常重要的文学思潮和创作现象中都可以看到晋军作家的努力。

如果就一个人而言，可能不会创作出属于以上"概念"当中的所有类型，但是，他们每个人都经历了几次比较明显的转型。在到达一定的高度之后，他们就可能会出现一次华丽的转身。如在创作了一批充分的"现实主义"作品之后，可能会转型为一种超越现实的哲理性表达，或者对民族文化的追寻；在专注于家庭情感伦理描写之后就转型为对重大社会事件的关注；在从事创作的同时，也转型为一种"学术性的文学"表达。他们大部分人都经历了文学的"三级连跳"，他们没有"从一而终"，而是表现出个人在文学创作上最大可能的丰富性与多样性。

今天，我们还难以对晋军作家做最后的论定。事实上，晋军作家直到目前仍然处于"进行时"，而不是"过去时"。即使我们探讨20世纪80年代晋军作家的作品，似乎也只能就事说事，而无法轻下结论。一方面，对他们的创作我们还需要进一步深化研究；另一方面，随着时间的推移，我们可能会有新的发现和认识。更重要的是，他们还保持着澎湃的创作活力，正在不断推出自己的新作。那么，就让时间来检验一切吧！

2016 年 4 月

目 录

崛起于思想解放大潮中的"晋军"

阎晶明

改革开放的二十年是思想不断解放的二十年。中国文学作为思想文化领域的一支重要力量,在改革开放的大潮中热浪滚滚,迎来了自己的黄金时代。山西文学事业同全国文学事业一样,二十年来实现了历史性的跨越,在山西的整体改革事业中,起到了促进人们思想解放、推动改革大潮汹涌澎湃发展的巨大作用,成为山西人对外展示自己风采和形象的一道亮丽风景。

走在思想解放前沿的创作

从70年代末、80年代初新时期文学初期开始,山西文学就在全国引起了很大反响,1978年第一届全国优秀短篇小说评奖,山西作家成一的小说《顶凌下种》榜上有名,1980年第三届评奖,又有柯云路的《三千万》和马烽的《结婚现场会》、张石山的《镢柄韩宝山》中选。在改革开放初期,文学创作在思想文化领域具有举足轻重的位置,成为人们偏爱新观念、寻找新思想的重要资源。山西小说创作取得的这些突出成就,不但在山西,而且在全国也都具有一定的影响力。从改革开放初期直到现在的二十年中,山西作家在全国重要奖项的评奖中获奖的作品不断增多,先后又有焦祖尧、张平、李锐、吕新、张锐锋等在全国性文学评奖和影响较大的评奖活动中得奖。虽说获奖与否并不是文学事业繁荣与否的唯一标志，但毕竟从一个方面反映出一个特定地区在一个特定时代的文学创作所达到的高度。

山西文学事业的繁荣发展，得益于作家队伍的老中青梯队结构合理。老作家在新时期开始仍显示出他们非凡的创作活力，更体现出他们在观察生活、了解生活、用新观念和新思想去表现生活的洞察力和责任感。马烽、孙谦在1979年完成的电影剧本《泪痕》，以"文革"刚刚结束的中国农村为背景，表现了农村工作中"拨乱反正"的艰巨性，塑造了一位实事求是、依靠群众的县委书记形象，用艺术创作来表现十一届三中全会精神的思想实质。之后，两位老作家又合作完成了多部电影剧本。除《泪痕》外，《咱们的退伍兵》《黄土坡的婆姨们》等作品，都因为深刻的现实主题和成熟的艺术表现在观众中引起反响。老作家胡正的《几度元宵》、西戎的《春牛妈》、冈夫的《草岚风雨》、束为的散文创作等，都在思想主题和艺术表现上达到了相当的高度。

在老作家迎来他们第二个创作高峰期的时候，20世纪五六十年代成长起来的一批中年作家也迅速进入了创作的高峰期，焦祖尧、杨茂林、义夫、谢俊杰等一批作家的创作从数量到质量都十分引人注目。其中焦祖尧的长篇小说《总工程师和他的女儿》《跋涉者》，以工业战线的改革为题材，代表了这一代山西作家的创作实力。

青年作家的成长是山西文学事业繁荣发展的基本保证，80年代出现的"晋军崛起"，为山西文学的繁荣发展，为山西文学在全国引起关注和反响起到了举足轻重的作用。一大批当时年龄在四十岁左右的作家所取得的实绩，成为新时期山西文学成就的最新标志。在1988年全国优秀短篇小说评奖中，山西作家李锐的《合坟》、张石山的《甜苣儿》同时中选。柯云路、王东满、周宗奇、韩石山、钟道新、张平、蒋韵等作家的小说作品,麦天枢、赵瑜等作家的报告文学,在全国文学界都产生过相当影响。柯云路的小说《新星》及同名电视剧的问世,不仅在文学界,而且在全社会都产生了巨大的思想冲击波。文学理论与评论也在这一时期得到了复苏与繁荣。整个80年代的山西文学,可以称得上是现当代山西文学发展进程中的一个黄金时代。

在这里,我们应当对山西作家作品在体现山西人精神风貌、推进山西人改变观念、接受新的文化思潮方面所起到的具体作用,进行更进一步的评述。

文学作品是反映一个时代人们的精神状态,记录他们所思所想、所作所为的形象生动的载体。80年代初期,就中国文化界的整体情形而言,文学在其中所占的比重和所具有的影响,都具有十分明显的优势。一部作品在全社会能引起强烈的反响和振荡,无论它是一篇短篇小说,还是一首诗歌,都可能形成洛阳纸贵或街谈巷议的局面。在这样的传阅和争论中,人们最关心的还不是作品所达到的艺术成就和作家表现出来的创作风格,最重要的是作品所反映的主题。这是80年代初这个非常时期对文学的特殊要求,这其中,如何突破传统的文学禁区,表现怎样的思想观念,告诉人们一个什么样的全新的思想领域,是作家最为重要的使命。拨乱反正一开始,文学作品尤其是“伤痕文学”的出现,让人们看到了对刚刚发生过的历史的反思,作家成为思想解放和观念更新的急先锋。山西作家中,成一、张石山等作家的获奖小说,在表现农村现实方面有了新的突破,从而成为一时引人注目的文学作品。那是一个文学的黄金时代,文学的动向牵动着太多的人心。那一时期,报纸、电视还远不像今天这样发达,文学刊物是对知识和思想如饥似渴的中国人首先选择的传媒对象,数量不多的文学报刊,发行量非常可观,一个作家完全有可能依靠一两篇作品而为人们耳熟能详。山西文学界一下子涌现出一大批作家,整体队伍十分壮观。在山西这样一个内陆地区,文学界所取得的成就,成为山西文化思想界的骄傲,成为山西人观念更新、思想解放的重要标志。也由于这样一些原因,山西作家队伍不断壮大,不但在传统的小说领域,而且在诗歌、报告文学、电影文学创作方面都不断出现新人新作。

和任何一个历史转折期一样,诗歌总是走在思想解放的前列,直接和强烈地传达着人们的心声。新时期初期,诗歌创作以"朦胧诗"为代表,反映了一个时代人们心底的声音。新文化运动以来,山西诗坛在中国诗歌界并没有太大的优势;新时期以后,这一领域的创作却取得了令人注目的成绩。除一批中年诗人创作势头不减外,年轻诗人的大量涌现,也使山西诗歌界形成一支气势不小、结构合理的队伍。80年代初期,一些年轻诗人自己创办了民间诗刊《北国》,他们注重诗歌艺术的探索,注重诗歌主题的深广,团结和吸引了一批有灵气、有追求的年轻诗人。在此基础上,山西青年诗人组成了自己的诗歌集体——"黄河诗派"。这一诗歌群体的形成和壮大,使山西诗坛和全国诗坛有了接轨和对话的可能,涌现出一批在全国诗坛较有影响的诗人。在80年代的中国诗歌界颇具影响的"青春诗会"曾在山西召开,这在一定程度也标志着山西诗歌创作在全国的影响力度正在加强。

山西报告文学创作同样是在80年代初期开始崛起。回顾中国新时期报告文学走过的路程,80年代初中期是一个变革与辉煌的时期,社会问题报告文学的大量出现,使人们对报告文学这一特殊文体的认识有了很大改变。从理论上分析,也许正是中国读者对当下现实的真实形态的迫切了解的愿望所致吧。文学创作不能过多突破虚构,新闻媒体又未走上众说纷纭的多样形态,社会问题报告文学的出现,就成了满足人们这一强烈愿望的十分合适的载体。集中对某一社会领域进行全方位的描述,用艺术手法把复杂的社会问题和社会现象艺术化、生动化,把作家的思考、评价直接带入到作品中来,和读者形成交流,是这种报告文学的突出特点。80年代初中期,山西报告文学界除焦祖尧等中年作家的创作还在不断取得成果外，青年作家的出现成为一个突出的现象，其中创作不断走向新台阶的麦天枢、赵瑜在全国报告文学界都产生了影响。他们选择的往往都是重大题材，表现的都是全方位的问题，政治体制、农村变革及其中的问题，体育、移民等等，都是报告文学领域的新收获。在国内文学界，山西报告文学创作和小说创作一样，都给人耳目一新、实力雄厚的印象。

从今天的眼光看，文学的繁荣不仅是创作数量的累加和作家队伍的多少，还在于整体文学空间的大小和文学气氛的浓淡。80年代山西文学创作的成就已得到公认，其他与创作有关的文学事业的发展也十分顺利。文学界有着很强的向心力与凝聚力。作家队伍稳定，优秀作品往往能得到读者和评论界的及时认可和评价。同时，文学阵地也出现了前所未有的好局面。传统上，山西文学的阵地就是由《火花》而至《汾水》这一家刊物。尽管这份刊物在全国文学界有着广泛影响，但对不断壮大的文学队伍而言，显然在培养作家、推出新作、同全国文学界交流方面，受到很大局限。中篇小说创作在80年代初中期已经成为一种十分走红的体裁，一份几十个页码的月刊已经不能适应新的创作要求。到1985年，山西省作家协会创办了大型文学双月刊《黄河》，她以发表中、长篇小说和长篇报告文学为主，在当时国内文学界创办较早，满足了省内外许多作家的要求。与此同时，山西省作家协会又创办了文学理论与评论双月刊《批评家》，为山西文学界的传统弱项填补了一项空白。这家刊物的创办，对山西文学理论研究和文学评论起到了举足轻重的作用，一批中青年文学评论家从此走上文坛，同全国文学界的交流也越来越多，对山西文学创作往往能给予即时的评论。那一时期，在省会太原，在吕梁、长治、临汾等地，都出现了声势较大的青年评论家群体。这对山西文学事业的全面健康发展，都起到了相当的推动作用。我们可以这样说，山西文学创作队伍的扩大和稳定，山西文学在全国文学界所达到的位置，与山西文学创作队伍的全面合理和实力显示，与山西文学刊物的适时创办和有效运作,都有着内在的联系。这也从一个方面反映出,山西文学界自上而下,在观念变革、思想解放及全社会的全力支持方面,都走在了全国的前列。在山西整体社会发展,尤其是经济发展速度并不快、结构不尽合理、观念变革不够快的情况下,山西文学走在了山西社会生活发展的前列。山西文学队伍是显示山西人思想解放与观念更新的一个重要标志。"文学大省"这一美誉的获得,事实上是人们对山西文学在山西整体社会生活发展变革过程中突出位置的形象定位。

山西文学在80年代奠定的基础,其影响直到90年代都可以看到。90年代山西文坛所取得的成绩,与山西文学在新时期初期达到的高度以及所产生的影响,都有着直接间接的联系。进入90年代以后,山西文学界在老作家和中年作家保持稳定的创作势头的同时,新一代作家的崛起,显示出山西文学后继有人、新人辈出的良好局面。吕新、王祥夫、哲夫、谭文峰、许建斌等作家的小说创作,张锐锋的系列散文,都在文学界和读者中产生过积极影响。

改革开放二十年来,山西老中青三代作家不媚俗,不追逐潮流,坚持现实主义创作特点,在中国新时期文学几次重要的文学主潮中,都可以看到山西作家的身影。可以说,山西作家的创作不但为山西文学的繁荣发展做出了相当的贡献,而且对观念更新、思想解放,冲破封闭保守和深受极"左"影响的山西思想界起到了振聋发聩的巨大作用。

直面现实的艺术探索

当代山西文学历来具有现实主义的创作传统,山西作家关注现实,真实反映生活,并努力寻找普通事件背后的重大主题,是从赵树理、马烽等开创的"山药蛋派"文学,到新时期"晋军"作家共同具有的创作优势。改革开放以来,山西作家在良好的创作环境和宽松的创作气氛中,沿着这条道路继续前进,不断深化,为传统的文学优势增添了许多新的内涵和质素。可以这样说,热烈拥抱现实、深层次思考和表现改革开放中的重大问题,是新时期山西文学的突出特征。

山西文学创作在反映和表现农村生活方面较为集中,这不但是文学传统和地域特征所决定了的,而且也由于中国长期以来是一个以农业生产为主的国家,全面真实地反映中国社会现实,就不可能不以农村社会为主。中国经济改革也是从农村开始的,山西作家在新时期开初,就以一系列反映当代中国农村社会现实的小说为文坛瞩目。80年代山西作家在全国获奖的小说,大多数是以农村现实的变革为主题,在社会上引起强烈反响。

我们说新时期山西文坛在队伍结构上合理,不但是指老作家依然在坚持创作、追求艺术,更应当说明的是,这些老作家在表现生活、反映现实方面,往往能够准确把握时代脉搏,对自己熟悉的题材领域能够按照新的时代要求做出自己的反应。马烽、孙谦两位老作家在新时期再度合作,完成了多部电影剧本,其中在国内影坛颇具影响的作品,包括《泪痕》(获1979年文化部优秀影片奖和第三届《大众电影》"百花奖"最佳故事片奖)、《咱们的退伍兵》(获第六届中国电影"金鸡奖"、广播电影电视部1985年优秀影片奖等多项奖)等多部。这里,我们不准备就两位的电影文学成就做全面评价,只想谈一下他们作为老一代作家,在新时期再度出山后,为什么仍然能引来广泛关注。这与他们作品中所传达的主题有着密切的关系。《泪痕》的文学剧本名为《新来的县委书记》,其中主人公朱克实事实上是马烽20世纪五六十年代创作的《太阳刚刚出山》等小说中县委书记的再现。但新时期的县委书记,明显具有了新的思想观念和工作作风。朱克实上任后,就在县委工作中处处体现实事求是、拨乱反正、清正廉明的干部形象,他反对极"左",首先是对劳民伤财的浩大工程即时制止,并触及了纠正冤假错案、支持群众搞副业等当时还未彻底"正名"的重大问题。这是作家坚持现实主义创作方法,坚持实事求是、调查研究、尊重事实的结果，也是他们感应时代精神，把握时代脉搏，反映现实的同时着眼未来的明证。他们的作品在艺术上朴实无华，思想上也并不显得偏激冒进，他们之所以能够得到广大读者和观众的喜欢，是因为他们平实的作风及对现实中发生的事情真实准确、大胆再现的创作方法，打动了读者和观众，赢得了他们的信赖。他俩合作完成的"农村三部曲"电影剧本《咱们的退伍兵》《山村锣鼓》《黄土坡的婆姨们》，都是在朴实无华的艺术表现中塑造了积极向上的农村青年人物。退伍兵方二虎，放弃自己赚钱的机会，扶植乡亲们炼焦致富；回乡青年费成树，在放弃上大学机会的情况下，利用自己的知识和眼光，领导村里的群众创办集体企业；而《黄土坡的婆姨们》则回答了另外一个问题，当劳动主力外出打工之后，荒芜的土地怎么办？两位老作家塑造了一群走集体承包、科学种田道路的青年农村妇女形象。这样的人物和主题，对农村广大群众有精神鼓舞和切实的指导意义，他们采用的是传统的创作方法，反映的却是改革时代的新的主题，而且是重大的现实主题。在思想解放的大潮中，他们不但没有落伍，而且通过自己的作品证明了自己是走在时代前列的人。

　　老作家如此，山西的中青年作家更加显示出他们在观念更新、思想解放方面的自觉努力和强烈意识。一批中青年作家在80年代初期勤奋创作，终于在几年之后以一个实力雄厚的创作集体形象出现在中国文坛。他们的艺术风格自然是各有追求，互不相同，但他们表现出来的一个相对集中的共同特点，就是他们在接受新的思想观念、探索新的艺术形式方面，表现出相当的自觉和强烈愿望，在真实再现社会现实的同时，更能够用现实意识去做观照和反思，他们的主题于是在充满个性的艺术风格中得到了充分体现，他们的创作体现出个人艺术观念的开放性，对主题的思考则在严肃的同时体现出现代性和复杂性。于是他们的作品无论在文坛内部还是在普通读者当中都具有很大反响。

　　山西中青年作家队伍的崛起，在80年代的中国文坛上一时成为一个重要的文学现象。"晋军崛起"的惊呼是山西文学引起全国性反响的重要标志。早在80年代初,批评家李国涛等人就在《且说山药蛋派》等一系列评论文章中,对山西中青年作家的迅速崛起给予密切关注和充分肯定。山西作家在全国性文学评奖中多次获奖的事实,也一再证明着一支实力雄厚的创作队伍正在黄土高原上成长和壮大。到了1985年左右,山西文学迎来了历史性的辉煌。那一段时间,山西作家的创作热情和创作产量不断攀升,在全国读者中有着广泛影响的大型文学杂志《当代》,曾在这一年集中推出了数位山西代表作家的作品,并用"晋军崛起"的提法来归纳山西作家队伍的整齐和整体实力。这对山西文学界来说,是一种极大的鼓舞。山西当代文学迎来了一个创作上的丰收期。

山西作家被文学界做整体观的一个重要原因,是因为这批作家尽管艺术上各有追求,但他们在主题开掘上面,显示出一种趋于一致的现象,那就是密切关注生活现实,努力表现改革开放中的新生活、新现象、新问题。作家们所塑造的人物形象,表现的生活侧面,反映出来的社会问题,都显示出一个文学家所应具备的敏锐的观察力,大胆揭示生活真实的勇气,全面反映现实改革的宏大气魄,真实反映生活的同时又努力超越现实的理想主义精神。总体来看,我们可以得出这样的结论,在当代中国激动人心的思想解放大潮中,在中国文化界观念更新的理论主张层出不穷的重要时刻,山西作家通过自己的艺术创作向人们证明,山西作家在这一伟大的历史洪流中,始终能够跟上时代的步伐,并在许多方面表现出他们特有的文化底蕴的深厚和现代观念的超前,他们塑造的许多生动形象,为思想解放的大潮提供了富有质感和新鲜感的"标本",是我们看取那一时期中国思想文化走向的一些具有说服力的佐证。

正如有的论者所观察到的,山西中青年作家主要由两部分人组成,一部分是山西本土成长起来的,他们自幼习得黄河文化的底蕴,对黄土高原的风土人情、人们的生存现状有着真切的体验。他们当中,或者获得进入大学深造的机会，或者长期在基层工作，在知识准备和生活经验方面具有一定优势。同时我们还应提出的是，由于山西现当代文学创作本来的基础相当不错，一批在"十七年"甚至更早时候就蜚声文坛的作家，主要是"山药蛋派"的代表作家一直工作生活在山西，这为培养山西知识青年的文学爱好和创作热情提供了一定的环境基础。事实上，有不少中青年作家正是受到这些老作家作品的感染，或得到他们亲自的点拨而走上创作道路的。田东照、张石山、韩石山、王东满、周宗奇、燕治国等人是其中的突出代表。他们继承了山西老作家的一些创作传统，又能够感应时代脉搏，跟上时代步伐，寻找出更加适合自己也更加适应时代的创作道路来。有关"山药蛋派"的融合和创新问题，也是这一时期山西批评界经常谈论的话题。

山西中青年作家的另外一股力量，是来自外省市的知识青年，主要以北京知青和大学毕业来山西工作的青年作家为代表。他们的出身各自不同，都市文化的滋养却又是他们的共同特点。当他们差不多同时走向黄土地之后，理想、青春、现实的种种反差、失落、矛盾、冲突，使他们早早地具备了思索、怀疑和富有激情的精神品性。这对他们后来走上文学道路起到了相当坚实的内在作用。他们同样对"山药蛋派"文学熟悉、热爱，也程度不同地受着他们的影响，不过他们创作上表现出来的特点，则更具反思意识和追问情结。柯云路、李锐、成一、钟道新等，无论从创作实绩还是创作特点，都明显表现出迥然不同的特色。

以上对作家队伍构成的简单分析，为我们分析"晋军"主力作家的创作特点提供了某种背景。我们可以看到，"晋军"主力作家的创作表现出来的一个共同特点，就是热烈拥抱和大胆面对现实，深层次思考和揭示改革开放中的重大问题。论述到此，我们不能不首先提到柯云路。作为"晋军"中的主力作家，柯云路的创作我行我素，但由于他出手快、产量大，并且常常是以中国经济和政治改革为创作的主题背景，所以他的小说每每能够引来广泛的社会影响。从1980年开始，柯云路以《三千万》《耿耿难眠》《新星》《孤岛》《一个系统工程学家的遭遇》等一系列小说，引起读者和文学界的广泛注意。这些小说一个集中的特点，就是体现出作家本人强烈和浓厚的政治理想和政治意识。他在自己的小说人物身上寄寓了相当浓烈的政治热情和抱负。《三千万》中的丁猛、《耿耿难眠》中的杨林、《一个系统工程学家的遭遇》中的顾坤，都是作家有意识地要塑造的在改革浪潮中有胆有识、敢于碰硬的风云人物。而柯云路笔下这种人物的集大成者，还要数他在《新星》里创造的李向南形象。80年代初，《新星》的问世引起全社会的强烈反响，尤其是改编成电视剧播出之后，李向南和他所代表的意识、思想、观念深入人心，并引起激烈争论。《新星》以位于中国北方的古陵县为背景，将这一地域视作为中国社会的缩影，描写了由经济改革带出的政治格局、权力关系的变化情况。小说通过一个古陵县，集中剖析了县委内部的政治关系和权力结构的变化沉浮。小说塑造了李向南这个锐意改革、冲破阻力、坚持理想的新时代的人物形象，同时又通过顾荣等人，对旧的保守势力做了真实的描绘。作品表现了生活的真实和改革的艰难，并将笔触深入到了人物的道德伦理和心理层次。李向南刚正不阿，敢于同旧的保守势力做斗争，以一个县委书记的身份，将中国改革事业的推进过程存在的种种问题做了全面展示。李向南这个形象的出现，深得中国百姓的欢迎。在文坛内部，有关李向南身上表现出来的"青天意识"，曾经引发出激烈的争论。人治、法治等棘手的话题，被带入到对一部文学作品和一个文学人物的讨论中来。其实，站在今天的立场上看，80年代的许多问题仍然没有完全解决，李向南的形象尽管理想化的色彩较浓，但他深得普通读者和观众的欢迎，有着合理的现实基础和背景。无论如何，柯云路的充满政治热情的作品，成为中国"改革文学"的力作，已是一个不争的事实。沿着这条线索，柯云路围绕李向南写下了《夜与昼》《衰与荣》等背景更加广阔、生活层面更加繁杂的长篇小说。

知青作家中,李锐的创作具有独特的风格和执着的追求。80年代初期,他就通过《古墙》等中短篇小说显示出他在创作上追求深厚和精致的特点。他的创作认真而又用力。这种努力终于在80年代中后期得到巨大的回报,这就是系列短篇小说《厚土》的问世和它所产生的一系列社会反响。1987年,《厚土》系列小说在全国几家文学杂志上同时推出,立刻引起文坛内外的广泛注意。此后的相当长时间里,这一系列小说在国内和海外不断被人评说,也数次得奖,成为代表李锐创作成绩的最重要的作品,也是"晋军"创作实力的又一次有力证明。

《厚土》是农村题材小说,其中也有一些反映知青生活的作品,但它们明显不能被"农村题材"和"知青文学"的概念所涵盖。这些作品并不满足于展示某一时代和历史阶段的具体的社会矛盾和生活现实,而是以特定的历史时期为载体和背景,揭示出在长久的历史中形成的人类精神的积淀,在落后无比的自然环境中,挖掘人性的本真,由此探寻人的生存状态、生命的意义等等更多地属于人类文化和人性的重大问题,这也是这些作品所以产生广泛深入影响的重要原因。《看山》《眼石》《合坟》等作品,是其典型的代表作。《厚土》的另外一层意义,是作家自觉的艺术追求和精细的创作打磨,使这些作品在艺术上显示出独特的魅力。事实上,许多关于《厚土》的批评文章,也都把作家的艺术追求和艺术风格作为一个重要角度加以肯定和评说。这对山西文坛来说,具有特别的意义,它说明,山西作家不但有深厚的生活功底、敏锐的艺术观察和严谨的创作态度,他们在艺术表现上,也展现出相当的功力。他们的艺术眼界具有符合文学发展潮流的当代性和自觉超越的前瞻性。

80年代的山西文坛,可谓是佳作迭出、名家不断的时期。成一是一位在基层工作多年的作家,他的小说从首届全国优秀短篇小说获奖作品《顶凌下种》开始,显示出在艺术上追求独特、在思想深度上努力开掘的特点。80年代中期,他集中创作了《陌生的夏天》系列小说,在关注北方农村现实的同时,注重人物心理的细致描写成为他的创作风格。与传统的农村题材小说以"事"为主相比,成一的小说强调对人物心理行为的细致刻画和描写。他讲究小说形式的独特性。在波澜不惊的人物故事背后,更多地蕴含了作家的独立思考,体现出他独到的艺术功力。

而最早以《镢柄韩宝山》获得全国小说奖的张石山,被认为是对"山药蛋派"继承与创新最成功的作家。他的小说大多以农村生活为背景,反映一个家族的历史变迁和命运沉浮。80年代中期以后,张石山创作了"仇犹系列",这些由十数篇中短篇小说组成的小说,以"张氏"家族为主要表现对象,展现了这个家族历经"土改""反右""大跃进""文革"直至改革开放的较长历史时期的沉浮变幻。其中的《甜苣儿》曾使张石山再度获得全国短篇小说奖的荣誉。他的小说大多以一个具体人物展开情节,并由此将一个复杂、冲突的农村社会展现给读者。作家将自己对历史、政治、家族文化的思考融入其中,为读者提供了一个认识当代中国农村社会的庞大画卷。与传统的"山药蛋派"小说相比,张石山的小说更具批判性和文化反思的自觉,与当时的同时代农村题材小说相比,他的作品在可读性和故事性上又独树一帜,风格明显。

同时代的山西作家中,王东满的长篇小说《大梦醒来迟》,田东照的《黄河在这儿转了个弯》,燕治国表现晋西北风土人情的《小城》系列小说,韩石山的《画虎的人》等多部小说,都集中反映出山西中青年作家的创作实力。那一时期,山西作家的作品通过各种形式走向全国,走向民间,产生出广泛的社会影响。田东照的《黄河在这儿转了个弯》、柯云路的《新星》、王东满的《大梦醒来迟》,都先后被改编为电影、电视剧、戏剧等其他艺术形式,为更多的普通群众所熟知。

除了以上在80年代初中期即已确立在文坛上的地位的作家以外,"晋军"的小说创作队伍中,还有几位一样风头正劲的作家逐渐崭露头角。知青出身的钟道新,学生出身的蒋韵和张平,他们的创作在80年代中后期越来越引人注目。

钟道新以他独特的"高知"系列和涉及科技、金融、权力等特殊领域的题材,以及他丰富、纯正的艺术语言,一直拥有自己的读者群。如果说他早期的《风烛残年》《国手》等作品表现出他有着从容的艺术表现能力和独特的人生经历的话,那么稍后创作的《权力场》《经济风云》等作品,则进一步证明,他的"诗外"功夫使他在小说创作的道路上拥有足够的写作资源。女作家蒋韵则以城市题材和知识分子的生活为主要表现对象,诗意的语言和理想主义的激情,成为她不断寻求创作之路的保证。张平则以自己的年轻气盛和充满责任感与使命感的激情品性,使他的创作一直保持着一位作家所应拥有的血性。他对现实生活的关注和投入的热情,成为他创作动力的能量保证。他的创作保持着自己独有的上升势头,创作的产量和质量引人关注。他在80年代中期以短篇小说《姐姐》获全国奖,证明他的创作其实具有较高的起点。

相对而言,"晋军"主力作家以小说创作为主,其中又以中短篇小说为主,这同当时全国的创作走向是一致的。但我们应当注意到,80年代的山西作家,一样有在长篇创作中取得实绩的作家,除上述的部分作家的作品外,焦祖尧的小说创作就在长篇上格外用力。《总工程师和他的女儿》《跋涉者》两部影响较大的长篇小说,是作家在这一时期的创作实绩。同样我们还不应忘记,一批年轻的作家队伍正在此时形成。山西作家队伍新人辈出的势头一样成为"晋军"实力雄厚的证明。哲夫、王祥夫、吕新、曹乃谦等作家的创作,在这时已具有全国性的影响,加上分布在全省各地市的许多中青年作家的创作,"晋军"队伍蔚为壮观。80年代是山西文学有史以来的一个黄金时代,也是创作上取得巨大丰收的历史时期。山西作家的创作从多方面受到全国性的瞩目和评论。

一种文学氛围的形成需要多种合力共同发挥作用。80年代的山西文坛,作家们的创作热情十分高涨,创作上努力寻求自我的意识深入在绝大多数作家的心中,创作的体裁不分新旧,题材不论大小,都在努力营造一种共同繁荣的气氛。我们前一节已经论述过,80年代山西文学的整体繁荣体现在许多方面,各种创作形式的成绩都程度不同地取得了全国性的影响。小说之外,最值得记取的就是报告文学了。应当说,以赵瑜、麦天枢等为代表的青年报告文学作家的崛起,他们的作品在社会上引起反响,加上焦祖尧、马骏等人的报告文学作品的不断问世,使山西的报告文学创作进入到一个新的历史时期。80年代初期的中国文坛上,能与小说比肩的"热门"体裁是诗歌,而那时的山西文坛上就有"黄河诗派"的出现;80年代中期与小说共同呈现繁荣状态的艺术形式是报告文学,山西文坛上就有可称具有规模和阵容的报告文学创作队伍出现,加上评论阵地的获得,理论人才的团结、培养和壮大,山西文学的整体发展状态使山西文学队伍成为山西文化战线上的一支重要力量,一个具有全国性影响的"名牌"领域。事实上,山西作家也因此得到了社会上广泛的尊重和承认。

在整个中国进入到一个思想解放的伟大历史时刻,在中国国民开始意识到观念更新的重要,自觉改变和提高自己的知识结构、思想观念的时刻,文学作为一个国家和民族的文化急先锋,往往是这些历史潮流最形象、最丰富的体现。在山西整体事业的发展还不是十分发达,山西人的观念意识还没有完全解放的80年代,山西文学事业走在了山西观念更新的前列,树立了思想解放、观念更新的新的山西人形象。与此同时,山西作家为中国当代文学事业的发展也做了自己应有的、较大的贡献。具体作家的具体作品,他们所获得的艺术成就以及在中国当代文学史上的地位和价值,自有文学发展的历史做出证明。我们这里特别要讲的,是站在山西这个特定地域,划定80年代中国改革开放事业刚刚开始的时间范围内,结合80年代中国文坛的实际状况,对山西作家的历史贡献和社会影响进行分析和定位。我们希望,我们的分析将有助于人们记住山西文学事业的这一辉煌的历史时期。那是老中青相结合共同创作文学事业繁荣的历史时期，那是一个名家众多、佳作迭出、新人涌现的历史时期，是现当代山西文学的一个黄金时代。在思想解放的大潮中，山西作家并没有落伍，而且还在许多方面体现出领风气之先的自信与气势。山西作家的观念不陈旧，不自闭，他们的开放性更多地体现在他们的使命感、责任感和沉重、深厚的现实主义精神上面，也同样体现在山西文学创作全面繁荣，各种体裁、各种题材、多种艺术风格上互相平等，自由发展，造成一种良性循环的宽松的创作环境方面。

80年代山西文学的全面繁荣，对此后的山西文学事业的发展同样产生了积极的影响作用。进入90年代以来，尽管文学创作遇到了这样那样的困境，作家创作情绪的浮躁，商业大潮的冲击，文学阵地的萎缩，使文学的"边缘化"成为一种惊呼和处于危机之中的证明，山西的文学创作自然难免受其影响，但总体而言，90年代山西文坛，作家队伍并没有打散，已经成名的作家坚守文学事业，不为所动，继续自己的创作；新的作家队伍仍然不断出现，"第四代"作家一时成为一种新的文学景观，其中的部分作家的创作还取得相当的成绩。可以说，山西当代文学的整体实力，奠定了相当厚实的基础，为山西文学事业的进一步繁荣创造了非常好的条件。在新的世纪即将到来的今天，文学事业面临许多新的严峻的课题和难点，我们还没有足够的经验处理其中的许多棘手问题，文学在新体制和时代环境中如何生存、发展、壮大、繁荣，这是摆在整个中国作家面前的一个严肃的命题。山西作家一样任重而道远。我们在许多方面还需要加倍努力，汲取更多的新的科技、文化和艺术营养，做好进一步冲刺的准备。尽管难题很多，困惑很多，但我们有理由相信，在新的世纪里，山西文学一定会迎来一个更加美好的明天。

选自《山西文学五十年纵横论》

山西人民出版社2000年4月版

继承·借鉴·创新

——"晋军崛起"论

刘定恒

近几年来,山西的小说创作又有了新的发展。他们继承和发扬"山药蛋派"文学现实主义的传统,不断借鉴外来文学的先进经验,不断进行新的艺术探索,取得了丰硕的成果。它标志着山西的小说创作已经从"山药蛋派"的时代进入、上升到了一个崭新的时代,这个时代的许多作家和作品尽管还不够成熟,还处于探索发展之中,但它确实是一个人才辈出、题材多样、各具个性特征、空前繁荣的时代。

一

"晋军崛起"是一个具有雄厚实力和旺盛活力的创作群体。这里有五六十年代起步,坚持深入生活,密切联系群众,具有高度社会责任感,一步一个脚印向着文学高峰跋涉的焦祖尧、杨茂林、义夫、谢俊杰、韩文洲、李逸民、陆桑等中年作家(他们多数是省、地、县各级文艺部门的组织者和领导者),也有起步于70年代,思想解放,创作活力旺盛,在艺术上不断探索、追求、积累了较丰富经验并闻名于省内外的成一、柯云路、张石山、韩石山、周宗奇、王东满、田东照、雪珂等(这是"晋军崛起"的主力军），还有 80 年代步入文坛，才华出众、文思敏捷的张平、李锐、蒋韵、崔巍、权文学、王祥夫等后起之秀，还有一大批文学新人不断涌现。

这些作家散居全省各地，以自己独特的生活经历、独特的审美趣味和独特的创作技巧，共同构筑着"晋军崛起"的大厦。他们每一个人都有自己精心营造的园地。焦祖尧从 20 世纪 50 年代步入文坛以来，致力于工业题材的开拓，以坚实的生活基础，在新时期最先推出了两部长篇小说《总工程师和他的女儿》及《跋涉者》，在国内产生了强烈的反响。他的几部中篇小说集中笔墨描写的是现实生活中的问题，视野开阔，手法灵活，具有强烈的艺术感染力。近几年，又发表了许多有影响的报告文学和短篇小说。在这些作品中，他努力将传统的表现手法和开拓创新结合起来，开辟了一个崭新的艺术天地，他确实是一个在艺术道路上孜孜不倦的"跋涉者"。以《顶凌下种》最早在全国优秀短篇小说评奖中获奖的成一，注意以强烈的现代意识、西方现代派的某些手法和朴实的农民语言，去剖析农民独特的心态，揭示农民在变革的时代对现代生活节奏的不适应和步履艰难的悲喜剧。他的系列小说《陌生的夏天》引起了强烈的反响，他在 1989 年《收获》第 1 期上发表的长篇小说《游戏》，更令人耳目一新，发人深省。柯云路从创作伊始就一直关注着在中国土地上正在进行着的改革，他的短篇小说《三千万》在第三届全国优秀短篇小说评奖中获奖后，他接着发表的长篇小说《新星》，获得人民文学奖，特别是拍成电视剧后在全国产生了巨大反响，一时间掀起了一股"新星"热，获得全国电视奖和金鹰奖。近年来，他集中精力创作气势宏伟的长篇小说《京都》三部曲，现已发表了第一部《夜与昼》，第二部《衰与荣》，在反映改革的广度和深度上都是引人注目的。韩石山在他的《磨盘庄》《一个名声不好的女人》《魔子》等中篇小说中，集中地表现了对农村妇女身上所体现出来的人性的真善美的赞美和对假恶丑的鞭挞，表现出对人道主义精神的追求，呈出现幽默而风趣的特点。李锐着力于山西贫困山区人民生活和精神的挖掘，探索国民精神和民族心理，产生了广泛影响。李锐以短篇小说集《丢失的长命锁》起步，以中篇小说《红房子》引人注意，又以《厚土》系列小说推向高潮，产生了全国性的轰动，获第八届全国优秀短篇小说奖。后起之秀张平是从描写家庭苦情登上文坛的，其中《祭妻》获山西文学1981年一等奖，《姐姐》获第七届全国优秀短篇小说奖。现在，他以"家庭苦情"转向了社会，接连推出《血魂》等一系列中短篇新作。此外，王东满的长篇小说《山月恨》和《大梦醒来迟》，短篇小说集《柳大翠一家的故事》和《点燃朝霞的人》，周宗奇的长篇小说《风尘烈女》，短篇小说集《无声的细流》，田东照的《黄河在这儿转了弯》，谢俊杰的《悠悠桃河》，蒋韵的《少男少女》，雪珂的《女人的力量》，杨茂林的《酒醉方醒》等作品都不同程度地受到了文学界的重视和好评。

他们的创作既具有山西文学的传统特征，又确实给山西文学传统带来了某些新的气息，打破了"山药蛋派"文学陈陈相因的格局。随着社会主义现代化建设的蓬勃发展和改革开放的不断深入，传统的文学观念、文学样式和表现手法不会是凝固不变的。它必然要随着时代的前进发生变化，有时甚至是突变。任何一个地域的文学，如果不能真实而充分地反映某个地域的生活，便不能为该地域的人们所接受，同时，任何一个地域的文学，如果不能经常地大胆地吸收外来文学的成果，该地域的文学也就难以得到发展。"晋军崛起"中那些外籍作家只不过起着一种"中介"作用，或者说叫"催化剂"的作用，关键还在于作家所描写的对象，所展示的生活，所具有的艺术气质和现代意识。所以，"晋军崛起"是对山西文化传统，特别是"山药蛋派"文学优秀传统的继承和发展，是在改革开放年代走出狭窄天地，走向更广袤的空时所结出的丰硕成果。

二

"晋军崛起"是"山药蛋派"优良传统的继承和发展，我们的用意当然不是把他们等同起来,而是从文学的发展中,既看到他们的联系,又看到他们的区别,以便更好地找到文学发展的正确轨迹。

山西的小说创作有着现实主义的优良传统,这个传统至今仍是整个山西小说创作的主流。无论是"山药蛋派",还是"晋军崛起"的作家们,他们在创作思想和创作方向上,基本上都是一致的。从"晋军崛起"中的代表作家和代表作品来看,他们都基本上坚持并发扬了"山药蛋派"作家们深入生活、密切联系群众,充分地反映我们时代的民族精神的传统。他们都以强烈的社会责任感,追踪着时代前进的步伐,把个人的艺术追求同民族振兴的历史任务结合起来,与人民同呼吸,与改革共命运,以自己优秀的作品贡献给祖国和人民。然而,"晋军崛起"的作家们毕竟逐步走出了"山药蛋派"那局限于农村题材的狭小天地,把自己的眼光投向了整个社会,已经逐步摆脱了"山药蛋派"文学那直接的"功利",开始从更深更广的角度去认识现实、思考现实、反映现实了。他们的创作由题材的多样化到主题的多向性,由再现社会生活到表现人物的精神心理,由对社会矛盾的洞察到对历史文化生命的探微,创造出了一个广阔的文学世界。他们既不墨守成规,又不盲目追求时髦,他们既注意继承和发扬自己民族文学的传统,又注意学习和借鉴外来文学的长处,在自己的艺术园地里不断探索、不断创新、不断进取。在他们的作品中,抒情笔调的,悲剧风格的,喜剧色彩的,传奇手法的,意识流、感觉流、象征、荒诞……都成为整个作品的有机组成部分,都与自己对生活的深切体会和感受,如盐与水那样融为一体。因而,他们的作品篇篇面目不同,部部各呈异彩,呈现出统一中见变化、整体中见繁富的特色。下面,我们就近年来"晋军崛起"作家们创作的大量作品,做一番抽样分析。

谢俊杰是20世纪50年代步入文坛的中年作家,他生活基础雄厚,文学功底过硬,特别是在学习农民口头语言方面下过功夫,曾创作了许多有较高质量的小说作品。他的作品就像他这个人一样,朴实无华、真挚淳厚,从不追求时髦。但由于历史的原因,他的那些作品也往往带有那个时期小说创作的弱点。所以在新时期文学高潮到来的时候,他总感到某种束缚,相对呈现着某种沉默。在经过一段冷静的观察沉思后,他终于坚定了自己所走过的创作道路,创作出了《悠悠桃河》这篇颇厚实的好作品。这在他的创作道路上无疑是一个新的起点。作品用传统的现实主义手法,选取了一个独特的表现角度,以一个五岁的孩子"小三儿"作为叙述者,以妈妈和姣姣小姨的命运遭遇为情节线索,涵盖了极为丰富的社会内容。纷乱的年代,非常态性的求生手段以及复杂的人性、人情与人际关系,在一篇两万来字的短篇里叙述得那样真切、悲惨、壮烈。作品呈现在读者面前的艺术空间是立体的、多层次的。我们很难用一个简短的概括语言去揭示他的主题,但读后确实能给人以启迪和回味,给人留下广阔的想象天地。作家在作品中表现的是他独特而真挚的感情。真情实感确是这篇作品感人力量之所在,但过于真拘泥于真又确是这篇作品缺少更多的气韵和情致的一大缺陷,如能在写作技巧上有所突破,可能就会更丰满、更充实一些。

张石山在自己开拓前进的艺术道路上,近年来分别采用两套手法开掘着两口深井。一是吸收意识流、荒诞、黑色幽默、感觉流、魔幻等西方现代派文学的手法,以表现现代城市意识的《古城魔幻》等,另是继承和发展传统的表现手法,致力于民族文化心理深层挖掘的《仇犹遗风录》等。当翻开《血泪草台班》《神主牌楼》《苏山》等作品时,我们惊奇地发现赵树理得心应手的编织故事和演义故事的写作方式,在这里同样被运用得那样纯熟和自然。所以有人说,张石山是得赵树理真传的第一人。继承、借鉴和创新并非互相排斥的矛盾体,而是一个作家艺术开拓超越的必然规律。只要将《镢柄韩宝山》和《仇犹遗风录》稍加比较,我们明显地看到,张石山的小说创作以传统的写实手法最为纯熟,但他创作的题材从单一向着多样转化,主题从生活的表层向着生活的深处挖掘,视角和表现力从单向往多维化发展。如果说《镢柄韩宝山》还更多地停留在社会的、政治的、外部的、表面的生活层面上的话，那么《仇犹遗风录》则将现代政治、现代生活与纯朴的远古文化、风俗民情、传统观念及其行为准则的愚昧落后融于一体，进入人性的深层、人生的底蕴，以特有的审美价值和别具一格的艺术魅力呈现在读者面前了。然而，由于作家传统的积淀毕竟太沉重了，使其思想内容的表达和人物形象的刻画受到一定的限制，如何将创作两组系列小说的不同笔墨有机地结合起来，形成自己更完整更独特的艺术技巧，以更充分地去表现自己所体验和感受到的丰富的社会内容，是张石山在自己的创作道路上应注意解决的一个问题。

李锐是"晋军崛起"中较年轻的作家，但无疑又是主力之一。他创作的起步、发展均处于80年代文艺创作大胆探索追求新异的时期，却很少运用那些时髦的意识流、感觉流、象征、荒诞等手法。相反地，在他的小说作品中更多的是从传统的技法中去寻求新的表现力。我国古典文学作品的凝练、鲁迅小说的严谨，以及"山药蛋派"作家们常用的白描，在李锐的作品中，特别是在他的系列短篇小说《厚土》中得到了完美的统一，真正创作出了名副其实的短篇小说，这是李锐对新时期文学文体创造上的重要贡献。当我们阅读李锐的《厚土》的时候，每篇都只有那么四五千字，而每篇给我们的感觉都是那样沉甸甸的，在简约的文字中包含着丰富的社会容量。作品选取一些生活场景、一些画面，力图创造一个艺术氛围，给人以无穷的思索、无限回味的余地。

无须赘述，从上面轮廓的叙述中，我们可以清楚地看到，"晋军崛起"绝非一般概念中的什么流派，而是一个有着自己的创作优势，又各具个性特征的创作群体。这个创作群体的出现和发展，给山西文学创作的发展和繁荣奠定了坚实的基础，积蓄了雄厚的力量，带来了新的活力和新的希望。

三

早在1984年，"晋军崛起"的主力成一就说过："作为学生和接班人，山西中青年作家还远未达到前辈的高度。当然，我们有我们的建树，并不打算妄自菲薄。但山西目前的文学创作，在全国影响并不十分大，更谈不到足以引导文学运动，这都是可以旨定的了。"（见《太原日报》1984年10月25日）经过最近几年的努力，山西中青年作家的创作又有了较大的发展和突破，但成一的这段话并未过时。如果我们睁大眼睛看着兄弟省市新时期的文学创作，我们却未必那么乐观，那么故步自封关起门来津津乐道了，湘军早已"崛起"，陕军、京军、津军、鲁军、泸军、宁军、黔军等早已声誉国内外。在这强手如林、多军迭起的文学时代，我们只有一条路，这就是走出狭窄的天地，开阔视野，保持并发展自己的优势，克服自己的弱点，创造出更多的优秀作品，才会不断地前进。

不知是历史的原因，还是地域的关系，山西的文化往往呈现出一种格外封闭、自足、迟钝和保守的形态。这种文化形态最显著的特征之一，就是恪守传统的写实手法，刻意求真，局限于在道德伦理的层面上评价生活，去规范所谓的"生活真实"，而不敢大刀阔斧地进行改革，缺乏俯视全局的气魄和开拓进取的精神。产生于特定时代的"山药蛋派"和当今的"晋军崛起"都负载着这沉重的精神镣铐。扎根现实生活，注重政治教化，继承和发扬传统中有价值的东西，这当然是文学发展的一个基本条件，是产生优秀文学作品的重要保证，但缺乏开拓进取的精神，缺乏俯视全局的气魄，那是难以创作出大作品来的。坚持自己的优势，发扬自己的长处，又不断吸收新的空气，增添新的营养，才能有所发展，有所创造，才能以更厚实的作品贡献于人类社会。

爱农民、写农民、为农民而写，曾经是书写在"山药蛋派"旗帜上的一个响亮口号，也确实产生过为广大人民群众喜闻乐见的优秀作品，为山西的文艺创作赢得过荣誉,在全国的文学创作中曾领了一代风骚。"晋军崛起"中致力于农村题材开拓的作家们,也确实继承并发扬这一传统,创作了一批在全国有影响的好作品,同样为山西赢得了荣誉。但与此同时,我们不得不指出,在新时期山西的小说创作中,描写农村题材的作品,甚至包括描写其他题材的作品,还有一个克服农民意识、增强现代意识的问题。在有些作品中,甚至在一些产生强烈影响的作品中,作者有意无意地仍在宣扬一种旧的观念、旧的意识,或者在处理描写现代意识与传统意识冲突中表现出无所适从,乃至于欣赏旧意识旧观念等等。就拿曾产生过强烈反响的柯云路的长篇小说《新星》来说吧,它无疑是新时期长篇小说创作中反映农村改革题材的一部优秀之作。它在广阔的历史背景上较深刻地揭示了农村改革的历史必然性和复杂性,塑造了顾荣、潘苟世等颇有深度的典型的人物形象。但作品中所宣扬的"清官意识"无疑是一种落后的农村意识,一种陈旧的封建意识的反映。还有一些作家和作品醉心于描写穷乡僻壤的愚昧落后,渲染丑态的人性,而缺乏一种现代意识的观照,缺乏一种深沉的历史感和强烈的社会责任感。马烽同志说:"一味描写某些贫穷落后甚至愚昧无知,绝不是文学创作的目的。文学作品应该是能够唤起人民的改革意识,鼓起人民改革的勇气,成为两个文明建设的'催生婆'。"(见1988年7月13日《山西日报》)我们不是一概地否定写贫穷落后,写愚昧无知,文学作品的成败得失、价值高低,当然不决定于作家写什么,而决定于作家如何写,决定于作家怎样去观察、认识、分析自己所描写的对象,并从中发掘出有独特的社会意义和审美价值的东西来。

在创作方法和表现手法上,"晋军崛起"比"山药蛋派"的作家们有了较大的突破和创新,特别是近几年的小说创作,在有的作家作品中已经开始借鉴外来文学的长处,甚至采用了一些西方现代派的技巧,取得了较好的艺术效果。但从整体来说,"晋军崛起"的创作仍然显得比较单调陈旧。不少作家仍恪守写实的现实主义手法,却很少有浪漫主义的情调;保持浑厚朴实的气质,而缺少成就大事业的气魄和放眼未来的眼光。有的作家虽有雄厚的生活基础,却缺乏多几套笔墨的大手笔,缺乏更多的气韵和情致,因而当人们阅读他们的作品时,总觉得缺少一种厚实劲儿。

继承、借鉴和创新是"晋军崛起"在创作实践中已经走过来的道路,也必将继续走下去。但我们认为,最重要最根本的还在于作家们要努力提高自己的思想素质和业务素质。王蒙曾说过:"探索也好,创新也好,形式也好,技法也好,这一切必须深深地扎根于本民族的生活之中。正是生活本身给人以启发和提示,使借鉴和吸取古今中外一切有益的艺术表现经验成为可能。"(见《文艺报》1983年第1期)所以,作家必须在深入生活中,努力学习马克思主义,学习党的路线、方针和政策,学习文艺理论和科学文化知识,不断提高自己的思想水平。

选自《山西师范大学学报·社会科学版》1989年第3期

论"晋军"

谢　泳

　　1985年春,大型文学期刊《当代》第二期集中推出山西中青年作家成一、李锐等的四部中篇小说,并在扉页上鲜明地提出:"'晋军'崛起,引人注目"。此后,关于"晋军"崛起的新闻报道和评述文章在全国各种报刊陆续出现。对于山西文学界来说,这无疑是很大的鼓舞。同时,也向文学批评界提出了一个新课题:何谓"晋军"? 它是怎样崛起的? 有什么内在的规律? 为把对"晋军"的研究引向深入,本文试图对"晋军"做一初步的分析与考察。

崛起之路

　　何谓"晋军"崛起? 我认为,所谓"晋军"不是泛指整个山西文学界,而是特指近来相当活跃的山西中青年小说作家群。起码,在山西的诗歌、散文、报告文学、文学评论全面崛起之前,我们有理由对"晋军"的范围做这样冷静的界定。与此同时,还应当将"晋军"与"山药蛋派"相区别。"山药蛋派"指以赵树理为代表,包括马烽、西戎、胡正、孙谦、束为等老作家在内的小说流派。这个流派兴盛于20世纪40年代至60年代。除赵树理以外,其他作家虽然仍在辛勤笔耕,并常有力作问世,但他们在中国新文学史上的地位已经确定,不发生今天突然崛起的问题。而山西中青年小说作家群是在"山药蛋派"的老作家们扶植下成长起来的,其中有一部分人在不同程度上继承了"山药蛋派"的传统风格,但大多数人的审美追求,已经显著地不同于"山药蛋派"了。

所谓"崛起",包含三重含义。第一是就其自身以往的水平而言,有显著提高;第二是就其同全国各兄弟省市的创作水平相比,成绩相对突出;第三是放在世界文学的格局中比较。从《当代》提出"晋军崛起"的本意看,无疑是从第二重含义上讲的。那么,我们就有必要将"晋军"置于新时期文学发展的总格局中,来考察它的"崛起"。

关于新时期文学的发展历程,最常见的概括方式是,从"哀思文学""伤痕文学""反思文学""改革文学"到"寻根文学"。但这种概括方式偏重于形象性,而缺乏理论的涵盖性。我认为,季红真在《文明与愚昧的冲突》一文中,对新时期小说基本主题的演进把握得更恰当一些。她以为,新时期小说的主题从客观上可以归纳为"社会政治的批判"和"民族文化的思考"两大主题阶段。前一阶段又分为政治文化的反拨、政治经济的思考、政治历史的反顾三小阶段,后一阶段则分为社会伦理主题、社会心理主题、社会风俗主题三小阶段。当然,这样的归纳并不意味着新阶段的开始即是旧阶段的结束,而是就文学的某一时期文学思潮兴奋点的转移而言的。当我们沿着这条线索寻找"晋军"崛起的源头时,便可以发现,后来成为"晋军"中坚力量的几位中青年作家,都可以在新时期文学的第一乐章中找到自己的位置。成一的《顶凌下种》、蒋韵的《我的两个女儿》,都是政治文化反拨主题阶段中有回声的强音。柯云路的《三千万》,也是政治经济的思考主题阶段中紧追《乔厂长上任记》的力作。所以,我们认为在新时期小说发展的第一个阶段,他们的创作留下了深深的印迹。那么,当时"晋军"为何不像现在引人注目呢?一方面,从"晋军"的主观因素讲,他们在"社会政治的批判"主题阶段,思想、艺术上的积累还不够雄厚,作品往往是激情和义愤多于沉思,特别是当文学的潮头进入更大跨度也更为深沉的反思当代历史的阶段时,他们的年龄和经历便成为跃向潮头的制约;另一方面,从客观因素讲,当时才华横溢的"右派"作家群刚刚复出,他们二十多年饱经风霜的身姿太惹人注目了,他们以深沉而悲怆的一大批作品吸引了读者和评论界的注意力,所以包括当时还不成阵容的"晋军"在内的全国大批青年作家的身影都自然而然地被淹没在王蒙、高晓声、张贤亮等作家的身后了。

在70年代到80年代之交,当新时期小说"社会政治的批判"主题方兴未艾之际,一个新的主题阶段开始了,小说开始向民族文化的纵深层次开拓,现代化进程的艰难和阵痛,使文学不得不思索一个深刻的现实命题:"落后和不发达不仅仅是一堆能勾勒出社会经济图画的统计指数,也是一种心理状态。"在文学对社会政治经济思考的基础上,文学的潮头进而涌向更深的层次——民族的伦理、心理、风俗。

在这一阶段中,"晋军"继续随着时代的大潮涌动并形成日渐雄厚的阵容。除前述作家外,"晋军"中还拥有"文革"前就已开始文学生涯的焦祖尧,十年动乱中开始文学创作的田东照、王东满、周宗奇、韩石山、张石山、李锐、权文学,又增添了雪珂、张枚同、程琪、钟道新、张平等新兵强将,他们孜孜不倦地笔耕,连续不断地发表,但是从客观效果讲,在全国文坛的反响却不是那么大,除了权文学的《在九曲十八弯的山凹里》、张石山的《老一辈人》在全国引起过一些反响外,"晋军"从整体上看没有引起全国文学界的突出关注。直到1984年张平的《姐姐》在全国获奖,局面才开始改观。"晋军"的这一相对沉寂期,恰恰是我国新时期文学发展中一段令人沉思的时期。

1980年至1984年间对于新时期文学来说,一方面是主题思想的继续深化期,另一方面又是文学观念的急剧动荡、更新期。从现象看,当时的焦点便是关于"现代派"的一场大论战。在文艺理论界,有围绕徐迟《现代化和现代派》的争论;在诗歌界,有围绕谢冕、孙绍振、徐敬亚"三个崛起"的争论;在小说理论方面,高行健的那本《现代小说技巧初探》也引起了毁誉不一的回声,曾经领导过新时期文学潮流的许多作家,如王蒙、刘心武,都不同程度地卷入了这场论战,这场论战对于我国当代文学观念从单一化向多元化开放,从单纯的民族规模汇入"世界的文学",无疑产生了深远的影响;同时,对于民族文化思考的文学主题的进一步深化,也起了催化剂的作用。

在新时期文学这段不寻常的经历中,在这场席卷中国文坛的"现代派"之争中,"晋军"竟然基本上没有介入。

从积极的方面看,山西的中青年作家在此期间并不是不关心文学的对外开放和技巧更新,而是他们不愿把主要气力放在小说技巧这个层次上东施效颦。他们对文学如何把握当代社会生活趋向的沉思,远远超过了对文学技巧的向往。因而,当外界人们围绕着文学形式纷争的时候,他们却把更多的注意力投向了社会生活底层的普通人民大众,体验着他们的喜怒哀乐,所思所求,并继续用老老实实的手法去传达他们的憧憬和心声。

从消极方面看,山西的学术思想和文艺思想的气候,毕竟要比北京等地相对迟滞,文学要允许实验、现实主义的创作方法要开放、多样化的手法要鼓励等一系列新的文学观念,在山西实际上是近年内才逐步得到普遍承认的。而在当时,晋军作家们虽然接收到了外界争论的新信息,在行动上则不能不保持距离。

这样,"晋军"在整个新时期文学发展的历程中,就形成了两个互相联系的特点:一是艺术形式和技巧上的朴实性,二是思想内容上的坚实性。在新时期文学发展的前期,在艺术形式上突出地体现先锋性的作家大部分出自京沪。他们处在中外文化交流的前沿,获取信息的渠道多,速度快，往往最先感受到外来文化的冲击，因而在文学观念上比内地作家表现出更大的开放性。这是他们的优点。但其中也有一些人，过分急于将新接触的外国表现手法运用到自己的创作中，其作品常常给人以华而不实的感觉，这又成为他们的短处。而"晋军"以及与山西在全国地理格局中相似的一些省份的作家，由于处在对外开放的二线，那里的学术思想和艺术思想不如北京开放、活跃，所以他们对外来技巧的吸收和尝试总表现出一种较为审慎的态度。这样，在文学形式的创新方面便有所欠缺，但在思想深度的追求上往往又有所得。当然这种局面在近两年已经发生了变化，在内地作家中也出现了给予形式创新以突出关注的新苗头。但从整体上观察，在新时期文学的整个发展过程中，"晋军"很少以小说形式上的变化引起人们的注意。他们决心依靠对民族命运的深层思考，在强手如林的文学界立足。直到今天，成一的系列小说《陌生的夏天》似乎仍经历着同样的命运。因为"晋军"在艺术表现形式上始终不具有先锋性，而整个文学界对于艺术表现形式上的先锋性往往更为敏感，这也成为"晋军"被一度冷落的重要原因。在这段相对沉寂期，"晋军"的思想追求开始朝着两个趋向分化。

　　一支以成一、张石山、李锐、田东照为代表，从山西农村的社会伦理、心理、风俗的传统及其在当今的变化入手，切入民族文化思考的主题。当这一主题以"寻根文学"的名目成为1985年全国文学的热点时，"晋军"已经做了数年之久的积累与准备，便凭着一批坚实厚重的作品一举跃上了时代的潮头；另一支以柯云路和雪珂为代表，他们继续执着于社会政治批判的主题，当文坛早春的冷暖变化把一批又一批本来是富于政治热情的作家推向其他领域之后，柯云路等作家这种毫不动摇的追求便显得很突出了。以长篇小说《新星》为例，虽然它在社会政治理想方面与高度民主、高度文明的现代化目标相比不无局限，艺术上的缺点也较明显，但这种能够使千千万万普通百姓的希望得到寄托、爱憎得到宣泄的作品近几年太少,于是它一经影视文化的大众渠道步入亿万家庭,便立刻引起强烈共鸣。

上述两种追求互补,再加上其他"晋军"作家多样化的艺术追求的烘托,便使得山西中青年小说作家群形成一股强劲的力量,猛烈地冲击着人声鼎沸的当代中国文坛。以《当代》中篇小说特辑为契机,"晋军"崛起的提法便迅速地为文学界所接受了。当然这种"崛起"又只有相对的意义。

农民主题

人们论及"山药蛋派"的文学传统时,总不免要概括为写农民,这是不错的。进入"晋军"崛起时期后,第一个印象便是题材领域大大地拓宽了。比如焦祖尧笔下的工厂矿山,柯云路、雪珂笔下的各级政界,钟道新笔下的城市众生相,蒋韵笔下的知识妇女,程琪、张枚同笔下的矿工家庭,都远远地溢出了"山药蛋派"的传统阵地。但是,在给予这种题材多样化因素以足够的注意的基础之上,回头再看"晋军"多数人的笔锋所向,我们发现其题材领域的主要走向还是农民,如成一、李锐、田东照、王东满、韩石山、张石山、张平、权文学,等等。近几年,山西已被确定为全国能源重化工基地,工业成为山西经济结构的重心,呼吁山西文学题材重点转移到工业方面来的声音时有耳闻,尽管如此,农民仍然成为"晋军"关注的重点,而且对农民命运的关注程度在全国范围内也是比较突出的,这是为什么呢?

究其原因,有人可能追踪到"山药蛋派"的影响,有人可能追踪到《山西文学》等期刊的大力提倡,有人可能追踪到每个作家的生活经历,这些因素无疑都在不同程度上起着作用,但是,要想溯根寻源,还可以把眼光放得更宽、更远一些。

中华民族五千年的文明史,基本上就是一部农业文明史。看中国首先要看农民。山西地处黄土高原,黄河流域的中游,是华夏文化发源地的重要部分,农业文明在这块土地上的历史特别悠久,发展得特别典型。不仅如此,而且由于山西山川险固,近代历史上又处于封建军阀的割据之中,人为地限制了商品经济的发展,这就使农业自然经济的特征至今仍然保存得比较完整。农业文化的超稳定性特征自然深深地沉淀在农民的文化心理中。赵树理等作家抓住了农民的命运,就抓住了当时的时代脉搏;今天,文学进入民族文化思考的主题阶段,"晋军"瞄准了黄土高原上的农民,同样可以说是瞄准了中华民族历史和时代的聚光镜。在考察"晋军"作家的整个创作中,我们发现虽然从总的发展趋向上"晋军"是沿着对农民命运的思考这一点向前掘进的,但"晋军"中的许多作家的美学追求却显现出风格的差异性和思想意向的多样性。其中一部分作家、作品继承了"山药蛋派"以喜剧为主旋律的美学风格。比如张石山的《镢柄韩宝山》,权文学的《在九曲十八弯的山凹里》都颇得"山药蛋派"的真传。

然而,更多的"晋军"作家、作品却扬弃了"山药蛋派"的喜剧传统,奏响了悲剧的主旋律。从张平的《姐姐》《血魂》,田东照的《黄河的涛声》《黄河在这儿转了个弯》,李锐的《晨雾——野岭三章》《古墙》一直到成一的系列小说《陌生的夏天》,这种悲剧的美学指向与新时期文学中农民主题的美学指向表现出更大的一致性。从悲剧的深度而言,在新时期文学的前期,"晋军"的创作成绩与全国的文学高峰相比可能有些差距,但到了近一时期,"晋军"作家所开掘的悲剧思想深度比之于全国其他优秀作品并不逊色。

新时期文学表现农民主题的代表作有《许茂和他的女儿们》《芙蓉镇》《剪辑错了的故事》,《犯人李铜钟的故事》《李顺大造屋》《陈奂生上城》《人生》《拂晓前的葬礼》《小鲍庄》等一系列作品,其悲剧意蕴经历了一个由表及里的过程。最早是从揭示悲剧的外因开始的,把农民的不幸归之为"大跃进""文化大革命"等荒唐年代中品质恶劣的小人得逞一时,善良的农民因此遭殃;以后,悲剧的起转逐渐指向路线、制度等社会政治原因,办错事的主角不再是卑鄙的小人,而往往是不自觉的好人,这就超越了前期道德批判的水平;最后,进而把悲剧的思索集中于农民自身的文化心理积淀,农民成为整个中华民族的缩影,由农民命运的悲剧切入到改造国民性的严肃主题。

沿着这一线索考察,我们看到"晋军"近期描写农民命运的小说基本上进入前述的第二个层次,有的达到了第三个层次,并显示出独到的历史深度。比如成一的《陌生的夏天》,描写中国社会从自然经济走向商品经济的大变动时期,各类农民精神上的种种不适应。《泥房子》里的史金寿老汉,《云中河》里的女教师,还有发了财的万元户,进了班子的新县官(穿制服的农民),挠羊赛上连胜五场的摔跤手,考入重点大学的状元(农民的儿子),内心都充满了矛盾;孜孜不倦地追求,追求到了却又不知所措;内心有无穷的向往,行动起来又不敢自信。"足将进而趑趄,口将言而嗫嚅",这种心态负载着多少历史的重压啊!然而,更可悲的是主人公们对自己的精神缺陷并不能自省;或即使觉悟到了一些,却没有自我更新的痛切感。这种悲剧性格,在当代中国社会中,又岂止是这几个农民所独有呢?成一正是在现实地生活在变革时代的普通农民身上,揭示了某种具有悲剧色彩的哲理,他深刻地意识到"每个民族都有两种哲理:一类是学院式的、书本的、郑重其事的、节庆才有的;另一类是日常的、家庭的、习见的。这两种哲理通常在某种程度上彼此接近,只要谁想描写一个社会,他就必须认识这两种哲理,尤其是必须研究后一种"。同样,在李锐的《古墙》中,我们也能感受到农民对新生活的追求和他们因袭的传统文化心理之间不同步的矛盾,这种在传统文化和现代文明碰撞中表现出的心理矛盾,在一定程度上正是我们民族在现代化进程中最深刻的心理悲剧。山西农民身上这种历史的因袭与一种强烈的道德感凝结在一起,似乎显得格外沉重,这一点,我们在田东照等人的一些力作中能够得到铭心刻骨的感受。在农民生活这个总主题下,"晋军"抓住我们中华民族共同的心理素质问题,使他们对农民命运的思考上升到了一个很高的悲剧层次:不是在一般的意义上展现农民生活,而是从当今农民的生活常态出发,升华为对中华民族命运和前途的理性透视,从而焕发出一种强烈的哲理气息,体现出作家对民族命运的深沉思考。

"晋军"关于农民主题的作品,一方面深刻揭示了农民的精神局限,甚至使我们觉得作家也把自己摆进了悲剧里,和对象一起接受灵魂的解剖,并触发读者不由自主地进行灵魂的对照,从而联想到我们自己在整个人类生活中所处的地位;另一方面,又对农民充满了深切的挚爱,千千万万普通农民犹如他们的父老兄长,而他们就是农民的儿子和兄弟。成一的《陌生的夏天》在对农民弱点的批判中,流露的不是轻蔑的嘲笑,而是无限的理解和同情,李锐在《古墙》中对处在现代化和传统文化交汇处的各种农民倾注的宽容和理解之情,让每一个人都深切地感到作家不是居高临下地斥责某个农民的愚昧、保守和不开化,而是唤起人们对置身于古老文化背景下生活的农民的理解和改变现状的焦灼感。这种对农民的理解不是简单地为农民洒几滴同情的泪水,而是让人们在一种同情和理解的心境中,想到农民的苦难和这种苦难中的庄严,那不是农民天生的命运,而是一个民族的落后所支付的沉重代价,这就让人们从农民的悲剧根源中顽强地探索民族未来的出路。

"晋军"笔下的中国农村生活,大都是和平时期的农民生活。我认为,"晋军"笔下的农民很少是处于对立中的两类人物,一类代表善良,一类代表邪恶,而是处于同一生活漩涡中的普通农民。那么在这样的生活中何以体现一种人道精神呢?我觉得和平时期的人道精神常常具体表现在对普通人全面发展的要求的尊重和理解上。在当今我国的农村中,物质生活虽不能说达到了多么丰富的程度,但饥饿带给人们的痛苦已经比较少了,食欲作为维持生命的最低要求,大多都能得到满足。所以,精神上要求发展,要求相互尊重,要求发挥创造力,要求得到美满的爱情和对丰富的文化生活的向往,便成为更加实际的问题。然而,精神生活的改变,却要比解决温饱问题更费时日。这种发展的不平衡,给农民带来种种精神追求不能满足的痛苦。在今天的农村生活中,这种精神上的痛苦已成为一个非常令人忧虑的问题,这也就是"晋军"在农民主题中为什么对于婚姻、爱情等精神方面的痛苦那么关心的一个重要原因,这也形成了"晋军"农民主题的一个主要侧面:人道精神。而这种精神的形成正是成为大作家的基本素质,是与世界文学对话的基本前提。

文化反差

目前,列在"晋军"麾下的中青年小说作家群,起码有二十多人,与当年"山药蛋派"的阵容相比,有两个显著变化:第一是阵容庞大了,第二是经历多样化。前一点不言自明,而后一点则须多说几句。"山药蛋派"中除个别人外,是清一色的山西籍人,抗日战争前后参加革命,在山西的抗日根据地开始文学生涯(赵树理更早一些);而"晋军"则来自五湖四海,步入文坛前的生活经历也各不相同,从生活经历上划分,大致由三部分人组成:第一部分出生外省市,在动荡年代来到山西,历经坎坷,最后选择了文学道路。柯云路、雪珂、李锐、钟道新,均是北京插队知识青年;成一是河南人,南开大学毕业后,来到山西原平,搞了很长时期的基层工作;焦祖尧是江苏人,"文革"前工科学校毕业,分配到山西基层企业工作。第二部分是本省人,在故乡度过青少年时代,后到省城或其他城市完成高等或中等教育,或在学校开始文学生涯,或到基层工作后开始走上文学道路,如田东照、王东满、韩石山、张石山、周宗奇、程琪、张枚同、张平等。第三部分也是本省人,其生活、学习和创作活动的轨迹基本上不超出故乡地、市、县的范围。可谓生于斯、长于斯,文学生涯始于斯。

从作家的数量上看,"晋军"阵容的主体无疑是第二、三部分作家,并且还在增加之中。第一部分作家人数终归有限,今后也不会增加很多。

但从目前的创作实绩看(不是给一个个作家排队,而是把三部分作家分别当成三个整体),却是第一部分作家成绩相对突出,第二部分作家成绩也不错,但较第一部分作家稍逊风骚,第三部分似乎又逊色一些。

"晋军"崛起,如果讲数量,"晋军"怎么也比不过上海作家群,那里常年发表作品的作者多达三百人以上,但并没有文学创作的崛起。上海中青年作家中除王安忆创作突破较大外,从总体上看,创作质量未尽人意。可见,"崛起"与否,关键在于创作质量的坚实,在于有没有一批作品能在全国文坛上为人瞩目。而在这方面,"晋军"轰动文坛的作品,几乎都出自非山西籍的作家。

我们做以上分析,绝不是要从经历、籍贯上把"晋军"的成长过程归于单一的原因,而是试图从这种较为明显的现象分析入手,探讨这样一个问题:第一部分作家显示出的创作优势,是一种偶然的巧合,还是潜藏着某种文学规律?

在探讨这个问题之前,先举两个实际例子:一、最近晋东南作家崔巍在一个座谈会上感慨地说:陵川干旱山区的风土民情、民歌民谣,我都很熟悉,但就没想到把这些写进小说;山西一位作家来这儿跑了一圈,回去就创作了一部中篇小说。二、江苏作家周梅森最近给本省同仁赵本夫写了一封信,说"你、我、安忆共同占有着同一块土地(徐州古黄河流域),你是土生土长的,安忆是嫁接的(插队),而我是移植的(随父母转业),在对脚下这块土地的认识上,您理应走在我们前面","但是,我还是深深为您遗憾,像《小鲍庄》这样塑造了一块土地形象的,当代文学的扛鼎之作却没有出现在您的手里!"(见《文学自由谈》1986年第3期)

无论感慨也罢,遗憾也罢,给予我们的都是同一个启示:最熟悉某一块土地的作家,并不等于是最理解某一块土地的作家。在作家的主体素质当中,是否包含着一个可以称为"文化反差"的因素呢?

所谓"文化反差"是衡量一个人文化阅历的幅度和深度的概念。比如一个人,在其生活历程中经历了两种以上相互间差别较大的文化环境,特别是当他从一个文明程度较高的环境深入文明程度较低的环境时,他便可以从居高临下但又十分真切的角度,获得比在那一环境里世代生活的人们对自身更深刻的认识,从而形成一种文学创作的优势。这种反差愈大,优势也愈明显。在当代文坛上十分活跃的五七年被错划为"右派"的"复活的作家群"和"知青作家群",都可以佐证这一点。

从"晋军"中的第一部分作家看,他们的人生经历包含着这样几个文化反差的层面:地域的反差,身份和命运的反差,心理的反差。"晋军"中的第二部分作家也具有"文化反差",但反差的幅度小一些,第三部分作家则更小一些。这些反差是如何对作家的感情气质、思想境界、文学追求和审美理想发生作用的呢?

在文化反差诸因素中,居于最表层的是地域反差。我国幅员辽阔,百里不同风,千里不同俗,外省人来山西定居,对这块土地上的山川景物、语言环境、风俗习惯,自然会产生特异性的感觉。民歌《走西口》,在黄土高原上已经流传了多少年、多少代,唱歌的人不假思索便可脱口而出,对于包蕴其中的地域文化特质,真可谓"集体无意识"了。但远道而来的成一,头一次听到这陌生而悲切的歌声,内心该是多么亢奋啊!他马上把这歌声捕捉进《绿色的山岗》,使之成为晋北文化风情的象征。这种地域反差造成的艺术敏感,正应了苏东坡的名句:"不识庐山真面目,只缘身在此山中。"

另外,地域反差,还可以开阔人的胸襟和视野,在不同的地方生活,才能感受到祖国之大,在不同的国度生活,才能体验到世界之宽,这是不言而喻的。难怪贾平凹读了孔捷生"你来走走我们的雷州,就更明白你的商州"的来信,感慨地说:"这话讲得太好了。"

居于较深一层的是身份和命运的反差。如几位北京知青作家,首先都经历了大城市学生——农民——城市职工的人生历程。过去,在北京念书,是春风里的幼苗,阳光下的花朵,衣不缺,食不愁,从书本上识得"公社社员"四个字,绝不会和千千万万食不果腹的"受苦人"联系在一起。当他们沉入山西的山庄窝铺,和农民一样吃糠窝窝,喝菜糊糊,在压弯的扁担下流臭汗,挣一样年终兑不了现、更养不活自己的工分时,才真正体验到什么是真正的中国农民!他们从心底里怎能不为农民的苦难发出深深的不平呢?

比这种变化给人的更深烙印的是,还有一部分人不仅经历了学生——农民——作家的历程,而且在"文革"的风暴里经历了"天堂——地狱——人间"的历程,他们原来生活在领导干部或高级知识分子家族,在阶级斗争扩大化时,本人或家庭尝尽了全面专政的苦滋味,十年动乱的人生际遇,使他们脑海翻腾,思绪万千,从中国的现实,一直追索到历史的深处。人常说"国家不幸诗家幸",我们说在国家不幸的年代里,只有真正饱尝痛苦滋味的诗家,才能从中获得巨大的文学财富。

居于更深一层的是观念的反差。动荡的年代,把来自大城市的青年学生抛入社会生活的底层,但他们在学生时代就初步打下了人类科学文化成果的烙印,养成了读书求知和思考社会的自觉性。到农村后,虽然环境闭塞,但他们毕竟拥有比当地农民广泛得多的社会联系和信息渠道,他们仍沿着学生时代已经展开的较为宽阔的知识涉猎幅度,继续顽强地获取科学理论知识。当十年动乱结束之后,我国思想文化领域逐步开放,他们又利用再度求学深造或自学的机会,广泛地吸收了当代人类的思想成果,这就使他们一方面能同底层的人民大众保持血肉般的联系,一方面又能跳出相对封闭的农业自然经济环境,登上历史的制高点,用人类现代文明的眼光理解农民,反省农民自身不曾反省或反省不到的局限性,农民的各种思想观念,人生追求,农村的各种风俗习惯、社会变迁,都成为他们理性思考的对象,成为他们用文学表现当代中国社会的标本。

从直感上觉察风俗的差异,上升为情感上与农民同忧同乐,再上升为从理性上沉思民族的过去和未来，经历了上述文化反差由浅入深各个层次的作家，便不只是站在城市写农村，也不只是站在农村写农民，而是站在一个民族的前沿写农民了，这也正是"晋军"中坚分子以知青为主，但在他们笔下我们却很少看到直接描写知青生活的一个重要原因。在"晋军"的笔下，知青生活背景的淡化不是一个偶然的现象，而是他们对农民命运进行理性沉思的焦灼感，冲散了对自己在动荡年代中经历的苦难的回忆。

当然，这种文化反差形成的文学优势，对于"晋军"作家来说，有人是自觉的，有人却不那么自觉。况且成为作家前的生活经历固然重要，成为作家后的生活道路也不可轻视。优势较大的作家不自觉可能失掉优势，飘飘然进入"象牙之塔"；原来优势较少的作家也可以主动拓宽自己的生活阅历，弥补自身"文化反差"的不足。籍贯不可选择，道路靠自己走。读万卷书，行万里路，山沟里出来的作家照样可以登上文坛的制高点，摘取当代文坛的皇冠。只要土生土长的作家能够真正跃上时代精神和人类智慧的高度，重新认识自己脚下的财富，在下一个文学浪头中，便可首当其冲，一领风骚了。这也正是我们对"晋军"中大多数作家的殷切期望。

一个时期以来，我国文学界已经越来越自觉地意识到，中国的文学要尽快地走向世界，攀登世界文学高峰。然而，中国文学走向世界，绝不是一句空洞的口号，而是需要拥有当今人类最高智慧和全部良知才能肩负的伟大使命。对于作家的主体素质来说，无疑又需要具备新的文化反差层面，也就是说，需要作家既能自如地掌握和批判中华民族古老的文化遗产，又能广泛地吐纳全人类一切优秀的文化成果，站在东西方并峙的文化双峰之上，为整个人类的未来而歌。不具有这样的气魄和素养，文学走向世界就只能是一句空话。

事实上，只要我们的视野开阔一下就会发现，自19世纪下半叶资本主义世界市场开拓以来，各民族之间闭关自守、互不往来的格局已经从根本上打破,并且一去永不复返。东西文化全面撞击,交汇融合,20世纪已经完全进入了世界文学的时代。中国新文学史上具有世界影响的文学大师鲁迅、郭沫若、茅盾、巴金、老舍,无不是学贯中西,足涉海外。只有赵树理因为战争年代的特殊环境成为唯一的例外。再看近世的世界文学巨匠,其生活阅历史更是具有显著的国际性。首先提出"世界的文学"这一概念的是伟大的德国诗人歌德,而这与他的两次意大利之行不无影响。安德烈·纪德在《论文学影响》一书记载:"歌德到达罗马后便惊呼'今天,我终于获得新生了'! 他在信中写道'进入意大利,仿佛第一次意识到自己的存在'。"正是由于接触了那里古代和文艺复兴时期的艺术,歌德才从"狂飙突进"的热情中解脱出来,导入澄明的古典主义。翻开世界文学史,可以看到司汤达、伏尔泰、海明威等许多作家都有异域之行的经历,这一特点可以启发我们,国际性的文化反差对于产生世界性的作家是很重要的。

现在我国一些作家已经意识到了这一点,并在创作中尝到了甜头。王安忆美国之行,异国的陌生感使她对我们的民族产生了新的发现,从而创作出了《小鲍庄》这样的力作;刘心武写作《钟鼓楼》期间也两次出访欧洲,他深有感触地说:"一方面感到由于交通的发达,如今的世界仿佛变小了,要想避免各民族间文化波轮的撞击互溶已不可能,另一方面又感到唯有牢牢扎根于自己民族的'圆心',把半径扩大到外国文化的轮面中去汲取有益的养料,方能熔铸成一种坚实美丽的'合金文学'。"站在世界看中国,方能把中国看得更分明,方能更深刻地揭示自身的优点和弱点,这是一条规律。

一部分"晋军"作家,已经意识到自身打开眼界、拓宽"文化反差"幅度、提高"文化反差"层次的迫切性。一方面,他们拼命读外国的书,文学、哲学、史学、自然科学,统统拿来读;另一方面,他们也努力扩大自己的生活阅历,李锐、蒋韵的走西口,张辛欣的大运河之行,张曼菱的新疆之行,陈村的西北之行,共同形成了近两年我国青年作家的文化旅游考察热。他们未必不想到国外走一走,尤其是到与我国文化传统殊异的西方走一走,但是,到目前为止,"晋军"中只有焦祖尧、成一、周宗奇、柯云路到国外做过极短暂的访问,与我国近年来活跃的作家都出国的经历相比,这方面不能不说是"晋军"的一大劣势。对于作家来说,读书固然重要,但毕竟代替不了实际的生活体验,况且异域文化一经文字媒介传播进来,便要失去其丰富多样性,"晋军"这一先天不足,很可能成为攀登下一个文学高峰的障碍。

苏联作家邦达列夫说:"当代严肃的作家,如果他感到自己是时代的儿子的话,他似乎已不属于一个国家、一个民族、一种文化。他应当对于任何闭塞的空间感到格格不入。最高的精神状态是,能意识到人类的所有痛苦、激情、病症和愿望都在他心中会合"。我们想,这或许就是当今文学家所应追求、所应具备的高境界。

（作者申明：本文与丁东合作，因当时丁东是《晋阳学刊》编辑，所以发表时只署了我一个人的名字。）

1986年4月初稿,6月改定

选自《晋阳学刊》1986年第5期

文坛上"晋军"的崛起

徐漫之

　　近几年来,文坛"晋军崛起"是引人注目的,它的成绩、经验也是值得研究的。

　　"晋军"泛指山西文坛上的一支生力军,它主要指小说创作队伍里的中青年作家群。山西中青年小说作家群成长迅速,经常有引起全国反响的作品问世,在全国文坛崭露头角。自全国性短篇小说评奖活动开展以来,成一的《顶凌下种》,柯云路的《三千万》,张石山的《镢柄韩宝山》曾分别获奖。王东满的《柳大翠一家的故事》,权文学的《在九曲十八弯的山凹里》,义夫的《花花牛》曾分别被选入各年度全国短篇小说佳作集。

　　近两年来,这支新军锐意进取,有了更长足的进步。张平的《姐姐》获1984年全国短篇小说奖。柯云路的《新星》和焦祖尧的《跋涉者》两部长篇同时获人民文学出版社的"人民文学奖"。此外,成一的系列中短篇小说《陌生的夏天》新近完成,田东照的中篇《黄河在这里拐了个弯》,李锐的中篇《古墙》,哲夫的中篇《船儿也曾有过舵》、蒋韵的《少男少女》以及钟道新的中篇《国手》都是有突破的新作。

　　山西文坛的这支新军具有良好的素质,他们对社会主义建设怀有强烈的责任感,不论对生活的讴歌还是对时弊的抨击,都表现出一片赤子之心。他们对艺术的探求是勇敢而敏锐的,并且各自形成特色,在不同的领域里发挥自己的优势。这一切都由以上列举的作品得到证实。

对山西文坛的新军,我们可以从以下几个方面来观察。

当代中国思想潮流 和文学潮流的产物

"晋军"作为一支敏感的、精神生产者的群体,是中国新时期历史环境的产物,首先是中国新时期中思想解放、文学开放的强大的时代潮流的产物。

"晋军"的主要成员大约在四十岁上下,他们身经十年动乱,在迷惘痛苦中有一番坎坷和辛苦。党和国家的灾难,人民的灾难,同他们个人的不串是连在一起、撕扯不开的历史。在他们提起笔来开始写作时,几乎毫无例外地要直接或间接地触动那十年的经历和十年之后疮痍满目的现实生活。本文以上所举这支新军创作篇目的前一部分,已大体能说明这个特点,而这个特点也是新时期文学的一般特点。新时期文学是在党的十一届三中全会精神的指引下观察和理解十年动乱和当前现实的,并且深入一步地评价了三十年来我们的思想路线。山西文学新军较为深刻地领会了拨乱反正、思想解放的精神,以冷静的目光转向历史和现实,使他们的作品能够更深刻地反映中国四化建设的艰苦和光辉,并且更深刻地表现出当代人们的精神世界。他们或先或后地改变文学观念,克服政策小说、车间小说、说教小说的倾向,把人放到文学的中心位置。在文学开放的形势下,他们采取"拿来主义",广泛汲取外域营养,大大地开拓艺术视野,使自己的作品中增加新的技巧和手法。在以上所举他们近两年来的作品中可以看到这种发展的轨迹。成一的《陌生的夏天》,把握当代农民的心理特征是相当准确的。其中的许多篇,把各色农民放到改革的生活大潮中,但又不是围绕着农村改革的过程做政策的图解,而是展示在这个大潮中各色人等的心境、情绪、欲望、意念。他们在传统的写法中融进意识流、心理分析，以及心理上的失态、失口等新的表现方式。而李锐的《古墙》以新的眼光对待小说结构，试图以"块状结构"填补语言休止处的空白，也引起了文学界的关注。柯云路发挥传统的现实主义手法的诸种特长，以宏大的结构和气势对广阔的生活做同步的扫描。但是为了表现新生活，尤其是京都生活的变幻多姿，他大胆地分割小说时间，使场景处于重叠交错的状态，同时又保持着情节的框架。这些地方也是吸取新的艺术手法的收获，更不要说他也在大胆地运用意识流和幻觉描写。

继承传统开阔眼界

这里的传统是自"五四"以来革命文学中的现实主义传统。这个传统六七十年以来以它的"为人生"的精神和对生活的严峻态度、冷静色调发生了强大的影响。

山西文坛新军在起步时具有较高的文化素养，在对外开放的文化背景中他们中的大多数都如饥似渴地吸取新知识，弥补封闭式教育带来的缺陷，从而调整了自己的知识结构。因此，他们对"五四"文学传统有较好的继承，并勇敢地加以发展。

中国"五四"以后的新文学本来是枝叶繁茂的，在反帝反封建的统一的原则下，艺术主张、艺术色彩，各呈姿态。但是由于种种历史原因和认识上的问题，他们以往对于新文学中的各种流派、主张、看法未尽恰当，所以在吸取传统方面就比较拘谨，受到的局限较多。比如对郁达夫、徐志摩、沈从文、废名以及三十年代的新感觉派小说家，很少阅读，也难以说到借鉴或继承。可是在山西文坛新军中，以上这些作家早已是他们选择的对象。郁达夫为韩石山所景慕，成一十分偏爱骆宾基，这是笔者所了解到的点滴情况。而在我们过去熟知的作家里，新一代的作家对他们的喜爱、择取也各有自己不同的方面。张石山对赵树理的白描手法和语言运用十分醉心，而且潜心玩味，颇有所得。但是张石山不认为这是唯一的方法和最好的语言，他同时欣赏其他各家。晋军中的主要成员都心折于赵树理，但是他们中的大部分人都有更为广泛的艺术视野和艺术趣味，并不拘于一家之法。

在中外文化交流日趋频繁的时候，这个作家群体对当前世界文学的发展也有浓厚的兴趣。从日本的川端康成到美国的福克纳，从法国的萨特到哥伦比亚的马尔克斯，都是他们涉猎的范围。而且这一批作家在理论上也有浓厚的兴趣。这就不但调整了他们的知识结构，而且使他们在文化素质上有很大提高，这些似乎不可见的地方正是造就作家所不可少的。

"晋军"中的大部分是写农村题材的，他们对山西有成就的老作家的作品是熟悉的。由于同这些老作家有较长时间的接触，所以在努力深入生活、深刻反映现实、注意社会效果方面，在讲究人物塑造，精于应用群众语言方面，受益不小。

深入生活开掘源泉

深入生活是一个十分重大的课题。山西文坛新军在这一方面有较为厚实的积累，而且可以说在这支队伍里具有这种良好的传统。他们深入生活，向来不待上级号召，也无须领导催促。他们的主动性、自觉性很强。"晋军"中的大部分人本来同农村有紧密的关系，有的家在农村，他们回家探亲就到了农村，家里有人来往，就有信息和各种感情的交流。此外，他们都建立了生活点，取得经常的联系。这些年写作较有成绩的成一，原在原平县委办公室工作，他曾跑遍全县各公社，同所有的公社领导都有交往，到许多大队能做到进家就端碗吃饭，毫不见外。在写城市题材的作家中，程琪、张枚同、王子硕同矿山有紧密联系。焦祖尧在山西的三十多年中始终同大同煤矿保持联系,他在上自局长下至工人的广泛阶层里都交有知心朋友,可以说是"煤矿通"。

山西文坛新军把生活当作创作的唯一源泉,这是这支队伍获得较快发展的重要原因之一。不过他们也曾总结过以往的教训,不分条件地把作家轰到农村去,强调在一个村子里"挖井"而不问其他,显然是不妥的,过分强调"同吃同住同劳动",也不可能切合一切作家的条件和要求。现在这批作家深入生活,一方面是积极主动的,一方面又是自由自便的。所谓"自由自便",是根据一位作家的艺术上的需要自行决定在什么时间、到什么地方、住多长时间、用什么方式。深入生活和跳出一定的生活以外;在定点上看生活,和绕着弯儿看;近看和远看;横看和竖看;……这一些方式都是开掘源泉的方式。如果再具备了相当的理解能力,善于思考,善于捕捉,那么生活必然会给他们丰厚的报偿。

重视文学群体内部的和谐

山西文坛新军的成长,同山西作协党组的领导是分不开的。山西作协注意到一个文学群体的特点。

文学群体是由本省内部从事文学活动的作家组成。因此,它的包容性应当尽可能广泛。同时,所有的作家在这个群体中都应感到自由、温暖,受到尊重关怀,而且每个作家也要尊重和关怀其他作家,尊重和关怀这个群体。

文学群体不是文学流派。山西作家过去以"山药蛋派"的艺术风格为主导。现在各种艺术风格纷呈并现,出现一个多元化的艺术潮流。在题材、风格以至艺术主张、文学观念各方面都可以各不相同。但是,这是艺术上的百花齐放,也可以说是艺术上的争芳斗艳。而从人际关系来说,大家是团结的,是互相尊重的,因此在作家之间气氛融洽,能通过互相讨论品评,共同获益。从领导方面说,领导绝不以自己的爱好、趣味、主张强加于作家。艺术上的问题十分复杂，只有由作家通过自己的实践去解决。除了根本的理论原则和政策法律问题以外，领导不把艺术见解强加于作家；而领导同时也是作家，在研究艺术问题时，总是以平等地位互相商讨，互相启发。这样，山西文艺新军中，就始终存在着良好的气氛，这种气氛有益于探讨，有益于创造，有益于团结进取。有了这种气氛，一个真正的文学群体才能形成，才能发展。

文学群体内部的和谐，除小说作家间的问题以外，还有报告文学作家、诗人、评论家的同步发展问题。近年来，这些领域已有一些较好的作品问世，引起文学界的注意，并充实了山西文坛新军中的薄弱方面。虽然这些方面起步较迟，原有的力量较弱，但是，现在势头很好，将在近期有更大的突破。可以期望，山西文坛新军将成为一支更为齐全的队伍。

选自《瞭望周刊》1986年第7期

论"晋军"作家塑造典型的成型方式

傅书华

十年浩劫像一场飓风,将人对外部世界、对人自身的天真幻想吹得无影无踪,冷酷的事实迫使人们承认,客观世界的发展规律并不总是体现着人的美好意愿,人也远未认清人自身,当客观世界以其自身的发展规律无情地碾碎了人的主观梦幻时,作家放弃了对客观世界发展规律的探寻,而将关注的目光投向了人自身在社会生活中的生命过程。这是一种严峻的对人生对世界重新审视的目光。在作家的眼中,世界、人生有了新的变化,当作家把这新的变化凝聚在人物形象上时,就产生了"晋军"塑造典型的成型方式。那就是将自己对人生对世界的关注点由对客观现实世界发展规律的关注转入对人在客观现实世界中生态的关注,不再把人物当作某种社会力量本质的载体,也不再以此来设置人物之间的关系,而是着重写人在现实社会中的生活、欲望、命运,并以此来塑造性格,构置人与环境,人与人的关系、矛盾、冲突。

譬如柯云路的《新星》《夜与昼》《衰与荣》中的李向南,他似乎是一个人,但作家对此人其实采用了两种不同的典型成型方式,因此,这是截然不同的两个典型。《新星》中的李向南,是作者、读者心目中理想的改革者的典型。他的成型方式,是"山药蛋派"典型成型方式的完善、深化。如果说读者在读《夜与昼》时,脑子里尚有一个改革家李向南的形象,那只能归因于《新星》对读者的巨大影响。其实,当李向南一脚踏进京都时,他在《新星》中所表现的那些改革者的属性就荡然无存了。在《夜与昼》《衰与荣》中,李向南不再作为一个改革家出现,而仅仅作为一个有政治抱负,有人生理想的"老三届"学生出现。作者不再以那种观念中的理想的改革家的本质属性作为人物性格内在质的规定性,而是将一个青年人的政治抱负、人生理想作为人物性格的核心。所以,作者写了李向南在上层人士中的活动,在景山上青年人聚会上的侃侃而谈,也写了李向南与顾小莉同赴舞场在舞会上的失落感、惆怅感,写了李向南在成为名演员的林虹面前的屈辱感、软弱感。即使是李向南与顾小莉的情感关系这一贯穿《新》《夜》《衰》三部作品的情节线,在三部作品中,从塑造典型人物的成型方式的质的属性上讲,也是绝不相同的。在《新星》中,这一情感关系更多的是作为"山药蛋派"的典型成型方式中的人物外在形态的生动丰富性而出现的,其中又可分为二:一是为丰富李向南的情感世界服务,一是为丰富经济政治改革的过程服务。但是在《夜与昼》《衰与荣》中,李向南与顾小莉的关系就只是作为一个男性与女性的情感关系而出现了。如果说《新星》中的李向南是作者、读者理想中的政治改革家,言行举止大放神光异彩,那么《夜与昼》《衰与荣》中的李向南则更多地具有了现实的世俗的人的风姿,这是因为作者在塑造这一人物时,典型的成型方式发生了转换,所以作者才说:"《夜与昼》不是《新星》的续篇,而是一部完全独立的作品。"

再如《远村》,着意的是人在客观世界的压迫、限制下的情感状态、情感追求,而不是对人物生活于其中的社会形态的关注与解剖。构成杨万牛与叶叶性格核心的,不是旨在说明某种社会构成、社会形态下人物的社会属性,而是人的某种情感属性在特定社会形态下的显现形式。杨万牛对情爱的执着与在这情爱不得正常实现时的悲凉、惆怅、屈辱,一方面表现了某种爱情形态,将人对爱的需求加以一种典型的集中强烈的显现;另一方面,在更深隐的层次,则典型地体现了一种男性对社会不能忘情的投入与在这投入过程中,因力量与目的的悬殊而必不可免遭到的挫折及在这种挫折感中,对力、抚慰、理解的渴求。这种渴求,又只能在异性面前才能得到满足,于是,有了作者笔下叶叶的热烈多情。所以,沿用"山药蛋派"典型成型方式去破解杨万牛、叶叶的性格魅力之谜,追寻其性格中反映了哪些时代的社会政治内容,就会百思不得其解。

不论是写个人在当前社会政治生活中的活动,还是写个人在历史长河中的命运,抑或写人的情感在一定社会形态下的呈现形式,或是写人的心理世界,构成人物性格核心的,都是人的欲望、信念、生命体验,对改善生存状态的不断需求,而不是人对特定时代某个阶层社会属性的理性认识。由于在人物性格核心质的规定性上"晋军"作家与"山药蛋派"作家的不同,所以,在对典型人物的具体描写中,"晋军"作家也体现出了与"山药蛋派"作家截然不同的特点。

第一,是人物行动的初始动机。"晋军"作家笔下人物的初始动机总是与其个人的利益、欲望直接相关。譬如《血泪草台班》中的应虎、艾艾,他们最初并没有明确对自由婚恋的追求,而是基于一种情爱的冲动、激发,所以,作者才写他们在最初并没有想到要结束无爱的婚姻,建立有爱情的家庭,而是在维持双方家庭情况下,以一种被愚昧社会文化承认的私通形式保持这种爱情的交往。在历史的新陈代谢过程中,那些最初出现的推动历史前进的萌芽,总是在合乎人性、人的利益需求的土壤上产生,这些人性、人的利益需求,又总是首先通过少数人得以体现,历史便得以沿着发展、完善人性的轨迹前进。但是,体现在少数人身上的这种人性、利益需求,在最初出现时,却是以一种不合乎传统规范的形式出现,并且也不被当事者所觉悟,所以,应虎们最初对爱情幸福的追求就混杂着许多旧的因素——如私通的形式,也有着许多不自觉的成分,如他们并未认识到自己的行动是对旧的不合理婚爱形式的挑战。这在赵树理、马烽等人笔下是不可能出现的——在他们笔下,由于人物是作为一种社会力量的代表出现的,体现着一种社会力量的政治、经济的追求,所以,他们的行动就更多一种自觉的理性色彩。

第二,是人物的行动。在"山药蛋派"作家笔下,人物的行动是某种社会力量在社会中活动的直接体现,而在"晋军"作家笔下,人物的行动则是人的欲望、信念、生存需求与外在世界冲突的结果,并不能与某种社会力量在社会中的活动相对应。杨万牛与叶叶的爱情体现了哪种社会力量在社会中的活动?《夜与昼》《衰与荣》中李向南的行动也绝非体现改革力量对社会的介入形态。至于《长长的坡》中的父子之情、父子各自的生活历程,也未成为影响社会构成的社会力量。

第三,"晋军"作家笔下人物的命运不再如同"山药蛋派"作家笔下的人物命运那样,与某种社会力量对历史前进社会发展的意愿呈同向同形同步的变化。社会构成是社会各种力量相互制约的结果,每一种社会力量在左右历史发展趋向的时候,都可能与其他的社会力量发生碰撞,而历史的发展趋向便可能不完全符合自己的意愿,如此,每一种社会力量也就不能完全左右人物的命运。正如马克思所说:"人是一切社会关系的总和。"每一个独立的性格本身,都负载着历史与现实的诸多的力的因素,所以,当社会上一种新的力作用于人物时,势必与人物性格中原本沉积的历史、社会诸多的力的因素发生碰撞。由于每个人物本身所负载的历史、社会各种力的因素的构成状况不一,所以,当他们受到社会上一种新的力的作用时,就不会发生线性的直线变化,也不会发生相同的变化,而会呈现出自己独特的新的形态。

"晋军"作家在写人的欲望、命运、生命体验、生存需求时,并未脱离社会现实生活,而是在其中蕴含了更丰富的社会意蕴,从而使性格的丰富性与社会生活的丰富性融为一体。《老井》中的旺泉与巧英,传统的力量与现代文明同时在召唤着他们,但召唤的力量对于二者却是不均等的。旺泉是站在传统的土壤上追求现代文明,巧英则站在现代文明的云端依恋着传统,这正是二者难解难分又最终不能结合的最内在最根本的缘由。巧英从应该如何出发去寻求新的生活,旺泉则从现实生活中能够如何出发而固守山乡,二者各自有其合理之处。而新的生活与历史既定存在必然构成冲突,这种冲突交织缠绕,啮吃着旺泉与巧英的心,人物性格的丰富便寓于其中。

"晋军"作家笔下人的欲求、情感、生命体验、生存需求既有时代性的一面,又有超时代性的一面,既体现了某种社会矛盾,又不仅仅成为某种社会矛盾作用下的情感显现形式,既是可以言说的,又是不能完全言说的,所以,"晋军"作家笔下的人物性格核心,往往不能用概念做理念性的单一的总括说明。把人的欲求、情感、生命体验、生存需求作为人物性格的核心,既形成了人物性格核心的丰富性、形象性,也使人物性格核心与人物性格的外在表现形态成为不能相互割裂截然区分的一体,或者说,人物性格核心的丰富性就是具体地蕴含在人物的外在言语、行为之中,这与"山药蛋派"作家用人物性格的外在表现形态表现、映衬人物性格核心是不相同的。

与人物性格的丰富性相适应,"晋军"作家在设置典型环境时,不再仅仅把典型环境的指向性局限于社会生活的政治、经济层面并用日常生活层面作为陪衬,而是将典型环境的指向性伸向与性格丰富性相对应的社会生活的各个层面。譬如《老井》,其中有农村落后的物质生活、文化生活形态,有人与自然的对立统一,有科学文化对农村的浸透,也有传统文化与现代文明的相互交错。没有祖祖辈辈对井的热望、执着,现实的根就无法深深扎入旺泉的性格之中。巧英的设置,则使旺泉的性格中充满了一种现实与理解、能有的与应有的之间的内在矛盾的张力,也使人性、人情在这种张力中得到了高度的张扬。可以说,正是典型环境的宏阔空间,使人物性格的丰富性得以充分的实现。

上述"晋军"典型的成型方式,是作家对人的社会现实生活中的欲求、情感、生命体验、生存需求做审美观照的结果。当这种对人的关注渐次转入对人的类特征、类本性的审视时,原有的典型成型方式就不再够用了,从而出现了种种新的典型的成型方式,这其中,形成了一种比较稳定、成熟、有自身特点的典型成型方式的,是李锐的《厚土》。

《厚土》着重写的是在落后的自然经济状态下,人的典型的生存境况,并于这生存境况的典型性中,体现出人的某种类特征。至于作品中的人物性格,则更多的是作为典型的生存境况的构成要素而存在。因此,《厚土》是以典型的生存境况为典型画廊增添了新的色彩、新的画法、新的展品。作品所写生活形态的跨时代的恒久性,生活原色调的古朴性,作品所写人物生命、心态在生存过程中与所生存环境相对应的本真性以及二者的吻合,构成了《厚土》典型的生存境况的成型方式。

与赵树理、马烽、柯云路等人笔下的人物具体的生活形态不同,《厚土》中人物的具体生活形态的时空指向性不再局限于某一时代社会生活的各个层面,而是伸向了更久远更辽阔的历史时空。这在《厚土》中有两种表现形态:一种是作者抹去人物具体生活形态的特定时代印迹。如《眼石》《好汉》等等,在这些作品中,读者难以从其中看到人物生活的时代,于是,作品所写的生活形态便具有了一种跨时代的久远性质。还有一种是读者虽然可以从其中约略看到人物所处的时代,如《锄禾》《合坟》等,但作者的旨意却不在通过所写的生活形态反映一个时代的时代特征、面貌,而是旨在将此作为一种跨时代的人类的某种生存形态来写。在《锄禾》中,通过队长、北京来的插队知青休息时念诵毛主席语录的细节,点明作品所写的是"文革"期间发生在吕梁山区的事。但作品的旨意却不是以此来揭示这一特定时空内的生活,而是借此来写出一种沿袭了数百年的封闭、落后的小农生产形态：人作为土地、社会的奴隶，终日单调地在田间劳作，不晓得外面的世界，也没有自身的觉醒，日复一日地没有变化，百年前如此，百年后依然如此。正是这种具体生活形态的恒久性，使生存境况的典型性具备了一种包容人类历史的蕴含力。

古朴的生活原色调是《厚土》中写具体生活形态的又一特色。譬如《秋语》：两个收割玉茭的老人，在田间地头休息时，谈到了生的欲求和对死的理解，谈到了性。在生中，是对温饱的希冀，天天吃炖肉，这就等于坐了龙庭，这就是人间最好的生活。死，则是不可抗拒的，只是希望死后像生前那样有一个归宿。性是人生的基本欲求，人生应具备的一个基本内容——男人应该拥有一个女人。两位割玉茭老人对人生的理解就是如此，他们的生活世世代代也就是如此。作者将这种生活原原本本、素素朴朴写来，其间没有政治色彩的印痕，也没有道德观念的着色，人、自然、社会浑然一体，不敷一点渲染，不事一点夸张，宛如一幅原生态生活的素描。

在生活形态跨时代的恒久性与古朴的生活原色调融合的巨大温床上，人在生存过程中与所生存环境相对应的生命、心态的本真性得以充分地滋生、展现。生与死是《厚土》中所一再写到的。在《秋语》中，我们可以体味到，人一代一代的就如作品所展示的那样，在对温饱的希冀，对死的豁达，在可怜的生活享受中，在对异性的满足中生生死死。但生命的这种本真状态，却因外在的种种干扰所造成的幻象的存在而为人所不觉。在《送葬》中，我们看到一个人的生命流程在历史行进的潮流中，是多么微不足道。拐叔的哥哥是富农，土改时带着细软跑了，于是，拐叔顶替哥哥做了富农，孤寡一人一辈子，寂寞地生，寂寞地死，但毕竟给人世间留下了、增添了点什么，那满村的苹果树花就是明证。这是一个人的一生，这也是众多人在世间的人生流程。《看山》写一个牧牛老人的孤独，一辈子牧牛，一辈子看山，山永远依旧，生活永远没有变化，人却在看山的过程中不可避免地步入老境,走向死亡。这是一种彻骨的冷酷的人生孤寂。小说结尾处那牛犊子舐牧牛老人脸的一笔,正传神地体现出人在绝望孤寂中尚留一丝温馨以自慰的生存境况。

性在《厚土》中也被反复地多次写到。《锄禾》中队长与红布衫女子,《驮炭》中车把式与村妇的性苟合成为单调闭塞的乡间生活中人的主要的精神活动、生活追求。《篝火》中的队长、《眼石》中的赶大车伙计,都因自己的相好或妻子为他人占有而愤愤不平,又因自己或复得相好或相反地占有对方妻子而心情归于平静。其中,我们固然可以看到女性无地位的依附状态,看到某种文化心理的丑陋性,但更可以看到人的生存窘况:在落后封闭的生活环境中,性成为男性实现自我价值的主要标志。至于《青石涧》《二龙戏珠》中所写到的乱伦,则让读者看到,性如何在人的愚昧落后,在对自身的失控中,戕杀了人自身,使人最本性的东西成为最外在于人的恶魔。

人物与景物是构成《厚土》典型生存境况的最主要的要素。在《厚土》中,有些人物仅寥寥几笔,并不构成一个独立性格,却成为典型生存境况的重要组成部分。在这里,我们可以再一次认识到,李锐不是以个体的独立性格构成典型价值而是以典型的生存境况构成典型价值的。譬如《假婚》中的女人,作者写其"温软而宽容"地承受着"男人胸腔里的那股狂潮"。小说结尾处,作者写道:"当那狂潮终于平息下来的时候,男人粗拉拉的手掌无意中在女人的脸上抹下些温热的泪水来。"在不多的几笔中,使读者得以体察到女性的心境,看到女性的命运,从而使男女的生存构成体现得更为饱满、丰富。又如《秋语》中那两位收割玉茭的老人,我们很难说他们具有什么样的性格特征,但却通过他们言行、心神,让读者体味到生与死的寂寥与永恒。即使《好汉》中好汉这样性格特征比较鲜明的人物,我们也很难说他是一个在性格中蕴含丰富的人生、社会含义的典型性格,倒是他的存在、行动的转变、与相好及与山猪的冲突,使读者看到了人在命运面前的惶恐与臣服。

由于《厚土》用笔的着重点不在具体的个别的典型人物身上而在典型生存境况的构成,所以,在典型生存境况中的人的心理、行动就体现着某种人的类特征。譬如《秋语》中,两位割玉茭老人的感触与命运,正是人类在大自然与社会中留下的一个缩影。读者读完《厚土》,对作品中具体的人物形象可能印象模糊,但对人物所体现出来的种种心态、行动、命运都刻骨难忘,那正是因为这些心态、行动、命运是种种人的类特征的鲜明显现,由此,使读者可以在返观中洞察自身隐深之处。人的类特征的鲜明显现,无疑也使作品中的典型生存境况具有了一种沉甸甸的质感。

《厚土》中的景物存在,不再仅仅成为生活环境、自然环境的组成部分,或是仅仅成为人的情感状态的对应物,而是被置入生存境况的层面之中。《看山》中的山恰如人一样,"只能在苍天之下忍受屈辱的山们沉默着,木然着,比肩而立,仿佛一群被绑缚的奴隶。沉默聚多了,便流出一种对生的悲壮;木然凝久了,便涌出一种对死的渴望;于是,从沉默和木然中宣泄出一条哭着的河来,在崇山峻岭之中曲折着,温柔着,劝说着"。这是在写山,也是在写人,在对生的悲壮、对死的渴望之间,正是生命之河的鱼龙混杂泥沙俱下的流动。《秋语》中人的苍老与玉茭的收割融为一体。人生一世,草木一秋。"玉茭秆上割出许多许多一模一样的圆",正如人生的循环往复的单调一般。可以说,在《厚土》的自然景色描写中,时时体现着中国古代的天人合一观念,这种体现,对揭示作品中所写的人的典型生存境况的历史位置,增强作品中所写的人的典型生存境况的历史恒久性,具有极大的作用,也使作者对人的描写,从生存层面进入到了存在的层面,且这二者是水乳交融难以区分的。

典型这一概念有宽窄之分,笔者将《厚土》中所写的人的典型的生存、存在境况置于宽泛意义上的典型范畴之中,这是为避免理解概念的歧义,引起题外的争辩而要补充说明的一句。

写于1993年1月

选自《当代文坛》1993年第2期

新时期文坛上的"晋军"

郑波光

大约在1985年,北京的大型文学杂志《当代》,以显著位置发表一组山西青年作家的中篇小说,在这期的编者按语中,以激赏的口吻写道:"晋军崛起,值得注意。"这短短八个字,在全国范围内,赫然举出一面以地域性为标志的文学旗帜。对山西文学创作界老作家、中年作家,尤其是青年作家,产生极大鼓舞。

从字面上看,"晋军"应该反映全部(不论哪个年龄层次)的作家,而实质上,"晋军"乃指新时期出现的中青年作家。为什么这样说?这可以从山西现代文学发展的历史去看。山西古代文学史上,曾有过辉煌时代,出现过著名诗人、杰出的戏剧家,但近代落后了。山西的现代文学是抗日战争时期前后才逐渐发展起来的,最有影响的有本土作家赵树理。赵树理作为独立支撑的大树,不但在现代文学史的第三个十年占有一席之地,而且在山西现代文学史上,是一个独立的发展阶段。记得1982年在太原迎泽宾馆召开的首届赵树理国际研讨会,马烽明确指出:他们和赵树理是两代人,赵树理是他们的老师。赵树理是成名前就成熟的作家,毛泽东1942年《在延安文艺座谈会上的讲话》只是"批准"他的通俗化、大众化追求。而真正的"山药蛋派"作家马烽、西戎、胡正、孙谦、李束为这五位作家,则完全是在毛泽东"讲话"精神的指引下,才开始走上文学道路的。1992年纪念毛泽东《在延安文艺座谈会上的讲话》发表50周年时,北岳文艺出版社出版这五位作家的《五人集》,明确把赵树理与"山药蛋派"五作家分为山西现代文学发展的两个阶段。晋军,则是山西现代文学发展的第三个阶段。

山西现代文学发展史上这三个阶段:赵树理阶段、山药蛋派阶段、"晋军"崛起阶段,在中国现代、当代文学史上,都是引人瞩目的。这三个阶段,艺术追求的旨趣虽不尽相同,但都是贴近时代,各领风骚。赵树理艺术追求是民间化、类型化,像他笔下的三仙姑、二诸葛、小飞娥、吃不饱、小腿疼、能不够等等生动形象,都带类型化特征;山药蛋派五作家笔下则追求着典型化(尽管典型程度不一),像老田、赖大嫂、郭在先、陈修德、郭春海等,都是塑造较为成功的典型形象。山药蛋派作家追求塑造典型,是在赵树理的基础上,向文学现代化的道路上朝前跨进了一大步;"晋军"不像前两个文学阶段艺术目标那样单纯。晋军是一个不同艺术追求、不同艺术风格、以山西地域为凝聚力的集合体,不是一个单一的文学流派。艺术的多元状态是晋军的一个显著特点。晋军中每一位有成就的作家,都是一个独立无倚的个体,保持独特而鲜明的艺术个性。但是,在晋军这个由不同艺术个性组成的创作群体中,却似乎也存在着一个共同追求的艺术旨趣,这就是由他们前人的类型化、典型化转而追求"意象化"的艺术旨趣。山西现代文学在走向现代化、世界性的道路上,又向前大大地跨越了一步。

晋军中的作家队伍,主要由两类人组成:一类是本土作家,像张石山、韩石山、张平、周宗奇、王东满、张锐锋、赵瑜、哲夫、吕新等。近几年,太原晋祠风景区农民作家李海清、山西垣曲县来自舜乡的青年作家谭文峰的小说作品,也在国内产生影响。晋军的另一类作家是非本土作家,包括"文化大革命"中上山下乡主要来自北京的知青作家,像柯云路、李锐、蒋韵、钟道新等作家，同时也包括全国各地高等院校毕业分配到山西的作家，最突出的是成一（南开大学中文系毕业，原籍河南）。不论是本土作家，还是非本土作家，人们各自保持自己创作的优势，互相取长补短，携手并进，形成一个令人瞩目的阵容。

在晋军中，最早获得全国文学奖的青年作家是成一，他的成名作《顶凌下种》，荣获首届全国优秀短篇小说奖，为山西新时期文学引起全国注意首创一功。成一后来又有《陌生的夏天》等系列小说问世。1990年，他的长篇小说《游戏》，被作家出版社收入"当代小说文库"，以单行本出版。成一的小说以"味"取胜，最早被评论家李国涛赞为"如食橄榄"，后又有评论家称他像一座"沉默的大山"。

张石山的《镢柄韩宝山》荣获第三届全国优秀短篇小说奖，此后又有《血泪草台斑》等著作问世。韩石山最值得注意的小说是《磨盘庄》，山西这两座"石山"的题材，常常涉及严酷的流血事件，涉及生活严重的一面（多属"文化大革命"时代）。

柯云路与张石山同时获第三届全国优秀短篇小说奖，获奖作品即是他的成名作《三千万》。柯云路恐怕是晋军中在全国产生影响最大最持久的青年作家了。以他的长篇小说《新星》改编拍成的电视连续剧，在全国播映后，收视率之高、社会反响之强烈，确属罕见，一度掀起"新星热"。后来的《夜与昼》《衰与荣》《大气功师》等一部又一部长篇，在全国青年中，拥有一个很大的读者群。

李锐、蒋韵是一对作家伉俪，这是一对勤于探索、勤于劳作的作家夫妇。李锐早些时有《红房子》《古墙》引人注意，但真正引起国内外反响的是《厚土》。《厚土》有个副题是"吕梁山印象"，这是一个短篇小说系列。1986年曾在山西太原并州饭店，由北京《小说选刊》主编并北京知名文学评论家和山西作家、评论家一道，召开"李锐作品讨论会"。1990年，他作为当代中国第一位青年作家，接受瑞典诺贝尔文学基金会的邀请，到北欧三国进行讲学活动,瑞典出版他十四万字小说集在该国发行。他是山西,也是中国第一位获得此项殊荣的青年作家。蒋韵的处女作《我的两个女儿》发表在求学时代,此后又推出《少男少女》等一系列短篇小说,蒋韵生活面不很广,但艺术感觉良好,她对"知识女性"的心理有深刻的思考与把握。

钟道新是一位创作实力雄厚的后起作家,他的《有钱十万》《风烛残年》《经济风云》等作品,在全国引起注意。张平的《姐姐》获得全国优秀短篇小说奖,长篇纪实小说《法撼汾西》和《天网》在全国产生反响,引起评论界的重视。田东照的《黄河在这儿转了个弯》、权文学的《在九曲十八弯的山凹里》、雪珂的《女儿的力量》、太原南郊区农民作家李海清的《蛤蟆营春秋》小说系列、晋南垣曲青年作家谭文峰的《扶贫纪事》等,都在全国引起注意。

在晋军作家中还有一位颇有名气的报告文学作家,这就是从晋东南到省会太原的专业作家赵瑜。赵瑜发表了许多报告文学作品,尤其是中国体育健儿兵败汉城之前就有预感的大型报告文学作品《强国梦》,引起强烈的反响。

晋军是一支实力雄厚的文学新军,近些年来,不但在全国享有盛名的作家不断问世,而且更多的作家正一步步步入全国知名作家行列,新作家也不断加入晋军行列。他们和全国各地的创作人员一道,共同谱写新时期文学现代化的交响曲。

选自《沧桑》1994年第6期

新时期中国文坛的一道风景

——"晋军崛起"

杨占平

"晋军"溯源

20世纪80年代初期和中期,山西文坛上一批青年作家脱颖而山,包括成一、周宗奇、张石山、韩石山、王东满、柯云路、李锐、张平、钟道新、蒋韵、哲夫、燕治国、赵瑜等。这些作家既继承赵树理、马烽等山西老一辈作家的优秀传统,又锐意求新,创作出了一大批主题深刻、艺术表现手法多样的作品,对当时的全国文学界形成了一股强烈的冲击波。当大型文学刊物《当代》于1985年春天集中刊发成一、李锐等山西作家的一组重点作品时,便明确提出了"晋军崛起"的口号,并且很快得到了全国同行以及广大读者的认可。应当说,"晋军崛起"不但是对当时山西青年作家创作成就的高度总结和概括,是对山西所有作家的最好鞭策与鼓舞,而且也展示了山西文学创作在"山药蛋派"之后的再次辉煌,可以称得上是现当代山西文学发展进程中的一个黄金时代。随着时间的推移,"晋军崛起"的意义越来越清晰,将其看作新时期中国文坛的一道亮丽风景,成为文学界许多有识之士的共识。由此,也引发全国各地集束性推出作家作品的热情,"湘军""陕军""豫军"等等,纷纷出现于各类媒体。

"晋军"作家的作品,之所以能在当时引起强烈的社会反响,很大程度上是得力于他们曾经长时间地生活在基层。像李锐、柯云路、钟道新等人,是从北京等地插队落户到山西的贫困山区,他们与生俱来的都市生活方式和文化熏陶,在走向黄土地之后,理想、青春、现实的种种反差、失落、矛盾、冲突等等,使他们具有了思索、怀疑和富有激情的精神品性,于是,文学创作成为他们精神追求的最好载体,反思意识和追问情结都贯穿到了作品之中;成一、周宗奇、韩石山、王东满等人,是从大学毕业后分配到了基层,他们继承了山西老一辈作家的体验生活的传统,又能够感应时代脉搏,跟上社会发展的步子,寻找到了比较适合各自特点的文学创作路子;而张石山、张平、蒋韵、燕治国、哲夫等人,就一直生活在普通群众中,大量鲜活的素材促使他们拿起了文学的笔,稍加提炼,就显得那么生动形象。因而,"晋军"作家对社会生活的本质,对老百姓的喜怒哀乐,都有着深切的感受和理解,并且能够用较强的理性思辨力去加以阐释。他们不再像前辈作家那样集中笔墨表现具体的场景情节,而是抓住生活中一些带有普遍性的问题,努力从社会的、经济的、文化的、人性的等等多种角度去审视人物与事件,显现出一种浓郁的忧患意识和理性意识。同时,在艺术手法上,不再拘泥于一种形式,而是表现出多样化的追求,既有传统的对典型环境中典型人物的描写,也有现代的心理结构、文化寻根、情感展示等等。

"晋军崛起"的社会背景

"晋军崛起"不是一种孤立的文学现象,而是由特定的社会背景促成的。20世纪80年代初期和中期,就中国文化界的整体情形来说,文学在其中所占的比重和具有的影响,都显示着明确的优势,一篇短篇小说或者一首诗歌,都有可能在全社会引起强烈反响,成为街谈巷议的话题。

应当说，当时人们最关心的还不是作品所达到的艺术成就或作家表现出来的创作风格，而是作品所反映的主题思想。这也是那个特定时代对文学的特殊要求。从作家的层面上说，如何突破相当一段时期文学的禁区，告诉人们一个什么样的文学观念，是他们的使命。文学的动向牵动着太多人的注意力，因为当时的电视、报纸远没有今天这样发达，更没有横空出世的互联网，文学作品自然就成为对知识和思想如饥似渴要吸收的中国人首要选择的对象，数量不多的文学报刊，发行量非常可观；人们之间关于一部作品口口相传的速度，同样是今天的人难以想象的。这样的时代特征，对于文学传统深厚的山西，可以说是千载难逢的机遇。再加上有马烽、西戎等一批老作家的带动作用，许许多多有一定文学基础的中青年，都满腔热情地投入到文学创作中，试图展示各自的文学抱负。有如此之厚实的基础，于是，脱颖而出的佼佼者就不是一个两个，而是一大批，有工人、农民、学生、干部，更多的是下乡知青。这也就为"晋军崛起"创造了坚实的基础和可能。

"晋军"作家从登上文坛起，就显示出他们在观念更新、思想解放方面的自觉努力和强烈意识。他们的艺术表现风格是各有追求、互不相同，但他们有一个特点是共同的，那就是在真实再现社会现实的同时，努力反思历史原因和思想观念，体现出强烈的现代性。他们所塑造的人物形象，表现的生活侧面，反映出来的社会问题，都显示出一个文学家应当具备的敏锐的观察力，大胆揭示生活真实的勇气，全面反映改革进程的气魄。可以说，在中国文化界观念更新的重要时代，"晋军"作家通过自己的文学创作向人们证明，山西文学界始终能够跟上时代的步伐，并在许多方面表现出特有的文化底蕴的深厚和现代观念的超前，他们笔下的许多生动形象，为思想解放的大潮提供了富有质感和新颖的事例。这样做的结果，自然是让他们的作品无论在文坛内部，还是在普通读者当中，都能够引起反响。

新世纪的"晋军"

进入新世纪以后,伴随着国家改革开放和现代化建设不断发展的时代主潮,"晋军"作家于20世纪90年代开始追求个性化的特点,已经成为事实。他们通过二十多年的创作实践,艺术素养、知识积累、思想观念、素材准备等等,都有了很大提高,他们不再局限于某一生活领域,在审美倾向、题材选择、表现手法诸方面,形成了多元的、个性的、现代的风格,成一、周宗奇、张石山、李锐、张平、韩石山、钟道新、哲夫、蒋韵、赵瑜等人颇具代表性。

60年代毕业于南开大学中文系的成一,有着厚实的文学理论功底,是新时期最早走上文坛的青年作家之一。他1978年发表的短篇小说《顶凌下种》,获得了首届全国优秀短篇小说奖,他本人是"文革"以后第一位获全国奖的山西作家。在迄今二十多年时间里,成一潜心构筑自己的艺术世界,出版的作品有小说集《远天远地》《外面的世界》《陌生的夏天》,长篇小说《游戏》《真迹》《西厢纪事》《千山》等,还有多部未结集的中篇小说以及短篇小说和散文随感,总字数近五百万字。2001年由作家出版社出版的、凝结着成一多年心血的、近九十万字的长篇新作《白银谷》,则是一部既有足够的史实、深刻的历史思考且十分好看的力作。成一在《白银谷》中对史实与好看关系的把握是十分准确的。他从做小说的角度,选择了西帮票号史上动荡最大的三年,即光绪二十五年到二十八年之间为大背景,全景式地再现了晋商望族的商业活动、社会关系、个人隐秘诸般形态,对豪门深藏的善恶恩怨和商家周围的官场宦海、士林儒业、武林镖局、西洋教会等等,都有着丰满鲜活、淋漓尽致的描绘。在艺术表现方面,《白银谷》将翔实的史料依据与引人入胜的传奇故事、飘摇激荡的社会与让人牵挂的人物命运,艺术地融为一体,收到了既有深刻思想内涵又能引人入胜的效果。《白银谷》并不是成一晋商题材小说的终结,此后,他以晋商中茶商为落笔点,撰写出长篇小说《茶道青红》。《茶道青红》选择的同样是晋商外贸史上最难挺过的七年,即乾隆五十年到五十七年之间为背景。这七年中,因为俄国不能严惩越境入中国抢劫的罪犯,乾隆皇帝下令关闭了两国恰克图外贸集市,导致不少经营茶叶等物品的晋商陷入困境。困境中最能体现晋商的品性,一些人扛不住不得不放弃了,而许多有远大眼光者,终于坚持不渝,迎来了重新复市的机遇,获得了大发展。如此,既能显现史实的魅力,又便于塑造人物、展开情节,达到好看的目的。

周宗奇是以小说创作而走上文坛的作家。"文革"中大学毕业的周宗奇,被迫栖身于一家煤矿长达七年之久。七年的艰苦生活既磨炼了他的生存意志,同时也为他后来的小说创作积累了丰富的生活经验。1972年,周宗奇开始写作小说,早期作品有《戴上火红的袖标》和《母亲,你为什么要走》等。1977年"文革"之后,他被调到《汾水》(后改名《山西文学》)杂志做编辑工作,后来担任编辑部副主任、副主编、主编等职,共做了十多年"为他人做嫁衣裳"的工作。

从80年代后期至今,周宗奇把重心转到传记文学上,写作并主编了大量著作和丛书,主要有著作:《荣辱之间》《父子人生》《我与汾酒》《血光之灾》《清代文字狱纪实》《红色殉道者》《辛亥革命在山西》《栎树年轮——马烽自传·口述实录·宙之诠释》《守望潞盐》《大鳌林鹏》等。主编了大型丛书《中国与山西》《马烽研究丛书》《河东文化丛书》等。此外,还参与创作了多部电视剧剧本,如《皇城相府》《潞盐风云》等。

这些作品中,《清代文字狱纪实》是最重要也最有代表性的,共77篇,85个案例,八十多万字,以上、中、下三卷的方式推出。这部《清代文字狱纪实》,主要梳理记述的是在中国漫长的封建朝代中以制造文字狱案件数量与花样最为惊人的清代文字狱。周宗奇的创作目的在于,以翔实可靠的史料,通过对清代文字狱案件的整理记述,深刻地透视当时知识分子所遭受的种种挫折与苦难,并进一步对清代统治者践踏文化的专制独裁,予以揭示与批判。何西来先生在本书的序言中,认为作品"处于史学与文学的结合部分","从史的角度看,它是纪实的;从文的角度看,它又是审美的"。其实,周宗奇呕心沥血地构思并创作完成此书,就是要把这部作品作为自己探索表现古代知识分子的苦难命运的。记述民国时期四大家族之一孔祥熙人生历程的《荣辱之间》,是国内目前关于孔祥熙传记作品中最重要的一部,作品资料翔实,并有作者有见地的评论,为研究民国史提供了很好的参考。《红色殉道者》是从民间角度,讲述曾经为共和国建立立下大功,却因种种缘故被冤枉治罪的潘汉年、杨帆等人的人生大起大落命运,由此而提出许多关于历史、政治、人生的思考问题,是后人写中共党史比较有特点的参考。作为《马烽研究丛书》之一的《栎树年轮——马烽自传·口述实录·宙之诠释》,是周宗奇探索传记文学写作方式的作品。为了写本书,他用了很多时间,沿着马烽的人生道路做了一次重访,采访了很多与马烽交往过的人物,掌握了大量第一手资料,在此基础上,他一段一段地节取马烽的回忆录,进行评述和诠释,加上了自己的一些观点,这样,既真实地看出了马烽的人生道路,也有周宗奇的观点,达到了一定的深度。《守望潞盐》是《河东文化丛书》之一,潞盐是河东地区的物质特产,也是河东文化的承载物。周宗奇在这部作品中,以一个作家的眼光,对潞盐的历史、现状与演变过程做了描述,既有史料,也有论证;既有资料性,也有文学性,站在一个比较高的角度审视潞盐,对于弘扬河东文化,是重要的贡献。

在山西文坛,张石山是一位经历颇为丰富的作家,进入文学界前,他就当过工人、农民、军人,写小说写到了省作家协会,先做小说编辑,后来主持了好几年《山西文学》编辑工作,抓住一个机会去了中国作协的鲁迅文学院和北京大学念了几年书,拿上了挺有分量的北京大学文凭。上世纪90年代初商潮滚动时,他又是山西作家中亲自"下海"尝过经商味道的一位。几年过来，"大款"没有当成，生活却体验了不少。张石山精力充沛，兴趣广泛，是山西文坛人所共知的，打球、游泳、下棋、摔跤、跳舞、唱歌，都有一定水平，甚至还能来几下侦察兵的格斗技艺；讲起故事来，则是口若悬河、声情并茂，几天几夜不重复，让听众乐此不疲。

有上述丰富的经历和广泛的兴趣，张石山写起文学作品来，特别顺畅自如、轻松愉快，并且风格独特、内涵深刻。他从1973年开始文学创作，有小说集《镢柄韩宝山》《单身汉的乐趣》《母系家谱》《神主牌楼》等等。其中，短篇小说《镢柄韩宝山》获1980年全国短篇小说奖，短篇小说《甜苣儿》获1986—1987年全国优秀短篇小说奖，是山西作家中唯一一位两度获全国优秀短篇小说奖的作家。

90年代后期至今，张石山写了不少散文随笔和文学评论，散见于国内多家报刊。他的这类文章，文笔流畅，真切坦率，对许多社会现象及人或事，发表了自己独到的看法，显得很有思想，很有智慧。前些年，张石山把这类文章分别编成散文集《爱河之源》，杂文集《拷问经典》，随笔集《都市的咒语》出版。从这些集子中，能够读出张石山作为一个作家的责任感，读出他对社会、对人生、对历史、对文化的独到思考，在一定意义上，可以把这些作品看作张石山思想的真实表达，有着明显的启示价值。近年来，他与鲁顺民合作的对话体著作《礼失求诸野》，更是把他对传统文化的思考，都要付诸文字中，在学术界和广大读者中产生了极大反响。

张石山还有两部属于散文类的作品值得关注，一部是长篇自传体纪实文学《商海炼狱》，另一部是长篇民俗文化考察研究专著《洪荒的太息》。《商海炼狱》如实地记录了他自己几年的从商过程，其中的酸甜苦辣尽显笔端，有喜悦，也有烦恼；有成功，也有失败，从这些描写中，更多地表现出了人性的复杂。《洪荒的太息》是张石山应北京一家出版社之邀，与几位作家分头走黄河写出的文字。关于黄河，已经有无数的著作，文学作品也数不胜数,但张石山笔下的黄河,却是绝对与众不同,是一种作家感受式的黄河;或者说,是第三只眼睛看黄河的纪录。

1995年,张石山开始涉足电视剧剧本创作,应省内一家电视剧制作单位之邀,写出了表现基层法官工作与生活的剧本《窑洞法庭》。此后,他逐渐把主要精力转到了电视剧创作方面,迄今已写出20集古代题材连续剧《水浒后传》,反映农民工进城打工的20集连续剧《兄弟如手足》,根据马烽、西戎长篇小说《吕梁英雄传》改编的20集同名电视连续剧等。其中《兄弟如手足》在多家省级卫视播出,观众反响良好;而《吕梁英雄传》由中央电视台在一套黄金时间隆重推出,在广大观众中产生了强烈反响,这是包括张石山在内的众多文艺工作者奉献给纪念抗战胜利60周年的一份厚礼,也是对已过世的两位作家最好的告慰。该剧在忠实于原著的基础上,充分发挥电视剧艺术的特点,使得这部作品的历史价值和现实意义,都得到了很好的张扬。原著《吕梁英雄传》已经成为中国现代文学史上的红色经典名著,影响了一代又一代读者;张石山改编的电视剧《吕梁英雄传》也将在广大观众中留下难忘的影响,成为不朽的抗战史诗,成为电视剧中的红色经典剧作之一。

90年代后期,李锐写每一部作品都要写出个性来,写出不同于别人之处来。因此,他近年来的作品数量不算多,但每一部都是力作,都浸透着很多心血。新世纪以来,李锐首先写出了《行走的群山》系列小说。这个系列由多部中篇和长篇组成,都是以吕梁山为大的自然环境,以"文革"为人文环境,以插队知青与当地农民的生存方式、微妙关系为人的故事框架,由此而思考一系列问题,包括历史意识、人生价值、知识分子命运、农民深层心态等等,并且提示出农村变化中不变的因素、农村现实的贫困和农民心态的愚昧与沉睡状态,以及他们心理上的传统文化重荷。《行走的群山》发表出来的有中篇小说《北京有个金太阳》和《黑白》,长篇小说《无风这树》和《万里无云》。2002年,李锐出版了反思历史的力作

——长篇小说《银城故事》。小说取材于晚清,以表现一批仁人志士投身革命活动的艰难曲折故事为主线,重点描写了与轰轰烈烈的革命起义相对应的民间生活原生态。正是这种复调式的情节设置,表现出了李锐强烈的重写历史的意识,将小说主旨直接指向历史内在的悲剧性本质,并对那些众所周知的历史观念进行独到的见解。几年后,三联出版社隆重推出李锐的新作《太平风物——农具系列》。这是他转换创作视点的又一尝试,将历史、哲学、文化、农耕这些概念形象化地结合起来,阐述出他的思考。作品一如过去,很有思想与艺术深度。此外,李锐应约重写神话《白蛇传》,也已经基本完成,即将问世,人们将会看到一部李锐风格的"白蛇传"。这几年,李锐除了创作小说,还写出一些思想文化类随笔,表达自己对历史、现实、文化、哲学的理解,颇有深度。已经结集出版的有《不是因为自信》《网络时代的方言》等。

张平是"晋军"作家在全国读者中影响很大的一位。他把自己的创作定位于:站在人民的立场上,坚持现实主义创作道路,面向时代,深刻地揭示现实生活中存在的尖锐复杂矛盾与问题,反映老百姓的心声,做普通群众的代言人。获得第五届"茅盾文学奖"的长篇小说《抉择》的问世,标志着张平的创作进入了一个新阶段,也是"晋军"作家中最重要的作品之一。《抉择》一经问世,便在读者中引起强烈的轰动,出现了近年来少见的纯文学作品销售热潮,并且被百余家报刊转载、上百家电台连播、改编成多种艺术形式。影响最大的是根据这部小说改编的电影《生死抉择》。这是所有根据张平小说改编成艺术作品中的最为成功的一部,具有强烈的视觉冲击力、思想震撼力和艺术感染力,是世纪之交现实题材影视作品中非常重要的收获,也是近年来获得观众广泛赞誉的少数几部现实题材影视作品之一。《十面埋伏》是张平继《抉择》以后奉献给读者的又一部惊世之作。这是中国当代第一部正面揭露司法腐败,展示司法队伍中权与法、正义与邪恶、光明与黑暗两种社会力量强力抗争、殊死较量的长篇小说。经过三年的潜心创作,张平于2004年春天推出了长篇新作《国家干部》。这部长达七十万言,被评论家称为"一部顶天立地的大作"的小说,依然走着为底层百姓代言的路线。作品直面我国干部人事体制改革,对现有的干部体制、干部政治、干部文化做了深刻的阐释和思考,对残存的计划经济体制下的执政理念、僵化保守的思想给予了强烈的抵制和冲击。作品一经问世,在社会各界产生了热烈反响,尤其在干部队伍中的冲击波非常强烈,成为当年最畅销的文学作品之一。

以小说创作走上文坛的韩石山,近年来基本上不再写小说。他一方面以犀利的随笔和评论参与国内文坛的各种热点问题的论争,出版了《文坛剑戟录》《名节与狂傲》《韩先生言行录》《谁红跟谁急》等十多部集子,另一方面他以沉静的心态和学者的风范创作出文人传记《李健吾传》《徐志摩传》《张颔传》和现代文学人物随笔集《寻访林徽因》《少不读鲁迅老不读胡适》等。作为学者的韩石山,为了写出有价值的《李健吾传》和《徐志摩传》,不辞辛苦,多次跑京、沪等地的图书馆、资料室,从大量资料中发掘有用的文字,尽可能多地走访一些还健在的过来人,掌握第一手材料。在写作过程中,韩石山以严谨的治学态度,力求材料翔实,观点明确,文风朴素,既写出了李健吾和徐志摩这两位中国现代文学史上成就卓著的作家与评论家的应有地位、性格特点,同时也体现出了他自己做研究的态度与特色。因此,这两部传记受到了文学界人士的充分肯定。与做学者严谨风格不同,韩石山在写随笔和评论时,总是抱着一种平和、轻松的心态,凡俗的题材蕴藏着深刻的文化内涵,无论长短,均能调侃幽默,妙趣天成,发人深思;评论作家作品,更是一针见血,尖锐深刻。他希望自己的随笔能对当下文坛庸俗化、功利化的现象有所触动。

在"晋军"作家中,无论作品风格还是生活方式,钟道新是绝对有特色的一位,甚至在国内文坛要再找出几个跟钟道新类似的作家来,也不容易。钟道新出身于清华大学名教授之家,天资聪慧;结识的人多为文化品位较高者,这就使他获得了丰富的知识;再加上他北京知青的经历和广泛的交际,因此,他是靠智慧、经历与知识写作的作家。进入新世纪以来,钟道新一方面继续写作长篇小说,出版了《非常档案》《证券》《智慧风暴》等,另一方面,开始涉足电视剧创作领域,先后与别人合作或独自完成有《黑冰》(20集)、《昆仑姐妹》(20集)、《知识风暴》(20集)、《城市游击队》(20集)等。钟道新的电视剧,最有影响的是《黑冰》。该剧将公安与毒犯之间围绕缉毒的殊死搏斗作为一种载体,真正表现的是敌我双方的心理决战和善恶两种人性的演变过程。钟道新试图通过这种尝试,将警匪题材的电视剧创作提高到社会和美学的层次。

哲夫是"晋军"中多产作家之一。近年来,他集中撰写了生态小说和纪实文学,以几百万字的篇幅表述中国生态环境面临的严峻困境,抒写人与自然的亲和关系。从20世纪90年代末到本世纪初的五年里,哲夫连续五年跟随"中华环保世纪行"活动采访团,沿长江13个省采访,历时108天,行程两万多公里;从源头到入海口,沿黄河采访,行程上万公里,纵横8省区;沿淮河全线采访。所有这些,最后凝聚成了三本沉甸甸的书——由花山文艺出版社于2004年12月出版的我国首套生态纪实文学丛书——《长江生态报告》《黄河生态报告》《淮河生态报告》。在上百万字的记录和叙述中,哲夫在揭示环境问题、曝光种种污染的同时,将笔伸向历史和社会的纵深处,不仅写到动植物保护、山体滑坡、沙尘暴、水土流失等,而且涉及了三大流域的政风民情、文化习俗、生产生活方式等。三大报告中人物众多,既有曲格平等权威环保专家、国家有关部门负责人、沿流域各省和市的负责人,也有众多作家和普通群众,反映了社会各界对环保问题的认识和做法,是一部名副其实的"生态报告",也是一部三大流域的社会经济发展报告。前不久,哲夫又出版了近六十万字的《世纪之痒——中国生态报告》。这是迄今为止反映我国林业生态现状的一部全景式长篇纪实文学,立意和写法与河流生态三部曲差不多,让读者感受到的震撼同样强烈。

蒋韵是山西新时期以来女作家中最有成就的代表人物。她已经有三百多万字的作品问世。主要有长篇小说《栎树的囚徒》《红殇》《我的内陆》《隐秘盛开》等；中短篇小说集《失传的游戏》《完美的旅行》和散文集《春天看罗丹》等。蒋韵的作品有一个明显的特征，就是为同龄人塑像。她是出生于20世纪50年代初的一茬人，她和她的同龄人经历了一次次社会大动荡，人生命运坎坷。她的一些重要作品，都是以一个作家的敏锐洞察力与细腻的感觉，把这一茬人放在特定的大背景中描写，塑造了一个个她同龄人的文学形象。蒋韵小说的另一个特征，是擅长于写家族传奇故事。代表作是《栎树的囚徒》和《红殇》。这两部作品都是在浓浓的古典悲剧氛围中，讲述一个个性格各异女人们的梦想、辉煌、苦难和悲惨命运，发人深思。蒋韵选择了怀旧型的叙述视角，尽可能地拉开与现实生活的距离，注重将生命感觉转化为艺术感觉，追求一种朦胧、悠远的美学效应。语言则力争达到鲜活优雅、明净坦诚、典雅纯粹、富有张力的境界。

20世纪80年代中期之前，山西的报告文学创作，还只是小说家或者诗人偶一为之；随着赵瑜在报告文学创作上崭露头角，山西才有了专门从事报告文学创作的作家，从这个意义上说，赵瑜及其作品是山西报告文学的标志。

赵瑜从20世纪80年代发表报告文学《中国的要害》，在国内文学界产生了极大反响，不光成为山西文坛，甚至成为全国文学界知名度很高的报告文学作家。此后，赵瑜接连推出《太行山断裂》《但悲不见九州同》《第二国策》、"中国体育三部曲"——《强国梦》《兵败汉城》《马家军调查》等，都在社会各界引起轰动，引起争议。进入新世纪以来，先后写出长篇报告文学《革命百里洲》《牺牲者》《晋人援蜀记》《开眼》《寻找巴金的黛莉》《王家岭的诉说》《火车头震荡——宜万铁路始末》《篮球的秘密》等，同样是受到各方好评，为不太景气的报告文学增添了一抹亮色。赵瑜的作品获得过中国作协第三届鲁迅文学奖、赵树理文学奖、"中国潮"报告文学奖、《当代》文学奖、中国首届环境文学奖、徐迟报告文学奖、《中国作家》大奖等。

赵瑜的报告文学作品之所以能够获得成功，概括起来看，我认为，是他的每一部作品都是时代热点和人生要点的纪录，都有典型性与普遍性。他总是以揭示中国社会面临的各种焦点问题为主要题材领域，在整个创作过程中以分析思考为主要基调，以张扬科学与民主精神为主要价值追求，而这些特点又都是以占有大量翔实的材料为前提，再加上他厚实的艺术素养才能达到的。

《革命百里洲》是赵瑜报告文学创作历程中的一部里程碑式的作品。写的主要是民国时期发生在孤洲上的故事。可以说，从清末到完成土地改革，是这个岛有史以来变化最大的阶段，很有代表性。在这段时间内，一方面是自然灾害，水患频发，另一方面历史冲突又引发了激烈的社会矛盾。矛盾里面有国民党、共产党、土匪、日本鬼子、老百姓，还有抗日游侠、新四军、商帮、黑势力……种种势力都在岛上表演。民国是自晚清以来中国探索现代化道路中历时半个世纪的重要历程，而这段历史对于我国的国情以及长江流域农人的命运，至今尚未研讨清楚，对于近现代史的重新认识和更加真实的开掘是有意义的。作品的叙事文体有些特别，赵瑜表示，采用这种写作手法主要还是考虑到与内容相适应，希望追求一种形式与内容的有机结合。他一直比较关注报告文学的文体变革，一直希望对它的叙事方式有所拓宽。事实上创新是报告文学的生命，因此报告文学家要不断提高文学修养与思考能力，以创新意识去写作。赵瑜就是这样不断地探索着，前进着。辛勤劳动换来了丰厚回报，《革命百里洲》发表和出版后，反响热烈，获得了鲁迅文学奖等多种奖项。

《寻找巴金的黛莉》，让读者看到了赵瑜报告文学写作的另一条路子。他把题材领域从现实关注转向历史探寻,把叙述方式从尖锐深刻转向温情脉脉。因而,甫一问世,便受到众多文学编辑、作家朋友和评论家的高度赞赏,普遍认为,不光是赵瑜自己的一种有益而成功的尝试,也是全国报告文学创作的代表性作品。

《寻找巴金的黛莉》表达的是赵瑜对文学泰斗巴金,也可以说是对一位逝去的长者的追思和怀念之情。他的高明之处在于,并没有怎么重现巴金与黛莉交往的经过,只是真实而客观地讲述有关发现的过程,这个过程实在是曲折复杂,读来真是环环相扣,引人入胜,故事中人黛莉对自由的追求,书写者赵瑜饱含的激情,都得到了淋漓尽致的展示。事实上,这本书表面写的是寻找,内里却是在不断的反思。既有对过往事件的思考,像革命、抗日、土改、新社会,甚至是"文革",一个时代的动荡,几十年社会的大变化,那个叫黛莉的女子都经历了,赵瑜的笔墨也触及了。他的思维是那么开阔,笔力纵横捭阖,把要寻找的黛莉置于雄大的中国社会背景中,总有意想不到的阻隔,总能柳暗花明的结果,人物命运在他的笔墨书写过程中,自然而然地呈现出来。

选自《小说评论》2008年第1期

成一论

郑波光

成一是一位自甘寂寞也耐得寂寞的作家。粉碎"四人帮"以后,我国出现一批"呐喊着尖锐的社会问题走上文坛"的作家,成一就是这样一位作家,然而他没有像刘心武那样喊出"救救孩子",没有像蒋子龙那样喊出"救救工业",也没有像高晓声那样喊出"救救农民"的呼声。他的《顶凌下种》,突出地表现了黑暗时代人民的力量和智慧,给人们留下了深刻的印象。

成一走上文坛已不算年轻。经过创作最初阶段的几篇试笔性文字以后,成一很快确定了自己创作的方向,这就是致力于表现"农民的心理",在表现方法上,作家也做了相应的重大的变化,这就是弱化情节而强化心理描写。应该说,不论从思想的探索,抑或从艺术的追求来看,成一的文学观念都是现代的。在全国以描写农村题材著称的中青年作家中,成一无疑是独树一帜的。然而,评论界始终未能给予他足够的重视。1983年年底,作家在给笔者的一封信中这样写道:"我近年所摸索着使用的手法,很艰辛,也常有寂寞。"可贵的是,作家并没有因为评论界的沉默而易其志,另择轻捷的路径,而是耐得寂寞,矢志不移,锲而不舍,以他沉稳的毅力,始终坚持自己选定的方向。这一点,他很像林斤澜,"林斥澜寂寞地,以惊人的耐心开辟着一条荆棘丛生的路。喜爱他的作品的人,也以同样惊人的耐心寄希望于未来。"(黄子平:《沉思的老树的精灵》《文学评论》1983年第2期)

成一的作品,有一股温馨的气息,也有一股苦涩的味儿。这两种韵味正在酝酿成一的风格。

成一已经出了两个小说集,《远天远地》和《外面的世界》,第三本小说集《陌生的夏天》写了一半。本文从成一的创作道路入手,然后着重探讨成一创作的思想焦点与艺术重心,最后谈谈成一的弱点。

他从生活的"远天远地"走来,向着艺术的"远天远地"走去

从1977年8月写成《顶凌下种》算起,成一从事小说创作前后已有近十年的时间了。按照作家本人的分段法,这八九年的创作历程大致可分为三段,每一个集子为一段(参看李国涛同志的《访成一》,《延河》1985年第1期)。在这里,我将着重分析成一创作历程的第一阶段,即第一个集子《远天远地》,第二、第三阶段的创作放在下一部分再谈。

《远天远地》选入14个短篇,除了《顶凌下种》《七月二十二》两篇发表于1978年,其余12篇分别写于1979、1980年。

成一初期这种厚积薄发的创作势头,同作家的生活经历是密切相关的。成一,原名王成业,河南济源县人,1963年考入南开大学中文系,1968年毕业。毕业后劳动一年,即分配在山西原平县县委办公室当干事。他经常下乡劳动、蹲点、调查、采访、写材料,在长期的实际工作中,积累了相当丰富的生活素材。作者在回顾这段生活时写道:"我在县委办公室里写了十几年材料,我接触过这个县里的各个部门和各个公社,一茬一茬的书记、主任,我都熟悉……大队我跑过的更多了。我按马烽老师的劝告,重点熟悉一两个村子。熟悉到什么程度? 标准就是:推开谁家的门都能端碗吃饭。——这一点我做得差不多了。"(引自李国涛

《访成一》)正是这种生活,为作家提供了丰富的创作源泉,成一一经从生活的"远天远地"踏进文学的殿堂,立即显出了生活的优势。

　　这个小说集有一种共同的基调,这就是距离现代文明较远的偏远山区,土地贫瘠,人民贫困,生活充满苦涩的味儿;但同时,也由于距离城市文明较远,人民未受或很少受到业已败坏了的社会风气的污染,仍然保留原始初民善良纯朴的德行。显然,作家的情感已经化入这块贫瘠的土地,溶解在善良纯朴而带些落后的人民之中了。作家的这种苦涩和温情不单灌注在这个小说集的全部作品中,而且灌注在作家尔后的所有作品之中,成为成一建立在真善美协调统一基础上的独特的美学理想和独具的审美特色。作为集名的《远天远地》,描写一位"廉正而又扎着避邪的红裤腰带的村干部"薛二狗,对他信不过的地委书记抱着敬而远之的态度,但当他把他作为客人来招待时,他是多么真诚呵! 真诚而至于内疚,他生怕客人受委屈,一边亲自动手备饭菜,一边喃喃地自责,他甚至破例地舀了小小一碗珍贵的水来洗手,"那水立刻就墨黑了"。偏远山区的苦焦、窘迫,山民的真诚、淳厚,全部浓缩在这不算太长的篇幅中了。

　　在真这一点上,成一继承山西作家固有的特别严峻的视角,并发扬光大了,他特别严格地遵从生活本来的面目,他的作品给人从生活的本源、社会的地心直接掬取的感觉。《绿色的山岗》《人样儿》是写农村政策松动后农民心理的变化的。《绿色的山岗》通过农村姑娘金芳在爱情上的一段特殊经历,写金芳灵魂的一场剧烈的搏斗。小说写农村的转机最终将金芳吸引回到绿色山岗的怀抱,细腻、真切、可信。这篇小说写于何士光的《乡场上》之前,写得更深刻更艺术化。《人样儿》描写杨甲元的心境向快活转变中的反复(惧怕政策可能又会变),也使这个作品比《乡场上》深一步;冯么爸吆喝一声,扬长而去,而杨甲元在挺直腰杆后,又经受一场虚惊。杨甲元的心情反复,反映了农民的内心还不踏实,人心还在浮动。这就真实得多,而且深沉得多了。

在这个集子中,《门面》是一部具有较高概括力和典型象征性的作品,它暴露了"左"的讲究虚表、不求实际的风气是如何腐蚀我国干部和人民的灵魂的。那个老差役皇甫贵丁,已经沦落为乞丐,还念念不忘维护大队部那个"模范"的门面!

生活的厚实和艺术的明快是成一创作最初阶段的基本特色。但是,认真地说来,成一还没有形成自己的一套手法,他似乎是在自己偶然碰到的或想起的构思中迅速成篇,有些相当完美,有些则显得生涩,个别篇目即令思想很深,艺术上却有些模仿前人,如《门面》《四嫂》等篇。语言也显得很不定型。大概是有鉴于此,成一对自己创作很快就感到不满足了,1980年过后,他写得少了,考虑得多了,他想到"怎样写更好,走什么样的路子"。也就是说,成一开始酝酿艺术上的突破。作家的这种苦闷是好事,他从生活的远天远地走来,要向艺术的远天远地走去了。在这部小说集的《后记》中,作家透露了这个艺术信息。

他瞻望着《外面的世界》而奋发在《陌生的夏天》

《外面的世界》是作家创作道路上的第二个脚印。这个集子收编了三个短篇小说,包括1980年年底至1983年5月三四年间的作品。作家选择《外面的世界》这篇小说的题目为集子的题名,不单有思想上的深意,且有艺术上的深意。

生活在发展,密切关注生活发展的作家的思想观念也在发展。随着新时期农村经济政策的落实,农民们的物质生活在发生突变式的变化,而农民们意识领域却是在产生渐进式的变化。成一准确地把握了这种物质与精神同步而不平衡的发展层次,努力表现农民在这个特定时期那种"习惯于旧而惶然于新",惶然于新又跃跃欲试的复杂多重的微妙心理。

《外面的世界》是一篇几乎没有情节的作品,作家写得十分从容。在这篇作品中,作家从宏观的角度为传统农村与传统农民创造了一个崭新的概念——"外面的世界"。困于乡居的农民想了解"外面的世界",作家也想表现"外面的世界"对长期处于封闭状态的山村的冲击与影响。"外面的世界'是广义的,处在变革时代的农村显出了斑驳的色彩,《家外的柳堤》《今天在春天》《迷乱的街市》《前院》《陈家轶事》诸篇,均在描摹这种斑驳的色彩。这些作品突破前期作品主题单纯、明确有时却显得有些单一的状况,而呈现出丰富、朦胧、多样的多主题倾向。与此相应的,就是人物描写出现多主角倾向。这种多主题、多主角的倾向,是生活复杂化的真实反映,而非作家异想天开的别出心裁。《今天在春天》和《陈家轶事》是很有代表性的两篇。在《今天在春天》这个怪题目下,作者写了老木匠对小学徒的刻薄与爱护,对东家(县的副部长)的鄙视,对新形势下人与人关系的看不惯,对"新玩意儿"的虔诚与向往;写了小学徒对师傅的畏惧与抵触,在新事物面前的优越等等。新旧两个人物各有各的处世哲学,各有各的价值法则。《陈家轶事》写了五个人物:爹、儿、媳、女、妈。五个人物是五个主角,五个叙述中心。小说既写到新派人物、中间人物追求新又惶于新,又写到守旧人物惶于新又惜于新,各种人物在新事物面前都占有自己独立的位置。

值得注意的是,作家在描写斑驳陆离的现实时,文笔依然是严峻的、责实的。《迷乱的街市》写了一个"先驱者的悲剧",《家外的柳堤》写一个追求时新爱情的农村姑娘的失望。《陈家轶事》中,"爹"只敢在生人面前穿呢子褂,在本村却不敢穿出去,"儿"只愿听皮鞋嘎嘎响,却怕皮鞋亮;"娘"只敢给女儿做"风骚裤",自己却不敢;"女"戴上梅花表,却为秒针上的红点(别人没有)而遗憾。《陈家轶事》准确地反映了物质与精神同步而不平衡的状况。

这里需要特别提一下《蓝色的童岭》和《诱人的枣花香气》。这两篇小说都透出一股来自山野自然的高山流水的清音,来自普通人民、基层干部淳朴善良、成人之美的民风。作家长期生活在山区人民中间,对其有淳朴古风、敦厚民俗、温暖人情的远天远地的人民有一种神往。他似乎想以它作为一种高尚的、纯洁的、自由的、未受污染的理想境界,来拯救文明社会中的不文明,业经败坏了的民风。上个集子里的《绿色的山岗》所描写的清静、纯洁、自由自在、欢欢畅畅的境界,也可作如是观。

成一把集子叫《外面的世界》,也寄寓着艺术探索、艺术创新的另一层深意,这就是借鉴外来手法,扩大艺术视野,完善表现手段。成一的作品没有一篇是运用意识流手法的,但在这个集子中篇篇以心理描写为焦点,以心理结构代替传统的情节结构。单就将描写的焦点放在人物的心理、情绪、意识这一点来说,成一的小说不能说没有意识流小说的启迪。

应该说,在第一个集子中,作家已在四五篇作品中尝试了心理描写的手法,但尚未定型。在这个集子中,成一已经把心理描写作为自己的艺术道路。从这个意义上讲,这第二个阶段可以说是成一艺术定向的时期。在这个阶段中,成一把主要精力用于艺术技巧的探索上。他醉心于琢磨农民心理的描写,而且追求一种"写农民的心理像农民"的境界,"引起人物心理感受的事物、细节是乡土化的,人物思维的概念也是农民的,感受思维的习惯也是中国农民式的"(成一:《跟着生活探索》,《人民文学》1982年第11期)。

由于作家创作时更多地着眼于技巧,作品反映农村变革只局限在一鳞半爪,这个阶段的作品虽然技巧成型成熟,而思想内容却显得有些浮光掠影,不如前一阶段浑厚、厚实。如何解决形式与内容的这种新的不平衡呢? 成一的创作道路走上了第三个发展阶段——《陌生的夏天》。

成一虽然没有贾平凹式的对社会人生看法上大起大落的起伏,在创作热情上,三个阶段却有着热情——沉闷——奋发的波动;经过第二阶段的沉闷,成一迎来了第三阶段的奋发期。

《陌生的夏天》原本计划写成长篇小说,由于怕情节性不强影响读者的兴趣,他把这部计划中的长篇改为连续性的中篇与短篇。作者告诉笔者:这些连续性的系列作品,中间有"松散的"内在联系。不过,从已经发表的四个中短篇看,内在联系还是密切的,读来颇有兴味。这四部作品是:《洼地》(见《人民文学》1984年第7期)、《戏台》(见《山西文学》1984年第7期)、《云中河》(见《当代》1985年第2期)、《泥房子》(见《黄河》1985年第1期)。

《陌生的夏天》有一种夺人的生活气势。在艺术上,这个阶段可以看成作家在第二阶段形式与内容某种程度失调后的艺术上的自我调整。生活内容的强化也使艺术探索更有用武之地。

作家说:"《外面的世界》只是一般地从人物的情绪、感受方面,写改革的历史潮流,写风气如何为之一变。在《陌生的夏天》里,我要正面地描写农村的改革了。"(李国涛《访成一》)

《洼地》开宗明义,写一位农村改革者马占奎,他不是干部,也"不是一个正经的庄稼汉"。在政策允许承包以后,他发现到处都有发财的机会,他为自己敏锐的目光和超群出众的才智感到震惊。事业上他所向披靡,却一再遭到村县领导的冷遇,他一股劲往前闯,却又时时考虑到退路,他把赢得的钱支在各摊产业上:砖窑、奶牛、河滩、洼地,一旦政策再变,"要没收,都现成"。他要帮助史金寿一家发财,也遭到冷遇。马占奎是不是社会主义农村新人形象,我们还是不用现成的概念去套他,然而他的快人快语、肝胆照人的性格,却是鲜明的"这一个"。这是作家笔下从未出现过的人物,是作家人物系列的拓展。从他贯穿在《陌生的夏天》前四部的行为和活动看,他将取代旧的领导关系,而成为未来农村的灵魂。

《戏台》写老支书在新形势下的"伤感"和"失落感"。这是一个廉正的支书,在孤寂中,他对人们怀着敌意,乃至有些疑神疑鬼。他对马占奎最反感,他时时感到马占奎的威压,对史金寿家二媳妇要求民主(讨论戏台式样)也反感。小说末尾戏剧性地出现失火事件,失火正好是他家,指挥村民救火的又是马占奎,事后终于感到大家的心中依然对他有着敬爱与感戴。成一对一位即将下台的村支书的心理描写如此细腻、逼真、准确而传神,对他那种家长制的统治心理针砭委婉而颇见深度。这个短篇实在是一个相当完美的短篇。

《云中河》写史金寿家是一个带着准宗法性的大家庭,男人无能窝囊,由女人掌管家政。《云中河》从老四史忠祥的"新式"婚事写起,涉及老大、老二、老三辛酸苦涩的婚姻,甚至伸入历史纵深,写他们的母亲刘玉莲与当年乡长、现任谷县长的一段苦涩恋爱关系。经济、权势、封建传统,使中国农民的爱情充满多少苦涩的味道,现时这种苦涩味不但没有减少,而且更复杂化了。且看老四在迈向"新式"时的精神负担:

> 庄户人家,这是一条沉重的界限,它把许多东西都划在了两边,新式和旧式,洋气和土气,自由恋爱和包办婚姻,甚至大胆和胆怯。

民办女教师的内心也不轻松:

> 她也感到有界限,而且那么多的界限:城里与乡下,公办与民办,大学与中学,有钱与没钱,能与不能,不羞与羞。

全家人指望老四"新式"一回,只是为了争一口气,一种经济刚刚缓一点劲后庄稼人的自尊意识的复活;而老四要迈向"新式"这关键的一步,却又受到那么多、那么严峻的社会因素的制约。评论家们喜用"深度""力度""历史感",这些词儿在成一的这组作品中是都具备的。这篇作品的结尾,有些出人意料。它反映青年一代农民的思想已经灵动了。这又是变革时期农村社会的一种新的信息。

《泥房子》可以说是农村改革时代的一支变奏曲,是一出以喜剧形式出现的沉重的悲剧。小说深入到老金寿这个人物潜意识的思想层次,他鬼使神差,不由自主,模仿村干部那种过时的统治方式,拿腔拿调,倒背着手巡视,评劳模发奖状,盖粉房挂牌牌。这是20世纪80年代中国农村社会的堂·吉诃德,"一个过了时的人物"。作家创造这样一个人物,立意很深;而《泥房子》这个题目也有很深的象征意义。《泥房子》还有一个重要人物——史家老二,他不花成本,培植葡萄苗,轻轻巧巧就挣了一千元。他出于孝心要辅助父亲,却遭到父亲的猜忌,事后父亲自动下台,让位给他,真正担起重任,面对"陌生的世界",他却兴奋不起来。在史家老二身上,作家刻画了新时代面前农民的复杂心态:跃跃欲试却又烦躁不安。小说结尾意味深长,"天气也正闷热的厉害",这一结语可以看作这个大时代的一个总览式的大概括。

从《陌生的夏天》已发表的四部中短篇看,作家从宏观着眼,从微观入手,每篇作品都有两个以上的主题、两个以上的中心人物,每个主题都有几重涵义,每个人物性格都显出多重组合的趋势,善与恶,美与丑,崇高与滑稽,前进与落伍,交叉杂陈。作品涉及当前农村社会的经济形态、政治观念、思想意识、伦理道德、爱情婚姻、家庭关系等等,而在这一切之上,作家有力地表现了农民价值观念的变化。作家以清醒的现实主义笔触,深入细致地解剖处于变革中的当今农村,组成一幅多重复式的改革图卷。史金寿一家是准宗法性的大家庭。当年赵树理的《三里湾》宗法性大家庭马家院(马多寿一家)的解体,在很大程度上是外力作用的结果,而今天成一所写的史金寿一家四个兄弟,在改革浪潮冲击下,每个兄弟都有各自一套发财的想法,因此,这种准宗法性大家庭的解体,将不再是外力强加的结果,而是内在的历史发展的必然。《陌生的夏天》虽然还没有写到史家的解体,但已经暗示了解体的内在趋向。

在艺术上,《陌生的夏天》在心理描写上有一个新的趋向,这就是心理描写与性格描写更加紧密地配合,心理描写的多层次与性格描写的多重组合相辅相成。《陌生的夏天》中的马占奎、史金寿、刘玉莲几个典型性较高的人物,还有老四、老二等人物,我们很难用"正面人物""中间人物"的概念去界定,但是每个人物性格的主导倾向都是鲜明的,马占奎的气概,史金寿的陈腐,刘玉莲的好胜心……都给人留下较深的印象。

成一的思想焦点和艺术重心

成一的创作道路虽然大体可以划分三个阶段,三个阶段的思想艺术特色也确有其相对的阶段性,然而,综观成一的全部创作,我们还是可以较为清楚地看到其内在的统一性,既有艺术指向的统一性,又有思想指向的统一性,这种相对稳定的统一性,也就构成作家创作的基本风貌。成一创作风格特征与成一其人一样,都是比较内在的,有一种深沉的思想和沉稳的力。成一的严峻是继承山西老一辈作家传统的,不过,由于时代的局限,老一辈作家的严峻未能达到更大的深度,成一的严峻是超越老一辈作家的。成一的严峻集中表现在苦涩上,苦涩不单是远天远地的生活环境给作家的心灵打下的烙印,而且是作家深入生活底蕴所感受到的生活的复杂和艰辛。这一切,使作家能够比较自觉地继承鲁迅的文学传统:清醒的现实主义精神,"不管社会上吹什么风,他都是按照他自己对生活的理解进行创作。"(马烽:《〈远天远地〉序》)

成一作品中的思想是多元的,生活的复杂性使忠于生活的作家思想不可能单一,特别处于动荡的变革时代,生活呈现斑驳陆离的色彩,上边已经谈到,成一的作品,特别是第二阶段的作品,就反映了这种斑驳的色彩。但是,从成一的所有作品看来,成一创作思想中还有一个焦点、一个核心、一个灵魂,这就是表现人的自我意识的觉醒,普通农民人格与尊严的复苏。

《绿色的山岗》中的金芳,《滴滴清明雨》中的任丙月,是作家笔下最早表现人的自我意识觉醒的作品。在第二个集子中,《正月里》的尹天书终于忍受不了长寿的辱骂,《今天在春天》中小徒弟对老木匠师傅专横的抵触,《前院》中小海对自我价值的确认,《陈家轶事》中"爹"的挺直腰杆做人的精神状态,特别是《灵芝草》中那个可怜的老羊工对自身价值的发现。《滋味》中青年农民大川在副县长面前极力维护着自己人格的尊严等等。在《陌生的夏天》中,作家在马占奎的身上,突出表现了人的精神枷锁一旦解除,将会释放出多大的能量! 同时,表现了普通人的价值要求获得肯定,尊严获得尊重。马占奎在确认自己有超群出众的才能后,他甚至要成为"第一强人","有一天,咱马占奎能上北京开会,就行咧"。马占奎这种毫不隐讳地表现个人的愿望并不是虚荣,而是人的自我意识觉醒后的最高层次。史金寿的掌权尽管荒唐,但那也是一个"多年来""男人不像男人,父亲不像父亲,家长不像家长,在自己家里竟未能占一个地位"的最窝囊的农民,对自己存在价值的一个觉醒。至于老四史忠祥对自我力量的确认,史家老二掌管家政的愿望,乃至民办教师吴佳,在意识到这场恋爱的意义后,"也使她发现了自己:她也可以去大胆地追求呀……"

表现人的内心觉醒,要求获得社会的承认,肯定自己存在的价值,肯定自己人格的尊严,这是农民中出现的可珍视的新观念,它从农民灵魂的较深层次中表现封建主义的冰山正在消冻。新时期在农民心中蠢蠢拱起的这种意识,是一种现代意识,是一种摆脱愚昧、走向文明的现代意识,一种进步的意识,我们还很少从其他作家笔下看到这样集中、多样、丰富、准确、分寸适当地表现这种意识。这可以说是成一的独特发现和独特贡献。

成一是一位艺术视野宽阔的作家,他没有直接师承哪位作家,可是他所喜爱、所关心的名家他都师承了,你从他作品中可以感到一点,却又难以说分明(特别是后边的作品),一切似乎都融化了,化为成一自己苦心经营的艺术世界中的骨血。

成一艺术追求的重心,比较集中在心理描写上。成一的这种追求,在初期的《绿色的山岗》《柳主任》《滴滴清明雨》《仲夏的爆竹》等作品中，已经露出端倪，这些作品往往是由一种基调、一种情绪来结构全篇、统摄全篇的，特别有味而耐读。在第二个集子中，作家开始有意识追求心理描写的效果，作家这种明确的追求基于一个远大的志向，在《跟着生活探索》一文中这样写道：

> 心理描写是五四以来新文学中极普遍的写法，只是大多用于城市生活、知识分子。农民的心理就不丰富吗？丰富得很。特别是这些年，农民几经折腾，多不如意，更缩回到内心世界里去了。近年的突变，越发在他们心理激起了复杂的回响。这里是一个异常丰富的世界。我们的笔不直接深入到这个世界，实在是丢掉了许多极富表现力的东西。

从第二个集子开始，心理描写就成为成一写农村题材稳定的手法了，我们的文坛就出现了一位以写农民心理为己任的专家。应该说，第二个集子所运用的心理描写技巧是更纯熟了，但是为什么不能引起读者和评论界更多的关注呢？除了读者、评论家本身的原因以外，成一作品中是不是也有值得思索的欠缺呢？读了《陌生的夏天》诸篇以后，回过头再去看看以前的作品，特别是第一个集子中情绪结构诸篇和第二个集子中的大部分作品，人物形象给人的印象大多模糊，不是呼之欲出，而是雾中看花，朦朦胧胧，不大清晰。究其原因，就是心理描写与性格刻画有些游离。在《陌生的夏天》中，特别是《洼地》和《泥房子》两篇，心理描写与性格刻画结合起来，协调起来，心理描写见出深度，性格刻画现出立体，立体而透明，这是人物塑造的高境界，作家正向这个高的境界上攀登。

总的说来，无论是思想追求或者艺术追求，成一的文学观和世界观都是现代的。这就是结论。

有一利必有一弊。求实而不能太实,细腻而不能琐碎,成一一度也感到自己的作品中有沉闷、枯燥之感,《陌生的夏天》显然大大突破了,既有深刻性又有可读性,这是成一应当牢记的信条。粗犷容易粗疏,细腻容易琐碎,成一在今后的创作中,是否可以更洒脱一些呢?

1985年6月2日凌晨

选自《批评家》1985年第3期

成一小说的艺术追求

钟本康

作家往往有自己的艺术追求，有的一开始就有较明确的目标，有的则在创作实践中逐步明朗起来。成一似乎属于前者。他的处女作《顶凌下种》发表于1978年初，就以独特的艺术色彩为人注目。这时他已三十五岁，大学毕业有整整十年了，看来是做了充分的创作准备才踏进文坛的，一出手就有较高的起点。但有了较明确的艺术目标，并不等于在艺术实践中可以一帆风顺了。从成一以后发表的作品看，他仍在不断地探索，甚至是苦闷、曲折的探索。近几年来，他小说的艺术个性越来越鲜明、突出、稳定，即使不署上姓名，读者也能大致断明出于他的手笔。我们可以认为，成一小说已经形成了自己的艺术特色、艺术风格了。

唯重心灵的剖析

文艺反映生活，可以有两条路子，一是按照生活自己的结构，一是按照生活在人们心灵中的投影，从所消化、组合的心理的结构。成一的小说采用后一条路子。他曾自谦地说过："才学着写，谈不上有追求，不过是努力寻觅一个较适合自己的写作路子。有点儿侧重写人物的'内面世界'。"(摘自成一给笔者的信。下文凡未注明出处的,均同此)他的小说,几乎没有动听的故事、曲折的情节、尖锐的冲突、重大的场面,他总是把笔触直接伸进人物的内心世界,描绘出丰富复杂的心理状态及其流动变化,努力发掘有一定社会意义的灵魂的奥秘。

《诱人的枣花香气》(见《汾水》1981年第3期)写十年动乱期间,作为"有罪之身"的知识青年的爱情从萌发到成熟的过程,题材很普通,故事也平常,但以内心世界的细腻刻画所显现的神韵吸引了读者。刘建国为了要再去看一眼百货柜台内的她,出发前犹豫苦恼,一路上疑神疑鬼,见面时胆战心惊,成功地看了一眼后又欣欣然,惶惶然。他后来知道那个女营业员出身地主,就责备自己的"反动本性",还疑虑那个地主患儿安着"坏心眼"。刘建国这种畸形的心理,正是当时反常的社会环境造成的。显然,他这种爱情是悲剧性的,然而竟获得了意外的成功。重要的原因是有了一个较平安的条件:厂里的同事们"不疑心他搞破坏",村民们对刘建国和李和平新姻缘的诞生,"也同样看作是人间喜事",这篇小说有两个特点:(1)自始至终贯穿着刘建国的心理活动,心理活动完成了,人物刻画也完成了,故事遂告结束;(2)从人物命运遭遇和客观环境(整个社会环境和特定的具体环境)的统一中曲尽人意地、有层次地展示主人公的内心世界,把人物的灵魂写得曲折入微,惟妙惟肖。真称得上是"妙手传神着笔细,金针绣像落魂深"。

罗丹认为,艺术"应该获得的肖似,是灵魂的肖似——只有这样肖似是唯一重要的(见《罗丹论艺术》66页)"。灵魂,就是一个人的整个内心世界。在这个领域中,思想、感情、意志、理智、个性、气质、想象、幻觉等各种心理因素交融在一起。尽管它们无不是过去和现在的实际生活的折射、投影和反映的结果,但却往往比有形的物质世界更丰富复杂,更多彩多姿。心灵的轨道是四通八达的,心灵的天地是无边无际的。因而要达到灵魂的肖似,写什么人像什么人,并非易事,正如古人所说"写形不难,写心实难"。成一根据自己的生活体验,把创作重点放在各种农民的内心世界的新变化上,力图通过他们历史地发生了变化的心灵历程,来反映当前这个新旧交替、除旧布新和大变革、大改革时代特征,这等于给他自己出了一道难题。因为首先要熟悉、摸透所写人物的心就是件难事;其次采用心理活动、感情波动、情绪跃动,意识流动的手法,去表现乡土气极浓的中国农民的气质、性格、心灵,就不得不去冒不像不真和违背欣赏习惯的危险。然而成一知难而进,取得了很好的效果。

有一种看法,认为中国农民像榆树疙瘩似的,思想简单,感情单调,个性粗拙,内心世界贫乏。这当然是偏见。退一步说,即说有一部分农民有类似情形,主要也是由长期停滞的自给自足的生产方式和封闭状态的农村生活造成的。在大动荡、大转折、大变革、大发展时期的农民,他们的心灵也必然就会受到震动、变异、更新,而显得更加丰富、复杂、多态。成一正是以当前外部世界的大变动作为诱因,来展示有着特定命运和性格的人物流动着、变化着的整个内心世界,使人感到真实可信。《人样儿》(见《汾水》1980年第10期)中的老光棍杨甲元过惯那种孤单、贫困的生活,农村实行新的经济政策以后,生活有了改善,还找了一个对象,顿时把他抛进了另一个世界。作品从杨甲元生平第一次穿着新衣去看未婚妻落笔,写他一路上遇到疯彩云的闹剧,听到六叔关于"政策要重新紧起来"的谣传,表现出这个人物的感情从兴奋——扫兴——恐惧——懊丧的起伏波动。经过这场虚惊以后,他"终于踏实地意识到,自己真的要跨上生活的常规,活得像个人样儿了"。这个老光棍从自身命运中深切感到农村政策同他关系太大了,他感情的瞬息多变、大起大落就显得非常自然真切。要是换什么别的人,也许会使人觉得故意的矫情。《家外的柳堤》(见《延河》1983年第8期)虽采用第三人称的写法,实际上通篇像是农家姑娘萍儿的内心独白。她常去城里卖菜,看不惯城里青年男女那股亲热劲,但不知不觉中竟移了自己的性情,当她同自己的对象接触时,作品写了这样一段内心活动：

> 太隆重了，太神秘了。屋里怎么谈？她说，他们到村外堤上走
> 走。他虽然赶忙表示赞成，却掩藏不住惊怪，神秘，不好意思。呵，幸
> 亏她没有说到城里去转转。头一回谈，还是先到背静的堤上。到背
> 静的堤上，他咋也为难？老跟在她后头！不是挺会跟妮子们疯耍
> 吗？她又回头瞅他一眼。她竟这样大胆咧？可他却有些慌了，忙朝
> 四下里张望，仿佛在做甚么坏事。放心吧，没人偷看！还怕柳树吗？

在这里，没有正面地叙述他们从家里走到柳堤的行动，也没有客观
地描写他们的举止神态；只是写她对爱情的神秘感，对新型爱情方式的
向往，她对他的不满、期待、希望等，而这些都通过萍儿忽儿柳堤，忽而
他、忽而她自己、忽而柳树等意识，感情的跳跃式流动，淋漓尽致地表现
出来。萍儿对这个青年农民那种过于憨厚、正经、拘谨、呆板的样子感到
越来越不满意、不满足，心不由己地一次再次地想起了工程队的那个司
务长。她惊奇地发现自己竟那么大胆、热烈，真的变野、变坏了吗？从这
个情窦初开的复杂、矛盾的心灵中，尽管还能看到往常农村姑娘的淳朴、
羞涩、敏感，但更明显的是感到了城市现代文明渗入后的那种纤细、灵
慧、大胆。成一笔下的男女老少各种农民，心灵是那么丰富，隐微的感情
和意识的流动是那么多方向、多形态，但却都是地地道道的中国农民式
的。由于人物的"土"和真，几乎不易觉察手法的"洋"和新。这种以人物
心理活动为轴心的写法，显然同传统小说异样，也同意识流小说不同，因
为心理活动是随着人物的行动和情节的进展进行的，不采用放射式、复
线式的流动形态。值得注意的是，尽管成一的小说有时有沉闷、晦涩之
感，有的人物也缺乏鲜明的性格，但总地说来，这些看似散杂的心理活
动，尚能集中落实到揭示人物独特的性格和灵魂上，正如他自己所说，

"从人物'内心世界'写去,我亦努力达到使人物性格更清晰的目的,而不是因为手法的新花样,而使人物性格不能'聚焦',影像依稀。"

成一忠实于现实主义的创作原则,他总是把人物的内心世界作为一个历史的过程来表现。他的一篇小说中有这样一句话:"现在一切都在变。"它可以当作成一小说的总主题,也是他小说主人公内心世界的总形态。从成一发表的一个小中篇和数十个短篇看,他更多地着眼于那些旧生活、旧风习、旧意识在心灵中积淀较厚的农民,注意揭示他们在当前社会大转折、大变革中渐滋暗长的新的精神素质为何渗进、冲击内心世界,而绝不把他们写成一夜之间所变得通体光明的人物。灵魂的变更绝没有像换件衣服那么方便、顺当,何况中国农民有着那么根深蒂固的传统的风习的影响。即使那些算是走在变革潮流前列的农民,成一也没有忽视他们心灵中旧的东西。如《洼地》(见《人民文学》1981年第7期)中的马占奎,他那曾被挫折、打击的发财致富的积极性、智慧、才能爆发出来后,迫不可待地要从发现、开拓、创造、发挥、施展、征服中得到快乐,而且也想到为集体、为后代搞一点立功创业的事,然后以往的生活的阴影仍时时纠缠在心头,他感到困惑、不踏实,还有点惧怕;他也有私欲,精神境界不高。因此他内心不断地搏斗,他费力地在战胜自己。同成一以往的作品不同,《洼地》充满着一种明快、刚劲的调子,奔突、激越的热情,但尽管如此,成一对他的主人公的灵魂仍做了历史和现实的审视、冷静而全面的解剖,并没有把旧的、芜杂的甚至丑恶的东西遮掩起来。可见,成一对农民的了解是透彻的、深刻的,他真正走进了农民内心世界的堂奥,弄清了他们心理结构的每个层次,弄清了他们灵魂的深层,从而使他的作品显示了现实主义的深度。

力争构思的新颖

成一不满足于一般地描述农村生活,力图通过自己心灵的消化、熔炼,运用新颖、巧妙的艺术构思,使农村平凡的日常生活发出光辉,赋予它们以较高的思想价值和审美效应。在《顶凌下种》中(见《汾水》1978年第2期),他就初试锋芒。当时一般反映同"四人帮"及其爪牙斗争的作品,往往是唇枪舌剑、剑拔弩张,成一却另辟蹊径。在这篇小说中,老支书高明海对身为县委副书记的帮派骨干表面上彬彬有礼,煞有介事地欢迎、汇报、请示、欢送,不管泮副书记趾高气扬,还是暴跳如雷,高明海始终泰然自若,胸有成竹,在虚与周旋的同时,自搞一套,种好春麦。这样写,不仅比某些外露之作要深刻得多,而且艺术上也独具一格。这篇小说在全国得奖,是理所当然的。现在有的小说太像生活了,也就是说,太不像艺术作品了。这与不讲究构思有很大关系。成一说自己"在构思上所做的练习,亦不过是想提高自己将生活化为艺术的能力"。

党的三中全会后,贯彻了新的经济政策,实行管理体制的重大政策,农村面貌发生了广泛而深刻的变化。反映这个令人鼓舞的现实生活的小说很多,成一并不踏常袭故,并不囿于别人所开拓的艺术天地,也绝少从正面歌颂农民生活的富裕,更不采用简单的图解、演绎政策的写法(只有《四嫂》有此嫌疑),他要自己创新。他的小说确有点特别,这主要不在题材的奇,而在构思的新。《绿色的山岗》(见《北京文学》1980年第4期)写农村姑娘金芳对经济复兴后的农村的热爱,这样的题材有不少人写过,极易落套。但成一却从金芳厌弃农村、依赖别人侥幸在城里找到称心如意的工作起笔。由于婚姻受他人戏弄、摆布而造成烦恼、痛苦,由于家乡经济的复苏、好转,金芳越来越怀恋"绿色的山岗",构成情节主线,同时,以金芳与果树技术员玉柱若即若离而萌发爱情为情节辅线。两条线索交织发展,写得跌宕有致,情趣盎然。这里,成一采用的是欲擒故纵的"反证法"。意在表现农村姑娘爱恋有了转机的家乡,却从她跳出"农门"后的那一面来写,很有点别致。农民生活开始富足以后,人的价值观念、道德观念都发生了变化。有的作品写农民挺直了腰杆,或敢于独立自主,或消除了旧隙,或创办起公益事业等等,这些都是值得欢迎的。成一的《请放宽心》(见《上海文学》1981年第2期)却从过去有过偷摸行为的老农民的反省自责来反衬。宽仁老汉在我国经济困难时期曾偷摸过庄稼,虽然在当时是迫不得已、无可奈何的,但如今生活有了起色,对自己的丑行愈加耿耿于心,终于在弥留之际沉痛地、严厉地谴责了自己和他的儿媳,抹净了灵魂中的灰尘瞑目了。这预示着农民新的美好的道德风貌必将大放光彩。这样的构思就避免了同类题材的雷同化而显示了自己的艺术特色。有时,成一采用正衬法,如《迷乱的街市》(见《奔流》1983年第6期),为了表现村镇人民生活和精神的巨变,从一个以赶时新出了名的女人出乎意外的遭遇来烘托。村镇里最俊秀、最爱赶潮流的妇女郝玉秀,去请兽医来医治猪贪睡不贪吃的病,她穿了自以为最时髦的新西服,但竟然同以往的情形全然不同,没有人注目她了,也没有人把她作为不正经的骚货而投以鄙夷的眼光。原来在这条一向熟悉的街市上,分明是满眼的时新,她再也没有什么招人显眼之处,她被淹没了。兽医站的同志告诉她,她家的猪是吃了科学配制的饲料,不是有病。新的时代潮流正迅猛地冲开了闭塞的村镇,郝玉秀以赶时新著称的人反而落后了,她在新的生活面前感到迷乱和欣喜。这些作品,人物是新的,表现方法是新的,角度是新的,给读者的印象也是新的。他的小说不是生活的照搬,不是模仿的产品,而是自己心灵孕育出来的"心智的果实"(歌德语)。艺术贵独创,独创往往得力于构思,而构思之妙,妙在作家心灵的点化。

一个作品就是作家像盘古开天地那样开辟出来的一个新世界。艺术构思的重要任务是要把各种孤立的、分散的人和事件组成一个有机整体,它是过去和现在从未有过的崭新的世界。成一不少作品中的人物、故事,孤立起来看,平平常常,但碰撞、交织、融合在一起后,却释放出令人惊叹的意义和效果,这是巧妙的匠心组合起了作用,《远天远地》《本家主任》《今天在春天》《陈家轶事》等都有这样的情形。如《远天远地》(见《新港》

1980年第7期)写的是一个僻远的贫穷缺水的山村,这里大队党支书既廉正、忠诚,又迷信、愚昧。如果作品只停留在这里,那不过是反映被现代生活遗忘的角落。但这篇小说却平空降下了一位大人物,地委齐书记突然坐着小汽车来访问这个曾打过游击的山村,于是,两个地位、级别精神境界悬殊的人物邂逅,遂引出种种意想不到的举止和内心冲突,作品的内涵极大地丰富、深化了。一个偏僻的小山村,一个曾打过游击的老区,一个农村的基层干部,一个地委书记,这是一般作者能看得到、想得到、写得出的,但把这些艺术的排列组合在一起,却是成一的独特的发现和创造。记得高尔基说过:"要构思得法,就必须懂得很多,要深入观察,认真体验,还必须学会用现实中很细小的东西,创造出十分理想的东西,达到任谁都不会发现,您是把什么东西在什么地方焊在一起、铆在一起、粘在一起的。"新颖的构思当然不是为了讨巧争奇,而应力求更好地反映生活、表达思想内容和美学理想。在《远天远地》中,作者把平常的题材加以充分发挥,使读者能得到了那么多的思想启迪和审美享受。成一说:"构思上功夫够不够,常常关系到作品的成败。人物有了,主题亦有些新意,但怎样的人物活动提供一个合适的世界,比较新巧地发现主题,就常常叫人费难。这是一个技巧问题,但也的确不单单是一个技巧问题。"

说得不错,构思不单纯属于艺术技巧的东西,要有新颖、巧妙的构思,关键在于作家生活和认识的广度和深度。成一原名王承业,河南省济源县人,从小就生活在农村。大学毕业后分配到山西省原平县去接受贫下中农的"再教育",同农民群众和基层干部生活在一起。后来他一直在县委办公室工作,经常下乡,除了熟悉农村的生活以外,还了解农村的上下、左右、前后各个方面的社会现象。这样,成一不仅能深入了解农村的几个"点",而且能立体地了解农村的各个"面"。他对农村作家的生活问题曾发表过很好的见解,他认为:写农村的作家必须熟悉一两个村子,这是"纵向把握生活"。如果没有这个基本功,恐怕不会"分明地感到农村变革所发出的那种异乎寻常的诱惑力";他还需要了解一个县,这样就从比较高的角度看农村,还可将农村放在比较广阔的社会背景上去表现,这是"横向把握生活"。除此之外,还应当去熟悉点农村以外、县以外的别种生活,与农村对照,才能发现它特有的色彩、韵味和意义以及它的局限和不足(见《文艺情况》1984年第6期)。这实际上就是他的经验之谈,他自己就是如此做的。上面举例的小说中,如果说《顶凌下种》《请放宽心》《人样儿》等是从纵向反映生活的角度构思的,那么《绿色的山岗》《迷乱的街市》《洼地》等则是从横向反映生活的角度构思的。他在构思中确是纵横自如、游刃有余的。他小说构思的新颖,归根到底,正在于他这种生活和认识的广度和深度。但不可否认,成一有一些小说还缺乏强烈的思想闪光点,而它是构思的灵魂。我们希望他在这方面有新的突破,当然首先是生活和认识的突破。

企求含蓄的意境

《顶凌下种》得奖以后,有的评论文章曾责备这篇小说"没有使得矛盾更尖端一些"。其实,这恰恰同成一的艺术追求相悖。《顶凌下种》的特点是内紧外松,内刚外柔,骨子里针锋相对,表面上彬彬有礼。诚然,按当时的斗争态势,矛盾必然会尖锐化、表面化,但小说却让它放到闭幕后去进行了,在结尾处已做了预示。整个作品构成了一种含蓄的艺术境界,留给读者以广阔思索的余地和耐人咀嚼的韵味。

艺术境界,就是所谓意境,是我国传统美学的一个重要范畴。它是客观的生活、景物和主观的思想、感情相互熔铸的产物。一般论诗论画中常把意境作为衡量艺术美的一个标准。小说是否有意境,还可以讨论,但是既然作为艺术作品,至少得承认有些小说是有意境的,并且得允许作家对小说意境的追求。王国维认为:"境非独谓景物也。喜怒哀乐,亦人心中之一境界。故能写真景一物、真感情者,谓之有境界。"(见《人间词话》)这一看法比较开通。成一专注于人物思想、感情的深入解剖，其中有不少篇章写得情真意切，使整个内心世界成为一个艺术境界。

成一对含蓄的意境的追求，有一个发展的过程。在处女作发表后的两三年内，他时有平板、直露之作出现。如《四嫂》（见《上海文学》1979年第11期），作者用意是想通过四嫂一家命运的升沉变迁，反映二十几年农村的曲折变化，但题材不集中，过程拉得过长，人物命运与农村政府几乎是赤裸裸地联结在一起。《卸了妆才美》（见《汾水》1980年第5期）抓住了干部在下级面前表现出来的习以为常的官僚架子，眼光是敏锐的，但未能深入开掘，揭示出问题的实质所在，而且唯恐读者看不出题旨，在作品中写了一大段说明，反把读者的想象思索之路堵塞了，这就犯了恩格斯所说的作者的见解"不应当特别把它点出来"的毛病。当时有的评论文章却赞扬道："小说的题目，把干部放掉官僚架子，喻为'卸妆'，既朴实又巧妙，耐人寻味。"其实，这恰恰把缺陷当作优点了。这两个作品说明，含蓄还未成为他较稳定的艺术特色。成一另一篇较早的作品《七月二十二日》（见《汾水》1978年第12期），写大柱和二兰在一次大庙会上商讨介绍培育春麦新品种的事，但作品巧妙地安排了一个十八岁的似懂非懂的小顺，他很敬爱自己的师傅大柱，满心希望二兰成为大柱的对象，于是在人群中暗暗盯起梢来。而把大柱和二兰的接触写得若隐若现，他们的爱情关系也似有似无，让读者自己去补充、去想象。这篇小说含蓄是有的，但深邃不足，还缺乏一种意境美。大致说来，成一小说对含蓄的意境的追求，到《远天远地》才渐趋明朗。他的第一个短篇小说集以《远天远地》命名，大概是含有前一阶段的终结和后一阶段的起始的意思。当然，渐趋明朗并不等于定型，更不能说成熟，成一至今还在继续进行探索和追求。

严格地说，只有在作品情感深挚、形象丰腴和内涵深邃的基础上才能有含蓄的意境。譬如成一描写爱情、婚姻的小说，《诱人的枣花香气》《绿色的山岗》《家外的柳堤》等，总是抓住主人公与特定情景交融着的喜、忧、哀、惊、惧等多种感情,写真、写深、写透,并从人物感情世界的丰富复杂中来充实人物形象丰满的血肉,而且透露出、显示出隐藏在感情和形象背后的影响着、制约着爱情和婚姻的深刻的社会内容。因而这些小说同某些庸俗的低级趣味的爱情之作大异其趣,比某些浅薄单纯地表现爱情的忠贞和力量的作品也高出一头。当我们进入这些小说所创造的含蓄的意境的时候,有一种美不胜收之感。这里强调情感表达、形象刻画、生活开掘等方面的重要性,并不否定有些艺术手法对创造含蓄意境的作用。从艺术手法上看,成一小说有以下几点值得注意:

一、口小洞大的题材处理。大家知道,鲁迅的《风波》通过江南农村一场辫子的小风波,反映了张勋复辟的重大历史事件。作品像开了一个小口子,让读者通过它看到里面的大洞厅。成一的《仲夏的爆竹》(见《人民文学》1980年第11期),写"四人帮"倒台对农村产生的巨大反响,读者在作品中看到的是,曾显赫一时的祈书记突然感到莫名的孤独、烦躁、迷惑、空虚,直至她被谪回到生疏的家,这个"似乎已退净了女人的感情"的普通农村妇女,才重新恢复了正常。我们通过这个主人公的贯穿通篇的内心活动,分明看到了广大农民的兴奋、热烈的欢腾景象,还隐约感到了我国正发生了天旋地转的历史性大事件。把小事件放在大背景之中,用一个人的心情骤变来反映重大事件的发生,写小而见大,言近而旨远,这就构成了想象的空间、含蓄的境界。

二、一以当十的人物组合。上面曾讲到《远天远地》的人物组合所产生的更为丰富的内涵。《本家主任》(见《汾水》1981年第9期)中的炊事员康金贵和新上任的康主任的组合也有异曲同工之妙。成一在谈创作体会时说,把可以写成两篇的东西迭合起来写,"原来的两个人物、两个主题都写出来了,而这两个主题合起来,似乎又显现了一些新的意思"(见《人民文学》1982年第12期)。这两个作品分别写了两个人物,但作品的作用却足能"一以当十",因为当他们组合成一体时,已经远远超过单个人相加所具有的意义。由于作品内涵丰富深邃，"含不尽之意见于言外"，甚至要弄清这两篇小说的主题思想也颇费脑筋。这样的作品还有《今天在春天》《陈家轶事》等等，唯后一篇的几个人物未交融一体，略逊一筹。

三、多面多层的心灵结构。侧面多、层次多，不易使人一眼看清，一览无余，就能产生含蓄的美。成一笔下的人物心灵结构总是多面、多层的。我们可以从两个方面来看：（1）一瞬间的心理、意识、感情的流动往往通过多侧面、多层次的转换进行的。为了节省篇幅，我们仍以上文举过的《家外的柳堤》中萍儿那段内心活动为例，其中就包含着对环境、对他、对自己的不同侧面的内在态度，包含着聪慧、纤细、机敏、羞涩、大胆等不同的性格侧面，从心灵层次看，显然羞涩是表层的，大胆是深层的，如此等等。这类一瞬间的心理活动的例证，充塞于成一的小说，俯拾即是。（2）人物整个心灵结构和流动形态也是多侧面多层次的。如《洼地》中写占奎的心灵，既有旧生活的积淀，又有新生活的闪光，既有农民固有的素质，又有现代商人的素质，既有创造开拓的强烈欲望，又有困惑和犹疑，因而他时而这样，时而那样，现象上似乎飘忽、矛盾，但他心灵中核心的、主导的、深层的东西却是清晰的，这就是为致富而勇于开拓的精神，其间还滋长了为群众办点好事的新的心灵层次。可见，无论从局部还是从整体看，人物心灵总是多面多层的，这就为创造含蓄的意境提供了有利条件。

话又得说回来，艺术手法只有为总体的艺术追求服务时才有意义。成一小说艺术含蓄的意境美，当然离不开艺术手法的独运，但主要还是在作品的思想、感情、形象上下功夫。

上面我们把成一小说的艺术追求从三个方面来说，其实它们是互相联系不可分割的，而且也不只是这三个方面，如成一小说中的富于韵味和地方色彩的语言，也是他艺术追求的目标之一。所有这些综合在一起，就形成了成一小说的艺术特色和艺术风格。

选自《小说评论》1985年第5期

略话成一与他的《游戏》

吴　方

认识成一本属偶然。其实我对他很不了解，只有一种印象，印象之所以不褪，不是因他有什么表现，却是因他的沉默。

去年过太原，碰巧山西的几位作家都住在一个黑森森的旧院子里，便去一访。院内有成一的两间工作室，幽暗而宜于静坐。我来，成为不速之客，经韩石山君聊为介绍，成一就眯了眯眼，笑笑，表示欢迎了，倒也省了寒暄的俗套。坐了一会儿，我没能讲几句话，他也并不多言，这在我自因没怎么读过他的小说，套不上近乎，在他则怕是蔫儿惯了，性格似近于内向静默的一路，但也绝不是冷淡拒人。分了手，我便想到尘世器器，能认识一个沉默的朋友，也是一缘难得。正如梁实秋在《雅舍小品》中记过的一则轶事，总给人点儿特别印象。梁氏写道，他有位朋友来访，坐下了不开口，梁氏便特意也不讲话，试试彼此的定力。二人便只是坐，不交一语，抽烟、喝茶，等到茶尽三碗，烟罄半听，主人并未欠伸，客人兴起告辞。做客做到这样的情形，够洒脱够特别了。这位默者据考是戏剧家赵太侔先生。梁氏说他颇有"闻所闻而来见所见而去"的六朝人风度。自然，成一还做不到六朝人，我猜想他的沉默大概与喜欢沉思默想以及慎

101

言的习惯有关,也许他把话大都说到小说里去了罢。

沉默的小说家不妨心里有数,纸上驰骋。成一有他写小说的心数。记得前些年读过他获奖的短篇《顶凌下种》,便觉得写法虽然实在,却有某种机巧在崭露。论来那也是个"拨乱反正"式的故事,是当时"在潮流"的,却因搁在一种讽谑的意思来写,显出了他善于以不同的眼光把握那种共性的时代生活严肃沉重的主题。因此读起来觉到清新。

为人待物的成一好像与写小说的成一不大一样。不过,人们仍然可以把成一看成本分的并不先锋的作家。

到了今年初始,他拿出了一个长篇小说,便是刊登在《收获》上的《游戏》。偶通音信,成一希望我看看。大概因为写长篇不易,读长篇也不易,现在倒是容易体会到这"不易"二字。读《游戏》,新鲜感有之,踌躇感有之。它给我一种特别的印象,铺叙繁复、怪怪奇奇,大有言之不足则长言之的劲头,让人委实摸不透成一这一回的心数了。历久读罢,我得承认不胜躁累、头昏眼花之后又不知该如何复述感觉到的东西,如何比较清晰地把握这部作品的脉络和人物以及寓意等等。

这就又一次牵涉近几年小说态势变动中的一个难题,即如何看待小说创作之"非常规""陌生化"给阅读带来的不适应问题。在这个意义上,《游戏》自然带有其挑战性。阅读直觉这个东西挺麻烦,有时如一盏灯引导你朝前走,有时又成思绪理路的干扰障碍。好像有的小说可以读得很痛快,有的小说可以"嚼"得很难受。当人们说到某些小说尤其是实验文体的探索时,关于"看不懂""说不清""少趣味",人们的理解往往趋为两途:或云这表明小说表达在突破叙述常规,是在有意识地造成阅读的倾斜、颠覆;或云这恰好暴露了表情达意的不理想状态,所谓食而未化;或云这是在创造"伟大的读者";或云这不过拒绝或失去了读者的交流。诸如此类,学理上尚难以道断是非,恐怕只能稍待于一定的历史沉淀。总之有两种风格取向,一种偏于"通",一种偏于"变",一种偏于"从众",一种偏于"脱俗"。《游戏》的术"变"大概是下了力气的,我们还能心里有数。不过,在尽量体会其陌生化效果时也会感到对"度"的把握有放任之嫌,正像钱锺书评黄庭坚诗的晦涩,语言不够透明时所说:"仿佛冬天的玻璃窗蒙上一层水气,冻成一片冰花。""隔"可以算一个毛病,也可以说唤起了一种格外的印象。

也许,阅读《游戏》所付出的疲劳代价,正在于使人获得一种不大适应的强烈印象。一种非常的滋味,叙述的回环肿胀也好,缠绕冗沓也好,也许正是为了避免限于对生活做一般的模仿,向真实、向生活的"内里"做一种楔入。摸索以至于搅动,以凸显出某些人生历史表象的似真而伪,似坚而婉,似庄而谐。成一也许要说:予岂好辩哉! 予不得已也。《游戏》遂渐渐落入了一场自相缠绕的梦魇之中,这本身便带有难以排辞、整理的特性。关于这一点,不知该埋怨成一的创作状态不尽理想,还是不得不面对生活本身的"不理想"状态。

从传统的参照去看,《游戏》算得上别致,毕竟对传统的农村生活题材加以这样揶揄式的把握的还不多。农村题材写实风格,不少当代小说对此加以酝酿、化合,渐成人们所熟悉而关切的主要流派、类型。近年以来,山西、陕西的作家们在这一方面更扬其长,翻为波澜。大致而言,这一路的创作多逐渐由单纯关注社会现实问题转向寻找现实与历史文化的关系,以开辟现实主义创作的表现领域及容纳更丰富的表现力。进而言之,历史文化,廓落至大深邃,由器而道,沿波讨源,把捉琢磨,终归有得失深浅的不同,于是主体的理解态度、框架及个性又常常于创作的利钝有影响。前年,当李锐的《厚土》问世时,人们便开始注意到主体理解的变化或许能带来什么。比如就探讨中国农民历史文化(也反映着中国文化的主要性格和结构)而言,是否值得调整视角,即由仅仅关注短时段的事件史、局势史,转向关注长时段的心态史,由仅仅局限于功能意义上的考察扩展为结构意义的剖示? 显然,这多少给小说描写带来不同于以往的诱惑。比如去了解人的历史心态、文化性格、精神素质。我想,《游戏》大概也产生在这一认识迁移的背景之中。

然而,《游戏》还是有点特别。就写实常常不离开对自然的模仿而言,它基本上没有超出这个大范围去,所不同的是,模仿常常被降格地处理了,即成为揶揄、嘲讽,变形的模仿,于是人物的行、思、言都显得不大自然、不大合逻辑,既被组织在现实生活的关系中,又仿佛变了味道,仿佛与我们所熟悉的传统小说中描写的现实有所游离,不即不离,造成一个被表现的世界。其实,《游戏》中的人物,一个一个虽然反常乖异,却因暴露了潜意识对他们的支配力量,承担了现实异化的角色,显出别一样的真实了。《游戏》的旨趣,我想,并不是说其中角色以世间为戏场,彼此玩笑戏弄,而是说他们身处局内,本不能把握自己、选择什么,辨明有意义与无意义的区别,虚与实的区别。这在局外的观察者看来,也就近于游戏。同时小说以游戏的态度去"翻动"世相,也不过比较便于抉剔这种世相罢了。

这种世相更多地被表现为人格阴影,一种"内部形象",虽然是特别的,不妨能照见一个时代人格的共性。

场景型的小说叙述——外部场景与内心场景——既然多不以故事情节取胜,往往便借助对人的行为、心理、气氛及其关系的描述与表现来展开与世界的对话。"游戏"也是对话,甚至无价值的游戏因在对话里而显现某种价值。成一的这篇小说大概也是这个路数。它的特点不在于一般地描写场景,而是突出了意识对象的"不在场"同"在场"的互渗关系,也就是说比较多地描写了人物的无意识心理,行为与外显现实的关联,转述了"不在场"因素对"在场"因素的影响。由此,如果视《游戏》为探究意义的对话,对话总归比较深曲,隐晦。

我觉得这部小说的女主角唐玉环算不上一个完整丰满的人物。因为她缺少成长的历史,只是一个朦胧的难以理喻的现象。我们知道,她是河头乡民办教师曾某人的婆姨,有"老乡的命"却又不大甘心认命,因不能生养而又自觉被排除于世俗秩序之外。她不踏实,不安分,甚至很苦闷。其实倒也没有什么人对她不好,她的汉子对她挺好,反倒总觉得不像个汉子了。这个妇女被一种无形的压抑所折磨着,"血脉里热胀得憋躁难忍","可我想疯图个轻快",但当她做了一连串似疯似呆似美似不美的事后,除了有一种宣泄的感觉之外,她分明又感觉到非理性生命驱力与自我意识相冲突的困境:"她真是疯了吗? 要是真疯了,那倒好啦,她就不用这么害羞害怕了,可惜她心理还清清楚楚……她觉得今天发生的是真事太奇怪了。她怎么就跑到了学校(只穿着红布背心、光着两只脚打起篮球来,多痛快又多丢人),是去找她老汉吗? 她下辈子也不想找他。可她又疑心一切都已经谋划很久很久了,那是在上辈子吧? ……"

"疯"与"非疯""正常"与"反常",在病理上能够做出诊断分判,但在文化心理上问题则麻烦得多。从统计规律去看是一回事,从价值反思去看又是另一回事。唐玉环像个"边缘人""边缘的老乡",秩序也好,命运也好,把她从中心朝外甩,又把她限束在外缘上。她渴望痛苦,"斗争"、改变什么,又不知能得到什么、改变什么。看起来就像是一个躁动的符号,一团混乱,选择而又无从选择。如果说这里面有一种悲剧性的话,那么尤为具有嘲讽意义——人物并不知道什么是悲剧什么不是悲剧。这种尴尬的场景,意识与无意识生活的龃龉,恐怕有超出人物生活本身的普泛意义。

唐玉环同汉子迁到了娘家野庄,如同一个不安分的音符蹦进了一片零乱的噪声里,她好像是来寻求刺激的,因为这儿的日子不知为什么竟有些躁动,一种莫名的不安分,甚至弥漫了鬼鬼祟祟、癫狂怪谲的气息。我想,像是一幅浮世的漫画,一支杂乱无章的曲子,人仿佛在"革命",在与天斗与地斗与人斗,希望创造奇迹,引为壮举,其乐无穷,到头来不过做些无稽的游戏。其中的人,如那个后生支书宋万银,像是要仿一条真汉子,像是敢想敢干,抓"阶级斗争",抓"兴修水利",想成个不同凡俗的角色,到头来与阿Q相去不远,活脱脱一个乡痞。说来,"文革文化"也正是产生痞子的土壤。唐玉环虽然和这么个角色到玉茭地太阳底下去"疯"了一回,也还是没有沉重没有痛苦——一切都是假的,愚鲁妄诞的游戏。说回来,几乎所有的外部场景与内心场景都是混乱的,失去逻辑的,自在而莫名,所以他倾斜地滑向无意识的深渊。人们在这里面沉浮翻腾,鬼火邪风,似乎也还自得其乐,只有个唐玉环想跟这个糊涂世界来一番较量:

> 我迁回野庄就是想光彩光彩,我进一号院当了主任姨婆,我还想穿白球鞋还想生养后人。可你们的万银后生也不顶事你们信不信?……
>
> 你们假装吓住了就是想听我给你们说,那我就给你们说,我不能不说不能便宜了他们不能便宜了野性,不能叫他们都光彩只叫我一个人不光彩。我不怕不光彩只害怕你们不知道我不光彩。

终究叫这个女人感到了万分高兴,觉得"疯"了真是不赖,可以把一个一个、一伙一伙全打败,包括县里的林书记、杨干事、公社未主任、村里的宋支书……不都一个个勾魂夺魄、恍惚迷眩、像是应了鬼使神差了吗?

这大概算得上小说史上一个独特怪异的女性形象。或许她不过就是一种情境、状态,在她周围,一个文化符号系统裸露其内部的种种难以告人的隐秘——似乎哪儿出了毛病!

读罢沉吟,自然还得承认成一此番创作之不易阐释,其甘苦得失难于寸心得之。究竟芜辞害意抑或包藏甚深,还是引进无意识写作以更充分地返回现实的复杂性,姑且存而不论,但有一点印象却有案可稽,即蔓衍无序的叙述确实造成了混乱纷然的内部形象。有时像是确定了情境的一定之后便由其思路纷至沓来,不拘逻辑;有时似随意地敷衍内心独白,缺少有效的交流、衔接,似乎表明了生活整体的难以解析整理,存在向度的多种可能。至少清晰朗然的解析整理总得付出损伤的代价,至少感受和理解活动应该开放,不仅是说明而且是召唤。总之"不理想"状态同样可以看作被叙述着的事实。事实总归是被叙述出来的事实。

即使我们感觉到女主人公或者杨干事性格中"情结"和"阴影"对行为反应会产生影响,他们的表现还是不免有许多不合情理之处。个体体验的似真似幻当然难以为经验论所论证,实际上,它们在叙述过程中难免处在被解释、推测中,已非单纯模仿。那既是一种存在的可能状态,也是对世界对自我的一种勘探、叩问。在其中场景由单调变得丰富了。

说回来,成一这一回的"勘探"不仅表达了对一种传统人格心态及历史的看法,而且发展了对一种传统题材的反讽式处理。因为我们也越来越感到:对于文学来说,如果我们承认了某种表达范式的创造价值,也不过是说它适合了我们目的的想象,但这种想象只是成功地掩饰了意义的非确定性,而不是清除它的非确定性。观察和解释生活的先定支配框架,不过是策略上的理想化方式。比如追求叙述的逻辑关系、因果关系等等。问题在于生活并不都是以逻辑为中心呈线性因果联系的。

于是《游戏》的"混乱"也许又意味着对一种理性"神话"的置疑,正如历史并不已经都样样清爽了一样。"关联域"是无止境的。确实,诸如真与假、经验与超验、实在与虚构、正常与反常、严肃与戏谑、悲与喜、客观与主观、事实与价值的对立,在这里多少变得有些模糊。而生活要远远先于、大于、复杂于这些先定概念的对立。我想这也是《游戏》所追求的一种叙事效果罢。

我不知道,写小说、读小说是否非要"为伊消得人憔悴",其实也许不过就感觉了些什么而已。已经说得够多了,沉默的成一怕要嫌我胡啰唆。至少在作品的解释上,他会主张不可能说得清楚、确定。如果被我说得清楚了,那是他的失败。

除了做小说,成一大概还是沉默的。古人说,不言是最大的理解,无非是说其时有理解的自由。而批评终不能不落言诠,很遗憾,以为自己理解了,不过大概还是聊以自娱或自苦的暂梦。

选自《当代作家评论》1989年第5期

大胆讴歌新的人之常情

——评周宗奇的小说创作

曲润海

读周宗奇同志的小说,总是有一种难以言状的激动。但开始时不知道是怎样激动起来的。他开始写小说时很重视情节,那自然要牵着读者随他走,但后来,他的小说不大追求情节的曲折复杂了,看了仍然很激动,这是为什么呢? 他的小说思想性强,能够给人以教益,但我觉得动人心弦之处,也并不在此。仔细琢磨,原来被他小说中的感情所打动。这种感情,又是人人能有,人人能体会得到的人之常情。

同情心和父母情

当你读《老干事吴诚》的时候,看到信访办公室老干事吴诚一口一个"老嫂子"称呼上访的卫老太太,给她膝盖拍打土,把她领到自己家里吃饭,偷偷地把自己家仅有的七十元存款,当作矿上的钱给了卫老太太,并决定每月从四十九元工资中,给她寄去五元,说是矿上给的,还亲自送他们上了火车。当下了雪的时候,他又想到,卫老太太祖孙三人进山沟了没有。所有这些,都让我们看到了一颗对人民的同情心,虽然他的办法解绝不了一切上访者的问题,但他那真诚的、美好的精神境界,不能不令人钦佩,他身上闪现着真正共产主义的火焰,虽经"十年浩劫"而未泯灭,在今天看来尤其可贵,因而它新鲜、感人。

父母之爱是人之常情,然而在不同的阶级、不同的时代又有不同的内容。在周宗奇同志的笔下,母亲的形象是高大的、深情的,令人敬仰和思念的。《母亲,你为什么要走》中的母亲,被大儿子接到城市,住着楼房,享受着现代化的舒适,然而母亲却在八月十五中秋节,也是她的生日那天,坚持要回农村去。儿子、媳妇苦留不住。原来,老家的小儿子日子过得紧迫,时时挂在老人家的心上。母亲过不惯现代化的城市生活,却愿意和贫穷的小儿子去一起挣扎,这是一种多么高尚的母爱!就是这位母亲,当他的小儿子因为浇地争水,被邻居一个楞青娃失手打死以后,出于对儿媳妇的爱,硬着主意让她改嫁了,像她自己年轻守寡抚养两个儿子那样,又一次担负起抚孤重任。当贯彻生产责任制的时候,究竟是给她祖孙三人分地呢,还是动员她随大儿子进城生活,生产队长犯了难。于是打电报请回了大儿子劝说她进城,然而她却不走。原来母亲决计要地,她想到了正在服刑的楞青娃,打算叫他日后回来和她祖孙三人一起生活,地也有人种了,孙儿孙女也有人照料了。她由过去儿子被打死时,像疯了似的抓破了楞青娃的脸,到惦念起他来,这更不是一般的父母之情了。

父母之爱的另一种表现,是对下一辈的教育、培养。这种教育培养是极为严格的,紧紧地结合着生活和实际工作的磨炼,让他们经受困难、胜利和挫折的考验,使他们从政治思想上和实际工作上成为可靠的接班人。《新麦》中写爷爷强忍着儿子媳妇被敌人杀害的巨大悲痛,抚养孙子,特别是为了锻炼小孙子宋忠民顽强的毅力,骂着要他从桥上跳水等,都显示了他那种坚韧不拔的毅力和一丝不苟的树人之道。《戴上火红的袖标》则塑造了一个伟大的母亲的形象,她是在丈夫牺牲后,独自抚养了几个孩子,在与大儿子失散多年初次回来的时候,大儿子却已牺牲了。她又在新情况下担负起鼓励孙子继承父志,向困难进军,尤其是做儿媳妇的思想工作,使她不至成为孙子上进的障碍,她的行动成为鼓舞全矿老少的一股力量,她身上那种坚毅豪放的精神,体现了伟大的中国煤矿工人的性格。

《等》这一篇更与众不同,它写的是一个父亲——老工人老孟头,由于儿子在"十年内乱"中参加造反,打砸抢,把矿党委书记老卫的腿打断,被判了刑,媳妇也离婚走了,如今儿子释放回来了,没脸见人,白天出去躲着不回来,半夜三更一直哭。老工人没有办法,只好硬着头皮来找老卫,希望他不记前仇,帮忙教育儿子。为此他下班后一直在老卫的办公楼前等,而老卫的办公室却一直黑着,直等得老工人瞌睡打盹,也等不回来,原来老卫早已在他家等他了。一篇很短小的作品,展示出了父母惜子的殷殷之心。

周宗奇同志不仅写了父母之爱,而且写了这种人之常情的感染力量。《咱那钱头儿》中的钱头儿,从爱钱如命,到一改常态不再爱钱,却要娶个寡妇,而且寡妇必须带来上学的孩子,要求孩子的功课门门都能考九十多分,他也要培养一个大学生,当当大学生的父亲,享受享受那种天伦之乐。

父母之爱的另一面是儿女之情。在周宗奇的这些小说中,总是从儿女的角度看父母和祖辈的,有着无限的尊敬和孝顺之情。《搬家》中的儿子苏大林、媳妇红锦,《戴上火红的袖标》中的儿媳妇淑贤、孙子全小岩,《新麦》中的宋忠民,《母亲,你为什么要走》上下篇的"我"(应儿),虽然都不是作家着力塑造的人物形象,但却像诗中的抒情主人公一样,感情颇为强烈,读后同样可以牵动读者的儿女情丝。当宋忠民知道了他的病是不治的癌症,怕老祖父伤心,故意在老祖父面前强作日益痊愈之态,以安慰老人家,看后真叫人心酸,相反的,也写了不屑子孙宋仰民。他也是由革命先烈的父亲、他的爷爷亲手抚养成人的,然而当他在"十年内乱"中凭着年龄上的优势和灵活的脑瓜子,爬上县委书记的位置之后,为了自己的荣誉和地位,不顾农民死活,强征过头粮,全县卖了一亿三千万斤小麦,却落得农民讨吃要饭,不得不再由国家调拨返销粮。他的亲兄弟宋忠民,反对他的错误做法,竟被逮捕起来,结果患了癌症,连新麦也吃不上了,他的爷爷骂他害了一县不算,还要害一"府"——他被提拔为地区革委会的主任。作品以对比的方法鞭挞了宋仰民这个人物,那感情则是深恶痛绝的。

从人情想开去

周宗奇小说的人情味的浓重,不是他创作中追求的唯一的目的,他的每一篇小说都有明显的批判和主张的东西。他的批判的矛头锋利尖锐,他的主张明确新鲜,虽不一定能够照办,却往往耐人咀嚼其中的味道。

首先是当干部的哲理。《新麦》中大队支部书记宋忠民在病床上对哥哥宋仰民说:

> "哥!你得把你的思想好好翻腾翻腾,我总觉得,你太顺利啦,……从省农工部一下来就是县委副书记,接着又是县委书记,文化大革命中老干部受冲击,可你沾了年轻点的光,"解放"得早,也干得"巧"。你只想着做出成绩,保住乌纱帽,就不分眉眼不择手段了。你把农民当聋子、哑巴和憨憨看哩!"

这是一个下级对上级的严肃批评,是推心置腹的,与人为善的,虽然不甚客气,但还蕴含着一种手足之情。而爷爷则是疾恶如仇的,他把大孙子称作"官员",说话中带着刺,使他难以招架:

> 你看你,胡吹冒撮地搞了个"一亿三",临终了落了个啥?先说对

公家吧。让公家用那么多汽车火车把粮食拉出去，回头又原样把救济粮拉回来，那汽油和工夫不值钱啦？疯啦？对民家呢，你害得全县多少人家口粮不够，缺吃少喝？那些明事理的，知道是你们这些歪嘴和尚瞎念经，可那些不明事理的，天天在骂党哩呀！从来是"害人必害己"。到头来怎么样？你把你亲兄弟也害死啦，你害得你侄女十一岁才上一年级，你害得正当年华的好二菏白了头发，你，害得全家好苦哇！

这简直是一场血泪控诉！爷爷一口一个"害"，毫不给孙子留脸。接着老祖父提出干这害民之事，不是在"四人帮"时期，而是在"四人帮"倒台以后，不是"四人帮"直接干的，却是他的大孙子所为。他提出了一个发人深思的大问题："四人帮"横行时青云直上的干部，再这样提拔重用，"这政策有麻搭，得变一变啦"！他要他的大孙子来个"徐庶让贤"，把地革委主任辞了，回来接替即将去世的二孙子的职务，当大队支部书记，体会体会群众的疾苦。他的主张看来好像不切实际，却有着极其重要的参考价值。十一届五中全会以后，我党不是这样处理过一批"文化大革命"中造反起家和顽固执行极"左"路线升了官的人吗？现在正在进行的清理"三种人"的工作，不也正合平民心吗？旧社会老百姓说："要知朝中事，山中问野人。"群众中也产生做官的哲理。群众的思想情绪和要求是领导决定政策时不可忽视的，甚至可以说是政策的出发点和归宿。

老干事吴诚是个极为普通的信访干事，然而却是一个真正与人民思想命运相通的共产党员。无论他与宋仰民比，还是与他的顶头上司信访办公室区主任比，甚至与他的正确的矿党委书记老原相比，他在思想上都毫不逊色。老原批评吴诚说："不靠组织解决问题，你个人有几个钱给上访人员贴？……你这个人真怪，怎么就老不爱往我这儿跑跑呢？我是老虎？"固然是百分之百的实话，然而不也从这里看出老原有点儿官僚主义作风吗？卫老太太上访已经不止一次，而且要解决的问题就是自己矿上的问题。正是由于长期得不到解决，才迫使吴诚不得已消失了自己的存款折，还得从自己的工资中每月给卫老太太寄五元钱，这难道是吴诚的错误吗？假如别人反问一句："你这个党委书记真官僚，怎么就老不爱往信访处跑一跑呢？你是老爷？"该怎么回答呢？这个作品的成功，诚然是塑造好了吴诚的形象，但那客观上对官僚主义作风的批评，也是火辣辣的。

其次是做父母的哲理。几篇小说使人悟到教育后辈儿孙，不止是教育青少年的问题，对于已是成人的中青年，仍然有个教育问题。周宗奇小说所强调的不是前者而是后者。《等》是写的教育犯错误的人的问题，很易理解，《搬家》是教育刚刚担任领导职务的新干部，如何保持普通劳动者的本色，不脱离群众，把工人阶级的优良传统继承和发扬下去。至于《新麦》更是在教育一个掌握了较大权力的干部，更不是靠一般的人之常情的感化所能奏效的，而是提出一个干部教育的问题和干部政策的问题，更有重大的现实意义。

再次，是为人处事的哲理。新形势下，人们会想些什么呢？作家写的几篇农村题材的小说，提出了一些农村存在的问题。比如生产责任制实行以后，特别是那些包干到户、包产到户的地方，农民们真是拼命地干啊！也真的拼出了人命。《母亲，你为什么不走》写的是半年之后母亲又同情起冤家对头来："……再说，他跟咱家往世无仇，现世无怨，哪里就会有意伤人呢？他从小没爹没娘，性子野，二十大几的人娶不下媳妇，心里烦；时下日子活套些了，他急着想挣几个，急红了眼；碰上你兄弟也是穷怕了的，也急红了眼；还不就惹出乱子来了？……"同情言词的背后，不也向正在搞完善责任制工作的同志和领导，提出了如何加强管理，加强思想工作的问题吗？这就远远超出了"母亲为什么不走"这样一个具体问题和一般的人之常情的母爱。

《咱那钱头儿》则提出了另外的问题,如致富抓钱,不能离开社会道德;人生在世,不能只顾钻钱眼儿,不能六亲不认;集体主义的精神,人与人之间的相互关照,还是应该提倡的。在社会主义制度下,金钱不是万能的,金钱不能把一切都买来。另外还提出了一个问题:人们有了钱以后,还会想些什么呢?钱头儿想的是娶个寡妇,带个孩子来,他要培养个大学生。钱头儿这个奇异的想法,也使我们想到,人们的精神境界、理想、愿望是各不相同的,而且是变化着的,因此,做思想工作要发现新问题,运用新办法,一把钥匙开一把锁。

典型细节的魔力

在生活中,父母儿女之情确实是终生难忘的,人们当他老年时回忆起父母来,仍然有孩子般的感情,仍然亲切缠绵。人们总会想起许许多多的具体的事,甚至一个动作,一句话,一种声调,一种神情,都记忆犹新,毫不含糊。生活中如此,写入作品更要如此。这便是对于细节的真实描写。周宗奇在写父母儿女之情时,首先注意从生活中选取那些能够显示出人的心灵的典型细节。这些细节一定是曾经激动过作家自己的。比如在他的九篇小说中,就有五篇写了寡母抚养孤儿和祖父母抚养孙儿孙女,而且孤儿总是两个。为什么会写这些?会这样写?我猜测,一定是作家自己的生活感受。

《新麦》之所以感撼人心,在于两次写白发人送黑发人,头一次是宋仰民的父母被日寇吊死,爷爷忍着巨大的悲痛,亲自把尸体抢回来,葬在白云山上,它激起的是民族恨。爷爷决心抚孤成人,为国家和人民报仇雪恨。第二次,是爷爷为孙子料理后事,其心灵上的打击更重,因而也就更加无情地批判了他的大孙子执行的害民误党的极"左"路线,而两次的白发人送黑发人,又选取了一个贯穿始终的细节:造碑,那"吭哧""吭哧"的锤凿声,既打击着爷爷的心,也打击着读者的心,造成了一层浓重的悲剧气氛,催人下泪。《老干事吴诚》从老婆把存款折塞在他手里要他取钱买肉为儿女们改善生活开始,到吴诚在没有办法的时候,心眼忽然豁亮,把款取完,全部给了卫老太太,消失了他的第一个存款折,以及最后老婆和他打架,向党委书记"告发",党委书记批评他,都描绘了吴诚高尚的情怀,颂扬了他那种毫不利己专门利人的精神品德。而卫老太太和她的孙子,前后两次给"吴书记""吴干事伯"的下跪,和她那近乎《红楼梦》里刘姥姥的言谈,也都是很精彩的细节,又都刻画出了她的母爱——祖母对孙子的爱,也从旁烘托了吴诚。

周宗奇小说里选用的细节,不是很多的,但都用得好,除了上面说的反复运用以加强感染力外,有的作品中都只用一次,即放在抖包袱的地方。《母亲,你为什么要走》中,母亲决计要走,是受了卖烧土的父子三人狼吞虎咽吃饭的样子和那一股土腥气和汗酸味,说话不敢抬眼皮,木木讷讷的样子的刺激,由他们三人,她想到她的另一块肉——在农村的小儿子一家的艰难。母亲临走时还特意吩咐:"要再碰上那卖烧土的,就再接济接济他。"钱头儿转弯的契机,开始说是他上了一次厕所,出来就变成另一个人了,"神色有点异常,颜面发白,嘴唇发青,额上那块老疤像个屎壳郎爬在那里一样难看,而且显得心烦意乱,慌恐不安,还有点丧气和伤心"。吹奏完以后,和伙伴们平分了钱(以前他独占一半),请他们吃了一顿好饭,就不想挣钱了,不爱钱了。其中奥秘究竟是什么呢? 我在读的时候,确实是被吸引住了,我真想先看看结尾,然而我没有翻看,而是自己试着想想。待到结尾,却也平常,原来是他在男厕所,听了女厕所中两个女人的对话,对话中骂他是财迷精、糊涂蛋:"他连为啥家里给大学生娶媳妇是大喜的理儿都不懂,开口就是钱、钱、钱! 什么德性! 给你,都给你,把世上的钱都拿去! ……不还是光棍一个,孤独虫一条么? 这才是瞎活呢!"由于小说在前边反复进行了铺垫,所以待到抖包袱时,虽然出乎预料,却很合乎事理。

周宗奇小说的细节运用,与他的多数作品沉郁的格调是一致的。除了他的某些人物肖像的描写有幽默的特点外,他的故事情节,他的对话,他叙述的语言,都情趣不多,以致读着不使人发笑,而令人沉思。有的作品中虽有一些有趣的情节和细节,但基调是沉郁的,即使读的过程中有些地方可笑,但读完后却一点也不轻松愉快,有时甚至有些沉闷。我希望这不是他以后形成自己单一风格的基础。

　　周宗奇的小说,也有不足之处:一是在语言上,合乎规范化,而个性不很鲜明,还没有作家自己的特色。二是描写的本领次于叙述的本领,特别是对于社会风情的描写不多。

　　周宗奇已是一位有影响的兼写工农业题材的青年作家,已经有了一定的经验,我相信他一定会写出更多更新更富有革命的人情味的作品来。

选自《山西师范大学学报·社会科学版》1983年第6期

论周宗奇的小说

张厚余

在新时期崛起的山西中青年作家中，周宗奇年龄较大，扮演着继往开来的角色。他的步履显得沉着而稳健，既不固步自封，也不追赶时髦，是在对社会生活进行冷静思索的同时，力图寻找一种既尊重群众审美情趣，又能在传统的表现手法渗透进新的表现因素的艺术风格。

他的作品不是很多，1982年收集成册的只有一本短篇小说集《无声的细流》和一本中篇小说《松风缘》，1983年以来散见于报刊的也只有《黄金心》《清凉的沙水河》《晨雾》等七八个短篇和《假语村言》一个中篇。决定一位作家在文坛上的地位和价值的，关键在于他的作品的艺术质量，而不在数量的多少。如果一位作家在他创作的流程中能够结结实实地拿出几篇具有分量的作品，而且在时间的流逝中仍不失其亮度和光彩，这样尽管数量不多，影响一时还不大，但其地位和价值却应当得到评论的特殊重视，因为这不仅反映着一个作家创作态度的严谨和甘于寂寞的自持自重——这在当今中青年作家普遍都以创作丰富自得自乐从而稀释了自然积累，冲淡了固有才能的令人遗憾的趋势中，尤其显得难能可贵；而且这种厚积而薄发、一步一个脚印的创作"定势"，预示着作家将以他坚实的步履迈向一个新的高度。

一

贯穿在周宗奇小说中的一个显著特征是他对人民深厚、真挚的爱。他以毫无矫饰的热情讴歌他们朴实善良、高尚的品格，透过他们普普通通、平平凡凡的外表托现出一颗颗闪闪发光的黄金心。

在1978年党的十一届三中全会前，由于受当时社会思潮的影响和历史条件的局限，周宗奇一些描写矿工的作品中不可避免地留着"高、大、全"的痕迹，如《戴上火红的袖标》。1980年及其后连续发表的《母亲，你为什么要走》和《母亲，你为什么不走》，是周宗奇讴歌劳动人民的转弯之作，其主要标志是作者已突破为政治服务的樊篱，把人物从"革命化"的高空落脚到现实的大地；从作品的思想内涵来看，则是从表现单一的政治性主题回归到对社会人生的丰富意蕴的揭示，毫不保留地摒弃了有意环绕在人物头上的诸般夸饰、虚幻的光圈，而还其以淳朴、真实的本来面目。母亲的形象是十分感人的。她为什么要走？是因为在城里的大儿子家看到"那个卖烧土的汉子和他那两个又黄又瘦的娃娃"使她想起家乡二儿子家"那紧巴紧的光景"和"他那一窝子娃娃"……1980年，我国农村经济改革才刚刚开始，被极"左"路线糟踏得满目疮痍的城乡，人民生活尚未恢复元气。周宗奇没有随着《黑娃照像》般的人流去唱轻松的颂歌，他一方面满腔热情地写出知识分子政策开始落实"天旋而地转"的光明（分房子，买彩电），另一方面毫不含糊地揭露长期的极"左"思潮与政策遗留在社会生活中的阴影。作家正是在这种现实的矛盾中写出了特定历史时期的真实，写出了这一真实环境中人物的真实心态。《母亲，你为什么不走》进一步展现了母亲宽厚的大地似的胸怀；她劝儿媳改嫁；她让"我去监狱给一钢锹劈死小儿子的楞青娃送棉衣"，周宗奇细致入微地写出了母亲矛盾复杂的心理以及这种心理发展变化的轨迹。母亲的宽

119

厚、明达和仁慈是在感情与理智反复激烈的交锋、搏斗中,克制了血泪交织的痛苦,战胜了剜心割肺的重创而升华了的人性与良知的高扬,因而是显现了女性心灵的崇高,而绝非外加的神圣光圈。

1983年发表的《黄金心》,是周宗奇讴歌劳动人民崇高品格的又一篇佳作。这篇小说比《母亲》的姐妹篇更有深度和力度,它不仅全景式地写出矿工之家个个都有颗黄金心的群像,而且不论主次人物都勾勒出比较鲜明的个性特征。塑造最成功的是新一代矿工典型形象姜胜利,他是腼腆的,又是冷静自尊的,他热爱矿山,是一位精通技术、具有魄力的采煤队长,他热爱艺术,热爱生活,他曾打扮得“又神气又有派头”,兴高采烈地陪着式兰登高远足,当得知她曾在婚姻上受过骗,还有一个小孩时,依然对她执着地追求。周宗奇真实可信地塑造了一个坚强、自信、自尊、忠于职守、满腹才华而又具有丰富感情、难免人性的脆弱与生命的痛苦的80年代新型矿工的人的形象。这个形象完满地托现出了一颗社会主义新时期的工人阶级的黄金心。

周宗奇所以能刻画出栩栩如生的有着一颗颗黄金心的人物形象,是基于他对人民有着深厚、真挚的爱,而这爱是来自他独自的人生经历和与他生命血肉相连的生活。周宗奇1943年生于西安,自幼丧父,六岁就由母亲带回山西临猗县老家生活,靠母亲指针度日,“母亲是一位心地善良,性格坚强,富有见识的女人,她总是咬紧牙关在逆境中苦苦抗争”。周宗奇在一篇文章中曾满怀深情地写道:“我走上文学道路,母亲也起了很大作用。”周宗奇1967年从山西大学政治系毕业后被赶到天津一个军用农场接受“再教育”;1969年又分配回山西,在霍县煤矿当井下工人,就是在井下劳动期间,写出了他的第一篇小说《第一个师傅》,发表在《光明日报》副刊上,真实而形象地描绘了梁师傅怎样在千钧一发的险境中保护了他生命的安全,怎样在折磨的危机中将他拯救出来。小说的主人公原型,都是在困境中对他肝胆相照给了他创作生命的矿山师傅。创作是作家生命的写照,生活是作家创作的源泉。周宗奇能写出一个个普通劳动者的光彩照人的形象,和他对劳动人民的深情厚爱确实是密不可分的。在他描写劳动人民、讴歌他们的黄金心的作品中,我们即约略看到作家生活经历和生命体验的影响,而他所刻画的人物又绝不仅仅是生活原型的摹写,而是经过高度艺术概括了的艺术形象。

近年来文学界有一种倾向,随着对"高、大、全"的极"左"文艺思潮的否定,有人认为凡是描写崇高人物形象的作品都是落后的文学观念的产物。其实这是误解。在普通的"小"人物身上挖掘金子般的心,这是现实主义文学大师们早已成功地实践过的光辉的创作思想,高尔基、鲁迅就是著名的代表,其他如雨果、契诃夫、马克·吐温、杰克·伦敦、欧·亨利、海明威、肖洛霍夫等,都创作过许多感人至深、催人泪下的作品。周宗奇的小说是与这一优秀传统相连相通的。我们一些以"探索派""先锋派"自诩的中青年作家们以挖掘国民的劣根性为己任,好像把民族的落后性涂抹得越原始、越野蛮、越粗俗、越荒唐,就显得自身的文学观念越激进、越领先、越超前,越具有所谓"民族自信感"。面对周宗奇这些挖掘劳动人民黄金心的作品,那些中青年作家们是否应反思一下自身的偏颇?真理只要逾越一步,就会成为谬误。

二

周宗奇既有一副充满爱心的热肠,又有一双冷峻、清醒的眼睛。他关注着社会现实的变革,敏锐地察觉到时代生活中出现的矛盾,而且能够以艺术家的勇气揭示历史发展中的重大冲突。1979年发表的《新麦》,是一篇清算极"左"路线给农村造成巨大灾难和创伤的力作。作品的深刻之处并不在于表面上所写的"四害"横行之时农民生活的贫困、饥馑和敢于仗义执言的正直干部的遭受迫害、罹病死亡,而是在于作家把作品的主人公——当年虚报产量强征过头粮的主要责任者中川县县委书记、而今是地革委主任的宋仰民写成一个确非四人帮的"好人"。他过去乃至现在都不会像自己的兄弟那样为了人民的利益实事求是地仗义执言，他服从的只是上级的指示，而服从的真正目的是为了保权、升官——维护和追逐一己私欲。这正是残害人民的错误政治路线得以长期持续的社会根源之一，也是即使有了造福人民的正确政治路线而不能贯彻乃至走样、变质是主要政治原因。

文学总归是为人生的。新时期以来文学出现了多元化趋向，表现现实人生以改良社会为崇高使命的"社会文学"，作为当今文学大潮中的主流是人民大众的要求，是中国特有的历史和现实情况所决定的。周宗奇顺应这一客观规律致力于社会性文学创作，自《新麦》之后近年来继续推出《老干事吴诚》《夜客》《空中飞人》《清凉的沙水河》《假语村言》等一系列作品，其创作的方向是与当前文学主流的方向相一致的。

1984年发表的《清凉的沙水河》，是周宗奇小说创作中一部里程式的作品。这篇小说在艺术表现方法上突破了他一贯采用的"山药蛋派"手法，虽然在故事情节的环环相扣、人物形象的栩栩如生、结构安排的疏密有致等方面都保持着原来的优势，但细腻的心理描写，浓重的气氛渲染，抒情的语言笔调，工笔画般的景物描绘，都赋予作品以新的风貌。《清凉的沙水河》的新，主要表现在对现实生活的宏观把握上。它虽然写的是一个青年农民离开故土受雇于专业户，帮其种田并进而想成为一个专业户的故事，但由于他所写的三个主要人物老银土、崔猴拉、唐三禄和事件发生的环境背景都具有较大程度上的典型性，因而较好地概括了当前农村改革的社会现实。我所要强调的一点是作者能够站在时代的高度，高屋建瓴地观照现实的那种清醒的时代意识：他既看到农村经济改革带来的欣欣向荣的巨大变化，也觉察到一切向钱看的、也许这悬处于萌芽状态的令人忧虑的倾向；他既写出唐三禄精明能干、对搞活农村经济具有积极的推动作用的一面，也写出他豪取吝出、巧出多获、出必有利的一面;他既写出崔猴拉思想敏锐、较少保守、勤快耐劳、易于接受新鲜事物的一面,也写出他在钱的影响下打算不顾信义、单方面不实行合同、唯钱是图的一面。作者按照人物行动的逻辑将行为的动机写得含而不露,但作家爱而知其恶的应有的倾向性,是渗透于作品的整个形象体系中的。只有在最后一节作者的倾向性在老银土的思绪中比较明显地流露出来,这在艺术表现方法上自然是一种比较浮浅的缺憾,实际上作者对老银土也是有褒有贬、褒贬适当的,作者观照人物(包括老银土在内)的审视点显然比人物高出一筹。

从总的思想倾向来看,《清凉的沙水河》是对变革中“一切向钱看”的思想和趋势敲了警钟,周宗奇凭着他“一叶而知秋”的艺术家的敏感和时代责任感,在一种风气还仅起于青萍之末时便预测到它的发展趋势,从而通过理性的观照把它熔铸于自己的艺术创作之中,以引起社会的警觉。这种超前越位的胆识对一位作家来说是难能可贵的。

资本主义与封建主义的思想幽灵及其物化存在是阻碍社会主义新时期经济政治体制改革的两座大山。1987年发表的中篇小说《假语村言》便是一篇对封建迷信思想进行剖视和挞伐的忧愤深广之作。尽管图卷的亮色不足,笼罩全作的氛围也比较沉郁一些,但它深刻揭示了封建思想的遗毒给农民心灵造成多么深重的戕害,似乎只有各种比较阴郁的画面和比较沉郁的气氛才能更有震力地起到惊世骇俗的作用。宋锡五这个主要人物在当今老一辈农民中是有典型性的,他处于旧的思想观念和新的现实变革尖锐的矛盾冲突之中。小说的题目《假语村言》,揭示这篇作品笼罩着一层比较浓重的传奇色彩,但透过这层传奇性迷雾,我们更可以领悟其“所系者小而所寓者大”的思想内涵:在改革浪潮汹涌澎湃的80年代的今天,现代迷信和古老迷信是如何错综地交织在一起困扰羁勒着我们普通的善良的人民的灵魂,这不啻是封建遗毒的绳索羁绊着改革步履的一个象征。更使人回味咀嚼的是冲出封建藩篱(驱走曹真人,捣毁葬仪,冲散路祭)的宋星却遭到了骚乱人群的殴打,险丧性命,最后将"家里凡能燃烧的东西都细心地浇上汽油",付之一炬。这对那些把改革视如在涅瓦大街散步、天天唱着轻松愉快的颂歌的天真烂漫的人们,不正是一贴清凉败火、安神定志的良药吗?

三

周宗奇是一位在艺术园地上不断探索、不断创新的作家。就以上述《新麦》《老干事吴诚》《清凉的沙水河》《假语村言》而论,悲剧风格的,喜剧色彩的,抒情笔调的,传奇手法的,篇篇面目不同,呈现出统一中见变化、整体中见繁复的特色。他自信而又谦虚地走着自己的路,不重复别人,也不重复自己。近年来,他在创作上尤有显著的变化,这主要表现在题材上的拓宽与形式上的创新。1985年《山西文学》第9期发表的《晨雾》(五彩泉的故事)和《城市文学》1987年第4期发表的《今之女》便是证明。过去,周宗奇写的主要是矿工与农民两大题材,而这两篇已涉足于城市生活的领域。题材上的拓宽标志着作家艺术视野的扩大和生活积累的更新,预示着他将在更广阔的艺术天地中的驰骋。这两篇作品的表现方式也是全新的。《晨雾》是一篇立体性作品,小说富有意味深长的哲理意蕴。人——生活——人生实在是太复杂、太迷离了,人对人的认识理解也实在是太难了,小说的弦外之音似乎是在提醒人们要更加慎重、细心、温厚、和善地对待周围的一切人和事,不要轻率地怀疑别人的动机和行为,而这正是目前我们不少人普遍具有的一种心态。从这篇作品来看,周宗奇的思想艺术触角已由社会层面深入到更宽泛的人生心理层面,周宗奇艺术视野及其内驱力是向着更广阔深邃的人生"黑洞"去扫视和突进了。这篇小说在结构上也采取了云断山连的跳跃式的构架场景,转换相当自由,节与节之间似无瓜葛,实则共转轮轴。在体裁上各种形式穿插交叉:有案情笔录,有讯问对话,有书信,有自白,有会议讲话,有旅行札记，每种体裁作者都运用得纯熟、得体，足见作者驾驭语言的各种才能以及同时运用几副笔墨的本领。

《今之女》是一篇立意新颖、内涵丰富的"意识流"小说，全篇不足五千字，仅仅描写主人公一瞬间的心理活动，但概括了时间跨度很大的许多生活。作品中场景的转换灵活，笔锋舒卷自如，不仅能使我们毫不费力地理解，而且在快节奏的变化转换中获得密度甚大的审美享受。小说的题旨是丰富的，它使我们每一个做父母的深深思索应该怎样对待青春期的孩子间的异性交往。近来描写中学生早恋小说、报告文学可谓多矣，其主旨大抵不外谴责他（她）们性心理的早熟，以及忠告社会、教师、家长应该怎样引导他（她）们，《今之女》一反"救救孩子"的陈腔，喊出"救救爸爸""救救妈妈"的呼声。

周宗奇在题材上的拓宽和形式上的创新并非自今日始。短篇小说集《无声的细流》中的《喜雨》《咱那钱头儿》就已经越出农民和矿工的范围。《喜雨》写的是城市生活的一个场景，多有巧合之嫌，但那位穿绿裙子的少女的姿影，那位受宠若惊的小伙子的神态，那位掌着雨棚"舆论人权"的胖老头的声音以及那如线如帘的雨幕的意境，都给人留下难忘的印象。《咱那钱头儿》写一位会吹唢呐的民间艺人，作者写他从爱钱到不爱钱的转变固然令人叹服，尤其使人折服的是他对艺人生活、心理与乐技的透辟了解和熟悉，由此我们知道作者观察生活面是很广的，他的创作题材并不单调、狭窄。另外《咱那钱头儿》在形式上也是一篇创新的作品，整个故事情节以别人告诉作家的口吻展开，这就打破了一般由作家叙述的陈套，行文显得新颖别致。《晨雾》与《今之女》不过是这种一贯创新精神的比较集中的表现而已。

周宗奇的每一篇作品都很扎实、严肃，而且很少重复自己的足迹，力图每写一篇都有一点新的变化，总希望能用自己的笔向社会注入新的热力。

选自《山西作家群评估》

作家出版社1990年5月版

张石山论

李国涛

一

张石山生于 1947 年，今年三十八岁。同这一代的许多人一样，他有较为丰富的生活经历。幼年在故乡山西盂县深山沟里度过；少年时代在太原读书，在十年动乱中参军；两年后复员，当了火车司炉；然后，调入当时的《汾水》编辑部，那已经是 1977 年了。这就是说，在他进入文学界之前当过工、农、兵。他的精力充沛，兴趣广泛，从打球游泳到摔跤跳舞，都是好手。舞文弄墨，他固然有一批同好；当年如遇执械斗殴的事，他可也能以侦察兵的格斗技巧使"哥儿们"抱拳为礼。一位年轻的作家能有这样的生活经历是很难得的，甚至可以说，是至为宝贵的。这些生活不是为了写作专门体验来的，而是自然经历过来的，因此这一切不只是作为作家的某些材料、某些知识存在脑子里，而是已化为自己的血肉，用另外一个术语说，就是造成自己特有的气质和心理定势。所以，张石山对于小说题材的选取是很广泛的，所用的笔墨也因题材而异。记得 1980 年，在《汾水》上编发张石山的短篇成名作《镢柄韩宝山》时，我写了几句"编稿手记"附于其末。我在那一则"编稿手记"里曾提到:"张石山的生活面较广,三教九流都略知一二,写各种生活又采用不同的路数。"

从1980年到现在,五年过去了。在创作上,张石山取得不少收获。已经出版两个中短篇小说集,一为《镢柄韩宝山》,一为《单身汉的乐趣》,合起来近四十万字。自1983年以来,中短篇又发了二十万字左右,据说不久将有一个新的集子编成。从以上这六十万字的小说来看,我觉得他依然是从自己的实有条件出发,也就是说,凭自己的较为宽阔的生活视野,凭自己的较为广泛的生活兴趣,凭自己的较为敏锐的感受能力和精神素质、心理定势,选取城乡各类题材,并以几副笔墨去写。应当说,五年以来,张石山在小说技巧方面也有了长足的进步,在构思的深沉、语言的圆熟方面,都有明显的表现。1982年,张石山在《山西文学》第9期上发表了《老一辈人》,这是张石山在艺术上迈出的一大步。如果把这篇小说——实际上也是几个人物的"小传"——同《镢柄韩宝山》相比,就能看得明显。这篇小说的语言沉稳有力,不卖弄,但很有波俏之处,通俗而不俗气,幽默而不油滑。老作家王汶石读了张石山的《老一辈人》,十分激动,满怀奖掖后进之情,给张石山写了一封长信,以《这儿才是真功夫》为题发表在《山西文学》同年第12期上。王汶石在信中作过这样的评价:

可以毫不夸张地说,从《镢柄韩宝山》到《老一辈人》是一个大飞跃。坦率地说,当年读《镢柄韩宝山》,我还只是作为一个新人写得相当不错的新作,而且是艺术上还带点稚气、作品上带着斧痕的新作;而读《老一辈人》时的感受则不同,它结构严谨,布局得体,接转自然,进展流畅,内涵丰富,用材简约;作品的语言质朴、凝冻,运用纯熟,生动活泼,很有幽默感,最了不起的、也是我最为佩服的是人物塑造,在当前小说作品中,人物塑造在艺术上达到如此高水平的实不多见……

我在这里引下王汶石这样一大段话,因为经三年的时间,重读一遍,我以为这些话仍然是恰切的,是客观的,并非溢美之辞。我很赞成王汶石同志作为一位老作家特别强调小说"在艺术上"的水平和成就。他所见到的"真功夫"是人物塑造的功夫。这是很自然的事。王汶石是一位有成就的现实主义的作家,他自己善写短篇,在自己的短篇中刻画了被人广泛称道的人物,所以当他在文学后辈的作品里看到这种"真功夫"时就称道不已。我在这里提出这一点也是为了说明,张石山的小说艺术是从传统的现实主义中汲取了很多的养料。据当前的研究者的意见,现实主义的小说(主要是短篇小说),也未必都要集中力量于人物刻画,或以人物刻画为中心。但是,接受现实主义传统的作家中,很大一部分仍然是倾心于人物、性格、典型。张石山迄今为止的创作就是这样的,而且确实在《老一辈人》中露出这种功力。不过这篇小说在全国文学界、评论界并没有引起应有的重视,这是令人惋惜的。

张石山喜欢赵树理的风格,但不拘守一格。翻开张石山的第一个小说集去看,在《镢柄韩宝山》之前,《会说话的眼睛》《大拇指》《最后的冲刺》等,完全是另一路货。从选材到笔法,都与赵树理风格大异其趣。而在《镢柄韩宝山》之后,再没有相类的作品。看来他并不因为有一篇获奖之作就如法炮制下去。比如《盗墓者与令狐》写一个挖土被埋的青年,作者大胆地试探着"意识流"的手法,大胆地开掘着当代城市青年的心理。尽管如此,第一个小说集十二篇小说里,代表作还是《镢柄韩宝山》。第二个集子共收十六篇小说,除《镢柄韩宝山》以外,新作共十五篇。要说其中的代表作,恐怕还是《老一辈人》。在山西,学习赵树理艺术手法的青年作家不少,写出的优秀之作也不少。我在这里大胆说一句,领会赵氏艺术底蕴并得其神者,还数这位多面探求、不限一家的张石山。

张石山对赵树理笔法,是偶一试之,但是又有自己的本色,有自己的开拓。张石山是20世纪80年代的青年作家,是经历过十年动乱而后解放思想、开扩眼界的新的一代人。对传统的现实主义手法,对赵树理这一路艺术风格,有继承的一面,但是又有很大的不同。比如《老一辈人》里那几位老人,尤其是金城、银城,您可以对照赵树理笔下的陈秉正(《套不住的手》)和福贵(《福贵》)来看。陈秉正在小说里是作为青年学生的楷模来写的,反映了那个时代对劳动者的崇敬之情;而金城在今天的一位青年"我"的眼里,虽然仍旧有令人崇敬的一面,同时却又令人悲悯;而且,那驴脖套的细节也带着历史的揶揄。银城与福贵有很多相似之点,但是今天对人物性格的形成不完全着意于阶级地位的因由,而向更宽的生活领域去开掘,所以,说句过分的话,我倒觉得银城的性格特色比福贵更鲜明。在这两位老人的身上,今天的时代特色和历史的陈迹非常真实又非常和谐地交织在一起;当代人的审美观念和生活观念都在过去的人物身上折射出来。这小说是着力于白描,但是也采用了抒情、油画式的渲染,形成丰富的艺术整体。语言也不是太多地强调通俗性的一面,而寻找到一种比较多姿多态的笔调。

在张石山的小说中,《青石沟出了真秀才》同《老一辈人》处于同等的水平。这篇小说写一位老教师,执教于山沟的小学里,度过一生。山乡风情,像画卷一样展示出来;山乡的娃娃、山乡的干部、山乡的家长,都如浮雕一般突出;而在这一群浮雕中,一位立体感很强的教师形象,极有思想光辉,极有艺术光彩地塑造出来。这里可是一点也没有故作惊人之笔的描写,没有涂金,没有上彩,没有加以光圈,垫以高底鞋靴。这里面的老师甚至可以说相当愚昧;他缺少现代知识,缺少应有的文明;他猛狠地打学生,他迷信。但是,他爱孩子,他只有这种爱的方式,他只有这种负责尽职的方式;也可以说,他是太善良、太可爱了。从青年以至于老年,他以那样的方式生活,而也以那样的方式赢得学生和家长的敬爱。解放以来,写山村教师的作品不少,但是把人物写到这样生动的,并不多。

就人物塑造的生动、厚实而言,1984年9月发表于《山西文学》的短篇小说《含玉儿》是又一篇力作。这篇小说以力透纸背的笔力,勾勒出山村少女含玉儿的爱情悲剧。含玉儿爱上毫无血统关系的"奶哥哥",就由于这种"名分"的原因在家族的眼中成为孽缘。同含玉儿发生冲突的,正是最爱怜她的老祖母。老祖母这个人的性格、心理,如刀削斧砍一般呈现出来,而祖孙两代人的互不相让,各为自己的生活原则所支配,又互相怜爱,各因对方的顽固而心碎,是很有使人泪落的地方的。说到这里,我又想重提王汶石的那篇评论,题曰"这儿才见真功夫";从这些小说里是确实可以见到张石山这些年来在"真功夫"上的长进。这就是说,张石山笔下已经有了几个人物,至少在短时间内使读者不会忘掉。

二

以上,讲到张石山小说的一个方面,这是一个重要的方面,是能够代表张石山的风格并能展示他艺术进境的一个方面。当然张石山写了许多其他题材的小说,如运动员、军队干部、工人、市民等生活方面都在他的艺术视野之内。我想说,此中确有不少优秀之作,但是决定张石山的艺术成就的,毕竟不是这一方面的作品而是前一方面的作品。如果没有《镢柄韩宝山》和《老一辈人》以及《含玉儿》和《长长的坡》,张石山就不成为今天的作家张石山。

再次说明,这一部分作品不是不重要,它们展示生活的多方面,也展示作者才华的多方面。而从评论的角度来说,对这部分作品必须给以同样的注意。

张石山的这一部分小说,都可以归入"市民生活之场景"。本来"市民"的概念已大不同于历史上的资本主义萌芽期的市民,现在之所谓"市民"者,指居于城市里之人也。工人、干部、运动员、军人家属,都包括在内,而且强有力的城市生活方式也使他们的生活逐渐接近起来。就张石山小说中所选取的题材看来,都偏于下层的市民,背景多在大杂院里。

所谓"伤痕文学"往往是张石山这一代人的文学起点。张石山也不例外。翻开第一个小说集,第一篇《会说话的眼睛》就是从一个当年"红卫兵"的回忆里写一位正直的教师所受的迫害和所表现出来的一点刚直、清白;当然也就不能不写到在1966年下半年开始的那种疯狂以至嗜血的罪行。在这篇较为稚气的小说里,透露一种挖掘人物内心的意图,也显示出一种勾画人物内心世界的力量。看得出作者有一股"直面惨淡的人生"的勇气,而且虽然有浓厚的悲剧色彩、强烈的悔恨之情,却没有哭哭啼啼或扭扭捏捏的感伤之态。这在一定程度上已露出作者气质的特点和以后艺术上的追求。继此而写的还有《第三次会面》和《大拇指》。这都反映十年动乱的初期,正直的干部、工人所经受的濒临死亡的苦难;它反映出:不论"走资派"被斗成什么样,但是人民自有公论。而人民——具体看到的不过是一个一个的普通工人——的这种"公论",一旦以这种方式或那种方式传达到某些干部眼耳之中,都成为极大的力量。在这两篇小说里已经看得出来,作者在追求崇高。是的,他在纷乱、颠倒和残酷中,寻求一种人类的崇高精神,他把这种精神作为世界的支撑,去告诉他的读者。在这里,由于对比着的是罪恶,崇高得到清晰的展现。但是,这类"文革"题材,大体止于此,只有《最后的冲刺》又以这个历史时期做背景,但主题、意趣已经转移过去。接着,张石山努力从平凡的生活中去寻求崇高。除了《一个舞蹈演员的爱情》和《待客》这两个讽喻性的短篇小品以外,他向生活的各方面,从各类平凡的"市民"心里,去寻求崇高,展示于读者。

　　张石山笔下的市民生活是平凡的、没有诗意的,甚至是庸俗的、无聊的。从人物的类型来看,有丑陋的待嫁姑娘(《花婆婆》),有市井无赖(《盗墓者与令狐》),有虚荣的小气鬼(《小巷英豪》和《发工资的日子》),有窝囊的"好丈夫"(《丈夫》),又有自以为有丈夫气的松包丈夫(《夜的眼》)。总之,芸芸众生,颇可悲悯。但是作者却又努力从这些凡夫俗子身上去发掘崇高的人性。在这时候,张石山对于自己的人物又充满了同情。为了展示平凡中的崇高,小说的情节不得不常常借助于非常的、偶然的事件,以便使人物的精神有一次闪光的机会。找不到对象的丑姑娘,给自己单相思的男同学介绍一位可意的女郎;无赖的小徒工被压到土层下面濒临死亡之后,认识到生活的正路;因家贫而变得小气的大汉,捡到别人的钱袋却分文不取(尽管他有救人于危难的义行在前);不会游泳的"窝囊"丈夫恰恰第一个跳到河里去救落水儿童……由于张石山在结构和叙事方面有相当的技巧,这些作品并不给人"巧合"之感;相反,在许多地方是写得相当动人的。尤其像《小巷英豪》《单身汉的乐趣》这些作品,浓郁的生活气息、真实的人物和场景、幽默的语言,写出了许多辛酸、许多希望,也写出了真正美好的人性。读了这些作品,读者会感到,世事虽然纷纭烦恼,而生活毕竟是美的;生活虽然太琐屑了,但人毕竟有崇高的一面。

我只是就一般而言,不是说张石山的市民小说一定都是这一个路子。《最后的冲刺》是从始至终贯穿着一种崇高的情感的。《晚来的摔跤手》也始终以顽强的搏斗显示人的崇高。

《长长的坡》发表于《收获》1984年第6期,是这一阶段的最后一篇作品,它联系起城、乡两个方面。

《长长的坡》以第一人称的写法写一位搬运工人——"父亲"。虽然小说里有相当一部分农村生活的场景,但主要的故事发生在城市下层市民的家庭中。在这篇小说里,又如五年以前写《第三次会面》一样,这里一扫庸俗猥琐,从始至终充满一种崇高的精神和崇高的感情。一位精明、强悍、正直、豪放的搬运工人,崇拜知识,急迫地想以自己的血汗供养儿孙去获得知识,这也是对崇高之美的追求。这是智力的美,是智慧的美。父亲具备了体力劳动者的美,这一点在小说里以传奇的色彩和精确的细节被描写得异常出色,这大约是张石山写劳动生活的最成功的部分。父亲追求他自己缺少的知识和智慧,达到狂热的程度。在这里展示出一位老工人的精神面貌和性格特色。而且,在现实性的描写中也带着象征的意味和哲学的色彩,这是张石山以往作品中虽有试探却没有取得成功的方面(如《山与人》,甚至《一百单八磴》)。

三

我把张石山的小说粗略划为以上两个部分,目的是要做一点对比。

前面说过,在写市民生活时,作者努力开掘平凡之中的崇高,甚至是庸俗外表下的崇高。作者达到了目的。不过我们也会感到作者的努力、作者的费力。但是读张石山农村题材的小说时,我们感觉不到那种努力、费力的"开掘",却感到一种自如的、自然的"流露"。这是生活的诗意的流露。正因为这里充满了诗意,它似乎不待作家的"开掘"而奔涌出来。对农村生活和农民形象,张石山也是努力要表现一种崇高之美,除了有力的刻画、描写之外,作者出面发议论少;也有些抒情的笔墨,那是一种不能自禁的赞叹。在这里,崇高的东西是在艰辛的生活和顽强的生命力量中表现出来的,与崇高相衬托、相对比的不是庸俗,是壮健的身体、力量和灵魂。比如《老一辈人》写到"气死牛金城"的劳动,写他砍柴回来直奔厨房,把生窝窝吃了两屉而未觉其生,把一碗洗碗水当场喝下而未辨其味。这未免有些滑稽。但是作者只接了一句:

"——想想那捆柴的分量吧!"这就把滑稽的意味换成对崇高之美的赞叹。张石山把大山里原始的、令人难熬的穷和苦,写得逼真,但是穷和苦没有造成农民的庸俗。即使《老一辈人》里的"地里鬼",他贪财、小气,但不讨厌,显出令人同情、使人谅解的一面。更不要说偷人嗜酒的"粘榆皮银城",他也是一条讲义气的硬汉子呢,虽然硬得有点"赖"。如果把这类人物以及《青石沟出了真秀才》里的老教师,《含玉儿》里的含玉儿和老祖母,同《发工资的日子里》和《小巷英豪》里的小气工人相比,虽然这些

133

工人身上也存在着崇高的一面,但是他们的庸俗的一面,或者被称为"小市民气"(这个概念很不准确了)的一面,是多么令人难耐呵!

一面是"开掘",一面是"流露";一面是更多的理性分析,一面是全部感情的表现。这造成不同的艺术效果。

这是什么原因呢? 笔者不能说得清楚。这里姑且一试。

可以设想一种解释,就是:张石山凡写农村题材,多取自过去的生活。岁月远离,血腥汗污都褪去不少,沉积下来的成为明净的诗境。不是美化生活,而是生活的美以比较鲜明的形象呈现出来。而张石山凡写城市生活,大都取材于目前,一般是从十年动乱的年月开始,较多的是十年动乱的后期以迄于现在。这一段纷乱的生活尚未来得及做一番沉积沙汰。这种解释有一定的道理。一般讲来,童年的生活显示于人者,常常是极美好的一面。鲁迅《朝花夕拾·小引》说童年时代的某些食品,"惟独在记忆上,还有旧来的意味留存。他们也许要哄骗我一生,使我时时反顾"。似乎可以看出,鲁迅凡写到童年的生活,笔调大都变得十分温和、眷恋。这不单在《朝花夕拾》里,晚年所写《我的第一个师父》实在也是一篇纪实体小说,人物和生活都这样美,洋溢着一个年轻时尚的青春之美。《女吊》虽然凄怆,而涉及童年生活的也趣味盎然,虽然那也不过是可怜农村里的一点可怜的文化生活。人们也都知道,一贯以冷峻嘲弄的情调描写美国生活的马克·吐温,在他成为名作家以后,在四十岁的时候写了《汤姆·索亚历险记》,他把个人的许多经历都写进去了,生活虽艰辛,但是有趣、纯洁、美。我想,类似的例证,在文学史中一定能找到不少。当然,相反的例证也不是没有。

对于张石山创作中的这种现象,我以为他个人的某些心理、感情上的因素起着作用。他在《深山里的螺号》(见《十月》1984年第3期》里说过:

　　也许是隔了许多年头的缘故吧,对于童年时代劳作的苦累虽然记忆犹新,感觉上却不再那么切近乃至渐渐淡漠了。……然而,那夹在劳作的苦累中的孩提时代的乐趣却宛若一杯老酒,愈酿愈醇,百啜不尽,芳香甜美。

　　儿时的记忆恰似黎明的山野上空朗朗的晨星,那般清晰,那般高远……

　　这是第一人称的"我"的倾诉,但是我觉得也是张石山的实感。在同篇小说以及在其他许多篇小说里,张石山以第一人称写下:"我是六岁上山砍柴的",我问过他,这也确是真实的事。心理学家也告诉过我们,儿时的记忆可以有特别鲜明的特点,弗洛伊德的理论讲到人的潜意识时,也特别提出童年记忆的强有力的存在和作用。

　　张石山对城市的感受却很不相同。《长长的坡》里写到"我"在中学开始时由山沟进入城市里的感觉:"仿佛撒欢尥蹶子的牛犊被穿上了鼻矩,狂跑疾奔的狼崽给关进了铁笼。""我"以为,城市"那个世界,单调、无聊、枯燥、乏味"。"我"的结论是:

　　——真的。侧身回顾过去的岁月,我分明见出:比之童年的乡间生活,少年时代的城市求学的经历,几乎没有什么来值得特别去回忆。或者说,引不起我回忆的兴趣。

　　这里,"我"的感觉,如果仅只是作品中的一个人物的感觉,那当然不必多议;但是这里又明明是张石山这位作家个人的、真实的感觉。所以,这就同他的全部作品中的两种不同的艺术气息有关了。

　　我们从张石山全部的作品中可以深切感到,他的小说有较强的自传色彩。除了"我"的经历以外,父亲、祖母的性格,也都证明这一点。

　　从广义的方面说来,每一位作家的作品都带有自传性。但是,从狭义的方面看来,各个作家的作品中的自传性,又多有强弱的不同,其间的差别很大。

在我接触重叠的山西的作家群中,作品的自传性最强、最突出而且又可以构成其一系列特点的,要数张石山。

然则在此提出这个问题又为何事呢？为了可以由此看出张石山小说某些思想、艺术的根源。

第一,前面说到的张石山农村题材小说写得深厚有力,作者的感情同所写的生活、风光、人物融为一体,创造出生动的画卷。在这类题材中,崇高之美,奔涌而出。这几乎完全决定于他童年的生活。因为他的这些题材只能来源于童年的记忆以及家人长者关于故乡生活的传闻。这里面还有一个问题,即为什么记住了这样一些生活、选择了这样一些生活,而不是别的？这也同他童年的生活以及整个的家庭教养有关。张石山自幼生长于艰苦的山沟里,但却在祖母的抚爱中度过。所以,童年的眼光就摄取了山村的艰苦和温情。他的祖母是一位坚强而精明的老人,他的父亲,正如《长长的坡》里所写的形象一样,是一位豪放、仗义、自信、耐劳的搬运工。他的家族里,这些劳动者的精神、气质对他个性气质的形成有很大关系,他学会以这种强悍的态度对待艰苦,对待人生。后来进城读中学,他同农村仍有密切的联系,而童年形成的心理定势使他继续以那种眼光看待故乡。在观察农村生活、感受农村生活方面,他的父亲对他的影响是相当大的。他父亲虽然早已在太原做搬运工人,但对本村的事情一直热心关怀,慷慨资助。关于故乡的传奇轶事,通过这位老人的口来讲给张石山听,当然也就带有他的感情色彩;所以张石山对农村生活的感受是同他接受祖母、父亲的熏陶同时开始的。因而,这在相当程度上形成张石山对农村生活的看法,并因而形成自己的艺术风格。

第二,张石山带着相当浓厚的农村少年的气质来到城市,来到父母身边。但是他不习惯这里的生活。而几乎同时就遇到1960年的灾荒和饥饿,还有大杂院里的烦扰;中学生的生活也没有给他留下多少好的印象,接着是十年动乱;两年的部队生活由于处于十年动乱之中,没有使他有很多的收获,在后来的创作中几乎没有任何反映。由部队复员回来,十年动乱尚未结束,他在工厂的生活中看到的是难以理解的混乱。十年动乱结束以后,他进入了文学期刊的编辑部,在观察生活方面受到了一定的局限。

我想,是由于这后一段生活的原因,张石山对城市生活的体验缺少个人的特色,他还没有具备像他观察农村生活那样的一双有艺术特色的眼睛。从他个人的气质出发,从他个人的艺术趣味出发,他从平凡、庸俗中开掘崇高,他写出强者的形象。但是无论就社会意义的深刻和浑然一体的美,这都比他的农村题材作品逊色。

不过我这也只是就一般而言。张石山许多这类作品也仍然是写得很动人的。而《长长的坡》写的主要是城市生活,是城市劳动者的生活,它的艺术力量却达到张石山作品的最佳状态。这又是为什么呢?我想,这是由于作品主人公的原型就是作者自己的父亲。有关这方面的生活,他熟悉。对这种人物,不用"开掘",自然流露出崇高之感,使作者的感情与作品的人物浑然一体,每一声呼叫都是相通的。在写这篇作品的时候,城市里(在张石山小说里)的庸俗之气,市民的无聊,完全不见了。为什么?因为里面有自己素所爱戴的父亲的形象。可见,作品里的氛围,是同作者的感情、心理状态紧紧相关的。这就是一个例证。如果还要别的例证,请看《最后的冲刺》和《晚来的摔跤手》。张石山历来尊崇强有力的人物,所以,这里面的主人公也远离庸俗的一面。

四

张石山写《老一辈人》时,原来的设想是接着再写"中一辈人"和"小一辈人"。但是,三年过去,他的《小一辈人》一直没有写出来。固然,因为《老一辈人》达到了较高的水平,他珍惜这个"上篇",不愿以轻率之笔给它添上狗尾。但实在他也试了几试而未得就,这是我同他谈起来时他告诉我的。试看他的农村题材小说,也可以发现,凡写到当前生活的,尤其是写到十一届三中全会以后农村改革变化的,就有点力不从心。比如1984年发表的《巴新生进城》《三件消遣品》,前两年写的《高村四老汉》,虽然也相当有趣,人物也还生动,但是意境却浅得多,读后没有余味。这些作品只能以一些表面的现象,说明农村当前的变化;也无非是农村富了,农民的腰杆直了,花钱大方了,心情舒畅了。当然不能要求一位作家的小说每一篇都达到同样的水平。但是,对于一位三十多岁的作家来说,在前程正远的时候却看出了对当前生活的理解、感受不够深,这是应当引起注意的。拿手好戏不能只唱童年生活那一段,而要更多地从当前生活去汲取诗意。以后还有三十年的写作生活呢。

美国作家福克纳曾经说过:"我发现我家乡那块邮票般大小的地方倒也值得一写,只怕我一辈子也写不完。"我曾经向张石山建议,在那个大山沟里建立自己的一个小小的王国吧。我的意思是,从老一代人往下写,以青石沟,以张家大院和高村、韩家山等等为自己的文学领地,把张金城、韩宝山及其子孙后代当作自己的臣民,写出山沟里几代人的社会主义时期里的苦难和幸福,这该是一套雄壮威武的连本大戏。但是,主体、主题要放到今天。只有由今天上溯到过去,这个王国才能建立,才能得到承认。

《长长的坡》就它的内容和意境来看,是"张家大院"生活向城市的延伸的扩展。这方面的努力仍然可以继续下去。但是这里也有一个时间的延伸问题,即:如何写到今天,并触及今天的生活变化。这也需要加深对城市改革的感受,并且加深对"市民"生活的感受。

最后还可以提出一点,就是在张石山全部小说将近五十篇之中,人物性格和某些细节,有重复出现的地方。而这些性格和细节也常常是在过去的小说里起过重要作用的。比如《长长的坡》里,写山村老师打学生,学生大叫,其母闻之,大呼:"好儿哩,忍着点儿吧,为念书认字哩! 晌午下学妈给你吃精面窝!"这是极妙的山村风情,但是《青石沟出了真秀才》已经写过了,而且用了差不多相同的语言、对话,只不过那里写的是"给你吃鸡蛋"。《长长的坡》里,父亲断腿接错位,要求弄断再接一次,也是《第三次会面》里用过的。而父亲教训儿子的话,如:

> 他念的书和你不一样?
>
> 一样。
>
> 老师多教了他没教你?
>
> 不是。
>
> 那你怎么只得了个第二名?

这样的对话,在《雀儿柏方桌》里也已用过了。这也许是作者的生活积累消耗较多以后产生的困窘吧。这是值得注意的。

张石山的小说有多种路子,在我的感觉中是以厚重者见称于文学界和读者中。写点灵动的、哲理化的、情绪式的小说,他也行,但终不能见出他的特色,这在艺术创造上便是一忌。所谓"厚重"者,除了艺术上的特色以外,它要求里面的"干货"多,也就是生活内容充实。"把戏人人会玩,各有巧妙不同。"张石山写小说需要丰富的生活和感受,而对于新的生活,还有一个理解和认识的问题。

所以,我还是建议张石山:回到自己的山沟里去,建立自己的小小的王国。

1985年1月30日初稿

1985月2月15日改定

选自《批评家》1985年第2期

献给普通劳动者的歌

——读小说集《镢柄韩宝山》

蔡润田

前不久,山西人民出版社编选了张石山同志1979年以来发表的十二个短篇结集出版,书名《镢柄韩宝山》。张石山同志的小说取材广泛,主题鲜明,形象丰满,手法多样。而他沛然溢乎纸上对普通劳动者道德情感的热情歌赞尤能深深打动读者,也许就是因了这样的原因吧,他的小说很受一般群众的欢迎。

张石山生活视野广阔,不属于专写某种特定题材的作者。他涉笔于不同领域,描绘了多方面的社会生活。题材范围之大,在同时代青年作者中是不多见的。在这些作品中,有的描绘风尚淳朴的山区农村生活,有的再现动乱年月厂矿车间的非常景象,有的足以勾起人们对于以往校园生活的怀恋,有的更能引起人们对城市中的现实问题的思索。他时而把人们带到紧张而激烈的竞技场上,时而又把人们引向军人家庭的便宴桌旁。可以说厂矿、农村、部队、学校、体坛,不同行业、不同衣着的人物都在他文学画册里留下了各自独特的生活足迹和性格风貌。难能可贵的是,这样繁多的生活题材,在他的笔下大都能驱遣自如,并无捉襟见肘、穿凿附会的痕迹。张石山是带着比较丰富的生活阅历和广泛社会兴趣开始了他的文学创作的。因此有的评介文章说他三教九流都沾边。无论如何,他的生活阅历不能说不是他作品题材广泛的重要原因,但是把这一切仅仅归于生活经历还是不够的,阅历只是为感受生活、攫取文学材料提供了可能,对于粗心的作者来说这一切可能是习焉不察,过而不留的。问题在于,张石山没有辜负生活的赐予,作为一个生活的有心人,他对自己亲身经历的生活、耳闻目睹的现象、纷至沓来的事件和人物都细心品味、咀嚼,凭着他独特的观察和敏锐的感触,捕捉并成功地表现了他所关注的问题。

张石山的作品取材广泛,但主题却大都单纯而明朗,表现小人物在对待干群、师生、友谊、爱情、名誉、地位问题上的道德行为、伦理观念和审美态度,发掘劳动人民的心灵美、质朴美,这是贯穿于他小说中的一个中心课题。《镢柄韩宝山》中的主人公是作者倾注了灼热而深厚感情的,这个青年农民"好认死理","不能做假",没有一般人的"活套",因此,被人讥为"镢柄",以致年已三十,"竟连对象也找不上"。小说描写这个人物,以他相亲、找对象为线索,把人物放在被评判的位置上,精心选取了几个富有表现力的典型细节和生活场面,通过人物在不同情景、不同场合下的不同表现,在多样而统一的行为描写中展现了他憨厚朴实而又勤快干练,性情腼腆而又不乏大智大勇的思想风貌,从而给我们塑造了一个可亲可爱的青年农民形象。《单身汉的乐趣》所表现的是一些普通工人的道德情感,这些小人物在"最最革命"的年月里百无聊赖,无所事事,不可避免地染上了"时代病"。某机车厂以工人师傅梁宏为首,组成了"马路评委会",专门对过路女同志评头品足,"打分"嬉闹,干些毫无意义的勾当打发日子,这正是那个不正常的时代对这些人的扭曲。但,他们发现一个年轻姑娘身遭车祸危及生命的时候,潜藏在心底的良知和善心苏醒了,在强烈的道德责任感的驱使下,原来对这个姑娘极不尊重的恶作剧的兴致消失了,随之而来的是真诚无私的救助和细致入微的关怀。小说告诉人们,即使在那个"人心不古,世风日下"的年月里,这些普通工人身上互相友爱的本色也并未泯灭,只不过涂上了一层油滑的外衣而已。《大拇指》通过强烈的性格对比,塑造了一个具有崇高品质的普通搬运工人——哑巴的形象。小说中,搬运公司经理彭克"文革"前对另一个人物林广太大力提携,使他得以入党、提干;同时还把全公司一致认为应该评给哑巴的工资强行加给了林,对彭克这种极不公正的做法,哑巴伸出了小拇指,表示了对彭的轻蔑。但是事有蹊跷,林广太这个曾经受到彭克恩荫的幸运儿,"文革"中却成了彭克这个"走资派"的专政队员,他随流从俗,全无心肝,对彭克残酷迫害,致使彭克轻生自杀,然而就在彭克自杀的刹那,曾受到他不公正待遇的哑巴突然出现在他面前,伸出大拇指,对他不屈从、不出卖同志的顽强斗争意志表示了由衷的赞赏。这种识大体、不挟嫌的博大襟抱,使顽贤懦立,几至绝境的彭克重新感受到人世间的暖温、光明和希望,从而打消了自杀的念头,鼓起了斗争的勇气。再如《第三次会面》《最后的冲刺》《花婆婆》《淡绿色的蒲蓝》《晚来的摔跤手》等篇也都较成功地塑造了一些普通群众的典型形象。对人民群众美好的心灵、高尚的品质进行了热情的赞扬和讴歌。

这里还应指出,张石山涉足各种生活领域,跻身于各类人物之中,但正如上面所说,他倾心关注、着力表现的又大抵是普通人的道德情感。车尔尼雪夫斯基在谈到文学艺术与社会生活的关系问题时曾经指出:"艺术成了人的一种道德的活动",张石山的创作正是如此,把多样化的题材贯穿于较单纯的道德主题,是他的作品的特点。如果看不到他在处理生活素材和表现主题思想之间这种以专驭宏的用心和执着的道德责任感,只是赞赏他表现生活的广博,甚至留连于某些细微末节,那就失之皮相了。

在艺术形式和表现手法上,张石山兼收并蓄,不拘一格,有意识地进行了多方面的尝试和探索,这使他的一些作品呈现出多样的格调。例如:《镢柄韩宝山》是运用白描手法,通过人物个性化的语言和行动刻画人物,故事情节连贯完整,作品语言明快、诙谐,富于赵树理流派的那种为人民群众所喜闻乐见的中国气派和中国作风。《盗墓者令狐》抒写主人公濒临绝境时的遐想和忏悔,思绪飘忽,时空变幻,画面交迭,显然又有几分意识流的韵味。《最后的冲刺》长于心理描写,措辞文雅细腻,颇多抒情散文的笔致。《花婆婆》把叙事、抒情、议论熔铸一炉,感慨处,时有哲理诗的味道。如此种种,不论是采用传统的表现手法,还是汲取外来的艺术形式,不论是显示了阳刚之美,还是透露了阴柔风致,大体说来,都能适应主题思想的表达,表现了人物特定情景中的特定行为与心理,收到了较好的艺术效果。

在一个时期,对张石山同志创作的手法、形式、风格问题曾有过一些不尽一致的议论,张石山兴趣广泛,艺术感受也很敏锐,他善于从不同时代、不同流派作品中汲取营养,并贯注于自己的创作实践,艺术表现富于变化,对他作品的风格确实不易做出公允的判断。不过我以为,他运用的比较娴熟并获得较大成功的似乎还是中国传统的形式和手法,而粗犷、刚健也毕竟是他作品的主旋律。我想前者可能因为作者更多地受到中国古典小说和赵树理流派的影响所致。后者无疑与作者的个性气质有关。风格的形成是个复杂的过程,既要受到民族的、时代的这些客观因素的影响,又要受到个人的阅历、素养和个性这些主观因素的制约。因此,对张石山作品风格还有待进一步探究,也更需要做进一步观察。我们所希望的只是,愿他在多方面尝试和磨练中,逐步摸索并形成一套更符合于自己创作个性和时代要求的风格与样式来。

选自《泥絮集》

北岳文艺出版社1990年版

壮丽的复生

——张石山《甜苣儿》品读

张　溥

　　20世纪80年代,中国当代小说经历了奇迹般的复苏,显现出一种前所未有的欣欣向荣。在这一时期,伤痕文学、寻根文学等创作思潮如同滔天骇浪,各自以强悍却未免短暂的态势攻占了文坛的高地。

　　这样新鲜而迅疾的改变体现在小说创作的方方面面。例如,1980—1986年间,每年大致有二十篇左右的短篇小说获得全国优秀短篇小说奖,这些获奖小说的风格几乎是在以年为单位发生着翻天覆地的变化。然而,在阅读当年获奖小说的过程中,笔者发现了一个引人瞩目的现象:作家张石山在1980年与1986年两次斩获全国优秀短篇小说奖,其获奖作品《镢柄韩宝山》《甜苣儿》都没有外在地跟从当时潮流,而是顽强地凸显着自己的独特创作风格。作者对自身熟悉的乡间生活,不仅艺术再现得驾轻就熟,而且对乡土文明具备了一种高屋建瓴的审美观照。他以一种简练、轻松而富有乡土气息的语言刻画出极具特点的人物形象,讲述着令人悲欣交集的乡间故事,其作品的主题、语言、叙述方式,确实都与当时的大多数小说有所区别。可以说,当大多数作家仍裹挟在时代的滚滚浪潮中进行探索与反思时,张石山已经找到了独属于他的创作方向,展现出一种天然的超越。虽然他几乎在20世纪80年代后就离开了小说创作，但不可否认的是，他的成就仍然像一颗明亮的彗星，给当代小说史夜空留下了耀目的明亮。

本文主要以《甜苣儿》为切入点，通过分析其中的人物形象，探讨作者对农村文化的理解，浅析作者灵感来源，从而展现张石山独特的创作风格。

一、人物形象

（一）甜苣儿：参天花木，枝叶凋残。小说《甜苣儿》中，女主人公甜苣儿无疑是最为引人注目的角色。从童年到青年直至步入中年，她的性格始终随着跌宕起伏的命运不断变化。

在作者笔下，童年的甜苣儿就已经展现出了非常复杂的性格。从人性上讲，甜苣儿无疑是善良而坚韧的。她始终用发乎天性的温柔与顺从面对父亲的怒火、母亲的病弱，认真而耐心地操持着整个家庭的内务。同时，面对种种尴尬的困境，她常常展现出异常的成熟。当父亲无缘无故地暴跳如雷时，她没有哭泣难过，更没有试图辩解，她仅仅是平静地告诉父亲：现在我的家务还没有做完，你可以等一会儿再教训我。在本应天真烂漫的童年，甜苣儿已经学会了咽下委屈，以忍耐来"降服"自己的父亲。乡间生活的艰辛与传统的强大更易催人早熟，而小说中看似平淡的表述，读来却格外使人心酸。

无论是日常劳作还是待人接物，甜苣儿始终是早慧的。这样的早慧几乎会使人忽略她内心的孤独。在当时的农村，宴请教书先生到家中为孩子起名十分常见，甜苣儿的父母也为她举行了这样的仪式。然而，先生酒足饭饱起身离开后，整个家中只有甜苣儿自己记住了先生为她所起的官名叫做"张曼卿"。在年幼的女孩心中，这个好听的名字代表了一种未来，一个有关书本、知识与自由的未来。她没有办法将自己对未来的畅想告诉父母兄长，只能沉默而孤独地将美梦藏在心里。寒冷的冬季的每一个早晨，她怀着期待站在教室门外，虔诚地聆听先生教授的课程。站在讲台上的先生，便是这个世界上唯一叫她"张曼卿"的人。

然而，甜苣儿相当于体罚的上学时光，竟然也只有短短两年。结束学业的那天，一向沉默听话的甜苣儿痛哭不止。面对这样的情景，她的父亲竟然也破天荒地温和起来。虽然很少与女儿交谈，但他应该能够朦胧地感觉到，自己的女儿正孤独地承担着美丽梦想的发生与幻灭。原本应该天真无邪的童年中，甜苣儿没有体验过轻松的生活，没能对谁使过性子，所有的心酸委屈不过化成了此时的一场悲泣。如果说这场酣畅淋漓的哭泣是甜苣儿童年的终结，那么玉米地中放肆的一声尖叫，则拉开了她青春的序幕。民兵队长四黑牛觊觎甜苣儿的葱茏美貌，准备在玉米地中为非作歹；甜苣儿则十分"不识抬举"，在一阵挣扎后逃出四黑牛的毒手。在这次屈辱的交锋中，甜苣儿性格中锋锐的棱角第一次显现出来。她可以承受繁重的劳动，对父母委曲求全，放下所有的天真与任性，但毕竟还有一些东西是她不愿放弃的。正因如此，之后四黑牛因为恼羞成怒打伤甜苣儿时，她并没有像自己的父母、亲戚一样忍气吞声，而是四处奔走求告，希望为自己讨回公道。

一个十七八岁的大姑娘，带着满头满脸的青紫，抛头露面地诉说自己的遭遇——这样的努力像是一场英勇的战争。虽然甜苣儿毫不意外地输了，但她内心深处不可触碰的坚硬，终于轰轰烈烈地生长起来。她在心里筑起了一道围墙，墙的外面不仅有四黑牛之类的流氓地痞，还有自己的一众族亲；而墙的里面，只有她和她的心上人。

笔者曾不止一次地想过，如果甜苣儿的爱人不是自己的同族兄弟，她的人生会不会是另外一幅样子。而少女最美的年华只有一次，张曼卿就在这段光阴中爱上了五服之外的同族兄弟张庆云。两人如何相识相知，花前月下乃至海誓山盟都隐没在故事的背后，他们的爱情第一次见到天日,就面临着不可逾越的沟壑和无法逃脱的毁灭。爱人之间的血缘触犯了宗族最为严重的禁忌,甜苣儿与庆云不仅不能相守,而且名声扫地。

面对所有族亲对这段感情不遗余力的阻挠,甜苣儿再次展现出无比的决绝:她喝下"敌敌畏",用生命本身来抗争命运。此时,她的母亲病卧床上,父亲倒在院中,哥哥正在庆云家中伸张所谓的正义,整个家中鸡飞狗跳一片大乱。最终,还是甜苣儿小学时的先生出面,和学生一起推着平板车将她送去医院。

当张曼卿变回甜苣儿离开小学时,她的童年走向终结;当甜苣儿在先生的板车上短暂地变回张曼卿时,她的青春也不可避免地结束了。在这样的巧合或是安排之中,宿命的力量使人感到浓重的悲哀。读至此处,大家或会以为甜苣儿生命之中短暂的明媚将会彻底消失,然而,当她从鬼门关前绕回自家大院之后,她的人生才真正开始了挥毫泼墨。

重生的甜苣儿不再温柔,也不再顺从,她对矿工丈夫颐指气使,对父母二人呼来喝去,俨然从温润可人的少女变成了嘴尖毛长的妇人。可在醉酒之后卸下伪装,她也不过是终于任性起来的孩子,想要弥补自己整整一个童年的遗憾。她的话语虽然难听,不过是变了味道的娇纵,坐在床上等着母亲端饭,则像极了有些懒惰的小姑娘。

事实上,与庆云超越婚姻关系的爱情,才是甜苣儿对命运振聋发聩的反抗。血缘的羁绊与伦常的束缚,在她的眼里都变成云烟一般。她喜欢庆云,所以她就一定要和他好,一定要生下他的孩子。她向别人夸耀自己的儿子像极了庆云的眉眼,仿佛一生的遗憾都已经纷纷变成圆满。此时此刻,甜苣儿终于获得了她渴望的自由,而这样的甜苣儿,配得上四个字——人莫予毒。

在作者朴实无华的笔致之下,不过寥寥万言,甜苣儿便走过了她坎坷艰难而又光芒万丈的人生。这个美丽的少女像是山野中的花朵,起初中规中矩地成长,而后默默无言地开放,直到一道雷电使它枝叶凋残,才开始死而复生后的枝繁叶茂。虽然它的枝干已经长歪,愈合的伤口也显得丑陋,但它的花朵却是那样芬芳馥郁,零落之后还能结成甜美的果实。

故事走到结尾时,甜苣儿已经不再美好,她温润的性格被雕琢出棱角,美丽的容颜也被时光剥夺;然而,她却是无比真实而独一无二的。在笔者的眼中,她不是纸页上苍白的画面,而是活泼泼的生命。从这一层面来讲,《甜苣儿》的作者绝不仅仅是在叙述一个故事,他是在进行真正的创造。甜苣儿不是某种类型人物的缩影,她是在代表她自己发出生命最强的呐喊。

甜苣儿无疑是一个完整、成熟而丰富的人物形象。她心中的火焰焚毁了与生俱来的枷锁,使得她热烈而勇敢的天性熠熠生辉。

(二)庆云:春秋笔法,敢于爱恨。甜苣儿的同族张庆云是本篇小说中唯一爱情故事的男主角。虽然作者加诸于他身上的笔墨不过寥寥数语,既未正面描写他的相貌,也未曾让他吐露只言片语,但毫无疑问,他的面容与性格都以一种独特的方式变得格外清晰。

从甜苣儿的父亲口中我们知道,庆云曾经在田间把四黑牛打得昏天黑地,死去活来。这当然不是因为张庆云好勇斗狠,而是因为他的胸膛中埋着一股不忿,他要为自己喜欢的姑娘出头;从甜苣儿次子稚嫩的脸庞上,我们则依稀可以看到庆云昔日的俊朗面容。他一定曾是四里八乡最出挑的少年,才能让甜苣儿不顾一切,倾心相许。

而张庆云身上真正让人无比感动的则是他在大幕落下、繁华收场之后在甜苣儿身边默默的陪伴。"敌敌畏"风波之后,甜苣儿浴火重生,性格也从温腕顺从变得乖戾娇纵。而张庆云则一直在她身边,包容着她的变化,陪她一同冲破枷锁。罔顾禁忌,用年年岁岁的相守来完成当初不离不弃的诺言。

坚韧而有血性,俊秀且能担当,区区百字的篇幅中,作者已经用他独特的春秋笔法刻画出一个既敢爱又敢恨的男子形象。这种意蕴深刻的写作方式,使得我不禁想起莫泊桑的著名短篇小说《项链》。

《项链》的主人公玛蒂尔达为了一次宴会的风光而葬送了自己的一生。她在不断攒钱购买项链的过程中失去了所有的美貌与自由,最终才发现自己丢失的不过是一条廉价的赝品。玛蒂尔达的命运使人为之扼腕叹息,然而却很少有人注意到,从头至尾都有一个人默默无言地陪在她的身边,与她一同面对无穷的辛劳与苦难。这个人就是她的丈夫。

这位在职场中艰难打拼的小职员始终在尽己所能地宠爱着玛蒂尔达,他为她搞到难得的请帖,花四百金法郎给她买漂亮的裙子,更在整整十年的时间用尽一切方法帮她偿还沉重的债务。他说话并不利索,在妻子面前显得有些唯唯诺诺,但他对待爱情的心情却简直像一个虔诚的殉教者——他与妻子玛蒂尔达,就恰好住在殉教者街上。读至此处,我几乎要拍案而起,为莫泊桑的匠心叫绝。仅仅是行文之中偶然荡开的一笔,就使得这位小丈夫的形象变得鲜活,使人感动。

虽然张石山的语言风格与莫泊桑并无明显的相似之处,但他对张庆云这一形象的刻画却超越了小说内容与风格的限制,与莫泊桑不谋而合。这种刻画人物的春秋笔法,既能完美地展现人物的性格特点,又不会因为冗余的篇幅而分散读者的注意,因而使得整篇小说不仅有突出的中心,更有秀丽峭拔的背景。阅读这类小说的过程就像是欣赏水墨山水画,大片的留白之中蕴含着无穷的深味。

通过分析《甜苣儿》中甜苣儿与张庆云的形象,可以发现张石山在刻画人物方面有许多独树一帜的特点。首先,他实在是一个白描高手。在行文过程中,他常常可以用极为简捷的语言勾勒出人物形象,凸显人物性格。比如张庆云的性格特点就完全是由文中其他人物的只言片语所勾勒出来的。其次,文中许多看似不经意的情节,都是他匠心独运的设计,与人物的性格转变息息相关。比如甜苣儿喝下"敌敌畏"之后教书先生的出现,就会使人突然回想起甜苣儿叫作"张曼卿"的时光,生出命运无常的慨叹,并且感受到她性格的两次改变。

同时,在他的笔下并不存在脸谱化的形象。无论是甜莒儿、张庆云,还是四黑牛、甜莒儿的父母都有自己很特殊的性格,他们既不是完美的好人,也很难说是绝对的坏人。如果一个作家刻画某个人物的结果只是绘制了一张脸谱,反映了某一类人的共同命运,那么这种创作已经落于下乘;真正成功的创作之所以发人深思,是因为它塑造了足够复杂而具有特点的人物,人们可以自然地从这个人物的不同侧面看到自己或他人的影子,而甜莒儿与张庆云,就是这样的人物。

总而言之,虽然小说是源于生活而高于生活的艺术品,但在很多时候,生活本身的悲欢离合都远远比小说更加残酷,而张石山笔下人物跌宕起伏的命运就几乎可以匹敌生活的真实。很大程度上,这种震撼人心的力量都源自于他对于人物形象入木三分的刻画。

二、文化意味

在张石山的大部分作品之中,农村乡野文化一直都是最为核心的文化元素。具体到《甜莒儿》中,作家创作所依托并同步展现的农村文化,主要有以下几种突出的表现。

(一)民谣民歌:血脉中的旋律。《甜莒儿》一文里,民谣与民歌一直作为朦胧的背景元素伴随着整个故事的发展。例如,甜莒儿的名字就与"四月半,甜莒芽儿满手攥"这句民谣紧密相关;而四黑牛与甜莒儿在玉米地中的一场交锋,也被乡间小儿变成民谣四处传唱;至于民歌"串过门你莫怕我挨他的打,为哥哥你我任他杀来任他剐"这样露骨的表达,则几乎可以算作甜莒儿与张庆云两人的感情宣言。

由此可见,与其他文学艺术样式相比,民谣民歌拥有一种非常特殊的表现力。民谣民歌堪称中国浩瀚的民间亘古而然的自我表达,堪称中华文化音韵美最为乡野、也最为酣畅淋漓的一种体现。同时,从丰富的民歌民谣之中，我们不仅能够了解乡村文化孕育出的独特语言，也能看到农村的生活状态、情感状态。

相比于城市生活的中规中矩，农村自有它的奔放与自由，笔者曾在乡间听过一首民歌，第一句便唱道："三苗白菜一苗苗高，人里头挑人就属那哥哥好。"当时唱歌的是一位年过半百的先生，却唱出了少女的心情。这个姑娘既没有欲拒还迎，也没有欲语还休，而是把自己最为诚挚的真心开门见山地唱在了歌里。她的感情是那样的热烈而浓郁，无须粉饰就别有一种美丽。

而张石山若干小说作品突出的可贵之处，就在于他使得乡野中难以捉摸的音韵歌吟用文字凝固了下来。他独特的行文驾驭，使得民谣民歌完全内化于故事中，成为叙述或描写的一个部分。读者不需吟咏或歌唱，便能够体会列这些歌谣深处的美感。在小说跌宕起伏的故事情节进展中，民谣民歌的使用不仅让小说中的人物形象更加丰满而鲜活，而且在无形中成为读者感受体验农村文化的桥梁。

（二）乡间俚语：精妙的"翻译"。《甜苣儿》之中的人物对话极富特色，虽氤氲着浓郁的乡土气息，却不曾给不同地域的读者造成理解障碍。读者可以轻松地看出人物在用乡村的语言进行对话，却不会把这种语言带入任何一个具体地区的方言中。

我们知道，中国的方言具有丰富的流动性：从黄河的发源地到入海口，沿岸居民大多能够进行交流；而一座高山相隔的两个小村落，则可能说着两种完全不同的方言。面对这种先天差异，如何使得不同地域的读者达成统一的理解？这就要仰仗张石山对于家乡方言精妙的"翻译"。

例如，甜苣儿回答父亲时，如果说"我记着"，并不会给人什么特别的感受，如果说"我记着哩"，就带上了浓浓的土味儿。又如，把"什么"两字变成"甚"也会有很奇妙的效果，"你干甚哩"就远远比"你干什么啦"更有乡村的感觉。这样的例子在全文之中随处可见，简单的"哩"

"甚"像是催化剂,把平淡无奇的对话变成了典型的乡村语言。这种对于语言局部的微调并不会影响读者对于文义的理解,却为小说平添了不少农村文化气息。

张石山喜欢演唱民歌,他的演唱风格给人印象深刻。他唱的仿佛是原声态,又不全然属于原声态,其间有他对民歌味道的理解把握,他能将那种味道经由"翻译"而传递到受众更易接受的层面。具体到他的小说中,作者对乡土语言的"翻译"之功,同样达到某种境界,不仅使得人物的形象更为鲜活,也为故事本身增加了许多幽默的元素。比如,不少喜欢甜苣儿的少年都喜欢到她家的门口说些"猪肥狗瘦,王八绿豆",这样的八个字,读来朗朗上口,也将那些少年们的情态涵括殆尽:少年们分明在没话找话,不过是为了能够多看看自己心上的姑娘。这八个字看似简单,却让一幅趣味横生的画面生动了起来。又如,甜苣儿一众叔伯的话语之中间或带着几个所谓的"脏字儿",这类极其符合人物形象与真实语境的语言并不会令人不悦,反而让叔伯们气急败坏的样子更加活灵活现,读来使人哑然失笑。

随着时代不断的发展,越来越多的国人逐渐失去农村的基因,成为彻头彻尾的城市人。方言这一丰厚的文化宝库慢慢淡出了人们的生活,如同美人白头、英雄迟暮。不难想象,或许数十年后,所有小孩都会在相似的环境之中长大,说着相同的普通话。阡陌纵横的乡村,佶屈聱牙的乡音与他们无关。面对这样的现实,张石山的叙述方式显得格外可贵:他找到一种途径,可以将口耳相传的方言"翻译"成脍炙人口的文字,从而将方言的基因永远留在中华文化的血脉之中。

(三)生生不息:农村文化惨痛的伤痕与壮丽的复生。《甜苣儿》语言通俗,并不难懂,然而初读此文,笔者却对甜苣儿的经历产生了隐约的疑惑:乡村的男女们唱得出那样富有生命力的民谣民歌,原本应该拥有超越城市的奔放与自由,但甜苣儿的一众族亲不但懦弱地听命于民兵队长,更不惜以"肉体消灭"的方式来对待甜苣儿与张庆云之间的爱情。这两者之间显然存在着难以凋和的矛盾。

为了解答这一疑惑,必须再次深入小说本身,寻找到作者隐藏在故事背后的答案。

在《甜苣儿》之中,主要存在三个中心矛盾:第一,甜苣儿与四黑牛之间的矛盾;第二,六叔六婶(甜苣儿的父母)、二大爷二大娘等亲属与四黑牛之间的矛盾;第三,则是六叔六婶、庆云父母与甜苣儿、张庆云之间的矛盾。不难发现,除了甜苣儿本人之外,民兵队长四黑牛是处在矛盾中心的人物之一。

所谓民兵队长,并非是农村自古便有的角色,而是政治变革后权力延伸的产物。在不少农村题材的小说中,他都用不同的面貌粉墨登场:例如,《小二黑结婚》之中的金旺兴旺兄弟,便可说是《甜苣儿》中四黑牛的前身。这两部小说中的民兵队长们名字不同,形貌各异,却都极好欺男霸女,身上透漏出难以掩饰的无赖气息。

若要讨论"民兵队长"这一典型形象的意义,有必要先从农村自我管理的历史谈起。中国古代官分九品,便是最小的九品芝麻官县令管辖的地界也远远大过了今日的一村一庄,那时候的村民一直凭借乡规民约自我治理,重大事项由各族老者商议决定,各家各户则由宗族血缘维系在一起。这种管理方式虽然随着朝代更迭不断演变,却始终有其自由、温和的一面。因此,习惯了相对松散管理的村民们很难适应单一管理者的突然介入;更何况,由于政策实行时的疏漏,导致乡间掌握权力的民兵队长、村干部往往是地方一霸,仗着"天高皇帝远",便肆无忌惮地为祸乡里。这些"土皇帝"的出现,不仅严重扰乱了农村的生活秩序,更给农村文化带来了根源性的伤害。

在《甜苣儿》一文中,这样的伤害体现得尤为明显。

首先,面临四黑牛对甜苣儿的侮辱与殴打,甜苣儿亲戚们表现得"人尽可欺"。他们聚在一起口头义愤填膺，却终究没有任何人敢站出来向四黑牛讨个公道。二伯、六叔、七叔这些家族中的长辈在四黑牛面前唯唯诺诺，显得那样无能而懦弱。然而，从文中的只言片语可以清楚地看到，张家的男儿大多脾气火暴、爱憎分明，他们如何能够无能，又怎样可以懦弱？这实在是因为在张家生活的小山沟中，四黑牛泼天的权势已经折断了所有张家长辈正义的脊梁。

与此同时，面对甜苣儿与张庆云之间有违伦常的感情，甜苣儿的亲戚们表现得无比大义凛然。他们用辱骂痛打等一系列极端的方式逼迫甜苣儿与张庆云，几乎使得他们付出生命的代价。从表面上看，这样的情节设计似乎是在批判农村的宗法余孽，然而仔细思考一下，我们会发现这样两个事实：首先，从科学的角度来讲，甜苣儿与张庆云确有亲缘关系，不宜结为夫妻；其次，从六叔六婶的态度来看，如果甜苣儿爱上的并非张庆云，而是其他外村外姓的男孩，那么二老未必会阻挠她的"自由恋爱"。由此可见，虽然宗族干预、包办婚姻在历史上也曾酿成诸多惨剧，但批判宗法制度、包办婚姻显然并非《甜苣儿》的主题。作者真正极力反对的，是甜苣儿长辈们处理问题的极端方式。

那么，这样的极端方式又是从何处缘起的？在往昔的农村，如果家族中的某个家庭发生了严重的问题，各家各户将会聚集在一起共同商议。这时，族中德高望重的老者大多可以给出比较合理的解决方案。然而，在甜苣儿生活的年代，血缘宗族维系的管理方式已经走向了衰落。二大爷、六叔、七叔这几个急性子的莽汉聚在一起，马上商议出一个极不高明的办法——往死里打的"肉体消灭"方法。权力下行，不受制约。四黑牛的狂獗与家族的暴虐，不过是互为表里罢了。

由此可见，经历了管理方式变迁的农村文化至少受到了以下两个致命的伤害：其一，农村文化中道德的坚守，在绝对的权力与生存的需求面前，低下了高贵的头颅；其二，宗族式管理的灵活与自由不复存在，所谓的道德准则成为了肉体暴力的伥鬼。

分析至此，我们最初有关民歌谣的疑惑已经得到了解答。过去的农村之中，少男少女的确曾经自由地唱着山歌。然而，那些没有拘束的时光已经渐渐沉入了历史河流的深处。如今山歌虽在，人们却变得拘于陈旧礼法和受制于权力意志，软弱可欺，再也没了当初的热烈奔放。

那么，现在的问题是：以上现象是否说明农村文化已经全然走向了衰落？

对于这一问题的答案要从《甜苣儿》之中人物的象征意味说起。《甜苣儿》中共有三类主要人物：其中民兵队长四黑牛的言行代表了外部力量对农村文化的负面影响；六叔六婶、二大爷二大娘等族亲的行为体现了受到伤害之后异化了的乡野道德；而甜苣儿从温润和顺到人莫予毒的变化，于她个人而言是人性之中自由与执着的复苏，于农村文化而言，则象征了毁伤之后的突破。

诚然，无论从科学还是传统道德的角度来看，甜苣儿婚后出轨并且与张庆云近亲生子的行为都绝不正确，但面对礼崩乐坏、求告无门的现实，她实在已经一无所有，退无可退。此时此刻，她唯有用最为激烈的方式反抗，才能穿越"道德"的藩篱，达到本性的超越。正如汪曾祺先生的《鹿井丹泉》之中，俊雅的和尚归来爱上了母鹿，母鹿为他生下了娉娉婷婷的鹿女，这样的事情当然是错的，然而却又无疑是美的。无论是甜苣儿还是归来，他们的美丽已经超越了普通的价值判断。

因此，笔者愿意相信甜苣儿之于农村文化的意义便如同她的名字，饱含了苦涩与甜蜜两种味道。她的存在就像是丑陋粗粝的岩缝中开出的花朵，代表了农村文化在死亡之后壮丽的复生。

三、结语

虽然笔者在儿时就曾经读过《甜苣儿》，但真正懂得它的深味则是在几年前的一个假期。

在那个假期，笔者与家人到五台山旅游。登上北台顶后，无意中发现文殊菩萨的神龛之前摆放着一些游客折来敬献的花朵，里面最显眼的是一枝火红的山丹丹。很少有人知道，一株山丹丹每一年中只会多长一个花苞，而眼前这十七个花苞的山丹丹，其实已经足足十七岁。不忍想象，十七年的光阴中，这株山丹丹要经历几多风霜雨雪，才能盛放成这般美丽的样子？

那一刻突然明白，其实甜苣儿很像这株山丹丹：她们都经历了艰难的成长才孕育出今日的美丽；然而，她们也都被虔诚地折断，献祭在人们的信仰面前。幸运的是，甜苣儿毕竟比花朵更加坚韧，她在苦难之后重生，得以突破藩篱、旁逸斜出，幻化成美丽的另一种形式。念及于此，站在北台顶的山风之中，笔者竟为甜苣儿生出一种劫后余生的感觉。

在这段旅程之后，笔者重读《甜苣儿》，果然生发出许多全新的感觉：看到了作者刻画人物的微言大义、春秋笔法；体会到了作者那种沁入骨髓的对于乡村文化的理解热爱；感受到了这段故事背后潜藏着的无穷的生命力，而那生命力就来源于我们脚下的土地。

《甜苣儿》所想要传达给我们的，或许正是这源远流长，生生不息。

选自《名作欣赏》2015年第10期

韩石山论

张厚余

一

石山的作品我最爱看的是他的散文、随笔和评论,因为在这些篇什中,最能看出他的真性情、真面目、真风格。

韩石山散文的艺术魅力就在于他所抒写的都是自我的真情实感。比如《妻子》,他并不理性式地分条列举她的诸般美德,或一般性地抒写两人之间的情爱,而是将他心中对她的那种"精诚"藏而不露地流泻于笔端。人们不是常说怜悯不能产生爱情、爱情绝不等于怜悯吗?而石山对妻的爱却正是由于她对他的怜悯而来。在那血统论的淫威毒化了几乎所有人的心灵的残酷年代,以其容貌、身段和其他外在条件都可以找到一个令人艳羡的对象的她,却因为"可怜我的母亲,当然也是可怜我"而把她的命运和"我"结合在一起,把她的一切都交给了"我"。这就是石山对妻矢志靡它的基石。

石山并不是一位专写哀伤文字的感伤主义者,他有乐观、豁达的天性,即使在艰难竭蹶的困顿中,他也能以一种超脱怡悦的态度对待生活。他审视现实的眼光是明亮的,他观察人间的种种世相都带着一缕发自内心的微笑,他在他艺术触角所探寻的地方都能发现生活的美、人性的美、造物的美,都能觅得生命的"趣"、人生的"味",因而他的文章极富情趣,极有韵味。如《我的小房间》《潺湲室记》,都是这样的篇什。

石山的随笔也颇见功力。随笔实际也是散文的一种,不过比之狭义的散文,这种形式更自由、更随便,也更见短小精粹罢了。朱自清先生称这类散文为"闲话"。发表于1985年第3期《随笔》上的《泪痣》是石山随笔作品中一篇精彩的代表作。泪痣的有无本来与人的内外在世界无关,但作者将它与"有这种痣的孩子爱哭"的民间俗说,与自身的性格以及社会的变迁有机地联系起来,从而使它获得了丰富深邃的内涵,成为作家哀乐过人、情感丰盈的标志和令人流泪的年代的象征。阶譬者小而所寓者大,此可谓微言大义的"春秋笔法"。随笔的题材确实是可以信手拈来的,关键是作者能否从一粒沙中看大海,从一滴水中见太阳,即从细微末节的见、闻、感、历中开掘出令人回味咀嚼的蕴意,组成一个"有意味的形式"。今年春天以来,石山连续不断地在《太原晚报》上推出一篇篇清新隽永的以"太原印象"为总题的随笔。作者的艺术眼光宛如摄影机的广角镜,举凡这座古城的"小吃""鸟市""厕所""小偷""梆子戏""长辫子""红裤带真""城市格局""年轻姑娘""商店服务员""空气污染""老式院落",以及"打煤糕""做西红柿酱""骑自行车"的"艺术"和"打电话的滋味"……无不落入他的视野,摄入他的"镜头"。石山具有一副艺术家的眼光,他能透过这些很不显眼的物象的表层,窥见它们"有意味"的内核。《X骑自行车的艺术》中对青年男女骑自行车的"派头"的描摹令人解颐,在使读者怡乐愉悦的娓娓叙谈中针砭讽劝之意已引而不发暗暗可见,结尾画龙点睛,其意更明。《鸟市一瞥》《小吃中的文化意识》却并不注重讽劝意识,前者以赞赏的心情讴歌了鸟市的繁荣、鸟叫的幽奇、遛鸟者的闲适和交易的文雅平和;后者以欣赏的眼光观察了两位女青年矜持、洒脱、悠闲、讲究地吃炒灌肠的"派儿"。从这些近似"无聊"的"闲扯"中,我们感觉到了当今华夏大地上一种安定升平的空气和八十年代神州男女老少的自由呼吸。

韩石山的文学评论给人的感觉是全新的。他打破了长期以来形成的那种覆盖文坛的文学评论的固定模式,他不掉书袋,不生吞活剥自己都不大了然的"最新理论",不罗列那些深奥难解、生僻晦涩的时髦名词术语,而能以自己的真知灼见,以亲切、平等的态度,与作者、读者对话,该藏则藏,该否则否,该褒则褒,该贬则贬……他的评论继承了我国古代文论和现代文化的优秀传统,着重从文学鉴赏的角度对作家作品进行宏观的把握。文学鉴赏本来是文学评论的基础。韩石山是专攻小说、散文创作的,他能"澄思渺虑,以吾身入乎其中而咏玩索之,吾性灵与相浃而俱化",故能体察入微,感同身受,从而写出这般独一无二的文字。许多年来,由于机械论和庸俗社会学的影响,我国文学评论的路子越走越窄,对作家作品的分析只剩下条条框框中枯燥的理性观照。而以鉴赏论为基础的文学评论不仅能在兴味盎然的阅读中加深对评论对象的理性认识,而且还可得到美的愉悦和享受,通过理性认识与感性交融的美文,使读者能够更深刻、更细腻地体会到那些"只可意会而不可言传"的佳思妙境。

二

石山创作的发韧是从小说开始的。1981年前他主要从事短篇小说创作,其中大部篇什已收入《著的喜剧》中。关于这个集子,程德培、杨世伟等已有过比较中肯的评论,认为石山的这些全部表现农村生活的作品具有泥土的质朴与芳香,是他"多看看农民,多想想农民"的思想指向的可喜实践,是他在农村长期生活,潜心观察、体验、表现农民群众的收获,在一定程度上真实地表现了粉碎"四人帮"后至党的十一届三中全会召开之际的的农村变革。这些意见我也是完全同意的。不过与石山后来的作品比较,我觉得这个集子还是他起步时的脚印,大抵还未挣脱"配合政策""表现好人好事"等政治理论的羁绊,因而缺乏石山自己独有的特色。

自1981年以来,韩石山小说创作中的独特因素逐渐增多。发表在《汾水》(1981年第6期)的《三白瓜》,一反过去以描写"先进人物"、农村干部为主的陈套,栩栩如生地刻画了一个一向被视为"漏划富农"——上中农的形象。作者以饱含感情的笔触描写了他的精明、能干和专业特长(种瓜),特别表现了他在新时期政策的鼓舞下由昔日的逆来顺受到今朝敢于和不义的掌权者进行抗争的心态变化轨迹。1981年第5期《广州文艺》发表、后被同年第7期《小说选刊》转载的《画虎的人》,是石山的又一篇突进工作。此篇的最大特色是作者非同寻常地注意了独特的性格的捕捉,从而使作品中人物个性得到了清晰的表现。作家在马国珍各个独特个性的纵深描写中寄寓了一个深刻的思想;荒谬的时代连这样落拓不羁的性格都遭到扭曲(或者是以有意为之的玩世恭方式对抗那荒谬的时代),而当这荒谬的时代一经结束,滑稽也渗透了进取和严肃。

真正标志石山在短篇小说上突破的是发表在1982年第6期《人民文学》上的《连阴雨》。这篇作品说明,作家已摆脱了"文艺为政治服务"论的掣肘,获得了心灵的自由。文学,作为一种形象思维的意识形态,它的使命是表现人,人的思想、情感、心态、意志、性格、命运,表现错综复杂、光怪陆离的人生图景,并进而透过这一切表现时代、社会、历史的本质或本质的某些方面。《连阴雨》在石山全部小说创作中的里程碑式的意义,就在于它把人作为表现的唯一重心,透过人物心绪的起伏变化,透过人物内心世界的微妙隐秘,自然地窥见了时代的光影,谛听到社会前进的步履。农村,曾经是一个被爱情遗忘的角落,由于物资贫困所导致的精神贫困,存妮们、小豹子们的"人性中的至神至圣"遭到了畸形的扭曲和粗暴的毁灭,如今苟苟们不仅不再遭受存妮的厄运,也不再经受荒妹的痛苦,她们即使在连阴雨天不得不堂一下怀春的苦闷,但毕竟可在自由的宁静的安闲中去追寻幸福与光明。《连阴雨》着意于写人性中的美,也就是真实地、内在地、深层次地反映了时代的变迁、社会的变革在人的日常生活中和心灵上的投影。

三

在韩石山创作天平上最有分量的是他的五部中篇小说,其中,发表于1982年第1期《莽原》上的《磨盘庄》、1984年第2期《花城》上的《魔子》、1985年第2期《黄河》上的《一个名声不好的女人》较能代表他的创作水平和思想艺术观,这里将以它们为重点做一些综合的分析。

纵观石山的这几部中篇小说,我认为贯穿其间最明显的思想特征是他的人道主义精神。受极"左"路线、思潮和苏联文艺理论的影响,我们长期以来把肯定和否定了人的价值的尊严及其异化,他以一幅幅斑斓的人生图画赞美了人性的真善美,鞭挞了人性的假恶丑。

石山作品中的人道主义精神中表现在他对女性、对农村劳动妇女的怜爱和同情。《磨盘庄》中的秀花、凤凤,《魔子》中的姣汝,《一个名声不好的女人》中的云香,都有着美丽的外貌和美丽的灵魂,但"命运"都非常乖舛、坎坷,她们这样那样地遭受着来自势力和封建阴魂的迫害、摧残,有的甚至被吞噬毁灭。《磨盘庄》描写的背景是人妖颠倒的"文革"时期,受"血统论"和封建迷信的迫害,秀花在心灵上有着难言的创伤,她坚贞自爱,一次又一次逃脱了大队革委会主任乔金贵对她的凌辱,痛苦地承受着人家对她的奚落,默默地吞咽着屈辱还遭受丈夫的责难和殴打,她孝敬公爹,心疼丈夫,她同情比她境遇更悲惨的凤凤;就是对曾经莫须有地对她泼过醋的翠娃,她也能谅解她的无理,理解她的善心和作为一个女人的苦衷。《魔子》中的姣汝也是一个被社会恶势力和封建迷信戕害的人物,比之秀花,她身受的迫害更沉重,因而她的结局也更悲惨,最终成为黑暗包围的牺牲品。《一个名声不好的女人》虽然写的是农村实行"责任制"时的故事，但社会恶势力和封建思想意识的魔影并未随着"文革"的结束和"四人帮"的垮台而消泯，它们依然在光天化日下滥施淫威，充其量不过改头换面，变换了另一种手段和方法。一连串的遭际，使主人公发出了"做人难，做女人更难"的慨叹。千百年来的传统封建意识根深蒂固地毒化着世世代代普通老百姓的心，而其中许许多多人又自觉不自觉地损毁、伤害着别人。郭俊旺之流之所以那样飞扬跋扈，是我国社会主义制度长期以来民主与法制不健全、封建家长制、一言堂自上而下盛行的产物，石山作品中对社会三势力的鞭挞，就是对封建势力的控诉和抨击，石山把这篇作品的题目直书为"一个名声不好的女人"，其深沉蕴意就是为云香这样纯洁而善良的无辜者正名。

韩石山作品中对女性的深厚同情、对封建势力的无情批判是"五四文学"优良传统的发扬与继承，是对我国文学优良传统的发扬与继承。中华民族这个古老的国度中有着太长太久、太深太重的封建主义的痼疾和积习，而妇女总是被压在社会的最底层。古往今来的伟大作家都是伟大的人道主义者，他们的同情和怜爱总是给予那些正直善良的被侮辱与被损害者，因而女性形象受到作家的钟爱和重视便十分自然。解放以后我国妇女的地位有了根本的改变，但是由于极"左"路线的长期统治，封建主义并未受到彻底批判，甚而在批判资本主义的幌子下死灰复燃。特别是农村，在现代迷信日益强化的同时，古代迷信、宗法观念以及土皇帝式的专制独裁也与日俱增。在这样的时代背景下，妇女便逐渐失去她们已经提高了的地位，重蹈被压迫、被奴役、被凌辱的复辙，重新流溢着痛苦的血泪，因而描写女性的痛苦又成为当代作家笔下普遍的主题。韩石山这样一篇接一篇地描写女儿苦，绵绵不尽地表现对她们命运的关切与呐喊构成了他这一时期创作的一大特色。

写到这里，我们着重谈谈对《磨盘庄》的评价问题。因为这部作品曾经引起过陆贵山等一些评论家的非议。这部中篇是鞭挞生活中的邪恶势力的，它的深刻的同情是在善良的劳动妇女方面。善良人的受辱，正说明了邪恶势力的可恶。怎么能够说它完全浸溺于性爱的矛盾纠葛之中呢？怎么可以说一切都围绕两性关系旋转呢？难道大队革委会主任乔金贵依靠权势、依靠派性在他的势力范围内作威作福，强占他人之妻，侮辱女性，并为达到这一卑鄙的目的迫害人家的丈夫，气死人家的公爹……这就是把"男女之情描绘成全村生活的轴心"了吗？建业为父亲送葬，爬在坟头呼天顿地长嚎的场面，可怜的老人不甘儿媳受辱吊死在屋梁上的惨剧，一滴茅粪溅在一条标语上就会大祸临头，无数无辜的老人都背着"牛鬼蛇神"之类的字样苦服劳役……这一切难道不都是当时"社会关系和政治关系"的写照，怎么能说是"贞与淫"的矛盾掩盖、压倒并统摄着全村的社会矛盾与阶级矛盾"？至于"每个人物都把男女之情视为人生的"最后的和唯一的终极目的"，则更是荒诞无稽。这句话只有对那个淫棍乔金贵似乎还沾个边，难道建业、秀花、凤凤也是以此为"终极目的"吗？他（她）们是千方百计为摆脱以此为"终极目的"的人形动物的兽欲而不能。我们的评论家过于喜欢下全称判断，以至连起码的事实都不顾了。

　　陆文还说《磨盘庄》注重搜集、记录自然中两性关系的庸劣丑恶的事实，说"翠娃这个下流的女人竟把私情公开化，为能得到娇宠而得意忘形，作品肆意、陈列、展览、渲染她'拿捏男人'的浑身解数，她丑恶表演达到不顾面颜寡廉鲜耻的程度，这虽然是一个无耻的坏女人"。这些指控也是不顾事实和缺乏分析的。第一，实事求是地讲，作品中实在找不出"记录自然中两性关系的庸劣丑恶的事实"，作者写她最"风骚"的时候也不过是用笼而统之的她"使出了一个下贱女人的浑身解数，死缠活缠不让他离开"之类的叙述，并未如评论家所说的"陈列和展览"，更谈不到"肆意"。第二，评论家对翠娃的"结论"是错误的。翠娃其实是作者在他的女性画廊中刻画得非常成功的一个形象,作者在她身上花了不少笔墨无非是要表现人性的复杂。过去我们文学作品中最大的致命伤就是人物的简单化。石山近年来的创作有意矫正这种倾向,他塑造人物时极力向立体化的方向努力。翠娃是他一个最大胆、最充分的尝试:她有强烈的占有欲,有烈火般的妒忌心,她泼辣、轻狂、粗野、风骚,她有一个在婚姻爱情上失意、绝望的女人的不择手段和自暴自弃的无耻,但她不狠毒、不阴险,她有一颗还未完全泯灭的良心,即有对于他人的怜悯心和同情心,有时甚至还很仗义,有一点侠肠义骨。"憎而知其善,爱而知其恶",这是我国小说创作的传统艺术思想。即对所憎恨的人物也不能不看到并表现出他的"善"的一面,对所爱的人物也不能不注意他的"恶"的一面,拿现代术语来说,这就是要求写出人物的矛盾性和复杂性,从而才不违背生活本身的真实和固有的逻辑。韩石山笔下的"这一个"具有自己的独特性,她是作家在批判中又有肯定的人物,而绝不是如某些评论家所说的作者是以欣赏的、自然主义的态度去渲染一个"无耻的坏女人"。

这里我还提想一下1983年曾引起山西文艺界和许多年轻读者争论的短篇小说《静夜》(见《山西青年》1983年第2期)。从艺术性的角度而言,《静夜》确实不算石山的上乘之作,小说采用了第一人称的倾诉口吻,自叙其生活经历中的这段遭遇,从人物心理的必然性和具体情境的规定性上来说,就首先给人一种不自然的感觉。女主人公为什么要做这种倾诉? 对谁陈述这番心曲? 好像都有点无的放矢。是一种内省和忏悔吗? 又从何触发,因何缘起? 最要害的是女主人公思想转变、情感发展的线索比较模糊,堕入情网时写得很细致、很自然、很合乎情理,如何挣脱情网,则显得苍白无力、抽象笼统,令人不能置信,难道仅仅是受了舅舅的一番规劝就情然悔悟了吗? 生活的逻辑、心灵的辩证法都不会如此简单。但是《静夜》也绝不是一篇"精神污染"之作,是一篇使"思想不健康的人看了心里羡慕、行动上追求"的"诱惑青年"之作。作者的用意很明确,道德寓意也显而易见,那就是:尽管感情的海洋掀起过一阵波澜,生活的道路上有过几个纷乱的、暧昧的脚印,但亡羊补牢为时未晚,只要理性的大坝高筑坚固,生命的河流就不会盲目泛滥。小说的关键缺陷是未充分展开人物内心世界的这种复杂的矛盾而不是因为写得过于"复杂"。如果作者能够从感情与理智、灵与肉的复杂冲突搏斗中,合理地、道德地、令人信服地解决了这种复杂的乱统似的矛盾,那么它不仅在人物的塑造上显得更丰满,思想的深度上显得更内蕴,其认识价值、教育价值与审美价值也就更高出一筹了。

四

韩石山是文学界的一位多面手,各种文体都能来一下。就创作说,他的特点很突出。特别是语言,简洁、幽默而富有风趣。同时,他的缺点和不足之处也很明显。他几部中篇小说里的反面形象有些雷同化,好像是用一个模子铸造出来的,这多少影响了小说的艺术感染力。从整个创作看,韩石山似已形成了一种比较稳定的思维定势,各篇之间变化不大。韩石山评贾平凹的小说,说读贾平凹的几个中篇,"总感到是一个味儿"。拿这句话来形容我们读了韩石山小说后的感受,也是恰当的。韩石山已经有了一个"味儿"。这"味儿"还显得"浅"一点。我对韩石山的希望,一是要不断地挣脱自己,努力出新,二是要向描写主体的深处开掘,努力写出生活的深沉意蕴。我热切地期待着,韩石山的创作能够走向一个新境界。

选自《批评家》1987年第1期

王东满论

张成德

　　悔不该贸然答应了主编先生，说要写一篇如题的文章。及至他们连连催稿弄得无法交账时，才感到了问题的严重性和冒险性。照我的想法，作家论实不易写。一应认真研究作家的全部创作，二要顾及作家的全人，更重要的是研究者必须观念新、枪法好，这样才能有所谓"高屋建瓴"，于作家和读者有益。对于王东满其人，我们共事多年，我自以为还是比较了解的；对于他的作品也比较熟悉，有的还及时地写过一些评论文字；要说到观念和方法就糟了，因为我至今还很难完全同意艺术作品就是作家满足其与生俱来的本能要求、放纵其情欲、实现其野心勃勃的愿望的形式——这样一种新观点，也没有琢磨透彻评论文章就是评论家生命冲动及创造力的表现，所以始终不能像一些天才评论家那样，仅凭一些粗浅印象就搬弄一堆新名词、新概念，堆砌一套洋大话、洋空话，洋洋洒洒，敷衍成文。而且即使用哪一类新理论来"观照"王东满及其创作，恐怕王东满也未必能入其流，他所写的作品也自然物非其类，不对其味了。既然这样，我写的这就委实不是什么作家论，而只能算作王东满部分作品的印象或读后感。文不符题不说，还可能倒一些人的胃口，来一段老调重弹。

东满在创作上是个多面手,我曾多次戏称他是"多才多艺人也"。他写过诗,写过剧本,写过电影、电视剧,小说中又是长、中、短篇都写。当然,其中数量最多、质量也较好的,还应当首推小说。迄今为止,东满所走过的创作道路,大体上可以分作三个阶段。

第一阶段是从他开始写作到四十岁(1981年)以前。在这一阶段,他出版了长篇小说《漳河春》、诗集《傅春华之歌》和《血花》,发表了剧本《重返朝阳镇》等。这些作品,虽然体裁不同,形式各异,但都显得生气勃勃,挟带着一种扑面而来的新鲜的泥土气息,同时也不可避免地染有时代的流行病。语言是质朴的、生动的、新颖的,葆有在实际生活中丰富传神的活力,但较多地呈现出粗糙的形态,具有鲜明的半原料的痕迹;叙述语调中间或也能听到许多学生腔。人物形象则多是初具规模,鲜明活脱不够。而在总体构思上,却充分表现了作家真诚善良的愿望:他要根据自己的观察和认识,迅速地反映现实生活,歌颂先进人物和好人好事,鞭挞落后势力和坏人坏事,以教育人民和鼓舞人民。这一愿望是无可厚非的。作家的任务就是要反映自己的时代、提高人的素质,不如此,难道就是为了发泄自己,或者创作各种各样的艺术玩物?但是在实现这一愿望的途程中,忽视了人们的审美要求,作家把主要精力集中到思想性上,而在艺术性上较少用力,这也是显而易见的。一方面这是一种时代病,另一方面作家缺乏经验,缺乏对文学创作的深思熟虑,这是我们不应苛求的。但不能不说,他从见识、技巧、语言等各方面为此后的创作作了充分的准备,积累了有用的经验。

第二阶段应当是1981年后的五年间。我把它叫作初获丰收或探索阶段。在这期间,他出版了长篇小说《山月恨》(人民文学出版社),中短篇小说集《柳大翠一家的故事》(北岳文艺出版社)、《点燃朝霞的人》(中国文联出版公司)和《唇印之谜》(花山文艺出版社),还有一些未收入集子的小说，如《在高高的宾馆下面》(《小说界》1985年第4期)等，还改编了电影《点燃朝霞的人》并写了两部电视剧。正所谓踌躇满志，硕果累累。但是，我赞成马烽同志在为他的《点燃朝霞的人》所写的序言中的意见，他的那些"侦破"题材的小说，有的虽然曾轰动一时，并被许多报刊竟相刊载，在满足广大普通读者文化生活需要方面有不可抹煞的作用，但轮到艺术上的成就以及所刻画的人物形象，则给人印象不深。真正能够代表这一阶段创作水平并在艺术上有所创造的，还应当是《柳大翠一家的故事》和《点燃朝霞的人》这两个中短篇集子。重读这些作品，既没有陈旧落套之感，也没有重复厌倦之情，依然是朗朗上口，津津有味。这不就是作品的艺术魅力在起作用吗？读罢以后掩卷而思，东满写得精彩的还是那些农村题材的小说。把这些小说连贯起来想，一幅幅十一届三中全会以后太行山区农村变革的风俗画，俨然组成了一部画廊长卷，既有生产方式大改革的主旋律，又有风俗习惯、人情世故随之而改观的和声。这就首先让人触摸到了作家的一颗滚烫的心，这颗心对于社会主义文学创作来说是至为宝贵的。

弗洛依德说过，"艺术家本来就是背离现实的人"。我不知道这话该怎样正确地理解，如果说"背离现实"是指不满足于现实，要求改变现实则较为易于接受；如果说是指借助特殊的天赋，靠自己的幻想去塑造一种崭新的生活，那怎么能具有"反映实际生活的价值"呢？我看王东满就不是"背离现实"，恰恰相反，是面对现实，贴近生活，深入生活，进而本质地反映实际生活。对于文学与生活的关系有两种倾向，一种是抽象地教条地形式地看待深入生活，似乎深入生活是万应灵药，只要"深入"下去，就可以写出永垂不朽的名篇佳作。而且，有些人把"深入生活"又狭隘地理解为只有一种形式，那就是到农村去，到田间地头、衣舍炕头去，和农民同吃、同住、同劳动，磨两手老茧，滚一身泥巴。有人也这样做了，结果怎样呢？或者写不出什么好东西来，或者当时写出来了，过不多久又失去了价值。因为照这种观点，许多一辈子滚在农村的有文化的农民完全可以写出更多质量更高的作品来，还用得着你去"深入生活"？这实质上是把复杂的脑力劳动简单化了。一方面，文学创作不仅需要生活，还需要才能，需要审美能力和艺术素养，需要创作热情和写作经验等等；另一方面，生活的现象纷繁复杂、扑朔迷离，一个人的经历和所见所闻，仅止是生活长河中的浪花和水滴，甚至可能是泡沫，生活的本质深深地隐藏在现象的背后，客观现实的整体性又制约着个别的生活现象，只有抓住这个本质人及它与生活现象的联系，才能真正深刻地表现生活。这个问题不是泛泛地谈"深入生活"所能解决的。"文化大革命"以后，有些人错误地总结经验教训，受一些外来文艺思潮的影响，似乎文学离现实生活越远越好，躲进文学的象牙之塔，玩弄形式，玩弄气质，模仿改制，一材多用，为艺术而艺术，寻找永恒的价值。这种脱离时代、脱离群众、脱离生活的现象，是不能正确处理文学与生活关系的另一种倾向。殊不知生活是创作的源头活水，这乃颠扑不破的真理。卢卡契说："唯有从阅历丰富的生活中才能产生出真正的、丰富的艺术来。"从这个意义上讲，文学，特别是小说，离开了生活，就只能无病呻吟，甚至走上瞒和骗的邪路。李国涛同志在为《柳大翠一家的故事》写的序言中谈到："当时似乎有那么一股风，以反映现实问题为'俗'。王东满是不避'俗'的。他对当前农村的变革总是充满兴趣，十分热情。现在回头来看，正是这种精神，使他的创作带有一股锐气，引起了文学界的注意。"我非常赞同这个说法。王东满在创作上最可宝贵的就是这种精神。他始终不忘一个作家应有的社会责任和历史使命，始终对生长养育他的故乡有一种不倦的恋情。对故乡那些农村巨大的变革，他满腔热情地关心着，细致敏锐地观察着，深入透彻地思索着，真可谓"一枝一叶总关情"！待深思熟虑之后，情动于中而形之于墨，再生动形象地描写反映出来。你看，从柳大翠冲破村社干部的阻力带头实行生产责任制，到县委书记张浩深入农村巩固责任制的成果;从孟三妮组织烈军属、工人干部家属和缺少劳力户筹办纺绳铺,到秀娥承包粉房和栾金彪、刘三分别承包砖窑;在实行责任制以后,《柳河堡纪事》《好雨知时草》和《庄稼人啊》三篇,分别围绕着送秋粮、浇地和卖粮掺假,展现了广大农民公与私两种思想的激烈斗争,《家常理短》《魔草》《空山明月夜》则反映了农村政策改变后邻里关系的变化及应当解决的诸如封建迷信抬头、偷毁林木等问题。可以这样认为,东满的小说,对于农村实行生产责任制以来,生产方式的变革,农民思想观念的革新,以及人与人之间关系的调整,都作了较为全面和系统的反映。这没有真诚地热爱农村和农民的感情,没有执着地追随现实生活前进脚步的热忱,是很难做到的。这也是他的作品赢得读者、赢得自我价值的基本的前提和条件。

我在一篇介绍王东满及其小说的文章中说过:"故事完整,情节动人,这是王东满小说创作的一个特点。"看来这是一个客观存在。我们只能探讨它的成败得失,不存在是与否的问题。东满的小说大都有一个完整的故事,而且经常使用"巧合"这种技巧。究其原因,固然与他的经历有关,从小爱读"闲书",潜移默化地受其影响;注意继承民族小说创作的传统,包括"山药蛋派"的传统;努力从民间文学中汲取养料;写过剧本,爱把矛盾冲突的戏剧性引入小说创作中;写过侦破个说,讲求结构的新颖和情节的曲折等等;恐怕最主要的还是与他的审美观念有关。巧合亦即偶然性,在小说创作中是完全可运用,而且几乎是不可避免的。一方面生活中就充满了偶然性,有些偶然性如果形诸笔墨会使人怀疑它是否真的存在;另一方面,文学作品就应当比普通实际生活更集中、更典型。所以运用得好,能收到强烈的艺术效果,引人入胜,使人爱读,也耐读。东满的小说中就不乏这样的例子。例如,柳大翠既是实行生产责任制的带头人,恰恰她也是当年带头报名入社的社员;公社书记景团子现在是反对实行责任制的,恰恰他也是当年鼓动农民群众入社的乡长;支部书记景小乐是当年的团支部副书记,当年曾打过柳大翠的主意而未果,如今柳大翠偏偏成了"专找他岔子"的对头冤家。这些偶然性都包含着必然性。入社和分田都分别体现了当时历史条件下农民群众的利益和愿望,所以先进人物柳大翠都带头;景团子和景小乐都是干部,对新的政策一时不理解甚至龃龉抵触,也是合情合理的。这种寓有必然性的偶然性,构成了落实生产责任制中错综复杂的矛盾,情节就显得起伏跌宕,一波三折。再比如《夜走祭子岭》中的报社记者鲁小虹,本来是为了去走访孟三妮这个先进人物的,偏巧在路上就碰到了她,二人结伴而行又同床而眠,最后才弄清她就是自己要采访的对象。这个偶然的机缘,是全篇小说关键性的情节,它貌似巧合,实际事出必然。孟三妮有一副乐于助人的热心肠,帮助孤寡老人去卖麻理有固然,那么鲁小虹在夜访祭子岭的山路上最可能碰到的就是她。试想,如果改变了这个"巧合"的情节,那么全篇作品就得改变面貌,使人读来兴味索然了。正因为这样把偶然性附着在必然上面,所以这种偶然在作品中变成了最活跃最吸引人的因素。这是说东满小说中"巧合"运用得当的一面。但是,如果偶然性运用得不好,也会给作品带来极大的损害。没有偶然性的因素,一切都是死板而抽象的。没有一个作家能够塑造出活生生的事物,如果他完全避免了偶然性。另一方面,他又在创作过程中必须超脱粗野的赤裸的偶然性,必须把偶然性扬弃在必然性之中。可见,在文学创作中,偶然性离不得,但运用时又必须慎之又慎。这里的关键应该是不带任何主观随意性,一定要赋予它以必然性。否则,将会事与愿违,弄巧成拙。比如《金蔷薇》这篇小说是控诉极"左"路线给青年大学生的爱情婚姻生活带来不幸的:主人公"我"在大学期间先后与两个女同学有过幸福的热恋但都被无情地破坏了。而这个破坏者恰恰又是同一个人——顾浩。"文化大革命"前,他与"我"的女朋友姜玉秋是同学;"文化大革命"中,他又一变而为军宣队员,生生拆散了"我"和李凤仪的婚姻。这种巧合既没有必要也不符合历史真实。如果顾浩确系姜玉秋的同学，那他就不可能在"文化大革命"前或初期入伍；如果他确系军宣队员，那就不大可能与姜玉秋是同学。凡是熟知这一段历史生活的人一望便知。另外，"我"两次失恋都由顾浩一人造成，既没有这个必要，又反过来削弱和缩减了小说应有的思想容量，从而落入了才子追求淑女，有一小人从中挑拨破坏的老而又老的窠臼。最令人遗憾的是长篇小说《大梦醒来迟》（《黄河》1986年第3期）。整个小说写得严肃深沉，笔力深厚，但到快结尾的部分出现了一个不十分必要的"巧合"，原来几十年间仇河怨海、生死争斗的陈二冬和程必成是同父异母的兄弟。虽然由于前面深刻的性格描写没有能使小说的底蕴因此而泯灭，但终究多少减弱了那摄人心魄的艺术震撼力。总体来看，东满在小说中善用巧合，精心设计情节，基本上是成功的，得多于失，但也需不断总结经验教训。小说创作完全避免偶然性看来是不可能的，不可不用，不过也不可多用；在运用时一定要作为必然性的表现和补充，尽量做到客观、真实，这样也许既能使情节曲折有致，也能更加接近艺术的真实。这里牵涉一个审美观念的问题。传统的观念是以善为核心。为了达到讽刺、教育的目的，人们往往精心编织圆满的故事，不惜牺牲真和美来达到惩恶扬善的目的。在情节上一为劝人，二为动人。自从《红楼梦》出来后，打破了这一陈旧的观念和传统的写法。它追踪摄迹，无敢稍加穿凿，不再是美则无往而不美，恶则无往而不恶。它告诉人们，首先应当从总体上把握作品的典型性；只要写活了人们普通的日常生活，人物就鲜灵活脱，内涵就无比丰富。所以在小说创作上，应当多注意典型细节，注重它的真实性，而在大情节的巧合上谨慎地注视其真实性。

东满在小说中很善于刻画农村中女性的形象。柳大翠、孟三妮、秀娥、春梅、马翠花、山月娘，这些妇女老少不同，用墨不等，但都给人留下深刻的印象，读小说时，似乎她们都站在你的面前，几乎可以和你对话。特别柳大翠和程梨花，前者借用马烽同志的话来说，是"有血有肉，有性格,有棱角,栩栩如生,呼之欲出";后者则从外形到心灵都很美,既心地善良,富于同情和怜悯,又孤独软弱,不被人们理解,从真实可信、激动人心的角度来说,后者更胜于前者。当然,这并不是说他写的其他人物形象一概不好,像青年栾金彪、哑巴看林人、骂街的刘三、跳井的根锁、卖粮掺假的精六儿、老实憨厚的赵大贵等,都是活灵活现欢蹦乱跳的。只不过两相比较,王东满笔下农村女性形象更具特色,写农村中的各式妇女他更擅长而已。这和他从小生长在农村,接近印象深的可能是女性不无关系。同时,也是他能较为娴熟地运用一些写作技巧的结果。

东满的小说叙述角度多取第三人称,叙述方式则多是纯用白描。他在白描手法的运用上,达到较为得心应手的程度。几笔勾勒,就能使人物形象略见端倪。写柳大翠时,把她放在后爹老根锁要跳井的当口出场:"随着咚咚的脚步声,巷口上闪出个女人——一个粗眉大眼,精精干干的中年妇女,沾着两手面,结着块塑料布围裙,浓云密布的鸭蛋形脸上披撒着一绺头发——那女人不紧不慢,两手分开众人,走上前来,也不打话,'噌'的一下撬开红脸汉子的手,厉声斥道:'丢开他!要跳由他跳!'红脸汉子不忍撒手。那女人'啪'的一掌打在他又伸过去的手背上,冲根锁老汉气愤地说:'也不嫌丢人败兴!跳吧,由你!我等着给你收尸!'"寥寥几笔,通过柳大翠的外形、动作和语言,就把她大方泼辣,拿得起放得下,敢做敢当的性格凸现了出来。这样的例子在东满的小说中是不胜枚举的。值得指出的是,他用这种手法活画出了太行山区农村一幅幅具有浓郁生活气息的风俗图。这就为他的人物搭起了一座座独具一格的活动舞台。这些鲜明独特的背景,对他描写的人物形象起到了极好的渲染、烘托和映衬的作用。《庄稼人啊》一开头写道:

> 当街的大饭场上,初冬的阳光从高高低低的屋脊上斜射过来,暖洋洋地照耀着一街两行吃早饭的庄稼人。

在这块古老的"脚盆"里,多少村规乡俗都渐渐被历史淘汰,唯有吃饭上街这条不知从哪朝哪代沿袭下来的乡俗,却是代代恪守。

祖辈人都管饭场习称为饭市。其实这饭市上一不设摊,二不卖饭,不过是庄稼人贩卖新闻、兜售消息、寻求精神生活之地。饭市也和唱戏的大舞台一样,每天必有唱主角、演配角的把式,也有哄哄喷饭喝彩的观众。但这主角不必导演培养、选拔,谁的新闻最新、谁的洋相最新,谁就可以不推而就,占领这座大舞台。

今天屯儿沟的饭市上照例热闹非凡,哄哄的怪笑声不绝于耳。占领这座大露天舞台的还是昨天崭露头角的把式——精六儿。

下面就是作家用白描手法写精六儿怎样有声有色得意洋洋地给大家讲他是如何卖粮掺土的故事。饭场,这大概是上党盆地许多农村特有的生活习俗。这种场合,最无拘无束,无所顾忌;精六儿不以为耻反以为荣的故事也只有在这种场合下才可能自我宣扬开来。特别是他只顾卖弄,有人把他的饭碗放在厕所墙上都浑然不觉,最后让一只公鸡给碰摔下来打成碎片的典型细节,更使人经久不忘。这些对刻画精六儿受小生产方式的局限,日子一好就忘了国家的性格特征,起到了不可代替的特殊作用。人物语言的个性化和符合人物身份性格的精彩对话,传神生动,也是使形象没有概念化痕迹而生动活泼的一个重要原因。这一特点只要一读他的小说就可以感受到,不再词费。令人欣喜的是综观他这二十篇小说,我发现东满已初步形成了自己的语言风格。这种风格的特点首先是通俗流畅,生动活泼。一读之下,让人感到痛快流利,"如大河之奔流"。其次是语言既形象化又生活化,既有五彩斑斓的自然色彩,又有鲜明的感情色彩。这主要是由于他多使用明白生动的口头语和民间俗语,又恰当地吸取了一些生命力、表现力强的文言词语和书面语言所致。毋庸讳言,东满过去的语言有对民间生活语言提炼不够,因而粗糙不文,甚至有照搬堆砌之弊。现在这种状况接近消失,逐渐形成了一种自己的语调、自己的声音。这是他长时期地刻苦学习和认真锤炼语言的结果。

综上所述,尽管东满在这一阶段中创作的小说收获颇丰,既有获各种创作奖的,也有被改编为电影电视上映的,但总体来看,他的作品尚未达到与他的创作才能相称的水平,没有能够登上自己艺术创作的峰巅。表现在作品中,那弱点也是明显的,我用一个字来为他概括,就是“粗”。有时在整体构思、谋篇布局上,不够精细,不够绵密,有“概略瞄准”的味道。这样,一些作品便缺乏言外之意,象外之旨,或者说缺乏深厚的思想内涵和象征寓意,因而也就收不到余音绕梁、使人一唱三叹的效果。读东满的作品像吃梨一样,汁甜水大,痛快解渴;而少有吃橄榄的感受,咀嚼含玩,余味无穷。第二,在情节安排上不是连绵起伏,而是跃动性大,兼之又多用巧合,再加有时露出不尽合理,不够真实的编修斧凿处,这就大大损害了人物的真实性和故事的可信性,从而降低了作品的艺术价值。第三,在描写上缺乏精雕细刻。他的作品较少心理描写和心理分析,更欠乏内心独白和意识流动等。随着时代的前进,电影电视等艺术门类繁荣发展了,故事性、形象性不再为小说戏剧独有,而深层心理的描写和分析,越来越显示出它是小说创作独具的长处。况且揭示人的内心深处,并不仅仅是海阔天空、时序颠七倒八的意识流一种方式,既可以直接描写,也可以间接叙述,既可以结合人物的行动来描绘,也可以通过典型的细节来反映。这样不就可以除用白描穷形尽相之外,又多几副笔墨,多几种手段,把典型性格塑造得更好吗? 对于这个弱点,东满是有觉察、有认识并有新的创作实践的,这就是1986年《黄河》第3期上发表的长篇小说《大梦醒来迟》。

我认为,《大梦醒来迟》的写作在王东满文学道路上具有划时期的意义。这部长篇标志着他的小说创作开辟了自己的第三个阶段。这部作品不仅保留和发挥了他第二阶段创作中几乎所有的长处和特点,而且对以前创作中的上述三个弱点都有不同程度的匡正和令人鼓舞的试验。首先他把自己的创作动机和视野笔触从人的社会、农村的现实生活转向了对人、人性以及人类命运的深沉思考。同时又把这种思考渗透在对从土改到如今四十多年间。一个山区农村历史变迁的凝重反思中,渗透在陈程两姓家族至少四代兴衰荣辱、恩怨仇情、爱恨生死的性格冲突和感情纠葛中。这样就使作品具有了丰厚的思想内涵和艺术底蕴,它留给人们极大的想象思索和歧义争论的余地。陈程两家几十年间充满仇恨和痛苦、充满苦恼和创伤的争斗,究竟是阶级斗争的必然,还是"左"的错误带来的危害,抑或是性格发展、性格冲突的结果,也许还有爱"面子"等国民劣根性的影响等等,总之,是需要清醒的"大梦"。这样的作品,带给读者的思考甚至比作者所想到的还要丰富多彩,还要深刻隽永。不独如此,"大梦"中的人物也多是多侧面、多层次的。程必成几乎是半魔鬼半人形的,但作为人的天良并没有泯灭净。当他成了"万元户"之后报复、诬陷陈二冬时,也曾受过良心的谴责;当他偶遇二冬病危时也曾搭救过他;当他逼得梨花自杀后,也悔恨自己的行为等。陈二冬、程梨花都是充满矛盾的立体的丰满的形象,不再是干瘪的平面的人物。这显然得力于作家在揭示人的深层心理方面所做的努力。过去的作品中虽然也有描绘人物复杂性的努力,如《空山明月夜》中那个"卷毛女人"突然抓住小流氓握刀的手而叫哑巴快跑,但那毕竟是星星点点,一闪而过,在"大梦"中则显示了作家在这方面的充分的自觉性。

《大梦醒来迟》这部长篇对于东满的小说创作来说具有突破性的意义,但并没能引起广泛的足够的注意,也是很发人深思的。前面说过,作家过分眷恋于偶然性因素,强使陈二冬与程必成两个对头冤家成为同父异母兄弟,不仅淡化了作品本有的严肃主题,而且招致了这样那样的误解,这是很值得深以为戒的。不管怎样,这篇作品昭示于我们的有不少东西。它说明作家在描绘"事件"与刻画人物的关系上,已经把重心移到了后者身上;在刻画人物的大动作、大变化与精雕细刻深入内心的关系上,也把更多的笔墨投放在后者身上。循着这个道路前进,继续同生活保持密切的联系,继续在生活中独立思考,继续更真切地感受自己的描写对象,更多角度、多层次地刻画性格,我们完全可以期望他写出更高水平更受广大读者欢迎的上乘之作来。

选自《批评家》1987年第3期

柯云路论

曾镇南

长篇小说《新星》使柯云路真正成了文坛瞩目的新星。

在《新星》问世之前，柯云路曾以《三千万》获得过一次全国短篇小说奖，又与他的妻子雪珂合作，写过一些作品，出版过两本小说集。由于本文下面将要分析的某些原因，这些作品并未产生独特而深刻的文学影响，而《新星》却使柯云路跻身于新时期涌现的比较重要的青年作家的行列之中。也可以说，柯云路的名字，在将来会出现的新时期文学史中，将牢牢地同《新星》联结在一起。

这部四十万字的长篇力作，凝结着柯云路对当代中国社会政治面貌的具有独特深度的认识，凝结着他多年来在一个小县对生活的长期观察获得的印象，投放进了他独有的政治激情，表现出他在人们的政治行动中剖析人的心理特征和情绪变化的艺术功力。当然，在这部显露着作家的政治识见和艺术雄心的作品中，既集中发展了作家以前创作中的长处，也留存着他长期以来并未清醒意识到的某些相当顽强的短处。

请注视这颗文学新星吧！"它自信、冷静、倔强地闪烁着，在天穹中照亮着它应该照亮的一角。随着天体的旋转，它在冥冥碧空中划出着它顽强磊落的升起的轨迹。"

从剖析《新星》入手，兼及柯云路过去的作品，大致可以划出这颗文学新星运行的轨迹。

一

每一个作家，如果他不甘平庸的话，都必然要在创作实践中执着地追求自己"艺术地掌握世界"的独特方式。这种独特方式，表现为他独具的看取生活的角度和独擅的艺术作风。作家的这种追求，常常发展到非常自觉以至敏感的程度。他们不但在自己的创作中用艺术形象本身的生命力为自己的独特方式提供证明，而且在自己的审美、鉴赏中流露出或隐或显的排他性。

柯云路，就是这样一位以独特的方式掌握、反映现实的青年作家。这种独特方式，在《新星》中获得了集中的、鲜明的表现。它从根本上决定着柯云路全部小说创作的特长和弱点。

这种柯云路式的掌握现实的独特方式包含哪些内容呢？

《新星》中有一个名叫康乐的人物。他和主人公李向南都是北京知青，经历大致相同。他既是李向南的得力助手，又是一位立志要当大作家的文学青年。他一面参加李向南的改革事业，一面又以文学家的冷静的犀利的眼光，剖析着李向南的行为和心理。这个形象，其实是作家的一个影子。在他的文学见解中，就包含着作家的创作意图。

在谈到康乐的文学雄心时，柯云路写道：

自从李向南来古陵之后，古陵的人物关系激烈变动起来，人性在各方面闪露出不同的色彩来，这为他的文学创作提供了很好的生活素材。他决定以李向南、顾荣为主要人物模特写一部反映改革的小说，从一个县的场景出发去展开广阔的社会画面，用曲折的心理历程来凝铸历史的脉搏、人生的哲理。

179

这段话,是可以当作《新星》的总体构思来读的。把这个总体构思和李向南的某些社会见解结合起来(李向南的那些非常雄辩、警策的社会见解,在某种程度上也可以视为作家自己的社会见解。一般地说,不能把作品中人物的思想直接视为作家本人的思想来分析,但是在作家对自己创造的人物非常激赏和钟爱的特殊场合,作家忍不住把自己钟爱的某些思想借人物之口说出来,这在文学创作中也是屡见不鲜的。是否属于这种情况,读者完全可以在阅读作品时感觉出来。柯云路是属于那种经常借人物之口说出自己见解的作家。认识这一点对于分析柯云路的创作特征是很重要的。),我们就不难窥见柯云路式的掌握现实的独特方式的内容了。

作为一部反映改革的作品,《新星》的与众不同之处,我觉得是在于它几乎很少从经济体制的改革这个角度去看取生活的变动,而主要着眼于改革所引起的政治格局、政治关系的变动。县城与乡村的经济变动,人们的经济生活内容被淡化、压缩为一种远远的背景,而"人物关系"(主要是政治关系)的激烈变动以及人物在政治行为中的智慧、才干、情绪、心理被放置到作家聚焦镜下的焦点上。一部《新星》,从头到尾,贯穿着李向南与顾荣这两个政治意识都很强烈的人物的政治较量,贯穿着这两个具有丰富的心理层次和人性色彩的政治领导人物在他们不同的领导行为中的曲折的心理历程。作家借康乐的口说出的"展开广阔的社会画面""凝铸历史的脉搏、人生的哲理"等等创作意图,都是和他敢于直面社会矛盾中的政治内容这一点相联系的。

在新时期的作家群中(更不用说青年作家群之中了),似乎还没有哪一个作家像柯云路那样公开地、激烈地宣布他对政治的兴趣了。李向南的这一段话简直可以视为作家的政治观了:

其实，政治在人类历史上可以说既是最肮脏的，也是最崇高的。问题是你搞的是什么政治！……你们搞文学的，差不多都不屑于谈政治，都说纯洁的爱情、无私的母爱是崇高的，伟大的——它们是崇高伟大的，我不否认。但其实，它们的伟大比不上政治。在历史上——你可以去看看——真正能够使千百万人，一整代一整代最优秀的青年为之献身的只有政治！政治毕竟是集中了千百万人最根本的利益、理想和追求，可以说是集中了人类历史上最有生机的活力。

此外如"政治关系也许是最严峻的关系吧""政治是最讲智慧的""在这样一个复杂的几千年来就充满政治智慧的国家里，不断地实际干事情，自然就磨炼出了政治才干"等等散见于小说各处的李向南的政治见解，也可以说是柯云路对我们现实生活的独特看法的表现。

讨论这些看法也许离由分析艺术形象入手评论小说的任务相距甚远，但是，对于评析柯云路独有的切入生活的角度、反映生活的方式的利弊，却是必要的。

说实在的，作为一个当代中国的文学读者，我起初对柯云路这些政治赞美诗是不太感兴趣的。关于政治在整个社会生活中的极端重要性、关于政治的统帅作用的教诲，我们在刚刚逝去的那些动乱的年月里已经听得够多的了。人民群众特别是青年一代中的政治厌倦感、文学思潮和文学创作中的政治色彩的淡化，并不是没有历史因由的，而且也未尝不是一种历史进步的消息。把一点即燃的政治激情转换为从事经济、科学、文化活动的务实态度，是世风的一大可喜的转变。我实在惊讶于柯云路对于社会心理趋向、审美心理趋向的隔膜，觉得他的政治观未免有些不合时调的矫情成分。

但是，尽管我有这些不以为然的想头，还是被《新星》所着重展开的散发着浓烈的政治气息的斗争场面所吸引。如果不是拘泥于柯云路自己对人物的行为、心理所做的政治解释而是着眼于他实际写出的社会和人的面貌,那么,应该说,《新星》对当代中国现实关系的剖析,在柯云路特有的那种政治眼光下,还是达到了相当的深度的。在深入了解小说提供的严峻的现实主义画面之后,柯云路的那种在感情上很难为一般读者接受的政治见解变得多少是可以理解的了。——虽然我们还将保留进一步质疑的权利。

我觉得,柯云路这种着重从政治的角度切入生活的艺术方法,有以下几方面的特征,这既集中表现在《新星》中,也表现在他与雪珂合作的其他作品中:

第一,在柯云路掌握现实的独特方式中,凝铸着作家充满理想主义色彩的政治激情和高度的社会与历史的责任感。这一点决定了柯云路小说中犀利的论辩色彩,但在某种程度上也成为他的艺术进步的负累。

在柯云路的政治观念中,政治就是"在历史上行变革意义的事业";在柯云路的文学观念中,文学的目的就是为了变革社会。于是,在变革社会这一点上,柯云路使自己的文学和一种政治信念紧紧地联结起来了。

《新星》中的李向南,就是一个具有坚定的政治信念的理想主义者。他的改造社会,不屈不挠,愈挫愈奋的人生信条,似乎丝毫未受十年动乱的现实的浊流冲击和锈蚀,仍然闪耀着熠熠的理想主义的光芒。作家在刻画这一改革者形象时,总是力图透过他的干练和政治手腕,深入一层地揭橥他内心那种"为一个尽可能理想的社会而奋斗"的理想主义的生动激情。这种激情是李向南那种充满政治色彩的个性的内核,也使他在道义上远远地高出于顾荣等政治对手,获得一种崇高感和庄严感。李向南在肖婷婷的简陋的、摇摇欲塌的窑洞教室里体验和思索到的一切,作家对他在这一特定场景中的心理层次的剖露,对于读者是有震动力的。婷婷和孩子们的善良嫩弱、纯真可爱,与潘苟世的愚昧专横、顾荣的麻木不仁形成了鲜明的对照,激起了李向南深沉的思考。就在这一幕里,我们多少有些同意了作家所说的政治有时候是最崇高的东西的看法。因为李向南的政治行动,是迥异于那种在人民中制造分裂、猜忌和仇恨的,以所谓"阶级斗争"为主要内容的极"左"政治的。他的政治激情,乃是一种对人民的圣洁的爱情。

柯云路对于他们这一代人的理想主义的激情,怀着一种异常珍惜的态度。在《历史将证明》里,当省委书记方志远责备女儿方平平"一点理想也不追求"时,方平平激动地反驳说:"这代年轻人追求理想是最顽强的了! 一次次追求,一次次破灭,现在,具体的理想都破灭了,留下的只是理想主义! 即使如此,他们还在朦胧地追求什么,为没理想的生活而苦恼。"而《收发室里的笑声》中的欧雅玲之所以爱上豫成,也是因为"当大动乱后泛起的平庸把最后一线理想主义都淹没了的时候",豫成的"至今还关注社会的目光"给了她以感奋和吸引,使她觉得自己"找到了一个她可以信赖的能够开拓理想主义生活的强者"。《耿耿难眠》中的杨茸茸,更是一个准备以性命去殉正义事业的激烈的、纯洁的理想主义者。如果说,这些年轻人的理想主义在实际生活中并没有结出什么果实的话,那么,李向南则是把他的理想主义变成了坚定果决的政治实践。

柯云路所强调的这种理想主义,有时会借人物之间的思想冲突,来表现出其论战色彩。《三千万》中的丁猛对看破红尘趋于冷漠的白莎的当头棒喝,《新星》中李向南力图使信奉"完善自我"的林虹思想有所震动,都反映了作家力图振起一代青年改造社会的热情的用心。作家似乎在为十年动乱后人们政治热情的普遍退潮感到焦灼,他在主观上太亟于借笔下的人物宣泄自己的理想主义,所以就多少有些忽略了对理想主义消长进退的社会原因作具体分析,这就减弱了他的小说的艺术说服力。虽然作家在创作思想的表白上也承认"人物个性都凝铸着他们所遭遇的全部环境,是复杂的",但在创作实践上,把人及其环境的全部丰富性和多样性表现出来的,恰恰是另外一些人物(如《耿耿难眠》中的杨林,《新星》中的顾荣、潘苟世、高良杰,这些成功的个性下面还要详论),而不是这些寄寓着作家理想主义激情的人物。方平平、欧雅玲、杨茸茸等人的形象的单薄不必说了,就是作家用了很大心血刻画的李向南,他的形象的内涵虽然相当丰富,但给人一种已经被作家解释、阐发得清清楚楚,没有多少回味余地的感觉。即使是那些意在表现他的性格的复杂性的细节,如在横岭峪公社会议室里他为了回敬小胡的蔑视而故意给省委书记挂电话这一失态,也因为康乐的从旁透视和他自己的及时自省而失去含蕴了。

要之,改造社会的理想主义激情贯穿在柯云路的创作中,使他的小说有一种政治的灼热感和慷慨陈词的调子,这在新时期青年作家中是不多见的。当这种理想主义的激情是从生活的深处喷出的时候,就给人一种冲刷沉滞猥劣的生活面的鼓舞力量;但当这种理想主义是从生活实际进程的某些表层事件中吸取的时候,它就给人一种浮露感,限制着柯云路某些作品、某些人物的现实主义深度了。像《历史将证明》中环绕着路野的话剧《诗人在黎明前死去》展开的冲突,《耿耿难眠》中杨茸茸的准备蹈海以惊醒世人的麻木的情节,都可以看出生活中真实事件的痕迹,恰恰说明作家的思路被拘限在现实生活的表层真实之中,其所感所吐缺乏对生活、对人的独特发现。

第二,柯云路掌握现实的独特方式的最主要之点,在于他善于把对社会矛盾、社会结构的政治分析和对人的行为、心理、利益、欲望等等的艺术描绘浑和地结合起来,从而在掌握现实关系方面达到了一种新的深度。政治眼力使他的心理分析有时产生了捆掌见血的效果,这一点应该说是柯云路小说艺术之剑的锋颖所在。

初读《新星》,我曾经被作家所反复描绘的人物之间的政治较量震惊。从这部书的开始到结尾,几乎所有的人物都被或远或近地置于政治斗争的旋涡之中。当前深深触动城乡经济生活的改革,在小说里竟被首先表现为各种政治力量的对比和格局的变动。在阶级斗争、政治斗争在我们的社会生活中一度被夸大、膨胀到荒谬程度之后,这样执着于从政治的角度去反映生活,这会不会是旧的那种"阶级斗争为纲""政治是统帅"的思维积习还在支配作家的创作呢?

这种疑问从理论上说是有某种道理的。但是,如果你对实际生活真正有些了解的话,特别是如果你在一个小县城生活过、对一个县治的政治面貌相当熟稔的话,那你就会被柯云路对古陵县的政治关系的揭示的深度所折服。

问题在于,人们创造历史,总是要从现存的生产力条件、现存的社会关系出发,总是要面对他们的前一代人留下的经济遗产和政治遗产,不可能是白手起家。问题在于,李向南这样的改革者在古陵面临的现实,就是由各种错综复杂的政治关系构筑起来的现实,而这些政治关系恰恰是过去那个政治荒谬的膨胀的时代的遗留物。改革的利剑,也就不能不一开始就触及这个遗留物,引起政治上的震动。李向南说得对:"在中国,任何一个有宏图大略的改革家,他如果不同时是一个熟悉中国国情的老练的政治家,他注定要被打得粉碎的。"李向南认为,他的改革社会的蓝图,乃是"政治代数、政治微积分,一章一章还在后面才能提上日程。现在,他只能从一加一等于二的政治算术开始。而整个蓝图能否实行,成败的关键恰恰在今天这些一加一等于二的基本政治斗争"。少一些积怨树敌的政治斗争,多一些除弊兴利的励精图治,未尝不是李向南的心愿。然而,如果他不使用政治手腕削弱和孤立顾荣这个老谋深算的政治对手,把典古城、小胡、龙金生争取和团结过来,把潘苟世、高良杰撤换下去,把高局长、朱泉山的积极性解放出来,那他的一切改革措施都会寸步难行。看样子,口不谈政治,非不愿也,势不能也。《新星》写成这么一个充满政治斗争的格局,并不完全出于作家对政治的偏嗜,而是与过去那个胀满政治的时代紧相衔接的现实状况"实逼处此"的结果。

而且,还必须看到,作家写《新星》,并不仅仅着眼于一场具体的改革,而是试图较深地剖露中国社会的现实面貌。李向南说:"中国十年的动乱生活使我们广阔地看到了袒露的社会矛盾、社会结构,这就造成了我们俯瞰历史的眼界和冷峻的现实主义。"《新星》的价值,如果就其艺术传达的成功程度而言,主要的倒不在于对李向南等新的社会力量的描写,而在于对顾荣、潘苟世、高良杰等与旧的极"左"政治相连系的人物的刻画。像顾荣这样"权谋老练,阴沉沉地蹲在古陵政治中心,让人想到古代大殿里一个铁黑色的大鼎"的人物,他代表的,是一种陈腐而又顽固的社会现实。即使是像郑达理这样着墨不多但形神毕肖的人物,他的外貌宽和、寡言,内里狭隘、自是的性格,他的"唯本色"与"慎独"的人生信条,甚至连他的"慢慢蹭去烟灰"的涵养,难道不也像作家所分析的那样:"似乎代表着一个比整个古陵现状的总和更为巨大而浑圆的现实"吗?在这些精采的地方,柯云路用他的雄恣深邃的笔墨,活生生地向我们艺术地证明了:人为什么和怎样是"一切社会关系的总和"!而没有政治眼力,对人的剖析是绝不可能达到这样的深度的。

这种由于政治眼力而较深地反映出现实关系的创作特色,在柯云路的处女作《三千万》中已经初见端倪。这篇在艺术上线条相当粗犷的作品,在刻画人物上不能说是成功的,但在揭示张安邦所代表的盘根错节的现实关系网方面,却是发人深省的。《耿耿难眠》是《新星》之前柯云路写得最有深度和特色的作品。这部小说对曙光厂厂长董乃鑫关系网以及杨林对付这种关系网的方法——不动声色、面带微笑地利用组织的力量,"沉稳地推动着全厂的气氛、潮流、舆论、人心这个巨大的方阵,一点点地向正确的轨道转弯和移动",直至条件成熟,各个击破,使董乃鑫的关系网土崩瓦解——的描写,也是反映着作家对中国政治的熟谙的。

看来,从政治的角度去切入生活,不见得注定只能使写改革的作品滞留在肤浅的社会政治批判的阶段。政治,如果它不是人为的、主观妄断、损害人民根本利益的东西,而是客观的经济进程的一种产物,那么,它就是作家透视现实关系的重要窗口。特别是在作家意识到政治矛盾背后深刻的利益性质,大胆展开人物在政治冲突中的心理、情绪、欲望的时候,政治识见就将像探照灯一样指引着作家的观察力,使之透入现实关系的最深层次。

第三,柯云路这种掌握现实的独特方式,造成了他习惯自上而下地俯视生活的过于偏狭的视角,造成了他注重表现主要人物的领导行为、领导过程而忽略从人物命运、性格的发展变化去刻画人物的弱点,造成了他的某些作品具有一定认识意义却缺乏文学的审美价值、缺乏诗意的魅惑力的局限。这些,是柯云路这种艺术地掌握现实的独特方式的非艺术的一面。

如果我们把柯云路的小说全部巡视一遍,就会发现,除了《收发室里的笑声》这篇表现青年工人的思想和生活的作品之外,柯云路的全部小说几乎都取了一种自上而下地俯视生活的角度,专注于表现领导人物的改造社会的领导行为。《三千万》是以丁猛的眼光对"现状"的一次俯视;《耿耿难眠》是以杨林的眼光对企业中"关系网"的一次俯视;《历史将证明》是以方志远的眼光对思想、文艺战线矛盾的一次俯视;《新星》,虽然就其展开的社会生活面的丰富性和生动性而言是柯云路别的作品所不可同日而语的,但它的结构方式基本上也是以李向南的眼光对古陵县乃至整个中国现实面貌的俯视。短篇小说《他的力量来自哪儿?》和《棉花厂长》,虽然叙述角度略有变化——前者较为客观,后者从一个对"棉花厂长"由心怀戒意到心悦诚服的干部的心理变化入手——但所着重摄取的,仍然是领导干部的领导行为。甚至那篇似乎可以视为例外的《收发室里的笑声》,那里的青年工人或弄文学,锲而不舍(郭小鹏),或谈哲理,怯于行动(豫成),但他们都在对社会投去俯视的眼光,给人一种生活于高谈阔论之中的感觉。

这种由上而下俯视生活的角度,固然也有视野开阔的优点,但却妨害作家用较为亲切平易的态度,沉入人民生活的底层,写出生活的多种色彩多种情调,写出生活的全般血肉(这一弱点在《新星》中有很大改进)。而黏滞于领导人物的具体的领导行为、领导过程,则使柯云路的小说显得太实太满,说教味太浓。比如柯云路自己比较看重的《历史将证明》,就集中地反映了这个缺点。这篇所谓哲理小说,在思想上经不住文艺界、思想界的实践的检验,脱离了文艺界、思想界着重需要进行的反"左"的斗争,貌似辩证和全面,实质上是一篇书生空论,这是一目了然的。在艺术上,它也是概念化的、说教式的失败之作,使人不能卒读。这篇东西应该说是柯云路反映现实的独特方式的局限性的极端表现。

过于政治化的写法稍一放纵,就会吞没了生活化,减杀了小说应有的诗意的魅惑力。丁猛和杨林应该说是有某些个性的表现的,但他们的领导行为(向现实冲击的行动)的启发意义远远超过他们作为人的性格魅力。李向南的性格很突出,但作为人,他并不给人亲切感,至少不那么可爱。最值得作家留意的,是他笔下那些个女性形象,几乎全被安排为某种政治斗争的配角。白莎与林虹是同一性格类型,她们的性格都缺乏丰满细致的刻画,她们的命运没有获得独立的充分的展开。李平平、杨茸茸又是一种人物类型,她们的形象几乎仅仅是一个剪影。林虹在充当现实积弊的揭发者这一点上又像杨茸茸,在愤世嫉俗、冷漠消沉方面又像白莎。而欧雅玲的呼吁理想主义的声音也使我们想起李平平。总之,这些女性性格的扁平和重复说明柯云路对女性的心理、感情实在研究太少。倒是《新星》中的顾小莉,由于她的性格与环境的协调,不失为一个颇有特色的女性(这个人物将留在下面分析)。

以上,我们已经讨论了柯云路着重从政治的角度反映现实的独特方式的特征及利弊。这种独特方式的基础是柯云路的政治观。柯云路有志于做一个广阔的反映社会面貌、描写社会现象的大作家,因此他鄙薄纯艺术的美文学倾向,鄙薄非政治化的文学道路。他对自己政治识见的磨淬,使他在坚持自己掌握现实的独特方式时获得了很多艺术上的益处。对所有这一切,我们都表示尊重和理解。但是,柯云路对政治的看法是存在着片面性的。同那种看轻政治、力图脱离政治、把生活非政治化的片面性相反,柯云路把政治在人民生活中的地位看得太重了,看得几乎是涵盖整个社会生活的最吸引人群视听的东西了。当柯云路认为"真正能够使千百万人,一整代一整代最优秀的青年为之献身的只有政治"时,他实际上是把政治作为历史前进的最终动因提出来了。而这种观点未必是符合马克思主义的。

恩格斯认力:"如果要去探究那些隐藏在——自觉地或不自觉地,而且往往是不自觉地——历史人物的动机背后并且构成历史的真正的最后动力的动力,那么应当注意的,与其说是个别人物、即使是非常杰出的人物的动机,不如说是使广大群众、使整个的民族以及在每一民族中伺又使整个阶级行动起来的动机,而且也不是短暂的爆发和转瞬即逝的火光,而是持久的、引起伟大历史变迁的行动。"(《路德维希·费尔巴哈和德国古典哲学的终结》)恩格斯还指出:"国家、政治制度是从属的东西,而市民社会,经济关系的领域是决定性的因素。"由此看来,政治所引起的社会激动,归根到底,还是要到人民的经济生活中去寻找根源。反映人民生活的文学,不能把笔墨拘挛于政治之中,而要努力沉入人民海洋的深处,把表现在人民心理中的历史变动的最深的动因细微地和盘托出。

从这个基本的历史观去看问题,也许柯云路会意识到适当地调整自己的政治观和把握现实的独特方式是必要的吧!

二

实际上,《新星》的某些人物、某些生活面的描写已经说明,柯云路在创作实践中业已实现了对自己习用的把握现实的独特方式的某些调整——这种调整也许是不自觉的,却已经使柯云路的小说艺术取得了长足的进步。我在前面说《新星》使柯云路真正成了引人注目的文坛"新星",正是在这个意义上说的。

现在,我想具体地来分析《新星》中的某几位虽然是次要的、但其艺术的完整性和典型意义却绝不亚于李向南的人物,看看作家塑造他们的方法和过去他习用的方法有些什么异同。这种艺术分析是很容易胶柱鼓瑟的。但它也许可以使前面关于柯云路式的把握现实的独特方式的讨论凝集到人物塑造上,获得更深入、更具体的展开吧。

关于塑造人物在小说艺术中的重要性,近年来曾经有很多讨论。把这种重要性绝对化到要求任何一个短篇小说都要写出活生生的人物、甚至是塑造出典型人物,这当然是不合理的。但文学既然是人学,是以雕镂人的灵魂为使命的,那么,要求小说艺术塑造好人物,把活人写得更活,不要使活人呈现死相,这恐怕也是永远不会陈旧的吧。小说家的名字总是和他的作品,特别是他塑造出来的活在读者中的人物联系在一起的,这绝非偶然。如果不对《新星》中那些写得相当成功的人物做出具体评析,那么就无法准确估量《新星》在艺术上达到的成就,那就是本文的一大缺失。所以,还是让我们回到《新星》上来吧。

《新星》对现实关系的深刻理解,我觉得主要表现在对人物之间的一定的心理关系的深透的刻画上。这部小说塑造人物的主要方法有两个:一是善于在人物与人物之间构筑起一环套一环的相互关系,并揭示这种关系内含的政治色彩、利益基础、文化结构,展开社会生活的丰富层次;二是善于烛幽洞微地显现人物由于长期处于这种关系中形成的心理特征以及被这种关系的变动所牵动的心理变化。它是在人物的横向联系中而不是在人物的纵向的命运发展中来刻画人物的,它常常展开令人惊叹的人物心理横剖面,但却不善于借人物起伏跌宕、生死聚散的命运变化来激起读者的喜怒哀乐。它的人物性格鲜明而强烈,但缺乏深厚和蕴藉。

在《新星》的人物关系网络中,有三个皎然可分的统系:第一是顾荣、冯耀祖、罗德魁、潘苟世、高良杰等,这是古陵旧的政治沉积层,在这个统系的上头还有地委书记郑达理,甚至还有李向南的未露面的父亲。第二是小胡、龙金生、典古城、朱泉山、杨茂山、高局长、胡凡、小莉等,这是古陵政治的分化层。第三是李向南、康乐、庄文伊、林虹等,这是古陵政治的革新层。在这三大人物统系中,李向南和康乐除了作为独立的人物存在,还作为反照古陵一切别的人物的镜子存在——当然是会思维的镜子。他们这种观照别的人物(有时也自我观照)的镜子作用使他们自身的性格反而有些模糊了,而被他们观照的第一、第二统系的人物则凸现出来。特别是顾荣、潘苟世、高良杰、小胡、龙金生、小莉,这六个人物集中地反映了《新星》在人物塑造上的成就。其中潘苟世、高良杰二位,绘形绘神,声态并作,认识价值与审美价值俱佳,值得认真剖析、玩索。

在古陵的政治格局中,顾荣与李向南是对立的两极。这两个人物性格塑造上的得失比较是一个饶有趣味的题目。顾荣取守势,李向南取攻势;顾荣足不出户,像静静地蹲伏在古代大殿的大鼎,李向南奔走不息,像一阵阵卷起积尘的旋风;顾荣老谋深算,不动声色,李向南开诚布公,喜怒动容;顾荣身上落笔不多,笔笔都深透地揭示出他心理皱襞里的社会政治沉积物,李向南身上费墨最奢,但大多用于表现他对外部世界的观察、思考,表现他的改革之志与济世之情,对于他自身的心理状况的社会历史因素,对于他的人性的丰富内容,反而缺少饱满有力的绘状。结果是,表面上似乎静(动态)而窄(空间)的顾荣反而刻画得深,而表面上似乎动(动态)而阔(空间)的李向南反而刻画得浅。这是为什么呢?难道人物的性格不是需要在行动中、在广大的活动空间中才能有多角度的形象显现吗?

这里的秘密,我以为在于,李向南的行动,往往只是他的政治信念、识见的延续和注释,甚至是他发挥这些信念和识见的契机。就连他在恋爱中的行动,也是受他的政治信念制约和指挥的。这些行动触及了生活深处的东西,但这些行动本身却是属于生活中表层的、在现今时势和潮流中不难汲取到的东西。它较少反映李向南"这一个"个性与环境的具体的历史联系,较少反映李向南"这一个"个性的人性特征和心理特征。李向南政治行动的空间的广阔,并不能弥补他的心理、情绪勾连着的社会空间的相对狭小。因此,李向南作为一种社会政治力量的代表,作为一个善于政治思索的大脑,是在政治行动中显现了其目的,但他作为一个具有具体人性的、处于复杂社会关系中的人的灵魂,却在相对静止的状况中显得清显了。

而顾荣的情况则反是。他的静态中含孕着动,而他的看似无作为的每一个动作,都反映着他蹲伏古陵政治中心多年积淀而成的心理特征和行为惯性,牵动着古陵形形色色人物的视听,调整、改变、维系、加固着他们与形形色色人物的关系,显示着"这一个"个性与环境的深厚而恒固的联结。例如,他对高局长与孙副局长恩威并用的一席谈,他利用家宴的气氛对李向南施加的影响,他用念旧和亲信的语调无意中就完成了对康乐关系的深刻调整,他对小胡采取的挑拨和弹抑并用的手腕等等,看起来几乎谈不上是什么有力的政治行动,然而,就在这几乎无为的作为中,他已经巧妙地使李向南和整个干部系统、整个政治上的传统观念对立起来,使自己从表面上的守势转入实质上的攻势。而他性格深处的那些阴暗而陈腐的东西,也由此获得了形象显现。最精彩的是顾荣借生病造成舆论和心理优势的那些场面的描写。这确是非深谙外地小县政治情形的人不能道出的神来之笔:

　　舆论波涛中,梧桐幽绿。"贵宾院"成了古陵一个特殊的中心。各种各样的人来看望顾荣,汇报情况;顾荣从容不迫地观察着整个古陵局势,注视着李向南的行动。以静察动,格外清醒,处暗洞明,格外明晰。他得心应手地输出着一个个对形势的干预。这些干预是不露声色的、三言两语的、随手拨拉的,却恰恰是最强有力的。

不深刻了解社会政治生活的人很难理解像顾荣这样一些人的厉害。他们眯着眼,迈着方步,四平八稳,处变不惊,随遇而安,既沉稳又耐心,但是,却能在言谈笑语之中,翻手覆掌之间,轻而易举地打倒任何一个宏图大略、才识卓越的事业家。

小说中的叙述语言有时也具有精彩地勾勒性格的功能。上引的两段就是适例。在这里,柯云路对顾荣这类政界人物的了解,已经不是停止在对现实政治的落后因素(如官僚主义、以权谋私等)的空泛的认识上了,而是沉入了社会生活的底层,透过对顾荣心理特征和行为特征的描写,深广地开掘了整个中国多年政治运动留下的政治沉积层的。作家独特地从政治切入生活的艺术反映角度,获得了丰富的生活经验的支持,就在顾荣的性格塑造上奏了奇功。

如果要论人物的个性化的生动谐和的话,那么,横岭峪公社代理书记潘苟世在《新星》中可以数第一位了。这个人物在政治素质上的特征是完全生活化了的。作家对他的严峻的政治剖析是建立在对他的生活环境、思想因袭、文化构成、表情方式、思维习惯等等的精心剖析上的。作家的笔一触到这个人物,仿佛他的一直被政治思辨力掩盖着的小说家的天性第一次苏醒了似的,简直每一笔都充满了灵气和魅力,把个潘苟世的面目神情全写神了!你看这个愚昧、粗暴、滑稽、专横而又颇有点传统人情和现代人欲的潘书记,给读者进行了多少使人忍俊不禁、惊讶不置、愤怒难息、回味不绝的表演呵!你读了写潘苟世的那几章,你能忘得了他在家里雷霆大怒、唾老婆一脸的令人震惊的场面吗?你能忘得了他那"绝不把脊背对着领导的退出办公室"的"潘式"步法吗?你能忘得了他和潘三发在省农研所比赛愚昧和好奇以吸引人们注意的那场闹剧吗？你能忘得了签着大大的"潘"字的横岭峪的独特证券——电话票吗？你能不为他那勉励肖婷婷好好工作时许下的"提拔你到供销社当售货员"的诺言感到骇怒吗？……这一切是那样的生活化，又是那样的独特。独特的、经过选炼的生活细节是人物具象化的最重要的因素。在"这一个"潘苟世的个性中，这样的因素是多么丰富呵！

然而，如果仅仅有这一切，那还不是完整的潘苟世。作家不仅仅把这个人物作为一个具有喜剧色彩的活宝来嘲笑鞭挞，他的深意是把这个人物当作一种具有悲剧性的社会现象——社会政治现象、社会伦理现象、社会文化现象、社会心理现象——来开掘。因此他就把笔进一步探入人物的灵魂深处，把他最隐秘的感情、欲望都剔抉出来。在潘苟世身上，得意于三个儿子的传统的儿孙满堂思想是和真实粗陋的父爱胶结在一起的；爱惜孝子名声的古老而虚荣的传统心理是和一想起父母用鸡蛋换钱供自己上学就"鼻子发酸"的人情味掺合在一起的；一直以自己家的摆设简陋为荣的狭隘畸形心理中也潜生出做一套新家具改善物质生活的"投降"欲望；厌恶女人打扮、主张"俏也不争春"的落后愚昧的成见正悄悄被希望自己的女人也打扮打扮的隐秘念头冲破；对大老张的蛮横粗野中，也有着怕把肺结核传染给他的良心流露；对妻子大发雷霆、唾她一面之后，也有把毛巾塞过去的愧疚意识显现；对一切知识、才能、文化的忌恨中，含着一种连他自己也不承认的自卑；闭塞、狭隘、纯经验主义的直觉中，也存在着朦胧的对自己这一拨人"在全国都要受排挤"的命运猜测……总之，这个性格可供发掘的东西很多，是属于文学上那种凝聚了大量的社会历史内容的具有一定典型意义的人物。农村基层干部画廊里多了这么一位潘书记，可以说是柯云路的一个贡献。

和潘苟世一样与极"左"政治命运相连、整人整得很凶的凤凰岭大队支部书记、前学大寨红旗高良杰，是柯云路发现和创造的另一种农村基层干部类型。就个性化的程度而言,高良杰不及潘苟世那样活动生姿,但就性格的思想深度而言,高良杰却比潘苟世更加令人震惊!如果说作家写潘苟世,多少有一些漫画家的笔意的话,那么他写高良杰,却用的是愈来愈严峻的、无情的追求真实的现实主义手法。

高良杰是闷大爷从雪地里救活的孤儿。他参军后复员,带领乡亲们学大寨。他有献身精神,不仅拿出了自己的复员费,而且在救锁子时差点献出了生命,丢了一条胳膊;他也有领导才能,为人沉稳谨严,善于团结人,给人以主见。他善于建立和使用自己的权威,善于了解和控制群众的情绪。无论从哪方面看,他都是无懈可击的,属于所谓苦大仇深、根正苗红的那一类人。他确是凭苦干,而不是凭投机成为人们心目中的一面旗帜的。在一幕历史的闹剧中,他始终以峻烈的道德感,演着一个严肃的正剧中的英雄角色。

而且他是我国农村社会变革所激起一股失意和不满的政治情绪的代表。他有相当多的同情者,当李向南准备撤他的职时,他领导的那"一班人"纷纷为他抱不平,即是证明。

带着这种心理情绪和具有这种道德品质的人物,在描写当前农村社会变动的小说中,并不是没有出现过。比如说,我们在东北和胶东半岛的几位青年作家的笔下,就多次遇见过这样的人物。例如矫健笔下的老霜(《老霜的苦闷》)、二爷、牛旺(《河魂》),金河笔下的巩大明(《不仅仅是留恋》),王润滋笔下的老木匠(《鲁班的子孙》)等等。作家们怀着一种悲悯的情绪,描写了他们在社会转换期的那种具有历史性质的苦闷心理,为他们的悲剧命运寄慨遥深,感喟无穷。这当然也是一种有深意存焉的笔墨。也许,他们笔下的这些人物形象,是未来社会的人们研究我们这个改革时代中国农民心理变迁史的不可或缺的艺术材料吧。诚如鲁迅所说的:"生活状态,当随时代而变更,后来的作者,也许不及看见,随时记载下来,至少也可以作这一时代的记录。所以对于现在以及将来,还

是都有意义的。"(《关于小说题材的通信》)

但是,柯云路之写高良杰,笔意和情调却与上述诸家不同。上述诸家的笔调中浸淫着或浓或淡的怀旧与同情,他们着重的是这些具有良好道德品质的人物与旧的生活告别时的痛苦和艰难,笔下总有一种挽歌的情绪。而柯云路写高良杰,笔调中注入了浓烈的冷峻的批判意识,他着重的是揭示与极"左"的旧政治、旧生活决绝的必要性,他唱的是无情的、激烈的战斗曲。——借着对高良杰的无情解剖,他把极"左"政治的丧尽人性的血淋淋的一面裸露给我们看!

有哪一个有良知的读者,不被《新星》中描写老羊倌的儿子庆明血溅高良杰的一幕所震动!

曾经在清队中受过高良杰立案清查的老羊倌,一直以为出面给他解除了隔离的高良杰是他的救命恩人。当他那个平时一直对高良杰恭顺尊敬的儿子庆明压抑不住的愤怒爆发出来的时候,出于对高良杰威凌的恐惧,老人用木棍把儿子打得满头是血。这时:

庆明慢慢转过满是鲜血的脸,充满仇恨地盯着高良杰,从牙齿缝里慢慢往外说道:"你可够阴的!"

那阴冷的声音在高良杰背上掠过一丝寒噤⋯⋯

庆明排开拦阻的胳膊,慢慢而坚决地走到高良杰面前站住,用手抹了一把脸上的血,阴沉地看了看高良杰,然后朝他脸上一甩:"见见血吧!"

高良杰脸上、额上一下被甩溅满了血点、血线。

整个人群都因触目惊心而凝在那儿了!

如果说文字可以惊心动魄,那么这一段文字所含蕴、所辐射的力量对读者的冲击就达到了这种程度。这是有撼动力的文字!它可以说是使新时期文学对极"左"政治的形象化的批判达到一个新的深度的一段最严峻的文字!在道德上无懈可击表现得一心为公的高良杰,他搞的政治实质上是溅满了人民鲜血的最脏污的政治!高良杰的那种"尽可能地把其他一切人的全部弱点都看在眼里，抓在手里"的积习，他那种打击被他捕获的人的既从容又冷酷的心情，使我们想起《悲惨世界》中的沙威，想起德国法西斯集团中的某些人物……当然他不等于他们，可是在整人的无情上，在被一种政治优越感吞噬掉自己的人性方面，他确实又酷肖他们。极"左"政治可能导致的吃人本质、嗜血本质、法西斯本质，在高良杰身上，被柯云路敏锐地发现并抓住了！这就是一个作家具有政治洞察力在人物塑造上带来的优长之处。

在高良杰被群众最终抛弃非常有戏剧性的扣人心弦的一幕里，柯云路向读者表明，当他的政治识见和对生活的真切观察相结合时，他是能够发现并写出生活的全部复杂性和曲折性的。在凤凰岭上，高良杰执行李向南的正确指示，去做一件就工作内容而言完全是正当的工作：说服并阻止自己领导的、现今却处于无政府状态的农民乱砍滥伐山林的鲁莽灭裂行为。但这正当的工作内容，以高良杰那样的人、那样的工作方式来实施，却遇到了农民群众的坚决抵制！这里有维护眼前私人利益的经济因素在起作用，但更重要的是，农民，即使是高良杰对他有救命之恩的、过去对他百依百从的锁子，再也不能忍受高良杰式的极"左"政治的荼毒了！这是使高良杰的内容正确的工作惨败的最重要的政治因素！锁子的怒吼是对高良杰的最终审判，这审判是无情的："你管了这么多年，管得我们越来越苦，还没管够？……你的一元化我们受够了！"

极"左"政治一度使得我国广大农民连简单再生产也维持不下去，它的最终垮台是有其被客观经济进程决定的必然性的。高良杰作为一个悲剧性的人物，他之最终被人民抛弃，正是这种经济必然性决定的。在高良杰身上，柯云路透过他的政治命运与农民情绪变化的内在联系，显示了历史和现实生活中深处的东西。这就不是仅从政治的角度去剖析人物所能济事的了。——虽然政治方面的眼力确实使柯云路在这个人物身上看到了某些别人看不到的东西。

这种被柯云路把握现实的独特方式所决定的人物塑造上的长短得失消长变化的辩证法,在小胡、龙金生、小莉这三个古陵政治分化层中的代表人物身上也体现出来了。小胡与小莉在知识文化素质上是倾向于未来的,是生活发展中的肯定性的因素。但他们在古陵的政治较量中却受着与顾荣的历史联系或亲缘关系的牵制,受着自身的某些思想弱点(如心胸狭小,表现在小胡对康乐、小莉对林虹的嫉妒)的负累,一度倾向于过去,几乎成为生活发展中的破坏性的因素。随着生活的发展,小胡终于觉醒,小莉也正在觉醒。他们对李向南改革事业态度的变化,深刻地反映了改革事业本身广阔的政治基础。

　　就人物塑造而言,这两个人物的长处是富有政治锋芒和政治色彩,短处也恰恰正是被写得太政治化了。小胡那种在实际生活面前的明白的判断力和丰富的想象力,是怎样和他在政治上的小器、偏激统一在一起的,这一点写得不清晰不饱满。小莉是柯云路笔下唯一一个有个性、有活气的女性(林虹虽然用了不少篇幅,但新意不多。她思想上活脱是另一个白莎,政治实践上又是半个杨茸茸。像这样非常政治化、很少凝视自己内心的女性,确是高干子弟中的一种类型。她在爱情上的热烈、勇敢、坦诚和断然排他的态度,也是使人觉得很有兴味的。在这方面,她被写得非常个性化,倩影一现,满纸活气。李向南被她吸引,在潜意识中默认着与她的相互关系中的"特殊内容",并不是偶然的。以她对新事物、新趋势、新思潮的敏感而论,李向南说她"一点儿也不坏",是可以理解的。但这个人物与林虹的特殊关系,始终被竹帘遮掩着。所以她与林虹严峻的对峙和激烈的碰撞,就有些突兀生硬。这里大概有很多私生活的内容可以展开,但柯云路是不太愿意在非政治的生活领域里花费笔墨的,所以小莉的那一股狠巴巴的劲儿就有些难以理喻了。

　　与小胡、小莉相反,龙金生在知识文化素质上是滞留于过去的。这个人物落墨不多,但给人印象很深。他生活贫困,自律极严,他责骂乡下来的媳妇的情景,着实令人感动。但作家对这个人物,仍然没有投以太多的伤感情绪。他严峻地写出了这个正直忠厚的农村干部那种经验主义的顽强性,写出了这种文化素质上落后的人物追随改革事业的艰难。这就扩展了人物的普遍意义,写出了生活本身的复杂性。

柯云路是一个有思想、有后劲的青年作家。《新星》是他创作道路发生重大转折的里程碑。在《新星》中,不仅透露了他的思想才能和艺术功力,也显示了他的创作思想正在进行重大的自我调整。鉴于这种情况,本文用比较严峻的笔调,讨论了他那种掌握现实的独特方式的长处和短处,我想是必要的。我相信柯云路这样的具有自审力的作家,需要的是坦率的评论,而不是廉价的赞美。坦率的评论不见得全都准确、公允,但它在暴露自身的片面性的同时,却也能使有关评论对象的思想倾向与艺术价值的判断以一种明确的理论形式表达出来,有助于引发进一步的讨论。自由的评论必然是坦率的,而坦率的评论才能使评论自由真正实现。基于这种信念,我才敢于在这篇冗论的末尾对我的新结识的文字之交柯云路说:

"我可以担保这里说的一切都是率真的,但我不能担保它们正确和有益。因此,我真诚地期待着你反批评的坦率。

"听说你还有一部长篇新作最近问世,我还未及见到。但我为你高兴。对于一切辛勤的文学耕耘者,读者只能表示敬意。也许,你的长篇新作已经用新的艺术形象纠正了我的某些妄断。要是那样,我会自悔孟浪,但也会由衷地为艺术的胜利高兴。

"热烈地握你的手!"

1985年2月10日完稿

选自《批评家》1985年创刊号

评长篇小说《新星》的结构艺术

蒋守谦

　　柯云路的《新星》在 1984 年《当代》(增刊)第 3 期发表后,评论界许多同志认为它在反映改革生活方面有突破,是近年来长篇小说创作的一个新收获。此论信然。可以从各种角度来评价《新星》。这里我想谈谈它的艺术结构问题。结构不等于作品的一个故事框架,它表明作者对生活的审美把握,是作品内容和形式最终达到统一完整的契机。长篇小说容量大,人物众多,情节繁复,讲究结构艺术,尤为重要。《新星》的结构并没有达到浑然天成、无隙可击的程度,但是有特色。它的思想和艺术上的成就和不足,从它的结构上,也可以看到一二。

　　作者从什么角度切近生活,同作品的艺术结构的关系颇大。《新星》是作者从政治角度反映生活、刻画人物、提炼主题的小说。柯云路从其处女作《三千万》到后来创作的中篇《耿耿难眠》《历史将证明》等,一直保持着这样一种创作特色。过去把政治角度当成观察生活的唯一角度,造成了创作上的单调划一,这不好。但是如果认为作家不该从政治角度观察、反映生活,认为政治只能让政治家去关心,文学反映生活的最佳角度只能是人的命运、道德、心灵等问题,其他都不可取,这也是理论上的一种偏执。政治在生活中的地位和作用不言而喻。如果文学要真实地全面地反映当代生活，那么对于置身于改革潮流中的政治家的工作、生活和精神面貌等等，就无法回避。而要反映这方面的生活，从政治角度切近，将会洞若观火。《新星》的创作实践再一次证实了这一点。因此，它的结构首先也就带上了这种从政治角度处理素材的明显特点。

作品写了几十个人物，事件、场面众多，我们读起来之所以感到它气势磅礴、兴味盎然，原因之一，就在于贯穿于作品始终、渗透到它各个组成部分的，是一条这样的思想主线，即作品主人公李向南为推动改革，同一切抗拒十一届三中全会路线的社会势力进行顽强斗争时所表现出来的那种年轻改革家的政治气质与政治观念。用县科委主任庄伊文的话说，他"坦率、负责、干练，看问题一针见血，做工作果断明确"——这是"最好的现代的干部修养"。正是因为如此，他就同那个思想僵化、以权谋私，集"左倾"顽症、家长制作风、官僚主义于一身而又阴险歹毒的县长顾荣，发生了尖锐的矛盾。李向南初到古陵，顾荣曾以长辈身份，用半是期待半是警告的口吻"教诲"他说，"古陵县总的形势是很好的"，要他经过半年时间"调查研究"再说话，宁可少做事，不要说错话。这种"形势"观和"调查研究"的实质，用顾荣自己的话说，就是为了树"威信""站稳脚"。他在古陵经过三十来年"调查研究"，经营了一张上下勾连、沆瀣一气的"关系网"，"威信"很高，脚跟很"掺"，因而也就觉得"形势""很好"，要不遗余力地来保持它。这是一种"形势观"。可是李向南却着眼于找差距。他敏锐地发现，"论综合条件"，古陵在全国两千多个县中居前三百名，而按人均经济收入却排在第一千位左右。他认为这个"现状"必须迅速改变。这是一种胸怀天下，面向未来，矢志改革，要建设高度发达的社会主义物质文明和精神文明的新型政治家的形势观。他也没有按顾荣的"教诲"花半年时间去"调查研究"，而是"一边调查一边工作，一边工作一边调查"，看准了就放开手干，干出高效率来。

根据这条内在思想主线,作者写李向南所采取的一系列改革措施,既表现他做什么,又表现他怎么做;同时又努力表现造成他那崭新的政治观念和精神气质的生活依据。比方说,李向南一趟乡下之行,接连撤了两个公社书记、一个大队书记的职务,雷厉风行,势如破竹,令顾荣等人触目惊心。被撤职的三个书记,潘苟世愚昧顽劣、草菅人命,是麇集在顾荣"关系网"上的一个政治恶奴,不果决地除掉他,不足以平民愤;杨茂山和高良杰,个人品质无可指责,仅在思想僵化、左而固执方面同顾荣"心有灵犀一点通"。这两个当年"学大寨"的"带头人",实行生产责任制后,原先赖以发号施令的旧的经济体制崩溃了,思想未变,权威失灵。因此,在铁路塌方和大规模毁林盗林事件发生,急需他们出来解决问题履行书记职责时,却不愿负责也不能胜任。变化了的时代早就在呼唤着新的权威。李向南对杨、高二人的革命经历、工作能力、历史功劳是由衷敬佩的,但严峻的现实不容他把抉择仅围限于此,而必须果断地起用新人。如果他优柔寡断,把历史道德化,那就不仅失去了他个人本来具有的性格特色,而且首先失去了一个政治改革者。所以,从政治角度提炼生活素材,就使读者看到了李向南作为一颗政治"新星"在古陵土地上升起,乃是不以任何人主观意志为转移的历史必然!

一般说来,时间和空间跨度较大,人物性格有发展,是长篇小说的一个基本特点。李向南活动空间不算小,从县机关到生产队,从上层领导到基层干部群众,从回顾历史到展望未来,其足迹和心灵历程,可谓把古陵县的社会全景带到了读者眼前,作品的生活容量是可观的。但从时间跨度上来看,作者却仅写了李向南上任一个多月的活动。李向南前此种种经历和家庭、社会关系,却被作者分散在现行结构的一些场面、对话中交代,且极简略。这就造成了作品的情节进展快、节奏紧张、描写密度大的特点。这大概是全书虽长达四十余万字,但却很有吸引力,非一口气读完不可的原因之一吧!

不过,由于时间跨度小,加之作者注意把揭示李向南崭新的政治气质和"修养",作为贯穿全篇的一条内在思想主线,因而也就放松了对人物性格发展变化的描写。李向南一露面,特别是召开了"提意见提建议"大会以后,性格即已成型。此后情节的推进不过使他那已经成型的性格内涵变得更加丰富而已,没有质的变化。这种集中凸现人物性格最主要、最突出特点的写法,本来多用于中、短篇,现在作者把它用到长篇创作中来,而又能保持这个长篇较大的生活容量,不管是个有益的探索,这样写的好处是作品的结构比较凝重、含蓄。所以,当县委常委扩大会召开,李向南受到来自上下左右的强大压力,改革面临挫折的危险,会上发生激烈争论,他内心失去平衡,激起波澜,性格有可能发生变化的时候,作品已临近尾声。作者要凸现这个政治"新星"的崭新的思想和性格特色的任务,也随之完成了。到这里,作者只是借李向南和县委办公室主任康乐谈心时说的一句话——"愈挫愈坚",来暗示斗争将要继续下去,古陵县的历史进程不会逆转。读者也就此而获得了一个联想、补充、再创造的广阔余地。

　　这个写法当然也带来了一些问题。这主要表现在李向南下乡之后人物关系的安排上。李下乡巡视过程,属于全书的中腹地位,所占篇幅甚大。有一些重要人物,例如与李向南构成复杂感情纠葛的林虹和小莉,始终同李向南处于尖锐矛盾冲突之中的顾荣,在李下乡后实际上被搁置在一边了。这就容易在读者的心理上造成一些不该出现的空白。为了补救这一点,作者在倾力展示李向南下乡活动的进程时,不得不做几次停顿,中途插进一些关于这三个人此间行为和心理描写的章节,但比较勉强、突兀,斧凿痕迹很重,打乱了原先的节奏,在结构上表现为游离性的笔墨。就是说,从内容上看,林虹、小莉、顾荣在李向南下乡期间的活动和心理状态是作品所不可缺少的构成部分,但是由于作者采用了以李向南一人活动为全篇主线的结构方式,未能在重要的关键性的环节上把所有重要人物真正都卷到矛盾冲突当中去,这就使作品在内容和形式上出现了某种程度欠完整、统一的缺陷。作者在一次座谈会上说,他在作品里安排林虹、小莉以及郑达理、朱泉山、闷大爷、小胡等次要人物,目的在于展示改革时期生活在各种地位、各种层次上的人们的精神面貌,以展示改革生活的复杂性。这个意图当然很好,问题是怎样才能把这些人物都浑然天成地摆到作品里去,构成一幅真实的、完整的、独特的生活图画,《新星》似乎还没能做到这一点。这就有待于作者在今后的艺术实践中从结构方面去做进一步探索了。

1984年11月于北京

选自《文艺评论》1985年第5期

改革文学中的改革想象

——重读柯云路短篇小说《三千万》

王晓瑜

  《三千万》发表于1980年,正值改革大幕初启之时,其中的改革叙述对于未然的改革是种改革想象。而小说发表之后以及差不多同一时期的改革文学在社会上所引发的轰动,隐含着这样的语义:这种改革想象不仅仅属于作者个人,它是一种群体的想象。许多年以后,随着改革实践的不断延续,当"改革"的语义越来越明朗之后,同时,当我们越来越远离那段时空,越来越依靠柯云路们当年的改革叙述及他们如何叙述改革对这段历史展开回望式的想象时,我们在失去真切感知历史的可能的同时,也获得了某种优势:我们可以在当年的改革想象与三十余年的改革实践的互证中展开思考。我对《三千万》的理解正是从这一角度展开的。

  隐含于《三千万》中的改革想象中的改革,是种回归式的改革。在小说叙述的改革故事中,改革者丁猛是"文革"中受过迫害在新时期复出的老干部,对于在其间"曾经留下许多美传"的丁猛而言,"文革"前十七年无疑是他人生与事业的辉煌时期,因而也自然成为丁猛此后人生与事业的参照系,恢复十七年时期辉煌,很大程度上是丁猛改革的动力与目标。在小说中,多处有对十七年的理想化的叙述:"那时",张安邦"二十多岁,年轻正直,有工作魄力",钱维从是个有"锐气"、有"棱角"的工程师,白莎"那时年轻活泼,眼睛闪射着向往未来的亮光,嘴角溢出热爱生活的喜悦"。"年轻正直""有工作魄力"的张安邦本来就是丁猛记忆中的张安邦,丁猛之所以重新发现钱维从是因为对钱十几年前的记忆,尽管丁猛接触到的白莎,"对一切满不在乎,在她眼里,任何事情上的认真都是没有必要的",但与其素昧平生的丁猛仍坚信她的"过去不是这样",所有这些都指向"文革"之前的十七年。如此"美好"的十七年其实也只是丁猛回望十七年时对其的一种想象(即使是某段历史的亲历者,当时过境迁之后,其对历史的记忆总会对真实的历史做这样那样的修改,追忆是无法回到真实的历史的,因之我把丁猛对其亲历历史的记忆称为想象),"理想化"的十七年是丁猛的理想。尽管在小说中,几乎没有丁猛的改革将走向何方的叙述,但是说丁猛的改革目标指向"文革"前的十七年,我觉得不是没有道理的。

丁猛的改革内容是围绕是否严格按照工程预算的规则展开的。改革的对立面张安邦试图通过各种规则之外的手段突破规则的限制。比如,以调动为诱饵拉拢钱维从后又以此对钱施压;利用自己在工厂内的影响力与社会上的关系网,"围剿"丁猛;试图利用私人的情谊打动丁猛。所有这一切都对丁猛所奋力维护的规则其实也是规则背后的秩序构成一种冲击。而作为改革者的丁猛,对于如何改革,细读小说,却看不出其有什么新的设计。在这篇小说中,改革者与反改革者的矛盾在于需要不需要恢复以预算规则为表征的其实质是被"文革"打乱的十七年的秩序。对于"文革"的获益者张安邦而言,维护以无秩序为特征的"文革"秩序是其用力所在,正是在这样的一种可以无视规则的秩序中,张安邦走向其人生的巅峰,而只要这样一种秩序得以延续,张安邦们将继续获益。具体到小说中,张安邦所做的一切归结到一点即是使丁猛极力恢复的规则及规则的权威性悬空。而丁猛则在近乎偏执地努力恢复被"文革"打破的十七年的秩序以及恢复这一秩序的权威性,这种偏执甚至使他即使已认识到"现在,完全定额搞预算、搞基建,不是很容易",却没想过对这不合时宜的规则做些改革。在一部被视为改革文学力作的小说中,如何改革及改革的预定方向的设计意外缺席,我从其中读出的是:丁猛式的改革是种平衡——失衡——回复平衡的回归式的改革,而非平衡——失衡——重建平衡的面向未来式的改革。

在与丁猛的较量中,张安邦是通过利益的诱惑来集结自己的力量的,他用假预算所获取的经济利益的分割来结构自己在社会上的关系网,获取下属及职工的支持,以实际利益为诱饵与丁猛展开对钱维从的争夺。相较于张安邦的多方出击、攻守自如,丁猛的手段却有些捉襟见肘,能利用的资源非常有限。丁猛对于流行的"经济规律"——丁猛把它理解为"发钱"——很不屑,其集结改革力量所依据的是人的良心、职业道德、党性等这样一些充满理想色彩的信念。丁猛试图用一种"现在被一些人轻视了"的"老传统",这应该也是丁猛在"文革"前十七年中主要依靠的工作手段。在丁猛的记忆中,"老传统"便是威力强大甚至于是攻无不克的政治思想工作,他以此集结力量与张安邦展开较量。二人的对抗是以政治思想工作方式推进改革与以人的现实利益调配为手段反改革的对抗,是通过发掘人性的美好因素和通过释放利用人的私欲达到目标的对抗。从表面上看起来,丁猛的方式似乎威力犹在,他正是以此把钱维从、白莎、谭处长聚集在自己的旗下,也重新唤起了自己的老友,已开始向现状妥协的建工局长马斌的斗志。但细读文本,就会发现缺乏利益支撑的改革其有效性十分可疑:对于钱维从能否调回北京,丁猛的作用显然要大过张安邦,钱维从选择丁猛显然不能排除利益的考量。同样,谭处长的最初动摇,也是来自于聂润德的满含利益博弈味道的话——轻工局几年内有一大批新工程,"他(丁猛)说以后轻工局的工程一个也不交给九处"。尽管,丁猛马上声明:"老聂的话是诈唬你",但对官场话语稍有了解的人就会懂得,以丁猛的位置,他是不适宜同谭处长讲如此裸露的话的——这话只能由聂润德们在私下以不经意的方式代为言说——但不如此讲并不意味着肯定不如此做。因此,谭处长的屈服与其说是被丁猛的"党性论"折服,不如说是因谭处长把丁与聂不同的话语理解为红脸白脸的唱和更为合理。即使是白莎"父亲沉冤的昭雪",也说明一种反"文革"秩序的建立是其利益所在。由是看来,无论是在"现状"中如鱼得水的张安邦,还是理想主义改革者丁猛,其较量的成败,其实都来自于利益的碰撞。

当改革在风风雨雨中走过三十余年之后,我们回望这三十余年的改革实践,很容易发现,《三千万》中展示出来的改革想象与此后多年的改革实践有着诸多的背离。中国的改革显然不是对某一历史阶段的回归,三十余年的改革其实是把中华民族引入一个前所未历的生存空间,与"文革"前的十七年千差万别。柯云路指向过去的改革想象,颇耐人寻味。中国历史上的许多次改革都曾是这个样子:中国的改革者往往把改革目标叙述为被虚化被理想化的某一历史阶段的复归,在复古的旗号下层开改革是中国多次改革的共同特征。改革文学在1980年代所引起的轰动,表明了改革文学中的改革想象在中国人内心引起的共鸣,在这种意义上,柯云路的改革叙述完全可以被看作是一种群体的改革想象。如此看来,这样一种在不同时代的改革中不断复现的特征是否即是中国普通民众对革新接受的心理限度的一种外在表征呢?耐人寻味的是,在20世纪80年代的政治话语中,与"改革开放"并存的另外一个关键词恰恰是回归意味极强的"拨乱反正"。在这场被其设计者叙述为"摸着石头过河"的改革中,或许当时中国的领导者对其开启的改革的设计并非如何完整也是事实,但改革的目标被模糊化或对其作以与实际路向并不一致的叙述,却也未尝不是务实的改革者立足于中国民众的这样一种思想意识的现状而采取的推进改革的策略。而对于普通民众而言,这样一种缺乏直面未来勇气的群体的性格缺陷,事实上限制了对自己很难置身事外的改革的知情权。因而,在这场改革目标随改革推进逐步展现的改革大潮中,普通民众只能充当主体性极度受限的参与者。

中国最近的这场改革发端于1978年安徽小岗村的改革。回望小岗村的改革,我觉得有两点需要注意:第一,这场改革不是通过对当时体制与规则的调整而实现的,而是通过对体制与规则的某种程度的悬空来推进,也即是通过农民间签协议保守秘密的方式,一定程度上终止了体制与规则在这一局部空间的施行,从而也避免了与体制的直接对抗;第二,这一改革的内驱力来自于其对参与者个人利益的满足。多年以来,尽管各个领域、各个层次的改革各有特点,然而这样一种立足于利益满足的,通过对不适时体制与规则的悬空,而非直接对抗的改革品性却得以延续。我把小说与改革实践两相对照之后,意外地发现,三十余年的改革实践与丁猛式的改革有着相当大的背离,它更像张安邦式的"改革"。对于"先生产后生活、高积累低消费"的观念指导下制定的不能激发人们生产积极性的已经不适时的预算规则,张安邦采用的正是这样一种不直接挑战体制,用假预算悬空规则的方式来改变"现状"的。而与"三千万"相关的各色人等对张的默许与支持正是源于他们与张之间存在着一种保守秘密的协议,而这样一种不需正式签订的协议之所以能形成事实,最根本的问题就是"三千万"对于各方利益不同程度的满足。

然而,当我们把《三千万》以及其产生的时空看作一个大文本重新审视时,我觉得有这样一个问题需要注意:现实中张安邦的改革完全有可能在文学中被叙述为丁猛式的理想化改革。在这样的叙述中,真实的改革中作为改革内驱力的利益调整被有意无意地遮蔽了,同样,改革中应该关注的规则建构的问题也被忽视,而这样的叙述极有可能正是改革初启之时普通民众对于改革的群体想象。然而,追求自己利益的最大化,其实是正常人性的表现。与普通民众受利益驱使参与改革一样,作为改革领头人的丁猛们在改革中的利益预期同样不容回避。这样一种本性，如果疏导得当，是可以成为人类文明向前推进的内驱力的，而对其不加监管，任其泛滥，却也有着巨大的破坏力。业务能力、组织协调能力与公关能力都极强的张安邦，如果有适时的且有足够权威性的规则对其私欲进行规范，把其个人利益限制在合法合理的范围，应该说有成为出类拔萃的改革领导者的素质。可是，如果张安邦在群体想象中被叙述为丁猛，驱动改革的利益本质被遮蔽，出于对改革者被理想化人品与个人道德的过度信任，对其私欲的监管就会由他律转向自律——这对于现实中的丁猛、张安邦们显然是种过高的要求。也正是基于这样一种对改革英雄的过度信任，改革中规则的建立与规则权威性的建构被集体性忽视。在小说中，作为对手的丁猛与张安邦，在这一点上奇怪地趋于一致：尽管丁猛与张安邦都知道"先生产后生活、高积累低消费"的观念指导下制定的预算规则已经不适时，却都没有把修改规则作为突破困境的选项——规则建构与规则的权威性的建构在改革中的重要性被忽视是隐含于其中的集体无意识。基于以上这些，我觉得，当改革已经不是纯然的想象，而改革的事实已经不断走进我们记忆的今天，隐含于改革文学文本中的这样一种集体无意识对已然的改革实践与未然的改革走向的影响，是很值得思考的，而且我们也具备了思考的条件。

选自《名作欣赏》2011年第4期

李锐论

何镇邦

在近几年崛起的"晋军"这支文学劲旅中，李锐属于比较年轻的一位，但人们并不否认他是"晋军"的主力之一。

李锐已有十余年的写作生涯，但由于创作态度严谨，奉献却是羞涩的。已经结集出版的小说集《丢失的长命锁》（北岳文艺出版社1985年12月初版）收入他1983年以前发表的十六篇短篇小说和一部中篇小说，共计十六万余字；此后，我们陆续读到他发表的有四部中篇小说：《凤女》（见《长江》1983年第4期）、《红房子》（见《当代》1985年第2期）、《古墙》（见《当代》1985年第6期）、《运河风》（见《当代》1987年第2期）；此外还有短篇小说《晨雾——野岭三章》（见《山西文学》1985年第11期）和《厚土》七篇（分别发表于《人民文学》《山西文学》《上海文学》1986年第11期）。累计起来，他十余年来发表的作品不过四十余万字，这同那些以创作数量之丰而自慰自娱的作家比起来，实在是一个微不足道的数字。

李锐以其在文学道路上孜孜不倦地进行艺术探求的精神和其不断取得的艺术成果，成了"晋军"的主力之一，并且同不少山西的中、青年作家一样，打出了"娘子关"，走向全国，成为一位受到人们瞩目的青年作家。收在《丢失的长命锁》集中的一些作品，无论是农村题材的，还是写他的身世和知青生活的,都表明他的文学起点是相当高的。中篇小说《红房子》的发表,引起人们的注意:原来"晋军"中还有一个李锐!《红房子》是同其他三位山西作家的作品一起被《当代》推出的,正是在那一期的刊物上,打出了"晋军崛起"的旗号。大概由于资历和名气的关系,《红房子》被排在这组作品的最后,但是就作品的水平和价值而论,同其他三部作品比起来是毫不逊色的,甚至可以说有其更突出的特色和诱人的魅力。为此,我还曾向《当代》的编辑表示过我的不平之意。打读了《红房子》之后,我开始注意李锐的作品了。在这之后,又有《古墙》和《晨雾——野岭三章》的问世,尤其是去年初冬时节,《厚土》七篇以集束手榴弹式的系列作品推出,李锐的创作出现了一个小高潮,也在全国的文坛上引起了一阵小小的轰动。于是似乎有必要对李锐十数年来的创作,尤其是近年的创作做个小结了。

一

一个作家的生活经历往往决定他取材的范围,也往往影响他的艺术气质的形成,而这两方面又往往对他的作品的艺术风貌发生不可忽视的影响。古今中外的文学史上可以举出不少适当的例子。当代作家中,陆文夫之醉心于耕耘苏州风味的"小巷文学",张贤亮、从维熙之热衷于"大墙文学",刘绍棠不遗余力地提倡"乡土文学"和耕耘那块属于他的"运河文学",邓友梅近年来在京味市井小说中取得的突出成绩,汪曾祺近年来在创作"高邮系列"乡土小说中做出的贡献,……等等,都说明作家们的题材选择和艺术风格的形成均受到他生活经历的制约;当然,也受到他的文化素养的影响,这是不待言的。李锐的不太长的创作经历也表明,他的创作同样受到他的生活经历的制约。

李锐只有三十八岁。他和他的同代人大致走过了求学、上山下乡接受"再教育"以及进厂当工人等相同的生活道路,但他的生活道路又有自己的特点,他在不长的生活经历中有其独特的体验和认识。老作家胡正在为他的小说集《丢失的长命锁》所写的《序》中对他的生活经历和走上文学道路的起步做了简括而准确的概述,兹转录于下:

> 他曾在美丽的首都,在温暖的家庭中,度过了他的美妙的童年和快活的少年时光。初中毕业后正要升高中时,生活的风暴把他抛到了吕梁山区的蒲县底河村。那是一九六九年一月,他还不满十九岁。随后,不幸的命运又接踵而至,他的为革命而奋斗多年的父母,先后在人为的冤案中被迫害致死。天真的年轻人变得深沉了。不幸的命运和遭遇,使他迅猛地过早地成熟起来。他在那贫困落后的小山村里,在与那些朴实厚道的农民相处中,了解到他们中也有许多不幸的人。生活的经历和磨炼,苦苦的思索和观察,使他感到不幸不仅是他一个人的,那是时代的悲剧。同时,他又为山区人民同不幸命运斗争的坚韧精神所感染。于是他把个人的命运和山区人民同样不幸的命运联系起来,他没有过多地倾诉他们自身的痛苦和对于命运的悲叹,而是把同情和希望寄托于山村人民,寄托于他们和不幸命运的斗争。这便是李锐从一个插队青年走上文学道路迈出的坚实的步子。

需要补充的是,李锐童年和少年时代度过的,是在美丽首都东郊运河边上的一个农场里,即他永远难以忘却的"红房子"里。那半城半乡的生活,尤其上初中时是在一所农民子弟与农工子弟参半的学校里,这就为李锐后来到吕梁山区插队观察与了解农民打下了基础。他童年少年时代的家庭生活不仅是温暖的,而且他那从知识分子而成为高级干部的父母又给了他相当丰富的文化知识和善良正直的品格,这对他后来的创作也产生了相当重要的影响。他的父母的含冤屈死固然给他沉重的打击,而后来当他由插队知青而成为工人和父母平反昭雪后的遭际又使他深刻地认识生活,我们从他早期写出的《人之常情》和《书》等短篇小说中可以看到世态之炎凉,也可以看到他的另一段生活遭遇。正因为这样的生活遭遇和较丰厚的文化基础,李锐走上了文学道路,他同吕梁山贫瘠而具有丰厚文化积淀的黄土产生了密不可分的联系。应该指出,他同吕梁山农民的联系,不仅体现在不幸的遭遇上,也体现在相通的心灵上。

于是,李锐在创作上就占有了两个题材区,也就是说,有了两个生活的支撑点:一是作为知识分子和高干家庭的生活,这主要体现在对童年和少年时代生活的反思上,也体现在对知青生活遭遇的观照和表现上;另一方面即是对吕梁山区农村生活的不断观照和表现,贫瘠的吕梁山成了李锐创作中采掘不尽的富矿,从最早的一些农村题材的短篇,如《月上东山》《小小》《丢失的长命锁》等到《厚土》七篇,他对这一矿带的开掘越来越深,开掘出来的自然越来越闪光。这两个题材区看似并不相干,实际上是相互联系的。这联系的纽带自然是李锐这个创作的主体。由于他从比较现代化的首都来到偏僻落后的吕梁山区,生活有了大的反差,他自然对那里的生活看得更清楚,感受也更强烈;又由于他有着不幸的生活遭遇,他又能更深刻地理解吕梁山区农民的命运;反过来,他在吕梁山区的那段生活体验,又促使他对童年少年时代的生活进行反思,站在更高的观照点上对过去的生活进行观照,加深理解和认识。这样,这两个题材区在李锐的创作中就发生了联系并相互沟通了。我以为,这就是李锐十多年的创作在这两个题材区轮作的原因。

于是,李锐在创作上体现了这样两个气质:既表现出对生活一片赤子之心和真诚的"天真",又表现出对生活作冷峻无情的解剖。天真和冷峻成了李锐气质的两个不同的侧面。一位评论家对李锐的这两种艺术气质做过详尽的分析(参见李国涛的《李锐的气质和艺术》一文,刊于《当代作家评论》1987年第4期),我是赞同的。不过,应该补充指出的是,这两种气质看似对立,其实正统一在李锐的创作之中。不错,李锐早期的作品,如《丢失的长命锁》集中所收的一些农村题材的短篇和表现童年少年时代生活的作品,如《红房子》和《运河风》,较多地表现出一种近乎纯真的天真之气,但是这种天真中仍然包含着一种冷峻;而近期的一些作品,如《古墙》和《厚土》,则更多的是对生活作冷峻的剖析,但是这种冷峻中又没有失去他的赤诚与天真,因此,不仅使人感到一种战栗般的真实,也能唤起人们改造生活的激情。

我想,了解到李锐创作中的两个题材区,又把握住他的两种气质,对他的创作道路的发展和对他作品思想内容艺术风貌的理解,就可以找到一个比较清晰的脉络来。

二

李锐的创作起步于对吕梁山区农村生活的反映,因此,我们对李锐创作道路的追溯也就从这里开始。

我们看到,收在《丢失的长命锁》这个集子中的农村题材的短篇小说,计有《月上东山》《静静的南柳林》《五人坪纪事》《霉霉的儿子》《丢失的长命锁》《指望》《清清的泉水》《小小》《"窗听社"消息》等九篇。这些作品,写的都是吕梁山区偏僻贫困的农村,时代背景也大致是"文化大革命"和这场政治动乱结束后的岁月。但作者有意把时代背景淡化,不去表现政治动乱和由于政治动乱带来的种种高于戏剧性的事件,而是着意表现农村变化中的不变,挖掘一些沉淀较深的封建意识以及被"左"的思想扭曲的东西。李锐注意写农村的贫困、落后和愚昧,尤其同情农村妇女的命运。《月上东山》中那位翠泉庄的福生媳妇兰英,出嫁时得到一双太原造的模压皮鞋,就感到十分荣耀了,而这都是她"十七年的日月熬下的"!出嫁后,由于患"不孕症",几次到部队探亲都让她的公公婆婆的愿望落了空,于是遭到婆婆的白眼,公公再也不为她筹措探亲的路费了。

农村妇女的人生价值和不幸的遭遇在这平凡的家庭琐事描写中得到充分的体现。作者对兰英的遭遇是深表同情的。这篇小说大体上代表李锐早期这类作品的水平，善于从平凡处入手进入细致的描写（包括细节描写和心理描写），开掘较深，但限于一人一事，写得比较单纯，也比较平实。《丢失的长命锁》则是一曲"同命运斗争的颂歌"，调子是比较激昂的，它通过一位十七岁的农村少年同豹子斗争的经历和取得胜利来谱写这一曲颂歌。这位与寡母相依为命的农村少年，在同豹子的搏斗中失去了他的"长命锁"，但却显示他成熟了。李锐精心刻画的这位与猛兽搏斗的农村少年的形象可以说是作者的他化，胡正认为，作者借这个形象的描绘，"抒发他历经坎坷和磨炼的生活经历所熔铸的人生哲理，不论遭遇什么险恶，都要树立自救、自立、自乐、自强的坚定信念，不要别人的怜悯与同情，要在同命运的搏斗中去争取胜利"（《丢失的长命锁》的《序》）。这个评论是得当的，也是深刻的。正因为这篇作品是表现一种生命意识的，在题材上具有更大的超越性，因此作者特意用它来作为他第一个集子的题名，就毫不足怪了。李锐早期作品中比较引人注目的还有《五十五壮汉》，这篇作品描绘了五十五个北京知青在汾河钢铁公司钢管分厂当劳力工时的各种遭际，显得比较丰富多彩，也更真切动人。从结构上看，从原来的单线索的平叙变为多线索的交汇，对生活的透视更深更广也更立体化。因此把它看作李锐创作中一篇带有路标性质的主要作品是有道理的。在这些作品中，我们可以看到作者天真之心的搏动，也可以看到作者通过农民的贫困生活和知青的生活遭遇对人生社会的透视，因此，可以说，这些作品是有特色的，是带有李锐创作个性的印记的，但由于对生活的透视还说不上是深刻的，小说技巧上也未能褪尽稚气，因此自然也就不够厚实和不够成熟了。

中篇小说《古墙》是李锐在艺术上进行探索并有所突破的作品。它以山西一个中外合资的露天煤矿的建设为背景，把古老的河口堡面临着的搬迁、露天煤矿建设中的矛盾斗争以及考古学者冯尊岱父女在这儿对汉墓进行现场考古发掘这三条线索交叉起来,力图以较宽广的生活面、较深厚的历史感和较强烈的思想感情的对比反差,反映当前农村的深刻变革和我们时代的面貌,使作品具有较强的时代感、历史感和立体交叉感。为此,他采用了他过去作品中从未采用过的"板块结构",对于人物形象的勾勒也大都是粗线条的。这部作品在李锐的创作中的确给人以耳目一新之感,不仅题材开阔了,气势也较宏伟了,而且艺术风格上也变得更冷峻了。李锐过去的作品,都是带有较强烈的主观抒情色调的,从未像《古墙》这样持超然、客观、冷峻的态度。这部中篇小说的出现,对于李锐创作道路的开拓无疑是有重要意义的。但是,应该说,李锐驾驭这样的立体交叉的题材和板块式的结构形式还缺乏经验,因此,他的艺术探索的意图在这篇作品中未能充分体现出来,而给人留下一些遗憾之处。从生活的积累来看,李锐还是比较熟悉农村的,因此,对于停滞、贫困的农村面临迅猛的现代化的变革而表现出来的或惊喜万分、或哀伤失望、或留恋故土等各种复杂的情绪,就表现得比较酣畅淋漓,而像郭福山、郭福海这样的老一代农民形象的刻画,也就比较成功。比较起来,对于考古和煤矿建设,作者不是那么熟悉,因此写起来,就不是那么游刃有余,尤其是对这座露天煤矿建设中的两种思想的斗争,展示得不够充分,而对作为煤矿建设副总指挥马长江的形象刻画,也就不够鲜明了。此外,三条线索的交汇拼接都还留下了一些人为的痕迹,还未达到交融成一体的地步,这也是使人感到不足的地方。

《晨雾——野岭三章》作为一组系列短篇小说,应该说是《厚土》这个系列短篇创作前的演习,因此谈论《厚土》,不能不先谈《晨雾——野岭三章》。这组短篇仍然写的是吕梁山区,但时间的跨度较大,写的是三代女人在婚姻上的悲惨遭遇,从而更深地挖掘吕梁山区那沉积得相当厚的封建文化心理积淀。野岭店有一座盐店院,盐店院的三代女人都有过自己炽热的爱情,她们"仿佛是命里注定的,要在这块贫困的土地上掀起一次又一次的惊天巨澜"。巧青的奶奶同天龙之间的爱情,巧青的母亲银鱼儿同玉春的爱情,还有巧青同双虎的爱情,都犹如野火,曾经炽热地燃烧过。但是,一代又一代人的爱之火都被扑灭了,连巧青随着双虎即将逃出野岭店时,也被一种莫名其妙的感情拖回来捆在这块贫瘠而古老的土地上。作者力图较深刻地解剖这种捆住一代代女人的精神力量,以便改变野岭店女人的命运。比较自觉地深刻地探索和开掘民族文化心理积淀,是这组小说同李锐过去的农村题材短篇小说的区别,也是他向《厚土》的创作过渡的标志。但是,这三篇是在时间上作纵向联系的,情节上又相互连贯,甚至有较浓的传奇色彩。这大概束缚了他向民族文化心理做更深入开掘的努力,于是,他又有《厚土》七篇之作。

我曾经这样说过,《厚土》是李锐十几年创作生涯的制高点,可以说是李锐十几年写出来的。也就是说,《厚土》同李锐过去十几年的创作有着血肉的联系,又有比较明显的超越。这种超越表现在什么地方呢?我以为,主要表现在对民族文化心理积淀做较深入的开掘,因而具有更大的超越性上。山西中年作家成一在评论《厚土》时这样说:"李锐的小说在把握的层次上,写了中国农村几乎不动的历史,写了长时段的东西,这也许就是他的《厚土》的一种涵义吧。这样一个长时段不仅涵盖了过去四五千年前的历史,也涵盖了现实,所以,这种把握更接近于一种文学上的表现,也是他在写农村题材中的追求。在这样一个层次上来表现中国农村深层的形态和中国农民深层的心态,在山西农村题材小说的创作中是有很大意义的。"他又说:"在《厚土》里,作家把自己作为一个有自省能力、超越了这种生活的农民,这是我们当代作家的一种优势。不是过去那种农民式的观察生活的作品,没有超越的力量。李锐把超越的能力和深沉的理解结合在一起,使他的作品在深度上、新意上和表现的复杂上达到较高的层次。"(《山西文学》1987年第3期)成一在这里准确地道出了李锐的《厚土》在创作上所达到的深度和高度,并深刻地阐述了取得这样成就的原因。我是很赞同他的评价的。不错,《厚土》写了长时段的东西,也就是几千年来沉积于吕梁山厚土中的文化心理积淀;李锐开掘这种积淀,不是靠农民式的观察生活,而是作为"一个具有自省能力,超越了这种生活的农民"来观照这种生活。这在李锐早期表现农村生活的作品中已有所体现,只是到了《厚土》,这种对农村生活的超越表现得更充分,因而才有明显的突破。《厚土》七篇,篇篇都具有这种题材的主题的超越性,都能给人以启发,因而都耐人寻味。《选贼》写一个生产队投票选出偷麦子的贼,十四票都选了队长,队长于是一气之下不干了,村民们离不开他,于是排成队,"婆姨们走在前头",去向队长赔不是,请队长重新出山。这富于戏剧性的故事却具有深刻的真实,并引起人们的联想。中国人一向恨皇帝又不能离开皇帝,反权威又离不开权威,反奴性又有奴性,这难道不是由于长期封建文化积淀而形成的一种独特的心态吗?《选贼》在七篇中被认为是比较浅的,却可以引发人们想到许多,这正说明《厚土》的深度和厚度。《眼石》与《假婚》都写了偏僻落后贫困农村中的婚姻状态,《眼石》中的车把式与拉闸人在一种看似野蛮不道德的性的交换中得到了心理的平衡,《假婚》中那位黄河那边过来实行假婚以糊口活命的农村妇女,那打了二十年光棍在假婚中进行性欲宣泄的男子汉,还有那充当介绍人又"过了一水"的队长,三个人的心态都写得那么逼真那么深刻。不错,这两篇都写到了性,但由于通过性透视了社会,透视了某种农民深层的心态,因而是严肃的,有社会意义的。我同意这样的看法,《眼石》写得波澜起伏,前有伏笔,后有照应,但是"假"的痕迹较明显,而《假婚》则比较自然,可以说是浑然一体;至于《看山》中所描写的那位放牛人行将"退休"的心态,《古老峪》中那位农村少女对新生活朦胧的追求,也都让人想到许多。《合坟》中写那位老支书和他的老伴还有乡亲们为十四年前在学大寨中为抢救行将被山水冲垮的大寨田而献身的北京女知青的尸骨配干亲,举办庄严的合坟仪式,这幕悲喜剧真是让人哭笑不得,可以让人想到当前中国社会中不少由封建意识与极"左"思潮杂交而生的怪胎!《锄禾》当然也是出色的。那占了便宜的队长,那位同黑胡子老汉同学生娃的对话以及他唱的戏文,都可以使人联想到许多东西。从上面对《厚土》七篇的简略评介中,既可以看出《厚土》在思想上的超越性,也可以看到它表现手法的多样性。李锐善于把诗、散文与小说熔于一炉,也善于把中国传统的小说艺术与西洋小说艺术熔于一炉,探求一种属于他自己的独特而和谐的表现手法。写完《厚土》七篇之后,李锐曾在致笔者的信中这么说:"现在文坛上新潮狂涌,颇有些令人眼花缭乱了。我却抱定了自己的'厚土',希冀着一种刻骨的诚实,一种能独属于自己的'范式'。"应该说,李锐这样的创作意图和在创作中所取得的成就都表明,李锐在《厚土》的创作中进一步找到自我,不仅找到独属他自己的"范式",也找到了独属他自己的道路!

三

　　李锐在他的早期创作中,既写出了一批很有特色的农村题材的短篇佳作,也写出了一些反映知青生活和作者经历的篇什,如短篇小说《菩提之心》《"硬壳虫"》《人之常情》《书》《燃烧的爱情》等,还有一部描写残疾青年爱情经历的中篇小说《春雨悄悄地飘落》,这些作品也都清新可读,透着他的纯真之情,但略嫌平淡,未能显示出他的特色。

　　而中篇小说《红房子》及其续篇《运河风》则让我们看到李锐创作的另一优势,看到李锐在另一个他更熟悉的题材区里找到了自己。这两部中篇佳作,用诗一样的笔调、风俗画一样的画面,向我们描述了作者童年、少年时代如诗如画的生活经历,带有自传性。作者在《红房子》的小引中写道:"……我们这些同年龄的孩子把自己住的地方叫红房子。找不着边儿的浓绿的原野,包裹着一片红砖红瓦的房子,包裹着一个依稀的童话。"是的,在这令作者难忘也让读者铭记的"红房子"里,的确"包裹着一个依稀的童话",也充盈着浓厚的诗情。作者向我们展示的那片童年的"乐土"和"草木世界"中的种种富于浪漫情调的故事,例如葡萄园守护人的爱情(那是用儿童纯真的目光看到的美丽而纯真的爱情),还有同老画家在饥荒年代结下的友谊,舅妈纯真的爱情,保姆的故事,第一次萌动的爱情等等,还有童年时代的"我"与小哥哥的撒野,父母的钟爱等等,都是那么平凡无奇,但是作者用一颗纯真的童心来观照那个世界和逝去的岁月,处处搏动着他那天真之情,这大概正是这篇作品中充盈的诗意的来源。当然,作者不仅用一颗纯真的童心把童年时代的生活诗化,更重要的是在他经历了种种人生坎坷之后,用一种对生活有了更深刻理解的目光去重新审视这段童年生活,把它加以过滤筛选,于是在童话般的艺术世界里又处处闪烁着生活的哲理。于是在这部作品里,诗意与哲理达到了相当高度的融合。我想,这正是《红房子》迷人和耐读之处。同《红房子》相比,作为它的续篇的《运河风》则缺少点那童话般的诗意,却多了些对生活的剖析和冷峻的表现。在这篇作品中,白宇保、刘富全与李京生三个少年之间的友谊是写得很动人的,三个少年的形象也给人留下深刻的印象。白宇保的父亲是个关在监狱里的国民党下级军官,靠着比他大不了几岁的哥哥供养他上学,他有点粗野,却正直而讲义气;刘富全的父亲是当过志愿军到朝鲜打过美国鬼子的,但由于"整整三年就没叫枪子儿擦破皮儿",没"弄个三等残废",回到农村后则穷得没让孩子上学;刘富全迟到五天,为的是打草挣学费,上学后连年餐都吃不起,几年中同李京生一起分吃着他带的午餐,但他人穷志不短,内向诚实,这个少年是很讨人喜欢的;李京生出身于高干家庭,他一方面表现出对这所农村中学里来自农村的同学身上散发出来的味道不适应,一方面又同他们结成了好朋友,他聪明好学,多才多艺,积极上进,是六十年代好学生的一个典型。杨留根则是另一个给人留下深刻印象的少年形象,他父亲在学校附近的深闸生产队当队长,这个地位以及他家庭在阶级教育和农村四清运动中的起落,都在他身上做了戏剧性的反映。他粗野,霸道,有些痞子气,也是个很有性格的人物。除了给人留下深刻印象的少年形象外,这所农村中学的生活氛围也是写得很好的。但是,《运河风》似乎写得过于实,缺少《红房子》那种迷人的童话气氛和诗意,因此艺术感染力则逊一筹。需要特别指出的是:《红房子》与《运河风》不仅用动人的笔调向我们描述了那个逝去的童年、少年时代的生活,创造了一个多彩的童年、少年的艺术世界,而且通过这个艺术世界,折射出五十年代到六十年代的某些侧影,尤其是《运河风》,时代的气息似乎更浓烈些,从抓阶级教育到农村四清,一直到"文化大革命"风暴到来前夕"山雨欲来风满楼"之状,都在这部作品中得到侧面的反映。

读《红房子》与《运河风》我还特别赞赏那种行云流水般的散文笔调,以散文笔法写小说,并不是李锐所独为;小说的散文化,也有不少论者发过言论。但我还是要说几句。这种散文笔调收到自然流畅、疏密相间、浑然一体的审美效应,是堪加称赞的。李锐似乎有两种笔墨,一是在这种作品中表现出来的散文笔调,比较自然和谐,一是在《古墙》《厚土》等作品中表现出来的,比较凝重粗犷,这种笔墨自然也有它的长处,可以说各臻其妙。但是,《古墙》和《厚土》中的某些篇章,"做"的痕迹较重,却显示出作者的笔力不够从容,是不可取的。

四

谈论李锐的小说创作,还不能不说到他在小说文体上的创造与贡献。

李锐的小说都力求有他自己的"范式"。这种"范式",既可以从题材与意蕴上来理解,也可以从文体上来理解,而更重要的,恐怕是文体上的"范式"。他的中篇小说,《古墙》做了"板块结构"的试验,《红房子》与《运河风》则是一种比较传统的叙述方式,或者可以说是若干片断直线式的联连。无论哪种结构形式,都是力求篇幅节省、结构紧凑的,绝无当今那种拉拖沓沓,把中篇拉成长篇之时病。他的短篇,尤其是《厚土》七篇,在文体的创造上更有意义。短篇小说,顾名思义,就是要写得短,但绝不是短而空,而是要举在盈尺之内写掀天之浪,要写出一个浪头,要"一榔头砸出点火花来",也就是说,要善于搞微雕的艺术。因此,就要善于选材、剪裁和进行精心的构思。李锐很能抓住和发挥短篇小说艺术的特征,在有限的篇幅里做出好文章来。《厚土》七篇,大都在三五千字之间,篇幅极小,但是容量都较大,而且写法多样,有的富于戏剧性,有的散文化,有的注意照应起伏,有的注意气氛渲染,真是丰富多彩,各臻其妙。我以为,这种浓缩型的短篇小说,它在文体创造上的意义不亚于对于民族文化心理积淀所做的深入开掘。

　　文学是语言的艺术。当代小说主要是供阅读的,更应讲究语言的艺术,可惜这一点往往被忽略。李锐的小说创作是很讲究语言的提炼的,可以说做到了炼字、炼句的地步。这也是他小说文体意识比较自觉比较强的一种表现。李锐早期一些作品的语言,却比较干净流畅,但还缺乏他自己的特色。后来,我们从《红房子》看到他那种诗化的小说语言,大致是景、情、理三者相互交融,形成一种非常美的语言。例如写葡萄园,有"那小屋、黑狗、绿藤和英俊的护园人组成了一幅色彩鲜明的图画"之佳句,写小说,则有"没有站台,路基边只立了一排白色的木栅栏,和那长长的铁轨、巨大的机车比起来,它就像藏在路基边上的一个逗号"这样绝妙的比喻。写农场的月色,写乡情,也都有不少佳句,就不一一摘录了。《厚土》的语言则更凝练些,更有内在的张力,甚至有一种凝重感,带有象征性的色彩感。关于这方面,似乎可以写专文加以评述,那就留待以后有机会再说吧。

选自《批评家》1987年第6期

厚土:透视民族文化心理结构的艺术视觉

——读李锐小说《眼石》等三篇

韩鲁华

新时期文学发展到今天,探索中华民族传统文化心理结构,成为一个重要的课题。许多作家深深地扎根在中华民族这块古老而深厚的土地上,从不同角度,探寻着民族精神,但在不同的作家那里,甚至同一作家不同的作品中,透视民族传统文化心理结构的艺术视觉却各异,呈现出千姿百态的艺术景象。李锐,这个并非地道的吕梁山人,却真正是从吕梁山的厚土上一步一步走出来的青年作家,在他的《厚土》中,又是选择了一个怎样的艺术视觉,来透视民族传统文化心理结构的呢?下面,我想就其中《眼石》《合坟》《看山》三篇作品,来粗浅地探讨一下这个问题。

心理感觉
——透视传统文化心理结构的切入点

我们不论是读《眼石》,还是欣赏《合坟》《看山》,最为明显的一个感觉,就是作家选择了一个非常恰当的艺术透视点,这就是心理感觉。对于人物心理感觉的剖析,是作家透视民族传统文化心理结构艺术视觉的切入点。在这里,客观世界不是一种客观的描述,也不是单纯的人物精神的外化,而是人物心理感觉的昭示。人物在用自己的心理去感知世界,融化世界。一切都因人物的心理感觉的感知而复存在。所以,我们看到的不是一种纯客观的世界,而是心理化、感觉化的世界,打上了浓厚的主观意识、心理色彩。

《眼石》的透视切入点,是纯厚愚直的跟车人的心理感觉。通过他的心理感觉将一切感知出来。作品一开始就将读者带入到心理感觉艺术的迷宫,迫使你做出种种心理感应。我们跟着人物的视觉、听觉、味觉、触觉等,感知到了后脑勺上裹着花手巾的车把式,感知到了口喷白气的四匹牲口和装得高山一样的胶轮大车,感知到了坐在晃晃悠悠的大车顶上,抱着儿子的农家少妇——跟车的妻子。也感知到了弯弯曲曲,忽上忽下,一边峭峨,一边深渊的山道。在我们心灵上最能造成重压的是那块红花手巾——确切地说,是它下面裹着的脑袋和灵魂,最能引起我们心灵上通感的,是跟车的头脑中那面无形却有声的大铜鼓。特别是那咚咚咚的鼓击声,在我们心里荡起层层波澜,产生种种联想和深思。如果说在这里人物的心理感觉表现得非常强烈和直接,将我们直接带入心理感觉的艺术世界,那么到了《合坟》,则有所淡化,在某种意义上讲,是用一种间接的方法。它主要表现老支书的忏悔心理过程。而我们要感知到这位刚强愚直的老支书的心灵,又必须通过他的老伴——如同唱着一支古老的歌谣似的,手弹纺锤的农家老太。她的视觉是我们探寻老支书心灵的指示灯,顺着她的视觉的指示,一步一步走到老支书的心灵深处。《看山》则又是一番天地。牧牛老人的心理感觉将高山、蓝天、村落等都融化了。在这里,心理与自然融为一体,使我们无法将它们分开。人与自然的融合,造成一种独特的艺术感觉境界。观山是看人世,既透视出老人的心灵奥秘,又有一种人生哲理的韵味。

由于作家选择了一个很适合自己艺术视觉的透视点,在揭示人物心灵内涵时,就省去了许多笔墨,具有较高的浓缩度。这三个作品都是抓住人物心理反应的某一瞬间来构造作品。例《眼石》,跟车的心理结构形成的历史渊源及其过程,作家并未详述,只是在他心里感觉的透视中,作了暗示。这样,我们只能从整个心理感觉描写中感知道:他是从古老、贫穷的厚土中走过来的,如今还继续生活在这块贫瘠的厚土上。是那么真实,又如此厚实,简直就像一尊吕梁山上古老的土塔。我们读其他两篇,也有同样的感觉。正因为作家将笔墨凝聚在人物的心理感觉上,以此为探视的窗口,使我们看到了人物的心灵世界,揭示出他们的精神境界,从而表现出无限的时空世界,广阔而深厚,凝重而洗练。其次,在这里,人物的心理感觉并非平面的展示,而是立体透视,就如一个立体剖析图。作家对人物动作性的把握和描写,起到了很大的作用,将无形变为有形,将不可知变为不仅可知,而且可以触摸到的实体。这就是人物的心理现象,呈现出的不是模糊不清的虚象,而是由一个个动作联结起来的实象。作家在透视人物的心灵时,将自己的主观情感渗入其中,我们在感知人物的心灵的过程中,也感知到了作家一颗跳动的心。作家的主观情感中,跳跃着现代意识的火花,将历史的东西拉到了我们的面前,使历史的心理结构与我们现代的心理结构相撞击,迸发出奇异的火花。甚至是,我们作为接受主体的读者,也和人物的心灵、作家的心灵融为一体了。

心理运动过程
——透视民族传统文化心理结构的流向线

前面我们说过,人物的心理感觉是作家所选择的一个艺术视觉的一切入点。在这一部分,我们所要论说的是,人物的心理运动过程是作家构筑作品的内部结构。

在这里，作家一反传统的描写方法，即根据外部世界发展逻辑，如社会生活发展的外部规律，去构筑作品的框架，然后用其中的情节、细节去揭示人物的心理，而采用了心理结构的方法，即根据人物的心理感应次序、心理运动逻辑构成作品的基本模式。这种心理结构的基本流向，是由不平衡，通过一种特殊的方式补偿后，最后达到新的平衡。由于产生的原因、促其运动的动力等不同，因而运动的表现形式、传递出来的信息甚至心理结构状态，也就千差万别。

《眼石》等三篇，虽然基本发展脉络都是人物心理结构由不平衡到平衡，但是表现形式却实有差别。《眼石》中主要描写跟车人的心理运动过程。他心理结构状态被打破，是由于在城关车店之夜，自己的妻子被车把式强行占有，在心理上产生了失重。这种心理表现得非常强烈，是一种疯狂的复仇欲望。这种欲望又变做恨，他恨车把式仗财欺人，恨妻子竟委身于他人，也恨自己贫穷无力。这种恨扩充到周身，冲刺着头脑，前后扩展到整个世界。"全成了假的。"他心理上严重失控性的倾斜，将一切复杂的社会思想意识都斥退到了后面，表现的是人物原始的一种复仇冲动，一切复杂的情感，变做强烈的复仇欲——杀人。杀死车把式，杀死自己的妻子，最后连同自己，以洗去心理上的耻辱。奇怪的是，这么强烈的复仇火焰的熄灭，并不是与车把式决斗的结果，他始终未付之行动，而是揉搓过车把式妻子的肚皮，在女人身上发泄兽性。这是怎样的一种悲哀？他临走丢下一句话："八千元我还你。"和车把式的交易是如此公平，却又是那么不合理。可悲！可耻！这中间，又留给我们多少沉思？

《合坟》中描写的则又是一种境界。良心上的负债造成心理上的不平衡。十四年前，老支书带领北京知青保护大寨田，葬送了玉香年轻可爱、天真活泼的生命。这是个人的悲剧，更是时代的悲剧，是整个时代心理严重倾斜在个人心理上的映照。这一切，老支书都背在了自己身上。

227

这笔债像一座大山,十四年来压得老支书喘不过来气。如今他总算偿还了这笔债,给玉香成了尸骨亲。现代迷信葬送了玉香的生命,古老的迷信却使老支书心理上得到安慰。与其说这是还债,不如说这是更为可悲、愚昧的自我麻木。历史在老支书的心理上并未前进。这又是另一种悲哀。

如果进一步深入分析,我们就会看到,种种心理运动过程正是传统文化心理结构的延续运动的结果。吕梁山,这个贫穷落后的山区,千百年来生活着勤劳、艰辛、正直、愚昧的山民。即使他们被动地承接了历史前进的牵引力,但他们的心理结构仍然是古老的。他们心理运动过程虽然也有历史前进的印迹,但却是那么微弱模糊,几乎成了传统文化心理结构的复写。他们审视生活的道德规范、习惯心理,更多的是落后锁闭式的。所以,跟车的与车把式可以拿妻子做交易,以"犯不着为女人置气"为大度,等等。作品中也透视出他们向往未来,渴望前进。但是,正是这种落后的传统文化心理结构,阻碍了他们的前进。他们每迈进一步,都是那样沉重艰难。

历史意识与现代意识的交叉
——透视民族传统文化心理结构的十字坐标

我们中华民族,不可否认有其优良传统,但是,我们也应看到,她还有着一些落后的历史沉淀物。这就是近乎凝固的传统文化心理结构。当然,作家也可以从中华民族的优良的文化心理结构上去表现我们中华民族的民族精神。同样,揭示其劣根性,也是一个重要的不可忽视的方面。李锐就是选择了后者。从《眼石》等三篇我们看到作家通过剖析几个活生生的人物的心理结构,在探寻着根植于中华民族这块土地上民族传统文化心理结构。用他那冷峻的笔,将深深埋藏在中国这块土地上民族精神的历史沉淀物挖掘出来,展示给我们看,看看我们今天的人的心灵上还负载着多少因袭的劣根性。那位辛勤强壮的跟车的,被贫穷压得至今还抬不起头来,他的心理结构几乎凝结了,还处在遥远的历史神话时代。他是那样勤劳,只知用汗水去换取维家糊口,甚至仅仅是生存的基本条件。他又是那么愚昧无知,愚昧无知到近于仅存兽性,粗暴残忍的兽性。老支书身为党支书,可是他的实际文化心理结构现状与他的名称却很不相称。他对党是忠诚的,但他并没有真正认识到共产党以及共产党所为之奋斗的共产主义的含义。因此,他对党的忠诚并非高层次的自觉意识,最多也只能是本能的、朴素的意识。他的心灵中,还带有严重的阿Q精神。他时时在坚持原则,反对迷信思想,但是,他心理补偿的方式,却恰好选择了一种迷信落后的方式——给玉香成尸骨婚。牧牛老人,实质上是采取了一种自我麻木的方式。认定命运,不敢与世抗争,仅仅在自然界,在虚幻的梦境中打发日月。这些人是被扭曲了的人物,他们既可怜又可气。在他们的身上,还背负着传统文化心理结构的重负。

作家在揭示保留在这些人身上的传统文化心理结构时,是用现代意识去观照的。让历史意识与现代意识相撞击,在这两者的交叉点上,既透视出传统文化心理结构的历史延续性,追溯到它的历史渊源,又显示出现代意识的历史继承性和超越性。

正因为作家是以一种自觉的态度,用现代意识去反照历史意识,形成一个十字坐标,在揭示这个坐标的交叉点——人物的文化心理结构的过程中,其中溶进了历史传统意识和传统文化,以及由此产生的传统的民族心理结构的内涵,给人一种凝重深厚的感觉,好像中华民族几千年的历史,浓缩在一个点上。也正因为揭示了民族精神的内核,我们又是带着现代意识去审视他们的,心理上不能不产生一种使人窒息的压抑感。从审美感觉看,我们读李锐奉献给社会的《眼石》等三篇,得到的不是一种愉悦快感,而是一种沉郁的悲痛感。感到有一股悲剧力量在猛烈地冲击着我们的心灵,从而激发起变革的情绪,要改造这种落后的民族传统文化心理结构,这也许是作家所追求的审美理想吧。

1987年3月

选自《小说评论》1987年第6期

古老大地的沉默

——漫说《厚土》

李庆西

> 你忽然就觉得,下沉的太阳不是坠向西山,而是落进了她那双昏花的老眼。
>
> ——《厚土·合坟》

李锐的《厚土》以为数不多的篇什构筑了一个不大的世界。人物不多,人物关系很简单,人物本身更简单。这里没有宗族械斗和冤家仇杀,没有真正的硬汉和刚烈女子,没有自我发现和躁动不安,也没有哄抢西瓜;该有的和不该有的都没有,真是一个可怜巴巴的世界。在那些古老的山梁下,农民依然面朝黄土背朝天,日复一日地劳作不息。打量这些老实巴交的男人和毫无见识的女人,你难以设想日后他们中间也会出现几个农民企业家。农村变革的曙光不知何时能够投射到这片贫瘠的土地上。

尽管如此,这是一个值得注意的世界。这里边有着生存的执着,有着死一般的沉寂。既质朴,又深邃。有那么一些你一下子捉摸不透的东西,倒也是一个完整的世界。

简单说,《厚土》的人物主要是三种类型,即队长、女人和她们倒霉、无能的男人。为什么写这三种角色,而不是其他各色人等?这就值得琢磨一番。也许在作者眼里,正是这三种角色组成了穷乡僻壤最常见的生活场景。

《选贼》乍一看类乎一则滑稽小品。倒是直截了当地呈示着三种角色之间的某种法则。场院上丢了一袋麦子,队长主持"群众破案",要大家投票选出一个"贼"来。不曾想,大家选出来的就是他队长本人。如果故事仅仅到此为止,倒只是一则开心话,纵然有趣也毕竟失之肤浅。好在这儿没完,因为队长火了,一甩手走了。这一来倒引出颇有深度的一笔,村民们开心一场,竟又惶恐一场。"他要真不干,今后晌当下就没有人喊工派活,弄不好真要把麦子耽误了。"在这些农民的古老观念中,"人无头不走,鸟无头不飞"。离了队长真还不行,且不说别的,年底的救济粮款就弄不回来。于是,刚刚出一口气的村民们又得把这口气憋回去,这就得想办法把队长请回来。然而,这儿作者并没有写到那些庄稼汉的心理屈辱,事实上他们自己并不觉得这里边有什么屈辱之处。他们只是为眼前的事情犯难,商量半天还得大伙一块去。想到女人在队长面前好说话,便一致通过"让婆姨们走在前头"。平时开会靠边纳鞋底的婆姨们这当儿受命于危难之中,成了重要角色。

不错,队长喜欢女人。这一点大伙心照不宣。

在《厚土》展示的生活场景中,队长必然是搞女人的角色。《选贼》仅仅是暗示了这一点,而在《锄禾》中,队长跟那个"红布衫"几乎就是明来明去。《假婚》也有这一细节,队长将那个讨吃的外乡女人捏合给村里的光棍汉之前,自己就"先过了一水"。《眼石》中赶车的"花手巾"更是逮着机会就下手,他不是队长,却也是村里的"人尖儿",那股颐指气使的架势跟队长没有两样。

这里，作者仅仅是在揭露农村基层干部侵凌乡里的劣迹吗？其实，仔细一想，这些队长除了搞女人，再就是偷一袋麦子，多占些救济粮款而已。作者远远没有写到令人发指的份上（事实上，某些农村干部的为非作歹比这里写到的要严重得多，其他作家的一些作品已有深刻揭示）。

然而，事情却包含着真正的残酷意味。不难推想，除了那些婆姨，队长眼皮底下还有别的什么东西可以掠取吗？权力毕竟无法超逾这个现实王国。那些黄土堆积的山梁下边，竟是这般贫穷。女人几乎就是这片古老土地上仅有的财富。

二

一切都很平静。偶尔闪过愤怒的火星，也是瞬现即纵。

队长只消在分配救济粮款时记着心里那本账，兑现平日的承诺，搞女人就似乎永远是天经地义的事情。

男人们永远是这般窝囊。如果说他们有过屈辱和愤怒，也和木然中偶尔得到的快活一样，很快在女人身上消解了。《假婚》中的光棍汉子就是这样，心里诅咒着"狗日的"队长，却只能把一腔狂潮倾泻在那个被队长"过了一水"的女人身上。这就是男人的"愤怒"。仿佛他再多过几"水"，问题就解决了。

就连这样的"愤怒"也不常有。许多人一辈子也没进出过一个火星。《看山》中的老牛倌就是一种更窝囊的角色。队长要撤换他的差事，他一万个不情愿，也只能在心里嘀咕。而"若是队长站在他面前，若是队长真的把替换的人找了来，他只会笑笑，只能服从的，他想不出有什么可以不服从。不由得，他又想起撒手而去的老婆……"是呀，身边没有了女人，连宣泄的地方都没了。老头儿只好在野地里快快地看山，做一些无聊的想象。

233

当然，也不尽是无聊。在老牛倌看来，山就像人一样，脊梁朝上拱着拱着，总有挣扎不过的时候。毫无疑问，山在这里具有一种象征的含义：

> 当初朝上举的时候，也不知受了多大的委屈，生了多大的气。
> ……只能在苍天之下忍受屈辱的山们沉默着，木然着，比肩而立，仿佛一群被缚的奴隶。沉默聚多了，便流出一种对生的悲壮；木然凝久了，便涌出一种对死的渴望；于是，从沉默和木然中宣泄出一条哭着的河来，在崇山峻岭之中曲折着，温柔着，劝说着。

对山的慨叹，实际上是老头儿的自我哀怜。这里写出了潜意识中的人生挫折感。

在《厚土》七篇作品中，《看山》是相当重要的一篇，它以纯粹的散文笔调在不同叙述层面上涵括了几乎整个《厚土》系列的全部主题含义。尤其是对这个封闭的乡村社会中的男人做了完整、深刻的描述。窝囊汉子的沉默，不仅是苦难的写照，也不只是善良的愚昧，更有着卑琐与偏狭。当老牛倌的视线转移到山脚下的村庄时，无意中看见了队长的婆姨上茅厕的情形。"太阳底下白亮亮的屁股"竟使老头儿顿生一种阿Q式的报复心理，他"把烟袋叼在嘴上，看着，笑着，就仿佛茅厕里有人在唱戏"。这一时刻，他那种屈辱心理变得熨帖了。然而这种快意并不能够持久，随即而来的是一种惶恐，"就像偷了别人的东西"，慌慌地又把目光移向别处。

很明显，此处老牛倌的窥视和"报复"，对比《选贼》中村民们"投票"的集体行为，完全具有相同的心理内容。尤其"报复"之后转而出现的惶恐更是如出一辙。

这里，如果说偶尔闪现的报复心理表示了某种可怜的自我冲动，那么随之而来的惶恐则意味着不可抵衡的超我的力量。这种自我压抑的反应形成,实际上并非"这一个"或"那一个"的心理状态,并非表现为个性的内在冲突,而是一种集体无意识的防卫机制,它暗示着"国民性"一词所涵纳的某种内化的文化困境。其中包含着古老而又残酷的伦理、道德和价值法则。

这个世界的关系看起来就是这么简单,一方面是窝囊汉子们的屈从和惶恐,一方面是少数人的强权霸道。然而,这事情与其认为是强权造成了屈从,倒毋宁说屈从者的卑微、偏狭滋养着强权。这般相辅相成的伦理关系,在农民的心理上更有着深刻的同一。

老牛倌做了一个梦。梦见自己在牛们中间做了队长。窝囊汉子一下子变得神气活现,也竟颐指气使地给大伙分派活计:"你去担水,他给我烧汤做饭……它们都是只会服从……没有谁不听话的。"

窝囊汉子真要做了队长,必然不会窝囊,必然也搞人家婆姨,没有不搞的道理。

三

有人说,《厚土》是对民族素质和国民性格的剖析与批判。这话不错。不过我们见过许多小说都渗透着这种文化批判意识,远的鲁迅那一代的不说,近前的"寻根"小说中也屡见不鲜。《厚土》的要旨倘仅限于此,怕是步了人家后尘。

又有人说,《厚土》不同于其他寻根派小说之处,是对农民处境的真正理解,是一种"将心比心"的艺术把握(《当代作家评论》1987年第4期)。此说不大确切。在大家熟识的寻根派作家里边,写农民写得透彻的确乎不在少数,而有些作家,如韩少功、张炜、矫健、王润滋、莫言、贾平凹等人,在对乡土社会表现的丰富性上还大大超过李锐,至少就目前比较,他们的艺术世界宽阔得多。

其实,李锐有自己的特点。这个特点不在一般评论家眼界中的深度和广度。《厚土》固然有深度,却并未以深度而独领风骚。我读《厚土》,感觉到有一种别的东西。我想这跟作家观照世界的视角有关。同样是对国民性的省察与批判,李锐笔下这个乡土社会的构造确有它的独到之处。

将《厚土》的七篇作品联系起来看,不难发现,它们很少具有冲突的因素。或者确切说,矛盾往往未等冲突起来就已经被解决了。《眼石》中的拉闸人和《假婚》中的光棍汉还算是那些男人里边稍有血性的汉子,而他们最终还是服从了那个超我的法则。拉闸人的婆姨被赶车的"花手巾"搞了,这下就是闹出命来也不奇怪。可是事情并没有闹到那份上,既然有冲突的因素,也便有化解的办法。

《古老峪》中,隐隐地透露着父女间的抵捂,做爹的要女儿出嫁,女儿不干。这场早晚要爆发的矛盾,在作者笔下被延宕着,有意搁在一边。此中的情况本来可以编织一篇意蕴丰富而又波澜迭起的悲喜剧,做爹的尽管舍不得闺女又不能不逼她出嫁,而闺女对爹又是可怜又是可恨,打断骨头连着筋。可是在作者眼界里没有这些。在《厚土》这个世界里,矛盾早晚要被解决,做爹的早晚还得包办女儿婚事,女儿早晚还得依命出嫁。也许并非没有反抗和呐喊,并非没有真实的冲突,然而一声微弱的呐喊,对于偌大个沉寂的世界来说只是无济于事。村民们依然干活、吃饭、睡觉。在他们日常生活中,你觉察不到任何事变的迹象。

对于一切可能存在的矛盾冲突,作者采用了一种缓解手法,从未使故事发展到所谓应该达到的某种高潮,因而使读者因既往的阅读经验提示而产生的期待一再落空。这种反悬念处理的效果不错。从这些方面看,《厚土》完全是现代叙事风格。它大胆摒弃了那种小题大做的花俏的戏剧程式,而代之以沉静、冷峻的现实主义态度。作者有意不展开矛盾冲突,并不是在回避矛盾,他让我们看到一幅矛盾自生自灭的画卷。窝囊汉子脚下这片古老大地正是在矛盾的自生自灭中保持着固有的沉寂。这里展示的人生世相足以使人心灵战栗,却又使人欲哭无泪。我们看到的正是一种矛盾缓解和生命窒息的过程。

小说创作一般着眼于打破平衡,而《厚土》的内在轨迹却相反趋于平衡。这种结构方式即使不算独特、罕见,也很值得玩味。显然,也跟作者的审美态度有关。结构作为一种方法,无疑表示着作者对中国乡土社会(尤其是作者熟识的吕梁山区)和农民心理的某些基本看法。在作者眼光里,历史发展之缓慢不但表现为物质形态的固着,更深一层看在于农民心理的停滞状态。这就是《看山》中所说:"山们还是一如既往地沉默着,木然着,永远不会和昨天有什么不同,也永远不会和明天有什么不同。"

四

这个古老的世界靠什么维持它固有的秩序,靠什么去缓解随时发生的矛盾和可能引起的冲突呢?

有一种约定俗成的伦理法则起着作用。其要义可以归结为一句话:各人管好自己,别出事儿。乍一听好像是幼儿园老师带领孩子出去郊游时的叮嘱,但成年人何尝不是如此管束自己?成年人倒是更有这种自觉意识,内中正是儒训的修身为本。当然,那些整天价面朝黄土的庄稼汉子未必勤勉修身,也未必知书达礼,可是他们确实懂得祖宗的遗训。此中的道理抑或可以倒过来解释:圣人的礼法,那些写在书上的道理,其实并非天神的启示,倒是早在上古生民的身体力行之中。说到底,农夫还是圣人的老师;一代一代农民的克己忍耐,正是圣人立言之本。故而圣人们的不朽文章,倒是为着教训读书人来着。

管好自己是一个前提。《锄禾》中的黑胡子老汉干活干得累了,唱几句戏文;心里积攒了愤懑,也唱几句。唱过了,也就"算毬了"。明眼见得"红布衫"和队长一前一后下了河滩柳丛,就当不看见。这不干他的事,也不干别人的事。他关照学生娃"别去",不过也是轻漫的一句,学生娃去不去也不干他的事。同样是"学生娃"出身的李锐,起初一定摸不透农

237

民的这般心理。有时，在跟自身利益相关的事情上，他们即便耐不住朝前迈出一步，然后想想还得退回来。像《选贼》里边，大伙乐过一阵之后，也都觉得自己犯傻。

农民有犯傻的，却很少有犯精神病的。在《厚土》这个苦难世界里，从来没有精神崩溃或不可收拾的心理危机，更没有什么信仰危机之类。因为他们善于随时调节心理上出现的倾斜。有时彼此间的自我调节还形成一种互相协调关系，《眼石》就是这样一个例子。那个搞了人家婆姨的"花手巾"一定是意识到自己理亏之处，转过来用自家婆姨"补"了拉闸人。而拉闸人前宿眼见得"花手巾"的大胆妄为而不敢做声，也正是觉着自己欠着他的人情。只因为金钱和女人之间的交易并非公平合理，弄得拉闸人一路愤愤不已。而一旦人家的婆姨作了偿付，好似银货两讫，他心里也就摆平了。拉闸人出了人家房门还硬铮铮地撂下一句话："钱我还你！"

这种以人情世故为中心的自我调节，好像是一帖祛灾消祸、扶本正气的灵丹妙药，能使乖缪得以纠正，也使一切烦忧化为乌有，从而保持自身的心理平衡。《厚土》在对农民心理及其真实的文化困境做出观照的同时，显然将表现的重心摆在这种平衡上面，并且着意揭橥以此为基础的某种稳定的伦理关系。不过，作品在完成最终的平衡之前，有时也呈示一定的倾斜。这种势态，有的比较明显，如《眼石》《假婚》等；有的则若有若无，微妙、朦胧而不易觉察，如《合坟》就是相当隐蔽地表现了这一心理过程。在前边的论述中我一直没有提到这篇作品，未免出于一种谨慎的考虑：一来它跟其他各篇多少有些不同，二来它是一种更为含蓄的心理描述，随意扯来可能有把握不到的地方。

《合坟》是一个"配干丧"（别处有称"配阴亲"的）的故事。老支书和村民们做主，给十四年前死去的女知青在阴间"捏合一个家"。一个庄严而又荒唐的迷信勾当。不过，至少对老支书来说，这事情丝毫没有乡村婚丧喜庆的娱乐成分。老支书的灵魂中一定潜伏着什么不安的东西,也许那个姑娘的死一直使他怀着隐隐的内疚。不过死人的事作者特意交代清楚,十四年前那桩事故不是他的责任,他不是一个必须忏悔的角色。然而,这里有一个微妙之处:在人们心里,尤其是潜意识中,责任与良心并不是分得那么清楚的。不管作者是否意识到这一点,实际上他恰好成功地把握住心理描述的某些诀窍,将老支书的心理症结摆在责任与良心之间。而更重要的是,这里一个人的死联系着人们共同经历的一段颠倒混乱的时光。

引起人们心灵战栗的东西,表面上看来似乎是那一具体事件,是那个十四年前的亡灵,而真正的缘由却是那一整段历史。

老支书当然不可能意识到要对那一段历史负什么责任,但历史的错误以及如今依然贫困的现状却可能折磨着他的良心。在他朦胧的感知中,往事愈益不堪回首,甚至不可言说。他只是清楚地记得,十四年前的某一天,白白地死掉一个女知青。这一切的一切,造成了一种乖讹的心理状态,这状态不知不觉地发生了倾斜。是的,他自己都不能清晰地意识到这些。同样,受着潜意识的驱使,他又在竭力恢复心理的平衡。于是,对于死者的祭奠,实际上成了他拯救灵魂的一种方式。甚至,他对村民们发威,骂别人"迷信",也都具有相同的心理内容,只不过表现出来是一种逆反的形式。

《合坟》在心理开掘的深度和广度上显然都超过了其他各篇。不过它内在的结构依然体现着《厚土》的一贯风格,依然是一个没有故事的故事。在别的作家手里,老支书这般心理状态或许可以铺展到不同人物身上,造成某种尖锐而又不乏深度的冲突,而李锐则使自己的人物管好自己,哪怕是人与人之间的是非之争,从自己身上就能解决。

在这一点上,《厚土》七篇作品无一例外:甭管那主儿吆喝什么,到头来什么事情都没有发生。

五

　　说穿了,无论是心理状态的平衡,还是现世秩序的稳定,在这里都有一种"假"的东西支撑着、调和着。

　　无论是"红布衫"对队长的斥骂或应承,还是黑胡子老汉那种漠然态度;无论是窝囊汉子们那付卑谦神情,还是老牛倌脸上"露出一丝报复的笑容";无论是拉闸人和"花手巾"的言归于好,还是古老峪那家父女之间的紧绷绷而又遮遮掩掩的气氛;一切的一切都掺杂着一个"假"字。

　　队长领来的那个不花钱的婆姨也是假的,而假中有假。光棍汉将无限的烦恼和愤慈化作"野蛮的痉挛和喘息",一股脑儿倾泻在这女人身上,毕竟搞错了地方。

　　拉闸人的婆姨叫人搞了,在他眼里就成了"假"的。"假的,一万辈的祖宗!"从县城回来的一路上,他心里不停地诅骂道。然而,转过来人家的女人"补"了他,"假"的似乎也就不假了。当然,他们重新恢复的"生死之交"也不会再是真的了。

　　并非所有的一切都出自内心的虚伪。实在说,虚伪的不是这些农民,而是他们所惜守的那种伦理法则以及世世代代养成的那种心理习惯。然而,事情倒是"假作真时真亦假",正如《合坟》中的老支书,一边口口声声反对迷信,一边又用那种迷信方式进行良心反省,结果却使内心的真诚变成了形式化的伦理的虚伪。

六

　　两年前,我在评说韩少功的《爸爸爸》时,谈到过审美对象的群体化问题,认为当时出现的寻根小说标志着"小说创作开始从诉诸知识分子的个体意识转向表现民族的集体意识和集体无意识"(《读书》1986年第3期)。后来在另一篇关于韩少功的文章里,又进而从艺术思维方面分析了韩少功近作的非典型化倾向,对那种放弃个体性格刻画而投入群体心理描述的艺术途径表示关注(《小说评论》1987年第1期)。现在读李锐的《厚土》,我感到这条途径的确有着广阔的前景。

《厚上》写人写的不是个人,是人们,男人们和婆姨们。作为象征或是对应,作者也写了牛们、羊们、鸡们、树们、草们、山们。

如同山川草木依循着大自然的规律,人们生活中必然恪守一定的法则。《厚土》透过农民的生存境遇揭示了人们心理上的沉默状态,而这种状态本身就是一种古老的法则。倒真是"一万辈的祖宗",仿佛一万辈也变不了。

莫非也是一种"生的悲壮"?

1987年8月20日杭州翠苑

选自《文学评论》1987年第6期

张平论

王　君　杨　品

一

在蔚为壮观的"晋军"阵营中,张平是以其细腻的风格同柯云路的恢宏、成一的朴素、张石山的灵巧、李锐的深沉、韩石山的洒脱、周宗奇的真诚等等,共同创造出一个文学传统与现代意识兼容并蓄、有机融合的色彩斑斓的文学局面。虽然他们的艺术特色各异,但都注重主题多义性的追求,力求在作品中注入丰厚的人生内容、感情意蕴、哲理思考和文化溯源,给读者留下尽可能广阔的回味余地与联想空间,富有审美弹性和感染力。除了这些共同性外,张平的作品中人情味特别浓郁,现实感强烈,从而获得了较为独立的文学价值和艺术品格。当然,由于张平走上文坛的时间不长,总共算起来也不过八年的时间,创作中的经验与教训还不丰富,缺乏困惑、迷茫促发他进行反省之后的凝重和深沉,未能在《姐姐》获得全国第七届优秀短篇小说奖后,再次掀起一个高潮。因此,张平需要认真地调整一下创作心态。

张平的创作,起点较高,进步也快。1981年,他的处女作《祭妻》获得了《山西文学》一等奖，1984年，《姐姐》便跨入了全国优秀短篇小说奖之列。张平能在不长时间内获得成功，原因大致有两点：第一，他有一个良好的艺术感觉系统。看似枯燥寡味的生活琐事和别人已经写过无数次的题材，在他的感觉系统的统摄和整理下，能够准确地捕捉、筛选出人情味十足的内涵，生成一篇篇有滋有味、撼人心灵的深沉故事，向读者传达自己独特的审美感受，同广大读者的情感产生共鸣。收到这样的效应，是得力于张平总是以真诚的态度感受生活，以真挚的心理进行创作，绝不欺骗或愚弄读者，并能与普通读者的心态和生态贯通为一体等观念的。他的良好的艺术感觉系统的形成，除了天赋，也还有一个潜移默化地接受其他艺术训练因素的过程，他曾作为"可以教育好的子女"在水利工地写过人物通讯报道；他会拉二胡、板胡、小提琴、手风琴等乐器；他为文艺宣传队编写过演唱材料；他在大学图书馆阅读过许多中外文学名著。人生的艰难使他特别珍视命运的每一个机缘，刻苦的精神使他的艺术感觉不断机敏，所以，良好的艺术感觉系统的形成也就是情理之中的事情了。

第二，张平具有坚实的生活基础。他的童年有着过多的不幸，五岁时，便因作为副教授的父亲被打成"右派"判处劳改而随母亲离开大城市回到穷困的乡村老家。七口人只能由羸弱的母亲苦熬支撑，特别是他的大姐、二姐和小妹不得不草率地嫁给当地农民时，那生离死别般的悲剧场面，在张平心灵上刻下的是重重叠叠的伤痕。正是这一切，激发着他的创作热情和灵感，使得他不吐不快。事实上，任何成功的创作都离不开良好的艺术感觉系统和坚实的生活基础这两个基本条件，当今活跃于文坛的中年作家莫不如此。

到目前为止，张平的创作大致可以分为两个阶段：从《祭妻》到《姐姐》是"家庭苦情"系列阶段，从《血魂》至今是关注现实矛盾阶段。第一阶段主要以自己的人生和家庭经历为轴心，推演出一个个或是家庭成员或是亲戚朋友的悲剧命运,苦情从中油然而生,让你凄楚,让你痛心,让你深思,并流溢出对极"左"路线和封建势力残余影响的愤怒控诉,揭示出它们对人性的野蛮践踏和戕害。由于生活积淀、艺术才情和性格特点等方面的有机契合,张平的这一阶段创作取得了较高的成就,尤以《姐姐》的获奖标志着他的一个高峰。但是,我们也不能不感到,在连续读他这个阶段作品时,会有一些疲惫,因为,过多地在一个题材巷道里反复挖掘,必然会造成某些人物、内容、情感等方面的重复与雷同,一次次地去经受苦情折磨的读者,总难以保持一贯高涨的兴趣。题材上的定向探寻,有时可以避免多项选择带来浅尝辄止的弊端,但同时也有愈来愈逼仄的危险。在读者审美视角不断变化的现代,恪守一隅的创作路子不好走下去。张平很快意识到了这一点,将题材视野由家庭转向社会,进入了第二阶段的创作。

在第二阶段的创作中,张平有一部分是对社会历史的反思,如《公判》《夜朦胧》等,而对社会现实的关注与期待部分倾注的精力更多一些。在艺术性方面,则有个转变过程。用第一阶段表现家庭苦情的手法来反映社会矛盾显然不行,张平便试图寻找新的手法,自然就不会成熟,所以《血魂》的艺术性就粗疏,《较量》虽然还不尽如人意,但比《血魂》有了很大长进,到了《刘郁瑞办案记》,驾驭社会题材的能力就基本上成熟了。张平第二阶段的创作尚未达到高潮,但还是呈现向上跃动的趋势,何时达到高潮,还很难预料。

我们用上面的文字客观地描述了张平的创作起缘、成功的原因和阶段性,有一个突出的感觉是,张平的全部作品,不管是前期的"家庭苦情"还是近期的关注现实,都可以说是情感的凝结物。他描写人与人之间的爱与恨、善良与丑恶、真诚与虚伪,是饱蘸着血与泪的情感;他揭示社会历史和现实中强权与善行、为富不仁与正义抗争,同样也倾注着深沉的情感。他总是把自己的人生遭际和感慨以及他不能泯灭的理想之火化作浓郁的情愫传达出来。当他与《祭妻》中的主人公流着同样悲苦的泪水走上文坛时,他似乎并不是要去成就何等的伟业,正是因为对亲人的苦难不平之情终日淤积在胸膛,非有个排遣的地方不可,于是,情感孕育了艺术,艺术升华了情感,透过情感的多重层面,看出张平对人生的困顿与执着、追求与失落、进取与挫折的剖析是那样丰富而幽深,也使他能够比较准确地在社会背景和民族心理氛围上表现出人生的悲剧。

二

一般来说,一个作家的生活经历往往决定着他的题材范畴,也影响着他的艺术气质的生成,从而使这个作家有迥然不同于其他作家的独特的艺术风格和审美价值。张贤亮的作品以"右派"人物支撑,从维熙专注于"大墙文学"的构筑,陆文夫在"小巷人物"身上做文章,梁晓声靠"北大荒系列"确立在文坛的地位,张石山从多种角度展示"仇犹遗风"等等,无不联结着他们每个人的生活层区,是他们生活中打在心灵上的最大烙印。因此,张平受个人生活经历的制约,也推出了"家庭苦情系列"。

我们从总体上观照张平的"家庭苦情系列",可以看出这是一个并不完整的艺术整体。对于这个系列的营造,张平在创作之前并没有全盘构想和整体设计,而是随着创作实践和社会效应相互作用、相互影响自然而然地形成的,当然也就没有前置的理论准备和步步为营的规划蓝图。当《祭妻》获得强烈反响和陆续写出《布谷声声》《将军的女儿》《争地》等篇之后,张平才意识到选择家庭苦情题材是自己的优势,进入自觉的创作状态。但是,他也没有做总体布局和系统计划,只是在家庭苦情这个范畴内,根据自己的生活积淀和理解去写作,譬如《糟糠之妻》《像河流一样的泪水》《梦中的情思》《姐姐》等,都是一个个富有悲剧氛围家庭中不同成员情感的展示,但它们之间不存在不可断裂的血缘关系,完全是不需要依赖于什么便可以独立存在的篇章。张平在写完《姐姐》后,曾计划再写《二姐》《妹妹》《母亲》等具有血缘关系的系列作品，但至今尚未面世。所以，张平的家庭苦情小说是一个宽泛意义上的系列，它以集束式的形式，把组成社会的最基本单位——家庭的矛盾纠葛细腻地刻画出来，同读者的阅读心理产生了共鸣，同千百万人的心态和生态相贯通，人们也就对他的这个系列认同了。

具体分析张平的这个系列，我们将它界定为，在家庭苦情总主题统摄下，分解成苦情篇、自省篇和抗争篇。苦情篇的主调是昭示农民在共和国大厦发生倾斜的时代难以超越的悲剧命运和痛苦情感，以《祭妻》为代表。《祭妻》讲述的是一位勤劳善良的农村妇女被"血统论"戕害致死的故事。兰子姑娘来到这个世界上，绝没有什么非分之想，只希求能平平安安地生活，自己绝不加害于任何人，别人也不要不把她当人看待；然而，这一点可怜的要求却达不到。到了出嫁的年龄没人敢娶，二十七岁才草率地同赵大大结婚，没有带来幸福，只有忧愁；她做上饭，弟弟不吃，不理解她的苦心；她的哥哥被关押，她竟没有看望的权利；她对生活绝望了，只能离婚后默默地离开人世；而造成这出悲剧的唯一原因是因为她是富农的女儿。在"血统论"肆虐的年代，"高成分"出生的人犹如希特勒时代的犹太人，只有死才是不堪屈辱重负的最终解脱。张平把他对人的尊严应当受到保护和对极"左"路线下"血统论"的淫威的批判都倾注到了兰子的命运之上，而我们却不能不由此而反思造成这个历史悲剧的人的因素——传统的、封建的民族文化心理。"血统论"之所以能成为扼杀人性的工具，一方面是当政者偏离历史发展规律，崇尚个人迷信所致，另一方面它也迎合了沉淀在中国人深层心理的等级观念、愚忠思想、自我划界等习惯，因此，我们在饱尝"血统论"之苦的同时，自己也是积极的参与者。不是有许多"成分低"的人当年总是视"成分高"的人为下贱者吗？像兰子那样一些"成分高"的人，对于自己上代人的生活根本不知晓，同"成分低"的同代人一样出生、成长，却直接受到同代人的歧视。在噩梦过去痛定思痛的时候,也就有一个鉴省自身的任务。正是在这个基点上,构成了张平系列小说的第二层次——自省篇。从自省篇的作品中,我们看到梅梅娘(《情分》)对压抑的精神生活和一味奉献的自欺行为是颇能安于自慰的;改改(《糟糠之妻》)对自身命运进行抗争的同时,却忘记了素质的提高,甘心过低层次的生活而不思进步;秀兰(《梦中的情思》)的自省心理就有了较大的升华,她从敦厚、软弱、受人支配自省后,变得自尊、自强起来,坚定地去走自尽的路了。最有光彩的要数第三层次抗争篇了。一批不屈服命运、奋力抗争的觉醒者,构成了一幅大写的人的群像图。翠翠(《像河流一样的泪水》)誓死要嫁给自己所爱的"名声糟透"了的李雪儿的儿子,即使被父亲打出"五条血印子",也"头不低,口不改"。而姐姐(《姐姐》)虽然同兰子一样有着悲苦的命运,只能下嫁给一个身材矮小、一副病态、全家七条光棍的猥琐男人,似乎她只能像兰子一样在极度抑郁中死去。恰恰相反,在挚诚挚爱的人性召唤中,姐姐重新获得生活的勇气和信心,充分认识了自己的价值,挑起改变一家人生活命运的重担,成为统帅这个家庭的核心人物,最终实现了要让"几个小叔子,一人一座院,等媳妇全娶过来后再分家"的诺言。姐姐身处逆境而顽强奋斗的人生历程,既表现了中国女性吃苦耐劳、深明大义、甘于自我牺牲的内在性格,也说明只要勇于抗争不公正的命运,按照自己认定的路走,即使凄惨的生存环境,也能够获得独立的品格,改变环境,创造环境;只有抗争,才能得到人的生存方式以及作为个体生命的人所显示出的存在价值;姐姐先是苦难、然后欣慰的外在形式,表达出一个生命个体的起点和终结在其外力和抗争意识交织挤压下自立的过程。

无疑,张平家庭苦情系列小说显示出的悲剧意识是震撼人心的,他用情感凝结成形象载体的兰子、梅梅娘、改改、秀兰、翠翠、姐姐等一系列女性的悲剧经历,证明了一个哲理:人的生命就是在自身的悲剧中得到价值体现的。

三

从家庭苦情的倾泻转向对社会的关注,是张平创作的一个分界岭。当时,"改革文学"的第一个高潮已过,整个文坛开始"向内转",许多作家纷纷去寻根问古,或者不满足于典型环境中再现典型人物的方法,在不背离现实主义大原则的前提下,引进和运用意识流、荒诞派、黑色幽默、情绪感觉和心理结构主义等方法,出现了一种前所未有的纷呈局面。但同时也出现了一种反理性主义、泛性欲观主张,对重大社会矛盾毫无兴趣,对现实生活漠不关心,只潜心于创作技巧的变更,生吞活剥地套用或模仿西方现代派大师名著的结构布局,追求眩妙的意象或潜意识效果,开始出现纯文学创作与读者的阅读兴趣疏离和隔膜的现象。正是在这样的态势下,张平将笔锋转向现实社会中最敏感的区域,写出了反映农村改革现实的小说《血魂》。

《血魂》是一篇问题小说。大概情节是:发了财的专业户王元奎为富不仁,仗钱欺人,算尽心机,施遍伎俩,企图强夺邻居张大林的宅基地;而一些基层干部在"钱"的诱惑下,丧失立场,放弃原则,终于逼得老实忠厚、生性木讷的张大林忍无可忍,豁出性命,杀死了王元奎,酿成了一场血的代价。由于《血魂》所揭示的问题非常尖锐,涉及当时正被各级干部推崇的农村专业户估价的问题,因此,社会反响是强烈的,也是非常令人深思的。毋庸置疑,农村专业户是在党的富民政策允许下所产生的,是让一部分农民摆脱贫困,走上富裕道路的带头人,从总体上是应该肯定的。但是,由于传统价值观念和较长时间的束缚,先富起来的专业户的思想仍然停留在小农经济基础上,精神上并没有"富裕",短浅的目光决定了他们只会在小圈子利益上计谋,缺乏真正的开拓气派,王元奎的所作所为正是如此。所以,张平通过王元奎与张大林之间的悲剧,既是对人性的揭示,更是对传统思想的批判,他在呼唤中国人的真诚、理解、大度、宽容性格的出现,希冀自由、尊严、坚忍、强悍的精神氛围成为中国人追求的目标。《血魂》所产生的轰动效应完全是一种社会功利性的,而不是靠审美价值和艺术感染力打动读者,这大概是人们较为一致的看法。造成这种状况的原因,我们以为,是强烈的思想性和现实感让张平没有深思熟虑的时间,只想先倾吐出来。

对于《血魂》艺术上的粗疏,张平很快就意识到了,他明白了特有的艺术感知应该和现实的思考有机融合,作品才会有较强的生命力,表现改革时代人们的心态和生态,不仅要有尖锐的表面矛盾冲突,更要透视出传统积淀对社会进步的束缚、人们在价值转换中的心理落差以及由此派生出的思维上、情感上的对峙。所以,《血魂》以后的作品,便有了较大的艺术进步。比如《较量》就着重揭示在社会变革中,由于商品经济大潮的冲击而导致人际关系的重新组合和人的价值重新确立规律;《无法撰写的悼词》是向人们提醒,新的经济体制如果不能彻底铲除封建余孽和极左幽灵,便会步履艰难;纪实文学《刘郁瑞办案记》,则通过记述一位县委书记秉公办事,严惩不正之风的事迹,旨在说明要保证政治体制和经济体制改革的顺利实现,必须杜绝各种腐败现象,才能获得人民群众的支持。可见,张平对现实社会的关注已经进入了较深层次,能够从人物心态、文化心理、民族特性等方面入手,既扩大了思想容量,也具有了艺术深度。

我们要特别说几句张平对人物性格刻画的态度。他仍然认为文学创作还是要以写人物为主,淡化人物只能疏远同读者的关系。在他关注社会现实的第二阶段创作中,人物性格还是作品在支撑点,文明与朴野、大度与自私、圣洁与龌龊构成了一个矛盾体,展现了特定时代人的复杂面貌。我们以《较量》为例。这部小说以两对婚姻为焦点,用一个"愁"字将所有人物心态联结为一体。致富了的刘保发和王茂林为儿女们的婚事不能办得有声有势有人情发愁;曾显赫一时的原大队干部秦根生和刘进才却为有人情而没有钱发愁;王秀秀为不能与刘保发顺利成婚发愁;秦四喜因穷困不能满足刘园园的彩礼发愁;刘园园为秦四喜的穷困怕以后难得幸福发愁;刘四婶则为她保的这两桩婚姻万一发生变故丢面子发愁;而这所有的愁又集中到钱与权的较量上,在较量中剥离出人物的性格特征,展示了不同人物在社会变革中人生价值的重新确定和由此引起的心理落差与行为准则。

四

张平是靠他那充满悲切诗意的小说人物,那观察与理解生活独特感受产生的思想内蕴,那隽永清逸的叙述语言和跌宕起伏的结构方式立足于文坛的,他的艺术品格是凭借真情实感再现人生真谛和社会现实。他为倾诉人生的谬误而起笔,从文学中看到了艺术的美感力量和自己的事业所在;他从没有技巧走向创作,到把自然生成的技巧溶合于情感的表达,形成自己的特色;他思考民族的命运和社会的本质,使作品充满了历史感与时代感。当然,他在创作中也有过失败,但失败正好是他进步的起点。

研究张平的创作,不能不联系他青少年时代的不幸遭遇和坎坷经历。那发生在张平家庭中的一幕幕人生悲剧,既是中国社会发展进程中留给后人反思内容的缩影,也是张平一次次撕心裂肺般的生活体验。正是因为他要遏止这样的悲剧重演,才去再现悲剧的过程和自己的思考;半明半暗地笼罩着作品的沉重氛围,既是他真情实感促发而成的,也是他对艺术虔诚体验的结果。张平要追求的是悲剧的历史感,是人物性格的鲜明性,是人性与时代力量交织而成的责任感。因此,他的真情实感的艺术品格是建立在壮美的理想基础上的,而绝不是灰色的哀叹。

作家的人生经历也往往决定着他的语言风格的形成。多年受人歧视的不平等生活,给张平的心灵打上了很深的烙印,使他性格内向,不善言谈,思考多于表达,真诚多于洒脱,这也影响到他语言气质的构成。他的小说语言清淡凝练、隽永简洁,将浓烈的情感渗透到了语言的内在机制中,通过语象的总体情绪和氛围,将情感缓缓地流露出来,留给读者长久回味的余地。不过,也有例外,当我们读到《姐姐》中姐姐出嫁的场面时,便感觉到张平的情感是再也无法控制了,所以显得就非常强烈急促而催人泪下了。

张平小说的结构方式也是情感的使然,他不想让现代派的手法割裂情感的抒发。综观他的作品,大部分依然使用传统的结构手法,或是巧设悬念,环环相扣,层层深入;或是对照比衬,情节跌宕,高潮迭起;或是主线分明,副线相随,前后完整。这样能够同普通读者的传统的阅读心理契合,但对一个作家来说,多几手总比恪守一方要好一些。

张平在《姐姐》获奖以后未能再掀起一个高潮,一方面是由于张平把不少时间和精力放到了编刊物上,另一方面也是他调整审美形式的时期无法回避的低潮。每一个作家都会出现这样的困惑,关键是困惑之后的重新崛起。王安忆在知青题材告一段落后,经过反思和到国外“镀金”,便写出了《小鲍庄》和《大刘庄》等一系列超越《本次列车终点》的新作,掀起了又一个高潮,这是得力于她能够站在人类文化的一个制高点上,重新审视民族传统文化心理的惰性与优势,从而获得了形而上的哲理意识。张平也正是需要这样一个新的超越。经过认真的反思和理论上的更新,张平是会掀起一个新的创作高潮来的。

选自《批评家》1989年第1期

诗化:张平的前期小说

杜学文

在山西众多的作家中,张平似乎是一个特例。一般而言,山西被称为"晋军"的一些在新时期初走上文坛的作家,最初的创作都是对"山药蛋派"风格的自觉模仿和继承。其最为突出的表现即是对具体的现实的社会政治道德问题的热切关注。而进入80年代中期,他们开始分化。一部分仍然热衷于现实问题,更多的人则将兴趣转向文化,或关注人生命运的境遇。同时,在语言与叙述风格上也越来越走向对个性风格的追求。而张平的变化则有重大区别。张平最初的创作,在表达风格上也基本体现出一种"山药蛋"派的风貌,但作品关注的内容却不大相同。他也注重现实,注重具体的社会问题,但张平不是为写社会问题而写社会问题,而是立足于社会现实,从人的情感与命运的维度着笔的。于是他创作了一系列被评论界称之为"家庭苦情"小说的作品。在80年代中期,张平的创作风格也开始发生了重要的转化,与其他作家不同的是,他从"家庭"走出,开始关注更为广大的社会生活,关注人们现实生活中那些具有重大意义的社会问题。这一转变以曾经引起社会广泛关注的中篇小说《血魂》为标志。从此,张平虽然仍有关于"家庭苦情"内容的作品问世,但更主要的是对社会的关注,是由"个人"转向社会之后艺术形象的再塑。本文将对他前期的创作进行分析。1981年,张平发表了他的小说处女作《祭妻》,即引起社会的广泛关注,并获得了《山西文学》一等奖。这篇不长的小说讲述的是一位勤劳善良的农村劳动妇女在某个特定的历史时期被"血统论"戕害致死的故事。主人公兰子来到世上,只求平平安安地生活,绝无非分之想。然而,由于她出身不好,过了出嫁的年龄,没有人敢娶她。在27岁,这个农村看来已成为"老姑娘"的年龄上,才草率地同赵大大结婚。但是,婚姻并没有给她带来幸福,没有改变她似乎是先天注定的不幸命运。弟弟不吃她做的饭,哥哥被关押,她却没有探视的权利……种种人格上的屈辱使善良勤劳的兰子丧失了对生活的希冀,对生命的热爱,终于在离婚后默默地离开了人间。如果张平仅只是把这篇小说写成一个婚姻悲剧或控诉"血统论"罪恶的故事的话,就会使《祭妻》雷同于同一时期可以归属于"伤痕文学"这一范畴的其他许多小说。这篇小说之所以成功,别具一格,在于作者在叙述故事之外,着重揭示了人与人之间一种深切的情感内容以及在此之上表现出来的普通人的人格力量和价值。张平不是平面地讲述一个人的不幸,而是从男主人公赵大大的情感视角出发,写一个生命在特殊的年代里不幸毁灭,在另一个人身上所产生的情感波澜。之后,张平接连不断地推出了一批可以包容在这个"家庭苦情"系列之中的中篇小说如《月到中秋》《糟糠之妻》《梦中的情思》《姐姐》等。

《梦中的情思》是一部具有深沉的历史感和独特的人物个性的中篇小说。作者用一种凄婉、悲楚和抑郁的情调揭开了主人公秀兰坎坷、真诚、倔强的人生历程。秀兰和刘宝青梅竹马,两小无猜,滋生了纯真的感情。但是,他们有情而难成眷属。为还债,在父亲的逼迫下,秀兰嫁给了自己从未见过面更谈不上了解的大学生吴皑,当秀兰出嫁之时,她的心上人刘宝不是新郎,而是送她出闺的赶车人。吴皑尽管深爱自己的同学丽萍,但这种爱只能成为一种记忆,一种难以成为现实的遗憾,他只能与秀兰结成没有感情的夫妻,一种形式上的夫妻。但是,当吴皑在反右运动中被劳教后,秀兰并没有离开她,而是真诚地承担起了妻子的责任,挑起了全家的生活重担,支撑着一个在风雨中飘摇的家。秀兰的真诚深深地打动了吴皑,他开始认识到秀兰身上所拥有的朴实无私。一直到"文化大革命",吴皑被殴打致伤,身心受到了严重的折磨与摧残,秀兰以自己的坚韧,勉力支撑着吴皑的家庭,精心服侍吴皑,使他恢复了健康。吴皑虽然感激秀兰在他蒙难时所做的一切,但是并没有对秀兰产生爱慕之情。反而在他事业上再次获得成功时,与秀兰那种一开始就存在的情感隔膜越来越大。虽然道德与良心在制约着吴皑,使他不能抛弃秀兰,但是从感情上说,吴皑从来也没有接受她。这部中篇在塑造人物时,区别于张平"家庭苦情"系列中其他女性人物的是,秀兰在吴皑人生与事业再次有成达到顶峰时,她毅然做出了离开吴皑的决定。她在吴皑身处逆境时能不顾一切地帮助他,而在吴柳暗花明之时,绝不做吴的附属物,绝不依附于事业、官职等令人羡慕的吴皑,重新选择了新的生活道路。在秀兰身上,非常典型地表现出了中国劳动妇女忍辱负重,深明大义,勤劳善良,倔强自尊的美好品格。

1985年,张平的短篇新作《姐姐》获得了全国优秀短篇小说奖。这使张平的"家庭苦情"系列小说达到了最为引人注目的程度,张平也因之而被人们认为是长于书写"家庭苦情"的青年作家。《姐姐》在张平的前期小说中,具有典型的代表意义。在这篇小说中,张平依然将自己的笔对准了生活在社会底层的妇女。"姐姐",本来出生于书香之家,父亲是大学教授。然而,由于"父亲"的不幸,"姐姐"便在一夜之间成为"五类分子子女",下放回家乡农村。由于家庭问题,姐姐只能与一个身材矮小,一副病态,全家有七条光棍的男人结婚。如此说来,命运对姐姐是太不公平了。她尽管不愿承认这一现实,但面对命运的乖戾,她并没有做出任何凄绝的反抗。"姐姐穿着那一身并不鲜艳的衣服,跟着姐夫,跟着那一溜迎亲的人,默默地走了。"张平并没有把姐姐的悲苦尽情渲染,而只是"默默"二字,就具有了一种使人心动,悲从中来的力量。同时,他笔锋一转,着重描写了一个不被社会当人看待的"五类分子子女"在夫家第一次成了"人",成了夫家大小老少尊敬的人。姐姐不再从情感上拒绝自己的不幸,而是勇敢地面对现实,面对人生,开始了新的生活。她以一副弱女子的双肩,挑起了一家人生活的重担,并成为统帅这个家庭的核心人物,要实现"几个小叔子,一人一庭院,等媳妇全娶进来后再分家"的诺言。即使在父亲得到平反,落实了政策之后,她也没有丢弃这个家庭,而是再一次毅然地选择了牺牲,留了下来。在80年代后期的《二姐》中,张平再一次描写一位经历和姐姐一样的"二姐"。不同的是,二姐在命运的捉弄中,性格开始了变化,她美好的一面逐渐被生活消磨,而变得庸俗。"二姐"对贫穷乏味的家庭生活竟然非常自得,并在连生几个女儿之后,仍然执意要生一个儿子。而自己最大的愿望就是砌几孔砖窑。她无情地毁灭了她的女儿要继续上学的愿望。

综观张平前期的创作,其绝大部分作品都集中在"家庭"这一最基本的社会结构中,并由家庭透视出在一个特殊时代的特殊的人所经历的命运之苦。他的人物大都是一些本来可爱、美丽、勤劳、极富天赋的"女孩",她们本该有着美好的生活,幸福的未来。然而,不幸的是命运对她们并不公平,她们无一不在命运的捉弄中走上了一条坎坷不平的人生之路。其中,有的历尽艰辛,穷而愈坚,在困厄的生活中发现了自己的价值;有的甘愿牺牲,为别人的幸福付出了自己的青春年华;也有的听天由命,在命运的摆布中随波而流。张平为我们讲述了一些非常令人动情的故事,为我们塑造了一系列的美好而又不幸的女性形象。这是与张平自身的生活经历分不开的。从某种程度上说,那些"五类分子子女"的女性们,就极为典型地折射着张平的身影。张平的父亲就是西安一所大学的副教授,后被打成右派,遣返回乡。一家七口人的生活只能由赢弱的母亲苦熬支撑。

张平自己就是一位"五类分子子女",一位"可以改造好的子女",他的几位姐妹即是小说中的"姐姐""二姐"。在那个极为特殊的年代,无可奈何地草率地与人成婚,这一切,都深深地刻在张平的心中,不能消散。时过境迁,历史越发令人难忘。于是,在历史为他提供了一个可以表达的时机之后,张平便一发而不可收,接二连三地写下了一篇篇令人泪下的小说,把一个个美丽而不幸的生命推到了读者面前。正如论者所言,"他是流着悲苦的泪水走上文坛的"(《韩石山文学评论集》)。他的写作,首先不是要为了什么功利的目的,是他内心悲苦之情的催动,是他要向这个世界宣泄那由来已久的被苦苦地压抑着的悲苦之情。因此,尽管张平在他一踏上文坛之时,其作品的表达方式仍然是对"山药蛋派"的自觉的继承,但是,其中还别有新意。这就是,张平把表达的重心放在了对人物命运的描写上,而不是对故事的简单叙述上。他突出地强化了作品中的情感意义,而不是把作品局限在某种直接的社会问题上。我们不否认张平小说在当时所产生的社会意义,甚至可以说,张平在动笔之前,大概也想通过自己的作品去批判什么,控诉什么,正如在新时期初期,中国文坛上颇为流行的"伤痕文学"一样。但是,不管人们会如何分析,不容否认的是,张平的"家庭苦情"系列小说,更侧重于表达人的情感,表达"今天"的人对那一代人的不幸而产生的悲苦之情。从人的"情感"出发,而不是从情节和故事出发,写人的命运与价值的乖戾扭曲,也不是简单地依附一般社会意识,进行政治控诉,这是张平前期创作的最为重要的特色。正如一篇文章中所说的那样,"张平属于情感型作家,他的最初创作就是为了宣泄某种压抑过久的情感。不管是对个人悲剧命运的描述,还是对极"左"路线的批判,或是对伦理道德的评价,都是建立在强烈的感情抒发之上的。"他是在对不幸命运的书写之中,在表达人物悲苦之情的基础之上,实现了他对现实生活中丑恶、落后、愚昧等非理性、非人性内容的批判,因而他的作品往往最能使人落泪,最能打动人心。

在80年代中期之后，尽管张平还有《二姐》等作品问世，但他的创作重心已经转向，他关注的内容已不再拘泥于"家庭"，而更着重于社会。在90年代初，他的长篇小说《法撼汾西》《天网》等先后问世，使他的创作进入了一个新的高潮。

选自《山西文学十五年》

山西人民出版社1997年12版

试论"家庭苦情"系列对"伤痕文学"的艺术超越

——重读张平1980年代的"家庭苦情"系列

王春林

一

必须承认,张平的小说创作一开始就达到了相当的高度。这一点,既可能与作家长达十年之久的写作训练有关,也可能与作家大学中文系的求学生涯有关。当然,另外一个不可忽视的因素,还在于张平写作天赋的具备,虽然我们反对简单意义上的所谓"天才论",但必须承认的一点却是,文学毕竟是一项与作家的个人天然禀赋存在着很大关系的创造性事业。而张平,则很显然是具备了这种艺术天赋的。张平的小说处女作是短篇小说《祭妻》,这篇小说发表在1981年的《汾水》(《山西文学》)。这一年,张平27岁,仍然在山西师范学院中文系读书。之所以说张平的小说创作起点不低,是因为虽然已经有差不多三十年的时间过去了,但如今读来,《祭妻》这篇大约只有八千字的短篇小说却仍然有一种能够直击人心的情感和艺术力量。文学的发展演进实际上是一件非常残酷的事情,新时期文学才仅仅走过了三十多年的发展时间,就已经有多少作家作品无可奈何地"倒毙"。

在了行进的路途之中，风流总被雨打风吹去，多少曾经名震一时的文学作品，现在拿起来都让人感到验证以卒读。从这样的意义上说，张平的早期作品至今读来却依然具有某种冲击人心的力量，的确是相当不容易的。

具体来说，《祭妻》讲述的乃是发生于"文革"那样一个特殊年代的凄清故事。南庄村的赵大大家异常贫穷。因为家境的贫穷，所以赵大大尽管已经年纪不小了，但清寒是说不来一个媳妇儿成不了家。正是在万般无奈的情况之下，赵大大才被迫娶了富家的女儿兰子为妻："今年二十七岁，人长得虽不咋样，却是个能人，地里屋里样样活儿都能来。家里也没啥负担，没爹没娘，只一个光棍哥，挑嫌倒也有，她家成分高，是个富农。"要知道，在那个特殊的年代里，从"血统论"出发的成分划分实在是一件要命的事情。宁肯家里穷一点成分也不能高，乃是当时通行的社会文化逻辑。正因为这样一种社会文化逻辑的作用，所以赵大大虽然家境很困难，拖累也特别大，但在富农成分的兰子面前，他却还是拥有一种天然的优越感，他们两人的婚姻事过程中，赵大大明显具有某种俯就的意味，事实上，也同样是因为此种社会文化逻辑发生的作用，兰子似乎也就有了一种天然的自卑感。其实，除了成分太高之外，兰子实际上是一个非常忠实能干的农村姑娘，真的可以算得上是里里外外一把手了。对于这一点，张平以形象简洁的语言进行了传神到位的描写，日常的家务操持自不必说，从家里住的房子，到手里端的饭碗，再到身上穿的衣服，可以说，赵大大一家从里到外，因为兰子的到来，全都旧貌换新颜地发生了根本的变化。然而，正所谓天有不测风云，赵大大一家因为兰子的到来而刚开始的好日子还没有过几天，灾难便开始降临到了他们头上，导致这一切事故发生的根本原因，都在于兰子——这位赵大大的妻子，三兄弟的嫂子身上无法自我解脱的富农成分，在那个奉行着荒唐的"血统论"逻辑的年代，富农成分就如同海丝兰额头上的"红字"一样，是一种如影随形般的无法去除的耻辱与卑贱的标志。

就这样,潜在的危机与潜伏的矛盾终于难以避免地爆发了。围绕应该不应该去看望照顾兰子的哥哥的问题上,一向和睦相处的赵大大和兰子之间爆发了尖锐的矛盾冲突。身背着富农成分,兰子的哥在"文革"中被抓了起来"在全公社游斗"是必然要发生的事情。毕竟是血浓于水,当被四处游斗的兰子的哥挨饿生病的时候,有勇气战胜世俗偏见去看望照顾他的只有一母同胞的妹妹兰子。虽然兰子也知道,自己的行为举动会有多么不合时宜,但亲情的本能还是让她无法置身处苦难境遇中的兄长于不顾,她还是不顾赵大大的再三阻拦,几次毅然决然地来到了胞兄的身边。对于妻子如此不合时宜的"迂腐"行为,已经身为队长且正在积极要求进步的赵大大自然是气恨交加无法理解。这样,激烈矛盾冲突的发生也就势在必然了。

对于赵大大而言,一方面是阶级斗争的时代现实与自己的进步要求,一方面又是朝夕相伴的妻子合乎正常人性的亲情选择。对于兰子而言,一方面是从小把自己拉扯大的唯一的娘家亲人哥哥,一方面又是事实上正经受到了自己富农成分连累的丈夫一家人,可以说,小说的男女主人公事实上都已经走到了自己人生选择的关键路口。虽然在当时深受"山药蛋派"和中国传统小说美学思想影响的张平,并没有以重的笔墨去描写展示赵大大与兰子激烈的内心冲突,但从作家极有节制的关于人物动作的描写中,比如"大大心颤了,觉得鼻子有些酸",比如"兰子一屁股坐在地上,就像那天挨了他一巴掌似的死呆呆地瞅着他",再比如"大大看了她一眼,赶紧走开了",我们其实是完全能够体会得到男女主人公激烈复杂的思想心理冲突的。

激烈冲突的结果,自然只能是赵大大与兰子这一对恩爱夫妻的分道扬镳,虽然很难说,在赵大大与兰子之间有着一种怎样难分难解的现代意义上的爱情,但一种相满载而归以沫的家庭亲情的存在,却是一种无法否认的客观事实。在20世纪中叶中国农村的社会主义文化语境中,说赵大大与兰子是一对难得和谐的恩爱夫妻,应该说还是一种中肯到位的合理评价。然而,当时那样一个由荒谬的"血统论"逻辑支配着的极"左"政治思潮肆虐横行的特殊时代,偏偏就是要打鸳鸯,最终还是无情地拆散了这一对恩爱夫妻。分手给赵大大带来的果然是一连串顺心顺意的好事。很快地,大大就和一位名叫芳芳的年仅24岁的姑娘成了家。这姑娘不仅是东庄支部书记的女儿,而且人还长得像朵花似的:

> 眉毛又细又弯,两腮白里透红,头发又浓又黑。水灵灵的一双大眼睛,朝大大轻轻一扫,竟让他这个后婚郎脸红了好半天。

然而,身背着富农成分这样一个沉重包袱的兰子,离婚后的不幸遭际就是可想而知的。家没了,唯一的嫡亲哥哥也去世了,孤苦无依的兰子只能一个人独守空窑经受着岁月的煎熬。时间不长,就在赵大大喜气洋洋再婚的前些日子,已经怀孕在身的兰子一个人生孩子的时候难产而死。当她离开评委会世界的时候,孤零零地身边居然连一个亲人也没有。

小说所描写的可以说是一个彻头彻尾的悲剧,类似的悲剧在"文革"那样一个特定的时代具有很大的普遍性。应该说,在新时期之初的小说创作中,如同张平这样表现"血统论"逻辑主导下的人生悲剧的作品为数很多,基本上都可以归入到后来被称之为"伤痕文学"的小说创作潮流之中。然而,虽然同样是对于"伤痕"的抚摸与表现,但张平《祭妻》较之于其他同类作品的一个特别之处,却在于对于人物情感世界深入的挖掘与表现。从张平小说的总体发展历程看,善于对情感世界做独到深入的挖掘表现,可以说是他小说写作的一个基本特色所在,这一点,在他的小说处女作《祭妻》中就已经初露端倪。关于《祭妻》的这一特点,杜学文曾经有过很好的论述:"如果张平仅只是把这篇小说写成一个婚姻悲剧或控诉'血统论'罪恶的故事的话,就会使《祭妻》雷同于同一时期可以归属于'伤痕文学'这一范畴的其他许多小说。这篇小说之所以成功,别具一格,在于作者在叙述故事之外,着重提示了人与人之间深切的情感内容以及在此之上表现出来的普通人的人格力量和价值。张平不是平面地讲述一个人的不幸,而是从男主人公赵大大的情感视角出发,写一个生命在特殊的年代里不幸毁灭,在另一个人身上所产生的情感波澜。"张平的小说处女作,之所以在时隔将近三十年之后读来仍然能够对我们的内心世界形成较为强烈的情感冲击力,其根本的原因正在于此。实际上,也正是依凭着对于情感世界的执着挖掘,才使得张平由《祭妻》而开始的后来被归结为"家庭苦情"系列的这一部分小说作品,在当时颇为风起云涌的"伤痕文学"小说中,具备了某种个性化的难能可贵的思想艺术品格。

具体地说来,《祭妻》一个十分突出的艺术特点,就是小说结构安排得非常巧妙。或者也可以说,小说的艺术成功,在很大程度上正是得益于叙述结构设置的成功。照常理说,既然兰子是小说中最重要的女主人公,那么作家的笔墨与视点便应该一直对准兰子才对。但张平在进行艺术处理时,却差不多将超过了一半以上的篇幅都用在了对男主人公再婚之后的生活状况的描写上。很显然,这样的艺术处理方式是一着险棋,弄不好便会取得一种相反的艺术效果,便会让读者将赵大大再婚的妻子误读为小说的女主人公,因而产生一种阴差阳错的阅读审美效果。刚刚走上小说创作道路的张平就敢采用这种艺术处理方式,并且还取得了相当的成功,正说明了张平艺术天分的存在。虽然小说表面上看起来处处在描写赵大大与芳芳再婚之后的生活,但实际上却时时都在映衬表现着女主人公兰子的生活状态。这样一种言在此意在彼的艺术表现方式的成功运用,对于"祭妻"主题的表达起到了十分重要的作用。

从1980年代初期的小说写作时间来判断,当时的作家张平很显然不可能了解海明威的"冰山"理论。但从他的艺术实践来看,最起码,《祭妻》的艺术表现状况是暗合了海氏所谓的"冰山"理论的。海明威以"冰山"为喻，认为作者只应描写"冰山"露出水面的部分。水下的部分应该通过文本的提示让读者去想象补充。他说"冰山运动之雄伟壮观，是因为它只有'八分之一'在水面上"。文学作品中，文字和形象是所谓的"八分之一"，而情感和思想是所谓的"八分之七"。前两者是具体可见的，后两者是寓于前两者之中的。在某种意义上说，海明威的"冰山"理论又类似于中国山水画之中的留白理论。留下足够的艺术空间供接受者去想象填充。张平的《祭妻》在这一方面的表现同样十分突出。通过与芳芳的对比性展示，通过赵大大情不自禁的回忆与联想，能够给读者留下难以磨灭印象的反倒是着墨不多的兰子。而在兰子被塑造的过程中，读者想象力的充分发挥事实上起到了相当突出的作用。

小说一个非常重要的艺术功能，应该是对于具有相当人性深度的人物形象的成功刻画与塑造。这一点实际上是所有成熟的小说家都应该铭记于心的。虽然在进入20世纪后，在西方一些现代或后现代思潮的影响下，包括我们国内的一些带有强烈实验探索精神的小说家都曾经有过在小说创作中放逐人物形象极端性的主张和实践，但在我看来，人物形象的存在与成功与否，仍然应该被看作是衡量一部小说作品思想艺术成功与否的一个十分重要的美学与艺术标准。《祭妻》虽然是张平的小说处女作，但难能可贵的一点却是张平不仅从创作理念上非常自觉地重视对于人物形象的刻画与塑造，而且从艺术实践的层面上看，他也的确较为成功地勾勒塑造出了若干比较生动的人物形象，其中最具风采最值得注意者，当然，还应该是女主人公兰子这一形象。

兰子首先是一位命运凄惨的悲剧性形象。置身于荒谬的"血统论"发生着根本性作用的"文革"时期，自己却偏偏又背着个无法离弃的富农成分，这本身就决定着她不可能逃脱不幸命运的笼罩，其悲剧性的命运差不多可以说是命中注定的。虽然兰子天性善良，为人朴实，勤勤恳恳，任劳任怨，但所有的这一切，最终都无法对抗那个特殊年代荒谬的社会政治逻辑。兰子的冤屈之死，当然可以被看作是张平对于"文革"那样一个不合理的时代所进行的有力批判。

然而，张平却并没有仅仅满足于此，他还试图对于兰子的精神性格内涵做更进一步的挖掘和表现，力求塑造一位带有一定个性化色彩的悲剧性形象来。小说中的兰子虽然注定是一位苦难命运的难受者，但她却并没有成为一位软弱的逆来顺受者。她以自己可以采用的方式对于那个不合理的时代，对于自己所遭逢的不公平命运进行了坚决的抗议，并以这样一种抗议的形式有力地捍卫了自己的人格尊严。这一点，主要表现在与赵大大分手时的具体情形上。当兰子清醒地知道自己所面对的是一种怎样的无法抗拒的命运的时候，甚至于当形象多少有些猥琐的赵大大自己都还不知道究竟应该如何应对兰子的富农成分给自己带来的负面影响的时候，兰子却不无悲壮色彩地面对这一不公平的命运与不合理的时代主动出击了。必须注意到，在与赵大大离婚的过程中，兰子始终是行为的主动发出者，能够沉着冷静地提出与赵大大分手，并有条不紊地对自己离开后赵家的生活作出合理的安排。这本身就说明兰子不是在一时冲动的情况下采取行动的，提出分手是兰子认真思考之后作出的慎重决定。虽然兰子清楚地知道，与赵大大分手对自己意味着什么，此后的自己所面临着的将会是一种怎样的命运遭际，但她还是毅然决然地做出了决定，并将之付诸行动。很显然，身处极端逆境中的兰子，能够主动地做出与赵大大分手的决定，正意味着她对不合理的时代和不公平命运的最大抗争，正可被看作是女主人公对于自己人格尊严的极大维护。虽然兰子只是一个普通的村妇，虽然她肯定无法对于自己的行动作出这么一番理性的解析，但我们从她的言行举止中读出的却的确是这样一种难能可贵的精神境界。张平《祭妻》之所以在当时"伤痕文学"的小说创作潮流中显得有些不同于流俗，至今看来仍然没有被完全地遮蔽和淹没,应该说,在很大程度上,正是得益于兰子这样一位带有一定的精神超拔性、别具相当人性深度的悲剧性女性形象的独到发现与成功塑造。

二

从某种程度上说,《姐姐》讲述的依然是一个类似于《祭妻》的悲剧故事。这两篇小说所展示的都是本性善良的青年女性因为家庭出身的拖累,在"文革"那样一个特殊的极"左"时期遭受的命运的不公平待遇。唯一的区别在于,《祭妻》中的兰子以她悲惨的死亡向不公平的命运与不合理的时代提出了强烈的抗议,而《姐姐》中的姐姐则最终走出了不幸命运的困扰,走上了一条充满希望的人生道路。《祭妻》中困扰兰子的是她的富农成分,而在《姐姐》中影响着姐姐命运的则是自己父母被打成"右派"。如同《祭妻》一样,婚姻问题再一次成为张平"家庭苦情"小说的艺术切入点。姐姐的婚姻同样是无奈的:

> 近十年的山村生活,虽然磨炼了她,但家庭的困顿以及父母的政治身份所带来的前途和婚姻的一次次挫折,终于摧毁了她精神上的支柱。因此姐姐的出嫁,不能不说是她对生活压力的大败退!她无力抗衡,无可选择了。只能转身一跳。是沟是崖,也全然不顾了。

真的是"男大当婚,女大当嫁"啊,这样一种无形的"传统",就连事实上身为高级知识分子的父母都没有勇气去抗争,去打破,张平此处关于父母的描写是相当耐人寻味的。

所以当姐姐最后那次"相面"回来,默默无语,以示应允了的时候,真是全家最悲怆的时刻。我常常想,那时若是姐姐轻轻说上一句,她不嫁人了,爸爸妈妈就是再痛苦、再难受、任凭别人怎么说,也一定会答应的。反过来,若是爸爸妈妈说上一句不让姐姐这样走了,那姐姐就是当一辈子处女，也不会这样糊里糊涂地嫁了人。

然而双方都没有这样说！

姐姐的柔弱、顺从自然是可以理解的，但是父母的态度为什么也会是这样呢？身为高级知识分子的他们其实完全可以明确表示反对的态度，完全可以承担起拒绝女儿嫁人的责任来。他们的无言，岂不是眼睁睁地看着自己的亲生骨肉在往火坑里跳么？毕竟姐姐与她的丈夫实在是太不般配了。这一婚姻悲剧的描述，当然首先是在诅咒批判着当时那个极不合理的时代。然而，如果我们把作家此处对于父母态度的描写与"文革"结束后父亲对姐姐超乎于寻常的关心进行一番认真的对照，那么，父母对于姐姐婚姻悲剧的形成同样应该承担一定程度的责任，则也是自在情理之中的。

身处那样一个乖谬荒唐的年代，就连自己的生身父母都没有出面做出任何制止的举动，年已27岁、似乎命中注定必须完成自己的一场婚姻形式的姐姐，就这样满腹哀怨地无可奈何地嫁给了无论是家境、形象，还是精神气质都绝不般配的姐夫。

只有姐姐没哭。她那麻木迟钝的脸上看不出任何表情。那时破"四旧"，没有鼓乐，没有鞭炮，姐姐穿着一身并不鲜艳的新衣服，跟着姐夫，跟着那一溜迎亲人默默地去了。"可以看得出，由于《姐姐》中的主人公有生活中的原型，由于张平与生活原型之间那样一种深厚的情感联系，所以在这一段描写中作家尽可能地克制着自己强烈的内在情感，尽可能地以疏淡平静的笔墨书写着实在不寻常的悲剧性场景。正可谓此时无声胜有声，虽然没有呼天喊地的哭叫，没有进行刻意的渲染描写，但那样一种场景的压抑、灰暗却已经深深地刻印在了读者的脑海之中。只一句"麻木迟钝的脸上看不出任何表情"，只一句"默默地去了"，张平事实上就已经写尽了姐姐此时此刻心境的苦涩、无奈、悲凉甚至绝望。

当故事情节发展到这个地步的时候，姐姐的命运确实很有可能演变

266

为类似于《祭妻》中兰子一样的悲剧结局。虽然不能说这样的一种处理方式就没有思想艺术价值,但如此这般带有明显自我重复意味的小说写作,很显然并不可能成为张平的创作选择。从小说文本来看,小说的故事情节正是从这样一个情节的扭结点上,开始向着与《祭妻》相反的方向发展演进的。

如果说兰子嫁到赵家之后,只是有过很短暂的一个平和时期,然后很快陷入了困难的境地,并且被迫"主动"与赵大大离了婚的话,那么姐姐嫁到姐夫家之后的遭遇却是根本相反的,这样一位长期遭受别人冷眼歧视的五类分子子女,到了婆家之后获得的居然是无法预料的尊重与庇护,正是这样的尊重与庇护一步一步地将姐姐从一种心灰意冷的绝望心境中拉了出来。很显然,在姐姐与姐夫之间,似乎的确是没有一种可以叫做现代爱情的东西,但是在一种相濡以沫的状态中,姐姐与姐夫、与姐夫一家所逐渐建立并日益深厚起来的骨肉亲情,却是极其感人、极其弥足珍贵的。在这样的一种情感转换过程中,姐姐不仅得到了难能可贵的理解和尊重,而且还有了一种自我价值得以充分实现的满足与自豪感,实际上也正因为姐姐把自己的整颗心都扑在了这个家上,所以姐夫那样一个原本"虽然是贫农成分,但因为弟兄们多,房产少,家里穷,队里分红低,终究没人肯上门"的家庭,方才发生了天翻地覆的根本变化。很显然,如果没有姐姐这一事实上的家庭核心的存在,那么姐夫那样一个异常贫穷困顿的家庭,其实是很难发生根本性转变的。

正因为姐姐事实上已经成为了姐夫一家的家庭核心,所以小说的故事情节也就自然而然地导向了在父母的"右派"问题被改正之后,姐姐到底应该不应该弃乡进城的问题上。从小说结构的角度看,我们也完全可以说,姐姐进城与否的问题与姐姐当年在"文革"中嫁不嫁的问题一样,都应该被看作是理解《姐姐》这篇小说最为关键的情节扭结点所在。虽然在导致姐姐不合理的婚姻过程中,当时那个特殊时代所奉行的"血统论"逻辑应该承担最为主要的责任,但作为父母在这一事件中所表现出来的暧昧态度无疑也起了一定的作用,他们自然应该承担相应的责任。"老实说,爸爸对姐姐的思念里,除了儿女之情,更多的是钦佩,是内疚。"正因为意识到了自己的"右派"问题对儿女命运产生过的负面影响,因为意识到了自己当年在女儿婚姻问题上实在不应该的默许态度,所以一种谦疚心理才会紧紧地缠绕在父亲心里而难以释怀。或许正是在此种心绪的主导之下,自己的问题被改正后的父亲首先想到的,就是怎样争取一个名额,早日把姐姐的户口从农村迁到城里来。在父亲看来,他只能以这样一种方式来弥补自己曾经的过失,并使自己的歉疚心理因此而获得些许安慰。

然而,这一切努力却只是父亲自己的一厢情愿而已,他根本没有顾及姐姐的想法,他根本没有考虑姐姐事实上已经成为姐夫一大家须臾也不可离开的当家人这样一种客观现实的存在。这样,父亲和姐姐在姐姐到底应该不应该将户口迁往城里的问题上发生激烈的矛盾冲突,也就是十分自然的事情了。此时的姐姐已经是为人妻、为人母,已经是姐夫这个多达二十多口人的农村家庭中的主心骨了。这样,姐姐的选择自然就不会那简单随意了。也正是在这样的意义上,我们才更能够理解并接受姐姐作出的最终选择。如果说,姐姐当年因为父母"右派"问题的影响而嫁给各方面均不般配的姐夫,是一种被迫无奈的带有强烈悲剧色彩的选择的话,那么,姐姐现在所作出的选择,就是一种无论从哪一方面来说都可谓是明智而合理的选择。在这样的选择中,既有姐姐的责任担当,也有姐姐的感情投入,更有姐姐在给父亲的信中所记得意强调的"良心"。

有一个问题必须提出来进行讨论,那就是究竟应该如何看待、评价姐姐的人生选择,或者说,应该如何看待、评价作家张平对于姐姐人生轨迹进行这样一种设计的问题。在我看来,张平的这样一种艺术设计不仅是合理的,并且还因此而使得这篇《姐姐》在当时风行一时的"伤痕文学"

潮流中获得了一种别具特色的超拔品格。姐姐当年的婚姻虽然是不情愿不如意的,但人却总得以理智的态度去面对严峻的现实。更何况,一贯受人侮辱与歧视的姐姐来到姐夫家之后,居然得到了一种根本没有预料到的尊重与庇护。如果说姐姐的下嫁是一种屈就的话,那么,这样一种异常珍贵的尊重与庇护就可以被看作是生活对姐姐的意外馈赠。在某种意义上,这样一种格外珍贵的尊重与庇护,乃是姐姐得以有勇气继续生活下去的一个重要原因。如果说,姐姐的不幸婚姻意味着父亲对姐姐有所亏欠的话,那么,因为这种尊重与庇护的存在,姐姐反而对姐夫一家有所亏欠了,所以姐姐在给父亲的信中刻意地强调人要有良心。如果说,姐夫一家对姐姐的尊重与庇护,可以被看作是对困境中的姐姐伸出难能可贵的援助之手的话,那么姐姐也就不可能在后来丢开这个家而独自一人返城。否则,就是一种突出的背叛或者说是忘恩负义的行为。由此看来,姐姐留在农村的人生选择中,所强烈凸显的正是姐姐身上一种突出的知恩图报、勇于担当的传统美德。

在当时流行的"伤痕文学"作品中,一个基本的叙事模式就是"受冤屈来到——获平反离去"。不管是"右派",还是知青,这些来自都市中的被冤屈被放逐者都是很不情愿地来到农村世界的。之所以不情愿,一个重要的原因就是农村的生活条件较之于城市要差了很多,而让这些城市人迁到农村,其实带有明显的惩罚意味。这样看来,无论是对于父亲母亲而言,还是对于姐姐和"我"而言,生活似乎的确是很不公平的。设若没有政治风暴的发生,设若父母没有被打成"右派",那么"我"的这个家庭自然也就会一直在城市享受一种现代生活。正因为发生了这样的惩罚行为,所以从"我们"的角度来说,一种哀怨不满心理的产生是自然而然的事情。然而,问题的关键在于如果说这些被冤屈被放逐者还有希望有朝一日离开农村世界的话,那么,那些在农村土生土长的,那些世代都在过着一种"面朝黄土背朝天"的农耕生活的农民们,他们又该怎么办呢？他们的希望何在？难道他们就是天生的贱民？他们就应该在那些城市人所无法容忍、接受的农村世界里一直生活下去吗？我觉得，在当时的"伤痕文学"（包括稍后一些的"知青文学"）作品中，其实是潜藏着这样一个自明的叙事前提的。一种凌驾于乡村生活之上的城市优越感的存在，恐怕是当时的那些作家虽然无法理性地认识到但客观上却明显存在着的一种真实的心理状态。我不知道当时的张平是否会清醒地意识到这一点，一个接近事实的判断应该是不会有这样一种清醒的意识，然而，从《姐姐》这一小说文本的艺术设计来看，张平其实已经通过姐姐最终的人生选择，通过姐姐写给父亲的那封信，极其鲜明有力地揭示了这一问题的存在。虽然张平只是在一种并不自觉的潜意识状态中揭示出了城市与农村之间的这样一种不平等状态，然而正是凭借着这一点，张平的《姐姐》方才能够在当时普遍流行着的"伤痕文学"小说中显示出了一种与众不同的超拔的个性色彩。事实上，也正是在揭示这一不平等现象的过程中，姐姐这样一位具有着感恩隐忍的思想，具有着自我牺牲精神的女性形象，得以形神兼具地出现在读者面前。在某种意义上，我们完全可以说，张平笔下的姐姐，简直就是中华民族传统美德的一个化身。这一点，在时过境迁之后的今天看来，尤其具有重要的意义。张平的《姐姐》之所以能够在当时众多的小说作品中脱颖而出，能够被评为1984年度的全国优秀短篇小说，这样一种超拔思想个性色彩的具备，这样一位具有中华传统美德的女性形象的成功塑造，应该说，都是重要的原因所在。

三

如同《祭妻》《姐姐》一样，张平的中篇小说《梦中的情思》的艺术视点又一次聚焦在了作为女性的秀兰身上。秀兰与刘宝一块儿长大，可谓是青梅竹马两小无猜，他们之间爱情的生成是自然而然的。然而，在"四十年前"那样一个"父母之命"依然发挥着巨大威力的时代，秀兰却被迫嫁给了从未谋面的本村一位乡绅的儿子——在外读书的大学生吴皑。然而，吴皑的情形与秀兰很是相似，他也有自己刻骨铭心的恋人，大学同学丽萍。丽萍是在吴皑违心地与秀兰结婚四年之后，被日军飞机的轰炸夺去生命的。然而，正如同秀兰总是无法忘怀刘宝一样，丽萍虽然早就离开了这个世界，但吴皑却一直没有停止过对于她的思恋怀想。

《梦中的情思》的时间跨度很大，前后长达四十年的时间。这四十年间，自然发生了许多的事情，那么，选择发生于秀兰和吴皑以及刘宝之间的哪些事情进入自己的小说文本，也就自然首先显示出了张平突出的艺术智慧。按照小说中的交待，秀兰与吴皑一共生有四个孩子，既然秀兰与吴皑各有自己的心上人，既然吴皑结婚时"只住了三天就走了，动也没动她一下"，那么，他们又怎么会成为四个孩子的父母呢？这就成了张平必须首先解决的一个叙事难题。既然父亲的力量可以迫使已经上了大学的儿子违心地与自己并不喜欢的秀兰结婚，那么，解决这叙事难题的希望自然也就只能落脚在吴皑的父亲身上。当吴皑的父亲发现结婚四年之后，秀兰和吴皑还没有同床的时候，他自然就火冒三丈地大发雷霆了。正是依凭这样一个情节的巧妙设计，小说中一个根本性的叙事难题得到了合情合理的解决。

叙事难题解决之后，张平主要选择了1950年代中期的反"右派"斗争、1960年代中期的"文化大革命"以及"文革"结束之后的改革开放这三个金饭碗展开了对于秀兰与吴皑之间所谓"剪不断理还乱"式的情感联系的艺术描写与表现。首先是反"右派"斗争，一心一意专注于事业追求的吴皑，在当时成为"右派"打入另册，几乎就是一定的事情。吴皑自己成为"右派"不要紧，关键是他的这一人生变故给自己的家庭带来了沉重的打击。然而，根本的问题还并不在于秀兰对于家庭生活的独力支撑，而是在于当丈夫隐入生活的深渊时，秀兰对丈夫吴皑所采取的态度。在某种程度上，吴皑之所以能够苦苦地撑过那些艰难的日子，也正是依赖于秀兰对他的不离不弃。的确如此,对于秀兰这样柔弱善良的中国乡村女性而言,那些背信弃义、落井下石、雪上加霜的事情,注定是与她们无关的。不难发现,出现于张平早期小说中的女性形象,无论是兰子(《祭妻》)还是姐姐(《姐姐》),抑或我们这里所谈论分析着的秀兰,她们都是属于一种类型的女性形象,虽然她们存在着很明显的个性差异,但是作为一种柔弱贫贱普通如同小草一样的生命,于默默无闻中承受苦难命运的折磨与摧残,却又似乎的确是她们共同的特征所在。也正是在这样一种似乎是被动地承受苦难命运的过程中,一种生命力的坚韧,一种如同世界一般宽厚广阔的胸怀,得到了一种强有力的艺术表达。然后,就是更为残酷的"文革"时代的到来。既然曾经是"右派",那么,吴皑在"文革"中的在劫难逃也就是可想而知的了。

　　她好不容易才在实验室旁一所存废料的小仓房里找到了他。他躺在一堆黑乎乎的棉花团子上。一见到她,嚷了一声,伸出了手,在半空中像要抓住什么似的摇了几下,头一歪,就昏过去了。

正如同吴皑被打成"右派"时,秀兰没有与他离婚一样,当吴皑在"文革"中再次陷入深渊的时候,对他伸出援手的依然是他的发妻秀兰。

改革开放时代的到来似乎使一切都翻了个,当然也从根本上改变了吴皑的命运。我们注意到,对于秀兰与吴皑进入改革开放时代之后的生活状貌,张平同样给予了浓墨重彩的展示。无论是从小说叙事结构完满的角度来看,还是从人物性格深度刻画的角度来看,作家对于这一时段人物生活状貌的展示与表现都是十分重要的。张平《梦中的情思》所采取的乃是一种追叙式的叙事结构,通篇都是由现在时的秀兰对于既往岁月的回忆片段连缀而成的。所谓人生的梦幻感,所谓"梦中的情思"云云,其实也正是在这一点上方才能够体现。张平作为一位优秀小说家突出的艺术结构能力,在《梦中的情思》这一中篇小说中,得到了初步的全面实现。

随着改革开放时代的到来,知识分子吴皑的生活自然也就发生了根本性的变化。那个曾经被打成"右派"劳教三年,那个在"文革"中曾经被折磨得死去活来的吴皑不见了,取而代之的则是一个神气活现的吴皑。由于吴皑的变化,吴皑与秀兰之间也出现了一种可怕的"距离"与"鸿沟"。在秀兰的理解认识之中,虽然自己与吴皑之间存在着很大的距离,也说不上有什么深厚的感情,自己一直无法忘怀于刘宝,而吴皑也一直默默地思念着丽萍,但是在经历了反"右"与"文革"这样两个特别的政治年代,尤其是当吴皑在这样的两个特别年代落入生活深渊的时候,自己不仅没有落井下石,反而还积极地施以援手,以一种相满载而归以沫的方式,与吴皑共渡难关之后,最起码,自己与吴皑之间那种身份差异的鸿沟是已经被抹平了。但活生生的现实却告诉秀兰,这些都只是她个人一厢情愿的幻想而已,由于身份差异所导致的鸿沟依然触目惊心地存在着。

本来,在我看来,小说如果能够在写到秀兰下决心回乡下过年时断然终结,可望取得一种较为理想的悲剧性效果,这样一种艺术处理方式,将会使张平的这部《梦中的情思》成为一种具有相当艺术震撼力的情感悲剧。令人遗憾的是,张平在秀兰已经决定要回乡下之后,又增加了两个艺术细节。一个是,就在秀兰已经决定返回乡下的时候,从乡下突然传来消息说,刘宝已经病重不治,想在临终前见到她。另外一个是,经过一番大概不无激烈的思想斗争后,吴皑终于决定与秀兰一起回乡下过年。前一个细节的设定,当然是为了进一步强化秀兰与刘宝之间真切的情感联系。但是这样的细节设定却带来了两个艺术弊端。其一是使小说带有了更为强烈的偶合的"戏剧性"色彩,其二则在很大程度上削弱了秀兰决定返回乡下这一举动中潜有着的女性尊严觉醒的意义和价值。给读者的一个明显错觉就是,仿佛正是刘宝的病重方才促使秀兰下定了返乡的决心似的。后一个细节的设定,其目的乃是为了凸显吴皑本性的善良。吴皑当然不是一个十恶不赦的坏人,但这样的一个细节设置,一方面,似乎不太符合吴皑其人的性格逻辑,另一方面,也在自觉或者不自觉地将一部情感的悲剧扭转成了一部情感的正剧。虽然从小说的"政治"上看,作品无疑正确了许多,但从小说的艺术表现层面来看,这样的细节却也明显地削弱了作品的艺术深度,削弱了作品所本来应该具备的悲剧性审美效果。正是从以上的理由出发,张平为《梦中的情思》这部中篇小说所设定的结尾处的两个艺术细节,应该被看作是本来可以避免的艺术上的败笔。

然而,虽然存在着这样若干艺术上的败笔,但这却并没有从根本上影响《梦中的情思》成为一部具有相当震撼力的情感悲剧。尤其是,如果我们把张平的这部中篇力作旋转于当时作为文学主潮存在的所谓"伤痕""反思"文学潮流中进行对比考察的话,那么,我们将会发现,张平的这部《梦中的情思》具有一种特别的个性化的意义。之所以要刻意地强调这一点,是因为在当时的"伤痕""反思"文学潮流中,在处理类似于张平《梦中的情思》这样的小说题材时,当时的绝大部分作家会本能地选择吴皑这样的知识分子作为焦点性的关键人物。或许因为作家本身就是知识分子,与知识分子之间存在着天然的情感立场认同的缘故,当时的绝大部分作家会站在知识分子的立场上,为如同吴皑这样曾经在反"右"与"文革"社会政治运动中饱受劫难的知识分子鸣不平,为他们喊冤叫屈树碑立传。在我看来,这样的处理方式与这些"伤痕""反思"小说作品中普遍地把吴皑这类知识分子设定为切入文本的视角性人物,存在着很大的关系。

与当时普遍流行的小说作品形成鲜明对照的是,张平在《梦中的情思》中格外鞭辟有力地通过秀兰与吴皑四十年来的情缘纠葛的描写,提出了对于如同吴皑这样的在别的小说文本中被大力肯定的知识分子形象的艺术性质疑。那就是，吴皑作为一名忠于职守、兢兢业业于自我专业追求的知识分子，他在反"右"与"文革"中的不幸人生遭遇当然是不应该的，当然应该得到我们充分的悲悯与同情。对于这一点，张平在《梦中的情思》中，同样进行了相当的艺术描写与表现。然而，在艺术地呈现知识分子吴皑的不幸命运遭际的同时，张平的一个难能可贵之处在于，他更将自己的艺术笔触伸向了对于吴皑精神世界的质疑与追问。这就是，虽然作为知识分子的吴皑曾经有过苦难的不幸遭际，但他在获得我们足够同情的同时，是否也同时获得了某种道德上的豁免权呢？这就是说，面对着曾经在自己遭受劫难时，以极大的热情帮助过自己的，如同秀兰这样的普通民众，身为知识分子的吴皑们是否有足够的理由以"嫌弃"的方式去加以背叛呢？

我们注意到，对于同样的问题，作家张贤亮在他的《绿化树》《男人一半是女人》中也已经隐隐约约地有所涉及，只不过他并没有如同张平这样以如此鲜明的方式突出地加以提出而已。当作家章永璘作为小说的视角性人物的时候，可能就会本能地或者说是我意识地遮蔽这一点。而张平的《梦中的情思》之所以能够突破这种艺术遮蔽，之所以能够强有力地提出这样一个十分重要的问题来，从根本的艺术原因上说，正是因为作家选择了秀兰这位普通的乡村女性作为小说文本最为根本的视角性人物的缘故。这样的一种艺术处理方式，就使得张平的《梦中的情思》这部中篇小说，事实上具备了双重的艺术内涵。一方面，他在呈示表现着吴皑作为一位知识分子在当代人生命运的跌宕起伏。另一方面，他又在对吴皑相对于普通民众所体现出来的某种精神优越感，进行着强有力的质疑与否定。非常遗憾的是，张平这部小说所具备的这种双重的思想艺术价值，在发表的当时，并没有引起批评界的充分注意，当然更不用说对这双重的思想艺术意涵的深入阐释了。这一点，只有在早已时过境迁之后的今天，当我们重新回头阅读审视这一作品的时候，方才有了一种豁然开朗式的顿悟与发现。只有到了现在，我们方才清楚地意识到张平这部《梦中的情思》，在当时的"伤痕"与"反思"文学潮流中所具有的不同于流俗的重要的个性化价值。如果从重写文学史的角度来看，我们也不妨可以说，《梦中的情思》乃是一部被重新发现和认识的20世纪1980年代"伤痕""反思"文学潮流中重要的小说佳作。

然而，仅仅注意到张平那特别的人生经历，仅仅注意到张平早期的小说创作与他那特别的人生经历之间的关系，还是远远不够的。更关键的问题，是要充分地注意到张平早期小说创作对于一己生存经验所进行的一种超越性表达。这一点，在《姐姐》中略露端倪，最集中地体现在他的中篇小说《梦中的情思》中。如果从人生经历的相似上来看，知识分子吴皑与张平的父亲最为相似，他们都是反"右"运动中劫难的承受者。照常理说，张平的情感立场自然而然地应该倾向于吴皑才对。这也就是说，张平本来应该以吴皑为切入小说文本的焦点人物，似乎才更加地顺理成章。但事实上，张平却并没有将吴皑处理为视角性的焦点人物，反而把秀兰这样一位普通的乡村女性设置成了一个视角性的焦点人物。这样的变化，虽然从表面上看起来似乎只是一种叙述视角的为化而已，但从更深的层面来看，却意味着话语权的一种变化。它既意味着话语权更多地归属了秀兰这样一位普通的乡村女性，也意味着吴皑在某种程度上成为了小说文本中一个被审视的对象。这样，在表达对吴皑不幸命运的同情与悲悯的同时，作家也将质疑与追问的目光对准了吴皑的精神世界。正如同我们在前面曾经强调过的，吴皑在反"右"与"文革"中的不幸遭遇并不能使他自动获得道德上的豁免权，他再度春风得意之后对于发妻秀兰的嫌弃与冷漠，无论如何都无法取得公众的理解与认可。如果说，《梦中的情思》正是依凭这一点，而在当时的"伤痕""反思"文学潮流中具有了某种超越性的思想艺术品格的话，那么，我们也就可以说，同样正是依凭这一点，张平成功地实现了对于一己生存经验，对于控制了自己很长时间的所谓"五类分子"子女情结的根本超越。从张平后来的基本写作历程来看,对于广大普通民众生存状态进行艺术性的描摹与表现,自觉地成为普通民众的代言人,一直是张平小说创作一个根本的特点。认真地追溯一下,作家这一创作特点形成了初起始点,正是这一部名为《梦中的情思》的中篇小说。

选自《海南师范大学学报》2009年第4期

智慧的文学

——钟道新小说综论

阎晶明

　　从1981年开始创作起,钟道新已发表了二百万字的小说,完全有理由说钟道新是一位勤奋的小说家,他步入而立之年之后,终于找到了最适宜自己展示才华,显露无边无际的知识的天地。但是,我至今仍然认为,钟道新并不是一位纯粹的小说家,如果不是历史风云和个人命运的反复无常、一错再错,他也许并不会选择艺术作为自己的主要职业,无论从家庭背景还是个人天赋爱好上,钟道新似乎对那种有规则、有定律、有极大智慧因素的职业有着本能的偏好。"一种文雅、深奥、清高的专业"是他至今无法排除的梦。他在自己的小说世界中一而再再而三地编织、描述、咀嚼这一切,可以见出他对它们的迷恋达到了何等地步。也许正因此,读他的小说会忘记是置身于文学世界之中,这首先是因为钟道新就是这样想、这样做的。但我们的的确确无法否认,钟道新的小说像他迷恋的那些深奥职业一样文雅、清新。剖析这样一位作者,是一件困难而又有趣的事情。

钟道新小说世界的构成

钟道新小说最基本的特色,是他似乎在努力把一个最难进入文学世界的社会领域,很专业、很具体地化入到文学世界之中,使之生动化和形象化。他的小说大多不离开当今世界的尖端科技领域,他笔下的人物,大都具有统一的特点,就是极高的智力水平,用钟道新自己的话来讲,即是智商都在130以上。他们从事着世人鲜知的深奥职业,具备远远超出普通中国人教育水平的高学历、高学位,他们的家庭大都是数代相继的"书香门第",是当今中国为数不多的精神贵族。

钟道新依靠什么使得如此冷僻,规律性极强,极无戏剧性的领域化入到文学之中呢? 这就不得不使我们首先对钟道新小说世界的构成发生极大兴趣。

综览钟道新小说,我发现它们大多由三个基本点构成。这三个点支撑了他的小说,使之立体化。这三个点是:科学、权力和金钱。除了极个别作品,如处女作《继承》和《风烛残年》《第二故乡人》以外,钟道新小说都不曾离开这三个"点"。将他的小说按时间顺序加以排列又会发现,在他整个创作过程中,有一个明显的变化轨迹,这一变化过程的简单描述可称之为是由简单到复杂、由单一到综合。

1983年以前,钟道新发表了五篇小说,除《继承》和《风烛残年》以外,其他三篇则分别预示了钟道新小说世界的三个基本因素。《交接》是一篇描写新老科学家权力交接过程的短篇,这篇作品的用力不在于描写权力,而是借权力的交接来展示科学家,尤其是老一辈科学家的道德情操。前来与自己的恩师,一位声名卓著的老教授接替系主任职位的"我",开初的想法在矛盾忐忑中多少带有一点世俗味道,认为老教授的辞职有如"终生尊之为父的人"搬出自己的住宅。而老教授的由衷之言却使"我"大为感动,他是因为感到自己"在学术上落后,落后了整整一个时代"才辞职的。在这里,丝毫没有权力欲的失落与满足,有的只是科学的圣洁和科学家因事业造就的道德情操。在这篇作品里,可以见出钟道新对科学事业的敬仰和赞美。几乎同时创作的《青山遮不住》,则是将科学与无知的权力置于一个矛盾体中。具有很高专业水平的张总与不懂科学的王局长在购买进口设备的选择上发生了矛盾,前者注重技术水平与长远利益,后者则贪图便宜,目光短浅。在这场矛盾较量中,引出另外两个人物,一位是同样深悉专业技术但政治上胆怯、油滑的李工,他明知科学与无知之间的利害得失,却最终倒向权力一边,而另一位则是理解、尊重科学的权力人物"部长",是他做了最终的裁定,使科学得以张扬。在这里,钟道新意味深长地道出知识在权力场中的作用。稍后发表的《有钱十万》,则是将金钱置于人生的砝码上,最终说明金钱尽管有极大的用武之地,但最终不能带来人生的幸福。

科学、权力和金钱,看来的确是构成钟道新小说的基本要素,这其中,科学本身则是核心所在。从1985年起,钟道新的小说创作发生了很大变化,这种变化最基本的是篇幅的加长。他从此将单一的题材综合为一体,由一个冲突情节变为多条矛盾线索。早期的小说多为一人一事的描写,此后则变为一个领域的全过程、全方位展现。这一变化并非只是一种量变。由于整体综合的结果,使他的小说在专业知识的描述上容量大为增加,《国手》写围棋界,《部长约你谈话》写经贸界,《经济风云》写经济界,《有感于斯文》写计算机领域,《超导》写高能物理界,《权力场》写从上至下的政治领域。也许正是由于这一原因,使钟道新小说在某种程度上让人想起美国作家阿瑟·黑利,不过我以为,钟道新毕竟与黑利有很大不同,如果抛开他小说中大量的专业知识,寻找其人物之间的关系脉络,我们会发现,钟道新十分注意区分科学家及学者的不同种类。这种不同并不是专业水平、智商程度、学历背景之间的不同,而往往是对待科学的态度,是他们从事科学事业过程中的目的以及由于不同目的导致的不同手段。如果说科学本身是钟道新小说三要素中的核心,那么,不同的人对待科学的不同态度以及他们不同的为人处事方式,则是核心的核心。

大体上看,钟道新把科学家分为两种,一种是追求功利目的的人,一种是献身科学,把科学当作智慧和生命力发挥、张扬的人。钟道新这样做的理论依据,是他几篇小说引用过的爱因斯坦和普朗克对科学家划分的言论,其次,也是最主要的,是基于他对这一人物群体自幼至今的谙悉。从《青山遮不住》开始,钟道新就不断在小说中表现这两种人的差异和矛盾。在《青山遮不住》里是张总和李工,前者可以说是"献身科学"的人,而后者则属于"追求功利"的一类;《部长约你谈话》中是华烨和黄塞,围绕购买美直升飞机事务,以技术要求至上、科学原则第一为标准的华烨,与受权力因素、个人私生活因素干扰的黄塞发生了根本分歧。最后,华烨终于不能抵抗权力场中的复杂纠葛而败北回国,招致"部长约你谈话"的结果。《经济风云》中是童泯与罗征南,童泯一心扑在事业上,为追赶信息时代的步伐不问旁事,而罗征南则注重人际关系,注重伦理常情,把"懂技术"当做"不懂人际关系的同义词",将微机用于处理人际关系的手段。《有感于斯文》里是屈天成与唐开智,天赋、学历、水平均无可挑剔的屈天成,被同样身为专家的唐开智暗中阻挠甚至迫害,不得不辞职远走,"落草为寇"。

钟道新非常擅于描写这些人之间的矛盾,他们之间那种隐约的迂迴的对抗,使情节不断造成戏剧性效果。在这种两方较量中,一方是不自觉的,处于对抗环境的明处,且初出茅庐,不谙世事,没有也不追求权力;一方是自觉的,又处于暗处,且世故练达,具有直接约束对方的权力。这样,斗争的结果就不问自知了。这一点,在《部长约你谈话》和《有感于斯文》里表现得再明显不过。也因此,我认为这两篇是最能体现钟道新特色的小说。钟道新写过一篇《姓赵的山东人》,这篇小说可以说是将第二类人拿出来做单项分析的一次试验。在冲突双方之间,钟道新在价值评判上无疑倾向于肯定第一类人,但饶有兴趣的是,他对第二类角色并不直接显露批判态度,无论对黄塞还是唐开智,作品中几乎没有用一个贬义词来界定他们。在《姓赵的山东人》中,对那位玩世不恭,见机行事,将科学研究作为向上爬,满足虚荣心手段的研究生,也只是通过叙述者与他的对话来展开其个人经历和行为方式,叙述者"我"对这位"姓赵的山东人"的价值评判,则避而不谈,当然,作品一开头引用爱因斯坦对科学家三分法的名言,则暗示了作者的态度。钟道新之所以不做人物道德品行方面的直接的价值评判,我以为首先在于这些人同样是高学历、高学位、高智商的专家学者,而对这样的人,钟道新无论如何在很大程度上保持着尊重的态度,再者,也是钟道新的聪明之处,他知道,简单的价值评判无疑是当代小说的大忌。

相对来讲,钟道新对老一辈科学家有着极大的崇敬之情,《交接》里的老教授,《有感于斯文》里的钱简之,无论学识、品行,尤其是职业道德,几乎无可挑剔。对年轻一代,则既对他们不倦的事业追求抱以赞叹,又对他们不谙世事、不断受挫表示担忧,这样,中年一代就常常扮演了第二类人的角色。他们专业素质甚高,对人情世事把握分寸得当,又握有一定权力。这种三代分法在《有感于斯文》里表现得再明显不过。可以说,钟道新是把科学领域同时作为人生的修炼场来看待,他的小说有一个暗藏的主题,即人情练达不易,至高的科学境界更难。

钟道新绝不空谈科学,权力与科学之间的交织是其主线,除此之外,还有一项东西同样制约着科学的发展,这就是金钱,用钟道新的小说语言来讲,"钱是一切事物的量纲"。《部长约你谈话》中,华烨雄心勃勃要在美求学,但钱是首要问题;《经济风云》中的国贸公司,一切事务都围绕着钱转;《有感于斯文》里的屈天成想去日本参加专业年会,钱是阻碍他成行的主要症结。而在这些地方,钱又常常同权力纠缠在一起,分配资金的用项及数额是权力者的主要职能之一。钟道新后期创作的《超导》,是将金钱与科学的矛盾置于一体的典型作品。中国科学家与美日科学家同时向世界科技领域的难题低温超导冲击。与资金实力雄厚,在优越条件下从事研究,并能顺利发表论文、实验证明的西方科学家相比,中国科学家则把大量的精力与才智用于筹集资金上。他们四处奔走,既向有关部门申请,也常常发动个人关系,到处求援,甚至拿出可怜的个人积蓄,投入到研究事业中,就在这样的条件下,他们还是凭着意志和智慧与美日科学家几乎同时完成了一项重大的科学突破,但最后的问题还是钱,没钱就不能发表论文,没钱再加上无权,就不能做实际验证,最后眼巴巴看着别人用同样的成果拿走了诺贝尔奖。这篇小说里,权力的作用被泛化为一种社会理解,这种社会理解同时决定了他们资金数额的大小与来源。这里,钟道新找到一个更加深刻的主题,如果一个社会的整体文明程度不高,如果全社会对科学事业缺乏足够的理解,如果一个社会的生产力水平程度太低,再大的聪明才智也只能消耗在一些科学以外的事务中,使科学化为一种空想和泡影。因此,钟道新在卷首意味深长地写下了自己的结论与愿望:"愿民族的血脉能呈超导态""无耗损地""循环传输"。

钟道新小说的独特氛围

钟道新小说描写的是鲜为人知的生活领域,在这里,不但他们从事的深奥职业不为世人所知,围绕他们的环境氛围,也自有其独特的一面。

钟道新小说中的人物,无论从家庭背景、个人经历、服饰打扮、语言谈吐等方面,都有其一致的特性。这种特性简括起来就是,他们是当今中国稀有的精神贵族,个个具有一种地道的绅士风度。英人有谚语:"培养一个贵族至少需要三代人的努力。"于是,钟道新小说里的人物大都是世家子弟,《有感于斯文》里的屈天成,父亲是钱简之院长年轻时的留美同学,《超导》里的贝小知,有一个美国麻省理工学院博士的父亲,类似的人物还有不少。钟道新常常喜欢具体交代和追溯各个人的学历背景,美国的哈佛、康奈尔、普林斯顿;英国的牛津、剑桥;中国的北大、清华,是他们中许多人深造、就职的地方,博士、硕士是他们大都拥有的头衔。"哪个学校毕业的?"这句问话,常常是这些人交谈时的序言。

与此相随,钟道新十分注意描写这些人的服饰打扮、工作生活用具。在他的小说里,笔挺的鳄鱼牌西装,白得吓人的美国箭牌衬衫,黑得发亮的意大利鹿皮鞋,乃至阿迪达斯、彪马、耐克等等名牌服装,成了显示这些人绅士风度的最明晰不过的标记。还有,尼桑130、奔驰500、波音747,这些豪华交通工具每每被钟道新很具体地标示出来。即使再细小的东西他也不放过,如英雄200型钢笔,3B型铅笔等等。每当谈到这些,总给人一种津津乐道的感觉,《有感于斯文》里,作者描写唐开智办公室的电话,"电话响了五次,这是台贝尔公司的最新产品,音响销逊于蜂鸣,极像蟋蟀叫"。他的描写是如此具细,又如此头头是道。

在钟道新笔下,几乎所有的人都具备一个高智商人的文明素质,两个人时就"手谈"围棋,人多了就"桥"上十六局,无论是钱简之、屈天成,还是林亚眼、贝小知,围棋、桥牌的水平几近国手大师。在这方面,钟道新也颇为用心,常常写得有滋有味,有本有源,《清霞馆弈谱》《当湖十局》《忘忧清乐》《桥牌超级挤压法》,各种古谱名局、棋牌轶事,可谓不一而足。

语言谈吐常常是一个人文化程度高低,智慧因素大小的基本标志。钟道新对此同样做得很地道,引经据典、幽默风趣是他小说人物言谈时的最大风格,前者是一个世家子弟,高知人物的标志,后者则是其高智商的旁证。钟道新常常能够将这种对话风格处理得从容自在,大都信口道来,使人物因其语言而跃然纸上。

钟道新小说就由这些东西构成,它们万变不离其宗。科学、权力和金钱构成他小说的基本要素,科学是其核心所在,而在这个核心内部,又基本由两种不尽相同的质构成,即两类科学家的区分及其冲突。它们应当被视为是钟道新小说的筋骨。围棋、桥牌、学历、出身、服饰打扮、环境实物,乃至于机智幽默、咬文嚼字的谈吐,是其作品的血肉。二者相互依托,互为笼罩,相得益彰,构成了钟道新独特的小说世界和奇异的环境氛围。

钟道新小说的叙述风格

谈论钟道新小说的艺术特性,似乎是一件困难的事情,无论他的题材选择还是中心内容,都会在艺术描写上造成较大困难,他并不十分注重展现人物的感情世界,男女情欢在他的小说里笔墨极少,那种缠绵的异性情恋更是绝少出现。钟道新也不对环境和人物做大肆的艺术渲染,那么,钟道新是依靠什么样的艺术手法把我们带到这个冷僻的世界中的呢?

我首先注意到的是钟道新小说语言的清新、文雅。钟道新本质上是个文人作家,尽管他的小说给人通俗化的印象。无论是叙述语言还是人物对话,他极少使用方言俚语,这当然与他笔下的人物身份有关。那种当代小说常见的粗鄙化倾向,在钟道新小说是见不到的。他的作品在艺术语言上具有极大的规范性,文雅清新的风格造成了读者阅读时清爽自然的印象。

其次,钟道新小说在创作方法上有一个突出特点,即是叙述大于描写。他的小说常常把人物心理描写和情节叙述融为一体。有许多情节,既可以被视为一种作者叙述,又可被看作是人物的心理活动。如在《部长约你谈话》的第十二节开头,钟道新这样写道:"美国教授与中国教授无论从形象上还是气质上都很不一样,他们没有什么夫子气,穿着举动都很随便。"这完全可以视为是作者的一种铺排、叙述,但紧接着却是:"这位洛沦兹教授尤其如此,华烨想道。"这一句就使前面的话成了一种人物的心理活动。在他的小说里常常是这样，心理语言与叙述语言没有截然的分界线。一些常常需要作者专门交代的叙述性内容被他很巧妙地将它们转嫁到人物身上，他的小说因此就能保持一种从容不迫的叙述风度和顺畅自然的阅读流程。

钟道新小说的描写成分不多，不多的描写却与其整体氛围相吻合。这就是他常常使用科学语言来比喻现实环境与人物。愈到后期这种特性愈加突出。在《超导》开头，他描写北京车站的拥挤，他没有大肆渲染人头攒动的情景，而是这样写道："人，全是人，如将一张报纸对折二十次，厚度将超过一百米。可有人偏偏不信，于是产生了十亿人，数学规律是无情的。"像这样的比喻在他小说里随处可见。在《有感于斯文》里，他刻画吴涤青的贵族派头，说他的身材像"英国高级毛料西装一样挺拔，牙齿和美国箭牌衬衫一样白，头发和意大利鹿皮鞋一般黑"。这种描写方法，与其小说的整体气氛合为一体，可谓一箭双雕。

我们说钟道新并不专注于追求艺术性，但这并不等于他没有艺术表现能力。他早期写作的《风烛残年》在我看来，是他小说里最为动情，描写最为细腻的小说。这篇带有自叙色彩的小说，描写了一位知识分子家庭中的母亲形象。在"我"和哥哥、嫂子面对生活、事业以及孝敬老人之间展开了一场看似平静却充满内心冲突和言行纠葛的矛盾。小说没有在道德上做简单的价值议论，而是很具细、很客观且很动情地展开矛盾中的各种难点。从这篇小说看，我认为钟道新完全有能力在艺术上做更深入的追求，只要他愿意，就有足够的功底做冲刺，不过，钟道新这样的创作方法只闪现了那么一两次（《继承》及《第二故乡人》中的《芳宁》一节），他将注意力大多转移到了我们上述论及的那些方面。

总地来讲，钟道新是一位写实作家，我以为他描述自己记忆中事件的能力远远超过他的虚构能力。对于他熟悉的人物、事件，他的艺术表现就显得格外生动,《风烛残年》和《继承》这两篇自叙色彩甚浓的小说是他最为动情的作品,他以围棋界为表现对象的中篇《国手》,前半部分表现童年时代痴迷围棋的诸种事件就比后半部分成为国手后与日本棋手抗衡要更细腻、更富有浪漫色彩,《第二故乡人》中专门表现留在乡村的北京女知青芳宁无聊、苦闷的生活现状一节,就比表现当地人情风貌的其他章节给人印象更深。这一切都源于作者对所表现的对象的谙悉程度。我总觉得,钟道新对于中国高知层人物已形成自己的一套成熟的理解和认知,他的人物中,个性色彩特别突出的形象并不多,他不注重描写个体人的特别命运,而是展现一个群体的纷纭是非。当现实环境中的某个领域引起他的兴趣后,他便去撷取其中一些事件,把它们串接起来,形成一部小说。

总而言之,作为一名多产的具有突出特点的小说家,钟道新的创作潜能是十分巨大的。当然,我也认为他的创作在走向成熟之后有待于进一步调整。也许,钟道新日后还会热衷于表现自己一再表现的特殊社会群体,但从已经发表的小说来看,在某种程度上给人重复之嫌。有不少对话语言,尤其是名人名言、哲理典故,在不同的作品中反复出现。人物的对话方式、对话程序、谈论范围常常显得特别相似。如何继续保持自己的风格,并在此基础上寻求突破,已经是摆在钟道新面前的一个主要问题,一个以可读性、趣味性乃至奇异性赢得读者喜欢的作家,对于这一点或许应当尤为重视。作为一名关注他创作动向的读者,我相信将会读到他更用心、更成熟、更有深度,将思想性、趣味性与艺术性更好地融合一体的作品。

选自《山西文学》1990年第10期

智慧的理想与拼搏

——钟道新小说创作扫描

王　愚

钟道新的小说，基本上是写知识分子的，他特别钟情于曾经上山下乡，而今又在高科技领域大显身手，在商海纵横驰骋的知识分子，写他们的智慧与理想，写他们的拼搏与较量，当然也有他们的追求与奋进。

然而，钟道新笔下的知识分子，和过去描写知识分子的作品不相同，过去写知识分子，偏重于写他们怎样与劳动大众相结合，认真改造思想，从而走上革命道路，如果不走这条道路，则注定是反革命、叛徒，至少也是动摇分子。而在钟道新的作品里，无论是《超导》中的贝小宁，还是《有感于斯文》中的屈天成、《历史十分钟》里的卫晋，也许他们曾经受过种种学界内外的阻挠，甚至蒙受许多不应该蒙受的屈辱，但他们的鲜明的现代意识、对科技知识的熟稔，更以高超的智慧，不仅在高科技领域取得了成果，在人性的张扬上也远远超过那些墨守成规、故步自封的所谓"权威"。他们是凭借手中掌握的知识，凭借运用成熟的智慧，体现了他们的价值，并不是简单地改造思想，在一般的政治、经济层面显示自己的人格。用过去衡量知识分子的尺度，是很难合拍的。但钟道新笔下的知识分子，与晚近写知识分子的小说，也有明显区别，尽管钟道新笔下的知识

288

分子,大多是曾经沉潜在底层、吃了不少苦头的上山下乡的所谓"老插",他们的身上也带着那一时期的烙印,但作者的用意似乎并不专注于此,因此他并没有过多渲染这些知识分子那种怨天尤人,甚至自暴自弃的一面,也并没有过多颂扬他们那种颇为壮烈的牺牲精神,或者勾勒他们回城后的失落感,而是似浓墨重彩写他们怀着对父辈献身科学的崇敬,在时代变化的潮头中,发挥自己的智商,运用自己的智力,显示自己的智慧,去较量,去拼搏,不仅为自己,也为这一代中青年知识分子扬眉吐气,做出自己应有的奉献。在他们身上,更少见近期一些写知识分子的作品中那种壮志难酬,因而或颓唐或消沉,以至于调侃自身、游戏人间的畸形心态。尽管钟道新作品中的知识分子,凭借自身的才华、知识,在高科技领域中崭露头角,在商战中纵横捭阖,面对的并不都是一帆风顺,特别是在科技领域中,也确有一些以学术研究为幌子,实则渗透权力欲的所谓"权威";在商界中,更是充满着以钱换权、以权牟钱的陷阱。但作者对他笔下的主人公,始终致力去开掘他们面对诡谲风云不改初衷的追求,始终致力于勾勒他们对自身价值的确信,即使他们中的一些人有时也慨叹于世道的险恶、人心的难测,不免多少有过灰色的迷惘、急切的狂狷,但透过这种微末的心态与佯狂的外表,骨子里仍是理想主义和智慧的闪光。这至少表现出当代中青年知识分子中那些良知并未泯灭、追求并未停止、理想并未消弭的人们的真实心境。也未尝不可以看作是物欲横流、理想褪色的特定时期里,知识分子对自身价值的确认。这种确认不是来自肤浅的对功利目标的认同,也不是来自简单的对某种口号的盲目追随,而是知识和智慧渗透在自身后的一种坚定不移的品格。不能说,只有钟道新这样表现当代中青年知识分子的心态才是有价值的,但只有他把目光注视在这样一部分知识分子,就不能不承认,他是从时代发展的趋向,从智慧作为一种理想价值的角度,勾勒当代知识分子可敬佩的风貌的。这既是对当代生活的一种新开掘,也是对当代生活的一种新评价,钟道新的作品的价值,也就在这里。

这是一代不同于生在忧患、长在动乱中的知识分子,当然也不是精力过盛、无所事事的年轻之辈。在他们身上,原也有过在父辈们熏染下的对高品位文化的追求,像贝小宁等,父辈们漂洋过海积累起来的对现代文明的熟悉,已经渗透血液、溶进生命,他们从小生活在这种氛围中,自不同于一般有知识的青年。他们向往的就是蜚声国际的高水平的科学文化层次,但"文化大革命"的洪流和上山下乡的狂举,使他们饱尝愚昧、落后的苦汁,于是,当一个改革开放的时代终于到来,他们不可能不重温父辈的旧梦,运用自己的智力和智慧在高科技领域,展示自己的价值,显露自己的才华。

也因此,对于那些使用各种手段,在科技领域沽名钓誉的知识分子,钟道新怀着有时显得过于愤激的心情,去揭示,去戳穿。在作者看来,这些人虽然也有一定的学识,也确实具有一定的才华,但当他们把知识用于钩心斗角,用于算计他人,这实际上是对知识的亵渎,对知识的背叛,从根本上说,是人性的沦丧与堕落。像《有感于斯文》中的唐开智,尽管常常以学者、君子的面貌出现,但他所有的智力全用在调整人际关系、窃取别人研究成果、利用别人弱点为自己积累名声。如此这般,他的智力和智慧,不是为科学发展去较量去拼搏,他也就完全丧失了一个真正科学家的品格。从这里也未尝不可以看到钟道新并不是抽象地显示一代知识分子运用智力和智慧在高科技领域,以至于在商海中的拼搏,尽管这种拼搏的心理活动和智慧闪光写得相当精彩。钟道新是把这一代知识分子对高水平高标准的科学技术的追求,对自身在时代中价值的确认,对高尚的健康的人性的追求,融为一体,加以展现,于是,钟道新的作品就是有较为强烈的理想精神和时代色彩,是这一代知识分子的真实写照。

如果从这个基点去看,钟道新笔下的知识分子面对的曲折道路和坎坷经历,就是容易理解也是必不可免的了。且不说长时期出于狭隘的功利目的对知识和知识分子的轻视与蔑视,即使在历史转折的新时期,对于知识和知识分子,特别是对有高智商、高智力和过人智慧的知识分子,常常因为他们的特殊个性和超常行为不被理解而受到不公正的对待。《超导》中的熊无忌,富于创造性的思维,头脑中蕴藏着极大的潜力,却因为无所忌讳、不修边幅受到许多责难,竟被送进警察局的审讯室,后来还受到工作单位监护性隔离审查。十分明显,没有一个具备文化修养和知识素养的民族,没有一个能让知识分子发挥智力和智慧的环境条件,知识分子的智力和智慧的拼搏不仅创造不了积极的成果,有时反而成为过于沉重的负担,钟道新在《超导》的题记中写道:"超导,一种物理性能,倘能达此境,电流便可以无损耗地在物体中永远循环传输。愿民族的血脉能呈超导态",这实在是不无沉重的剀切心声。也正因为钟道新怀着这样的心情,他虽然不能忘情于那些以智力和智慧在高科技领域,以至于在商海拼搏的知识分子,但他也没有忘记一种旧的文化传统的束缚,一种体制转轨时期对知识和知识分子的销蚀。这种销蚀有时是有形的,有时是无形的,而无形的销蚀,或者更为可怕。因此,钟道新的作品虽然写得洋洋洒洒、波澜迭起,但骨子里的沉重却是更为撼人的力量。

当然,在这里把钟道新的小说看作是人类智慧理想的高扬和在科技与经济实践领域内的智慧较量的书写,并不是说钟道新的小说只限于写这个范围里的知识分子,不过是因为钟道新触及这个领域的小说,写得比较精彩。特别是那些运用智力和智慧的过程写得丝丝入扣、紧张曲折、非常抓人。就这一点说,钟道新小说的个性色彩十分鲜明,至少在同类小说中,专注于智力和智慧的张扬,钟道新也许不是唯一的,但却是突出的。

钟道新的小说,涉及的范围是相当广泛的,像曾被人称道的《风烛残年》,写一个孤独的母亲的凄凉处境,尽管她的儿辈是那样温文尔雅,却从来不懂一个风烛残年的老人的心态,读来有一种隽永深长的回味。像《聚会》写一位市长的失落感,尽管他有令人羡慕的地位、权力,有别人达不到的享受,但他却失掉了人本身固有的东西,读来很有一种沧桑感。但比起他写智力与智慧的拼搏的那些小说,总觉得这些作品放在整个小说创作的格局中看,并非都是上乘之作。因为在这方面有的作家或者更擅长一些。原因何在?恐怕是某种因素构成的,但作家选择题材,题材也选择作家,每个作家只有在自己熟悉的领域里,在自己倾注着感情的领域里,才能纵横驰骋,恐怕是最为主要的。

至于把钟道新的小说归之于现实主义创作方法的范围里,还是带有现代主义成分,似乎并不十分重要。因为就构建故事的框架看,他的确吸收了不少传统现实主义的因素,比如故事的有头有尾,情节的起伏跌宕,甚至人物性格特征的勾勒。但他并不致力于再现现实生活的全貌,也无意于开掘生活流程的历史内涵,他着重写的是,在当前这样一种时代变化的背景下,有着特殊文化教养、科学知识而又具有高超智力和智慧的一代人,怎样在高科技领域里、在商海为了实现人生美的价值和智慧美的理想去较量、去拼搏,这种审美的取向,无疑是带有现代色彩的。至少标志着这个时代中最终取得成功的,将是对科学知识有所掌握的人,将是在智力和智慧上超出一般水平的人。这样的人不仅有别于过去那种政治功利性很强的知识分子,也有别于度过文化荒芜时期而又在变动不居的大时代中迷惘走失的知识分子。从这一点看,不排斥现实主义原则中那种如实表现的缜密,又把现代小说创作中那种集中展现人们头脑运作和心理冲撞的特点融汇进来。钟道新在创作中博收广取的胸怀,也是小说创作能够独辟蹊径的一条康庄之途。而沿着这条道路走过来的钟道新,他的小说创作,既有引人入胜的故事情节,也有撼人心魄的艺术魅力,能获得广大读者的欢迎,无怪乎在陕西出刊的一家具有全国影响、订户数字相当惊人的刊物,从读者推选中,把钟道新小说列为十佳作品之一。我们当然不是仅仅以读者的选择为标准来衡量一个作家、一部作品的成败优劣,但具有一定文化品位而又能被读者接受的文学书写,恐怕仍然是摆在当代作家面前的新课题。

也许因为钟道新对这一代人的命运比较钟爱,所以他写智慧的较量与拼搏时,能达到如醉如痴、如火如荼的地步。但也不能不看到,有时他确实对具有高超智力和智慧的人过于偏爱,对他们的知识,对他们的举止,以至于对他们追求高贵华丽的名枪、名车、名狗、名酒、名打火机,也写来头头是道、津津有味。这对于一般的读者,未尝不可以起到一种心理的补偿作用,至少也会长一些见识,钟道新自己把这看作是一种现代文明,他甚至说:"打火机上可以看出一个国家文明的程度。"不过,话又说了回来,这种对名品的追求,顶多只是主人公一种外在的风度,并不能成为具有较深层次的文明的标志。文明程度更主要是表现在知识素养、文化教养上,表现在对自身价值的确认和终极目标的追求上。过多在名品的意味上做文章,至少也是一种缺乏节制的表现,从而也妨碍了作者对智力和智慧的精彩的表述。这算不算一种缺陷呢?就我的偏见来看,似乎是可以算得上,由此也常产生钟道新小说中基本构架的重复,而重复无论怎样说,也是创作中一种应该力求避免的现象。

尽管我们可以对钟道新的小说评头论足,但最主要的是,他对当代人在智慧领域的较量与拼搏,写得那样入木三分,又获得了大量的读者,确实是当前小说创作中令人欣喜的收获,我们又何必去过分苛求呢?更何况,钟道新正在创作盛年,他当然会写出更精彩、更有分量的作品,对这一点,我是深信不疑的。

选自《当代作家评论》1994年第3期

燕治国论

阎晶明

从时间上来讲,现在也许并不是为燕治国写专论的最好时机,因为我个人有一种经由直觉积累而成的经验,凡被做过专论的作家,都是那些在创作上已然形成某种稳定的套路,并在这一套路下自由挥洒、连篇累牍地创作的作家。而燕治国,他目前并未达到这一境界,他的《小城》和《小村》意味着他正处于超越自己走向成熟的关键时刻,《小城》和《小村》是他的创作历程中处于"临界点"上的作品,尽管"临界点"之后的态势仍然是个未知数。

燕治国是一个纯情的作家。彻底地说,他的创作直接受制于他的天性与人格,多情、谦卑、柔弱、感伤,是他整个创作中的气血与骨髓。他对女性有着本能的兴趣,但这种兴趣绝不是一个男子以好奇的眼光打量异性、以敏锐的感觉体察女性的结果。他的大部分作品中,不但人物以女性为主,故事围绕女性展开,尤其特别的是,他的小说叙述视角,有不少也是属于女性的。他曾经写过《幕徐徐拉开》《深山里的哥哥》两篇小说,这两个短篇对燕治国来讲谈不上是扛鼎之作,但它们的叙述视角却十分奇特,它们都以年轻女性的自述口吻来展开情节。《幕徐徐拉开》写一个叫小岚的年轻农家女子,因为具有能歌善舞的天赋与俏丽甜美的容貌,在进入县剧团演戏的过程中,受到了县委秘书的纠缠与欺负。卑鄙的秘书郝月明,以为小岚找工作转户口为诱饵,企图占有这个纯洁无瑕的农家女子;后继以权力手段报复小岚的拒绝,最终小岚返回村里,与自己钟爱的农村青年二林结合。人物谈不上丰满,故事也不乏生造之处,但作者以小岚的自叙口吻展开情节,渲染那些显得过于外在的冲突所引起的内心激荡、惶恐、愤怒和悲伤。《深山里的哥哥》是写一个来自北京的城市女子到荒远偏僻的深山里寻找哥哥的足迹,小说缺少必要的正面情节和较为完整的故事,但正是青年女性的自述口吻,使小说依然能支撑起来。我以为这种叙述方法,是燕治国在不经意中做出的选择,由此,我觉得它很能反映出燕治国创作上的一些特别之处。

　　燕治国其他的小说虽不像这两篇作品一样达到极致,但女性的柔情却是通贯于他所有作品之中的。在他的小说中,男性人物是围绕女性来行动的,男人总是处于受动的地位。在燕治国那里,女性的性情是纯色的,她们大多处于十七八岁这样一个危险年龄,她们要么已有自己钟情的男子,往往爱得缠缠绵绵,又经常被撕撕裂裂,引出一连串多情、纯情的爱情故事;要么她们对世事无知,不知道隐藏着悲欢美丑的人生之幕正"徐徐拉开",在她们刚刚踏上这复杂的人生之网时,遇到了猝不及防的冲击。由此,燕治国笔下的男性,倒是可以截然分为两种类型,一种是比女性还要多情的青年男子,《飞夜风暖融融》通篇所写的是出外做工达三个月的青年欢欢,想念自己的秀秀,急盼与秀秀相聚,并为了秀秀幸福甜美地与自己生活拼命劳动干活的心理历程,小说将秀秀放置于纯美无瑕的境界,然后展开欢欢的心理活动,"秀秀俊着哩,笑起来,一朵花似的,秀秀心好着哩,待他欢欢是再好不过了"。欢欢因此归心似箭地回家去见他日夜思念的秀秀,毫不顾及伙伴的笑话:"让他们笑话去吧,说他欢欢想秀秀、怕老婆吗? 那怕甚么! 他就是想嘛。"《宽宽和巧巧》叙述一个近乎烂熟了的爱情故事,宽宽和巧巧相爱,巧巧父母却为她另外定下了婚约;后来,巧巧冲破重重阻力,与宽宽结合。这两篇作品中,重要的不是这些爱情故事本身,而是小说男女两性的位置。由于作者把年轻的农家女子置于绝对纯情的地位,他笔下那些一样纯净的男性青年们所做的一切,就是为了自己钟爱的女子能舒坦、幸福地与自己生活在一起而努力。因此,他们常常怀有某种忏悔之情,望着眼前纯美无瑕的情人,一种责任心和无能感袭染于他们的内心之中。欢欢在生活窘迫难以维持生计的时候,没有去想如何寻找摆脱困境的途径,而首先是被一种亏负于人的忏悔之情困扰,望着为自己洗脚扶自己上床的妻子,他忍不住倾诉出自己的心音:"他要说,是他对不住秀秀,他心里愧得慌呀! 他欢欢白活了二十七,虚长了五尺四! ……"队里分红咋就铁板上钉钉,年年两手空空! 他算什么男子汉,他白活了,虚长了,他害了秀秀了!"宽宽在知道巧巧快要出嫁的时候,没有表现一种与传统习俗和包办婚姻的抗争,而是卑怯地诅咒自己的无能,"可怜的宽宽,他没点男子汉的气概。他猫倒腰,歪在土台子上,把两只手插进乱蓬蓬的头发里,泪珠子硬要往外挤。唉唉,这铁塔一般的大后生哟!"

燕治国擅写女性,尤其写她们悲欢离合的爱情故事,他对农家闺女们纯洁无瑕的赞美,使他在描写爱情时至少表露出两个特点,一是他创造的爱情故事,始于爱情,止于爱情,丝毫不涉及性心理的层次,只有悲欢离合的笑颜与眼泪,没有生理感觉层次上的纠葛和困扰。除了作者的创作态度以外,对于青年女性无条件的赞美也使他无法准确地说是不忍去深入到性心理的层次上处理人物与故事。二是在燕治国的这些情恋故事中,所有的阻力都不是来自恋爱者双方,他们之间的爱情之纯粹,没有些微可怀疑的地方,阻力往往是外在力量的无缘施加,而挣脱和战胜这种阻力的最好和最终办法,也不是力的抗争,同样是柔情。在宽宽和巧巧之间,他们最终能够结合,不是宽宽去奋力抗争,而是巧巧笃执的爱,女性形象由此变得更加完美,当欢欢因生活的拮据而自我忏悔时,是秀秀的宽慰安抚了他失去平衡的心灵,"往后的日子长哩,我就不信上头非让咱在一棵树上吊死。盼吧,总会有好日子的,还男子汉哩,来,笑笑,让我看看",在女性的大度和城府面前,倒是男子显得过于感伤和狭窄了。

由于对情感过于执着与笃信,燕治国的爱情观也相当奇特,在他那里,纯真的爱情是至高无上的,男女之间的恋情是无条件、无差别的,因此,他往往消融了社会地位、伦理道德、经济能力等等因素,无论是宽宽和巧巧、欢欢和秀秀,也无论是招招和明眼子(《出走》),都最终以爱情的完美结合为故事的终结点,这种理想主义的爱情观,使燕治国的小说在充满诗意纯净、清明的同时,缺少应有的力度和复杂性,人物的性格被囿于既定的感情框架中运动,缺乏对社会、历史、人生的哲理反思,整个作品纯净之中显得过于封闭。燕治国总是为他笔下的男女主人公安排和设计一种先决的平衡关系。他们都是出身农家的青年男女,因此,他们之间没有社会地位的落差,他们的爱情也都笃执无疑,这就使他无法深入和触及更加复杂和深刻的主题。

他的一个题为《河之洲》的短篇是他涉及的最特别的题材。一个研究生在度假旅游时结识了一个开船的农家姑娘蒲儿,蒲儿那像"画中人似的"容貌,那纯真、甜美又不失朴实、大方的性格,逗起了研究生的爱慕之情。这是燕治国第一次把人物放置到社会地位的天平两极来展开情节小说。然而,他最终的处理不尽如人意,他也写了研究生在这两极之间犹豫不定的心理矛盾,但他没有把他推向痛苦、焦灼的极致,研究生既倾慕蒲儿的美貌与朴实,觉得"一个农家女子,找了一位研究生,也就不枉她的美丽和善良了",但紧接着,他又否定自己的这种想法,"往后几十年,他就要在城市里度过了,他苦苦奋斗了多少年,应该有一个志同道合的伴侣。当然,她应该是美丽的,善意的,但更应该有文化教养,侃侃而谈,落落大方……"笔到此处,应当说,燕治国是触到了一个较深的心理层次和尖锐的人生问题的,但他却无意在这一点上大做文章,他似乎不愿将人物置于那样复杂、相悖的两极天平上,而是笔锋一转,使人物重新回到相互平衡的位置上,研究生觉得自己"不能因了蒲儿,再受别人的奚落和蔑视了",同时,他也觉得,"也不能让蒲儿因了自己,受到些微的委屈"。他不能这样放纵自己! 他不能毁了自己,再害了蒲儿。这个研究生不具备高加林那样的心理矛盾,而是同燕治国笔下的其他人物一样,总是把对方即农家女子置于同自己一样的心理天平上。这不能不说是一个稍嫌简单的处理方法。尤其奇特的是,作者在这篇小说中,为了使蒲儿在文化层次上向研究生看齐,暗中把她描写成了一个虽为农家女子,却又是一个已有一定名气,时常收到《小说月报》《青年文学》等刊物的作家"水草"。作者如此处理,其真实程度倒是次要的,重要的是,从中可以看出燕治国竭力为其人物寻找一种家庭出身(农家子女,研究生也是出身农家)、文化层次(男的是研究生,女的是农民作家)的平衡状态。唯一的差距是一个将要在城市生活,一个依旧是农民。阻碍他们结合的主要因素就是地域间隔的问题,而这一点,在那位自信的研究生看来,是既毁了自己,又害了蒲儿的结局。我觉得,小说把蒲儿写成一个农民作家是缺乏必要的交代和根据的,燕治国笔下似乎并未试图去塑造一个才女形象,如是安排,可以说,主要是基于使蒲儿也能和研究生处于同一文化层次上。

因了燕治国对农家女子的这种溺爱,他笔下的第二类型男性人物,就是纯粹的恶棍、流氓。《幕徐徐拉开》中的县委秘书郝月明,半路拦截少女,其行为几乎近于一个地痞流氓;《小城》里的县委办公室丁主任,盯上来城卖山货的农家女子云云,居然使用暴力强奸这位纯朴的山里女子,作者无意去展开这些县委干部卑劣行为的心理根源,而只是为了使年轻的农家闺女的遭遇向多侧面展开设计了这些情节。

毋庸讳言,类似这样的人物是很不成功的。

燕治国为农家闺女设置了一个矛盾的生存环境，这就是农村和县城的反差，县城是年轻的农家闺女们向往的文明之地，同时，又使她们尝到了生活的辛酸和精神的困惑的威胁，小岚、云云、招招，当她们以新一代农家少女的姿态走进县城学演戏、打零工、做买卖时，她们又常常受到这个复杂的社会区域的威胁。小岚因县委秘书的纠缠，最终重新返回村里，云云则遭到身心污辱。作者如此设置，既要表现这些农家闺女们向往文明的心态，又同时对她们的行动抱以担忧。如果说，燕治国前期是塑造农家闺女们的纯朴、善良的天性，歌赞她们一尘不染的美好心灵，到后来，他则试图突破这个反复多次的题材，开始将笔力用于描述她们的命运和遭际。他以"农家闺女"为总副题，写下了《晨雾》《出走》《雨丝》《小城》四篇作品，前两篇，写招招不安于农村封闭的生存天地，跟着在城里做工的明眼子等伙伴进入一个新的人生领域的过程。招招由向往外面的世界，到担心父母的阻碍和舆论的压力而迟疑不决，到最后孤注一掷，从"晨雾"中"出走"，其心理反复的过程十分细腻、真实。《小城》则把《晨雾》《出走》《雨丝》等人物纠集于一体，从各个侧面开展情节，塑造了一个纷纭复杂的"女儿国"的情形，这已预示出燕治国创作气魄上的变化，他正从单纯、清明的艺术境界中努力开拔，试图创造更为丰富、复杂的艺术境界，揭示出更为深广的主题内容。

女人，具体地说，农家闺女，是燕治国小说的核心，但以上对燕治国小说人物世界的分析与解剖，是在忽略或捂住他小说中的另外一半世界进行的。在燕治国小说里，和女性形象同样重要的，是这些农家闺女们赖以生存的土地，这土地是这些纯朴、善良的农家女儿们生生死死、沉沉浮浮的特殊地域，这地域封闭而又广阔，狭小而又绵延，比起那些农家闺女们，有着与创作者个人更为直接和切近的联系。

我觉得，我们不能把燕治国笔下的农村仅仅视为是那些农家闺女们的悲喜剧得以进行的必要的环境和背景。可以说，燕治国真正倾注感情的,是他故乡的山水。这山山水水,使他唤起了对故乡的父老乡亲们的回忆和惦念。

从他的小说,尤其是他为数不多的散文中,可以看出,燕治国是一个感情诚挚而又浓烈的游子。他专门写过题为《思乡曲》的散文,以不乏感伤意味的优美笔调,倾诉自己对故乡——既遥遥偏僻但又常常牵绕他梦魂的小村、小镇、小城——的思念与怅惘。从心理分析学角度看,可以认为,正是对故乡山水的怀念与向往,触发了作家创作冲动的激情。因为心中总是惦念远方那一片贫瘠而又亲切的土地,猜测并关心故乡的父老乡亲们的生活和命运,所以,他往往触景生情,在文朋诗友们歌赞城市的现代文明时,"我却感到笔力艰涩,心中堆满了莫名的惆怅,我不知道自己失去了什么,竟如一只离群的孤雁。作为一个远方的游子,我忘不了离开家乡时,那满目的疮痍,那挽在人们眉心的愁结……"出于这样的心境,他"从报纸广播里捕捉家乡的声音""焦急地盼望着有人自家乡来"。家乡的每一个细小的跃进与变化,他都急着以自己的文笔献上千个"游子美好的祝愿"。结合他的小说、散文和报告文学看,可以说,燕治国的文学世界是由他故乡贫瘠的土地(贫瘠中又有某种苍凉感)、咆哮的黄河(咆哮中又夹杂着柔情与怨诉)、母亲的慈爱(慈爱的赞美中又有游子的感伤)、童年的记忆(回忆中又有人间沧桑、命运沉浮的叹喟)所组合而成的。开始时,他因身处其中,所以仍然能冷静地选材,客观地叙事。当他远离故乡,作为一个游子回忆和反顾过往的一切时,突然间就罩上了厚重的过滤层,增了许多感伤,多了几分焦灼,添了更浓的亲切。他在《河之洲》中,借出身农家的研究生之口,道出了自己艺术创作的内在动力和深层目的:"咱们这地方,离现代文明是那么遥远,我真期望着,多会儿咱们这里也出一位作家,把这块文化处女地好生开垦一番,写写我们的山,我们的水,写写我们的父老乡亲。"

燕治国本人正是怀着这样的夙愿走上文学道路的,而且,"往后几十

300

年,我也许会远离故土,在祖国需要我的地方贡献自己的力量,但终究我牵念着家乡,思念着这里的人"。正是由于他成了远离故乡的孤雁,才使他备感故乡的亲切,执意将笔全力用于描写这块土地。同时,也正由于他出于一个游子之心来倾诉这一切,无法冷静地思索、深刻地解剖,笃执的乡情使他偏离了初衷,冲淡了他为故乡呼唤现代文明的责任。他描写家乡土地的贫瘠、文化的落后,他刻意表现新一代农民青年不安现状向往现代生活的精神风貌,但是,他却不愿把他们描写成像文化寻根作家笔下的农民那样钝然的麻木、愚昧,他太溺爱他们了,所以,他走向了另外一个极端,就是在歌赞农家儿女们的纯朴、善良时,却缺乏力度与厚实感。纯美之中显得空疏,清丽之中尚欠厚重,他更多地向人们展示故乡山水人情之美,从而忽略了直面贫困生活,揭示其文化心理的责任。因此我想说,对于燕治国,我们与其说他的作品是"农村题材小说",甚至被某些论者看作是"改革文学",倒不如说,它们是纯粹的"乡土文学",或者,借用鲁迅对"五四"时期"乡土文学"作家所评论的,是"侨寓文学",鲁迅在《〈中国新文学大系·小说二集〉导言》中指出:像湖南的黎锦明,贡州的蹇先艾,浙江的许钦文都是居住在北京与故乡的事,许钦文的小说集题为《故乡》,就无意中道出他是侨寓文学的作家;对燕治国,我觉得在某种程度上也可以作如是观。他身居城市,占据他心灵中生活天地的,却是故乡的山水,他似乎对城市的现代文明(尽管仍旧不是完全意义上的)有某种潜在的抵触,可以说,他被故乡的梦所牵绕,城市的节奏和噪声又不时冲击着他的梦幻,冲淡他遥远的记忆。

由此,他愈是不敢睁开眼睛,借助想象和渲染揪住往日的梦魂。这样,一张本欲做冷静解剖的版图被描绘成一幅完美无缺的图画加以歌颂。

也因此,在他笔下,才有了那些类似于沈从文小说中的纯朴、完美的农家闺女,才有了那比农家闺女还要多情、可爱的农家子弟。燕治国是一个依靠对故乡的爱支撑作品的气血、获取灵感的作家，同时，他又因对故乡山水的笃爱，使之缺少阳刚之美，缺乏题材的宽广奇特，主题的深刻广泛。用"侨寓文学"来形容燕治国的小说，并非没有根据。

女人和故乡，是燕治国小说世界的核心，从他开始创作到现在，始终如一。然而，同样是这样一个世界，他最近发表的《小村》却给人一种全新之感，这种"新"，既可以从燕治国一贯的创作风格比较而看，即使横比与此相近的作家作品，也给人这样一种"新"的感觉。在燕治国的全部小说中，《小村》可以说是迄今为止最重要也是最独特的作品。从题材上，《小村》一改"小家碧玉"之风，在故事叙述的时间和空间维度上，显示出燕治国向"大家风度"努力的尝试。《小村》不再像以往小说那样，只是男男女女之间的纯真爱情的赞美，而是以"走西口"的历史故事为背景，越过黄河，在内蒙古与山西之间展开情节；从用意上，《小村》也不满足人物爱情的完美结合，而是力图穿过故事，借叙述来引发读者对历史和世事的思索；人物上，《小村》不再像以往那样，只以两个青年男女为主要人物，其余均做背景。《小村》所展示的，是一个以"走西口"谋生的苗氏家族的兴衰史，人物纵跨三代，时间越过了几十年。在《小村》里，燕治国第一次着力塑造男人形象，这就是苗二、苗三兄弟俩，相对于此前的欢欢、宽宽、明眼子等，苗氏兄弟可以算是真正男子汉的出现。也因此，他们具有更为丰富的含蕴。尤其他们兄弟俩因了伦理、道德、私欲以至政治而发生的亲仇反复，可以看出燕治国涉足大题材的气魄。此外，《小村》还预示着燕治国在艺术形式上的自觉努力以及可能出现的变化。这篇洋洋五万言的小说，共由十个章节构成。作者巧妙地掌握住了故事中的人物与情节，在时空上大胆跳跃，同时又不显烦冗、散乱，比之《小城》，《小村》在艺术上更显成熟。总之，我以为，《小村》是燕治国无论主题立意还是艺术形式上自觉追求之后获取的结果，他意味着燕治国此后的创作可能会进入一个全新的境界，因此，我把它视为燕治国创作历程中处于"临界点"上的作品。当然,这篇作品中依然留有前期作品中的风格特点,如浓郁的诗意,对土地的赞美;在总体的人物复杂结构中,具体章节的描写依然有一对一男对女的倾向。可以不确切地讲,《小村》既是燕治国前期创作的最后一部作品,又是他后期创作的第一部作品。

最后,还有必要做一点小小的补遗,这就是我们必须注意到晋西北民歌对燕治国创作的影响。燕治国的故乡山西河曲县是著名的"歌乡",对于"侨寓文学"作家燕治国来讲,其影响是久远而深刻的。这些民歌对燕治国来讲,不只是作品中有用无用的穿插,而是对其作品的立意、情调、语言、人物等等的深刻影响甚至制约。以典型的《走西口》为代表,河曲民歌从总体上注重表现男女之间的恋情,这种恋情主要从两个方面加以体现:一是生活困苦不堪之下的坚定不移,二是夫妻别离相聚之间的悲欢。在艺术上,曲调大多凄婉清丽,语言朴实纯净,没有更为复杂的背景,主要以男女二人(尤其是青年男女)展开,因此又称为"二人台"。试比较看,燕治国小说,无论从注重写农家儿女的纯情之爱,对故乡山水的热情赞美,还是从艺术语言既平实又含情,故事结构上的男女主人公二人同台,都可以看出民间艺术对他创作的深刻影响,这是文化心理上严重制约的结果,它使燕治国从一开始创作时就显示出自己独异的风格特征,但正因此,在他试图超越自己尝试新的创作手法时,便无形中增加了难度。

选自《批评家》1988年第4期

哲夫论

席 扬

一

细细想来，最先抓住我的，也可以使我产生困惑的便是哲夫作品中
"冲突形态"，或曰"冲突式样"。当然了，我们也不可否认，在文学瞬息万
变、求新创奇的今天，再不会有哪一种冲突式样可以造成一个时期的典
型审美形态。就文学主潮来看，各种冲突式样在共生共荣，冲突态势的
多变化、多元化，尽管使我们的宏观研究越来越困难，但在每一个艺术创
造个体那里，这一宏观的把握，还是有可能的。尤其是对哲夫这样一位
在传统与现时审美选择迄今无甚侧重的作家这里，在他那似乎是要追求
某种恒定东西的作品世界里，我以为这是一个最佳切入口，我们可以据
此进入作品内部，在发现和准确勾勒出作品审美冲突式样的前提下，去
进一步阐述他与生活的关系、作品与实有的关系、文化心态与审美结构
的关系，甚至作家尚未感觉到的困惑以及他将怎样选择……

先看《光电声色》。主人公何小菲、陈亮是一对新婚夫妻。何小菲深
深爱着陈亮一，连她自己也毫不怀疑地自豪过。他在一个农场做工，是

副厂长,而且干得很出色,是新闻人物;而她却在大城市里供职——尽管只是一名工人,但她父亲是厂长,就是她所在工厂的厂长。他们两地分居。她也为丈夫的"出息"自得过,不过感到总有些遗憾——要是他在自己身边多好! 于是一贯服从于她的丈夫,忍痛割爱调回来了。他当了一名徒工,她曾向父亲哭闹,想让他当车间主任。没当成,她恼了,恼父亲不给独身女儿面子,也恼他尽出废品,丢人现眼;于是她总是气他,他忍耐着。终于有一天,他爆发了,给了她一个耳光,回到了当年的农场。她伤心、痛苦,最后理解,以调到农场而皆大欢喜。故事够复杂的,对了,中间还有一个人——黄云。她中学时的情人,而他的同学——一个聪明轻浮,不干实事,耽于幻想且又早死的人。

一番挂一漏万的介绍,也许读者已经明白,这是一种理想与生活的冲突,是价值选择中的冲突。何小菲不仅自己选择了一种生活,也要丈夫服从这种选择——要不就改造他。她喜欢都市,喜欢消遣,喜欢世俗的享乐,同时也渴望一种创造,但不是自己去创造,而是让丈夫去实现那个"夫贵妻荣"的梦想。他因为爱她,屈服了,回来了,却觉醒了,失落了许多。他们都在选择,但生活也在选择他们。谁是强者呢? 显然是觉醒者。作品绝不是在歌颂一种"不慕荣华"的人格精神,而是在此宣布,一切为了人,哪里可以实现价值,就到哪里去。诚然,何小菲到调回去也还不理解,她理解的只是看到了一个真正的男子汉。这里没有时代吗? 有! 这一选择本身就是时代的特点,时代一切变迁便借助个人对生活的选择得以全部包容。

与上述那篇稍不一样,《爱情、雪花和小白鼠》充满着悲剧意味。是的,尽管它并不很浓烈,但因为悲剧而显出了深刻。刚到一个单位工作的大学生——渔夫,和三个不同的女青年产生暧昧之情,他第一次被妮娜的大胆、直率的行为征服的时候,也正是他放弃理想追求而倒向了世俗的怀抱。在他坚定的选择面前,对象却在一瞬间消失了——妮娜很痛苦地告诉他,她已经属于别人了。为了实现自己的梦想——当一个演员,不惜把爱送给一个所不爱的人,而他所爱的人却只好空幻一场。两种真的冲突——渔夫为了真爱而不自觉地扔掉了自己的追求,而妮娜为了实现自身也不得不牺牲真爱——饶有兴趣的二律背反。难道不能统一吗?这仿佛是作者在字里行间的深沉发问。在《光电声色》之中是理想与生活追求的冲突,而在这里则是爱与理想的冲突。不适当的沉溺和选择,都会导致一方面的痛苦丧失。这里除了社会不完满的悲剧因素之外,不是还有主体的某些性格基因吗?

这种爱与理想的冲突形态,在《一个演员和他的两个导演》之中,则是在奇特人生组合之中得以体现。闻小莹被两个导演都爱着,黎文思老而丑,而凌飞却年轻英俊,说不准前途无量。结局却是闻小莹依偎在凌飞的身边——这难道是一种世俗的选择吗?不是!她对黎文思的爱要深沉得多。但黎文思终于和轻浮的、毫无修养的、没有任何目的的伊虹站在一起。是什么原因最终导致了心心相印的人不能走在一起?是闻小莹的豁达、随意和无所谓吗?是黎文思的自卑吗?是伊虹那为了自己而可以采用一切手段的残酷吗?是凌飞的俯首帖耳吗?仿佛都不是,而是一种刚刚觉醒的灵魂在选择背景下的偶然失足,是对自我价值,包括爱的实现方式模糊认识及对自我力量的相对自怯。爱与理想的冲突所造成的悲剧性,在此便具有一种人类本体的、超越时代的悲剧感。

不过,在这一典型的冲突态势中,作者所置放理想或理想人生、价值的框架总带有某种虚幻色彩。生活中主体的省悟,并不是出自于人物对自身现实行为的深刻自省,而仅仅取决于某种生活的偶然。生活者对价值的某种理解和对一种人生形态的选择,因为不及深思熟虑而带有随意性,恰恰是这种随意性冲淡了悲剧所应带有的历史、时代的凝重感。

但不管怎么说,这确是哲夫小说中的冲突形态,它被作者娴熟地使用着,同时,也在娴熟的自信之中形成了难以趋近更加深刻的模式。

二

读哲夫的小说,我感到,"爱"是他最爱写的。他似乎在作品的所有画面中向人们说明:尽管爱的形态有那么多不同,但爱本身却是永恒的,常翻常新的。人们为了爱,牺牲了许多,割舍了许多,也自觉地压抑了一些什么和大方地贡献了一些什么。爱给人生带来了数不清的色彩,它仿佛是个原色,生活靠它才调制出姹紫嫣红。不过,哲夫作品中的爱,毕竟是我们这个时代的品种,也正是在现代背景下,我们才看到了审美世界的爱在哲夫手中的一些独特形态。

《光电声色》里是一种残酷的爱。为了爱,何小菲几乎变态了,她企望用改造的方式来实现自我爱的梦。但是梦终有醒转的时候。她实际上不必那么快地走向"农场",而应该让其经受一下悲剧的冲撞,我以为更有意义。不是吗? 她那么煞费苦心地经营到猝然难料的惨败,到底说明了什么? 它,难道不会给主体以强烈震撼吗? 悲剧过程难道不应该具有悲剧结果吗? 在这里,作者对悲剧的理解局限,也同样地反映在作品之中。残酷的开头却换来喜剧式轻松的结局,妙则妙,但留下了太多的遗憾,人生并不这么简单,审美更不应该把这一简单摄入自己的视野。

"爱,也可能是荒诞的!"因为在大千人生,通向爱的路也有荒诞一条。《一个演员和他的两个导演》正是这样。黎文思这一位已四十出头的中年人,却在若干年前就把心头神圣的一块地方让给了当时还是瘦弱少女的闻小莹。他爱她,那是一种掺杂着父亲与情人的双重的情感。也许,当他十多年后重新来找闻小莹时,尽管羞于提及,但深沉的内心却早已掀起了爱的浪潮。也许正是在对事业与爱情孰先孰后的痛苦抉选中,他失却了时机,失却可能获得的双重收获。当然了,问题的重要尚不在此处,伊虹对他的爱却有着荒诞意味了。她评价黎文思:"屁! 才不是呢! 他有什么好的? 罗圈腿,满脸胡子,还喝酒,不修边幅,脏里吧唧的,谁爱他呀！"但是，她还是坚决地满怀苦恼地爱了。在伊虹眼里，他什么都不如年轻的凌飞，但还是言此而依彼。与此情形相同的是，闻小莹是属于把爱随便施赐给人的那一类。她多次居高临下地嘲弄凌飞，她知道对凌飞的请求答应，仅仅是一种无意识，缺乏深沉的基础的，尽管她每当看见黎文思，眼里就泻出那么"欲说还休"的遗憾，但是，她终于还是没有弄清自己是什么，她只是在别人的眼里、追求里看到了自己的价值。她——闻小莹还不具有自我判断和设计的能力。

他们的结合会幸福吗？恐怕连作者都不敢确信。

那么这里所展示的全部或最本质的内在究竟是什么呢？困惑中让人思索。也许，作者在这里仅仅是摆出一种一代人们在特定文化背景下的选择类型吧。不过，我还是想指出，作者在这里写得太平淡了——而非深刻浸泡的平淡。没有在道德、情感、友谊、历史与时代等种种因素组成的合力中，看看他们如何表现，看看他们是带着怎样的重荷选择，而这正是可以显示其选择具有历史意味的地方。

"感觉式的爱！"这又是一个奇异的品种，也许它在现实生活中难以找到类比的原型。然而，在哲夫的笔下，它却被描绘得津津有味，险象丛生而又入情入理。我想许多普通读者一旦读完后便会脱口而出："这不真实！"是的，在已有的真实观念里，它当然不真实了，但在感觉世界却异常真实。我以为这才是哲夫靠想象而创造的文学。"原子"和"蛾子"——一对从没有见过面的恋人，最后结局的突兀是显而易见的，但是，整个爱所抛洒的过程却是无可挑剔的。这里的画面，全部应是心理领域。多曲折啊！他们从一封信上便感到了久久寻觅的对象的价值！他们那样真诚，甚至已经为这种"危险"的爱做出了许多牺牲。当然，他们也为此种爱怀疑过，但只不过一瞬间罢了。他们曾从世俗的择偶标准位置猜测过对方，但很快就销声匿迹了。当他们在海滩上见面时，那是一番怎样的惊喜——"瞧，他一点也不丑，但也不像我想象的那般漂亮。""身材高大，眼睛明亮,鼻梁挺挺。"够了,这太迎合庸俗了。而他呢,得到的不仅仅是炽热、活泼的爱,而这位姑娘居然是"名门之后"。说实在的,这种喜剧式的结局太令人失望了,也太没有力量了。

哲夫小说中的一些悲剧意味作品,往往出现令人扫兴的情况,要么悲剧过程而喜剧结局,要么喜剧过程而悲剧结局——不是说这样的搭配决然不可置放在一起,问题在于,作品的逻辑力量如何从悲剧中而来,那么悲剧的必然性也应当对作品的结局进行制约,过程与结局的非历史、非逻辑的扭合,不能不让人感到作者整体艺术意识的陈旧感。当我们的艺术还不能把或不敢把悲剧作为生活逻辑加以自觉地把握和使用,而仅仅是用来调制生活的色彩,那么,就势必影响到艺术主体对现实生活和人生历史的开掘深度,而缺乏深刻性的文学性,毕竟不是上乘之作。

在《爱情、雪花和小白鼠》中,作者的题旨尽管集中在理想与生活的冲突上,然而这种冲突都是集中在主人公渔夫对三位女性的爱的鉴别和爱的选择这一基础上的。爱而不可得,这又是多么残酷! 一如《光电声色》中何小菲与陈亮一样,他们都在为爱情付出什么,但终究是,付出的却没有寻找到报偿。何小菲因为爱而使陈亮痛苦,而渔夫也因为爱变得粗暴。不一样的是,何小菲以醒悟的姿态去拥抱明天,而渔夫所爱的姑娘——妮娜,因委身于他人,只好遗恨终生。

当然,这种强行把作品划分为理性的格式并不是我们的初衷,但毕竟只有经过这种切剖方式才能完成对他们之间差异的认识,而要完成这种统一,只有到他整个作品所透视的人生价值及审美价值及二者之间是如何达到有机统一的过程之中进行探讨。

三

哲夫的作品,没有逃脱人生生活所给予的规范性,同样,并不具有超前意识和对民族人生的大跨度描写。他们都是现实的东西。从人物活动的背景色彩，到人物选择的价值归宿；从主体的创作意念，到作品所达到的审美境界，都有明显的时代感、贴近感，同时也有一种陈旧感和陌生感——时过境迁之后对生活审美的必然接受心境。

完全可以看得出，哲夫是在城市文化氛围熏陶下长大的人，我不知作者的身世，他的整个思维方式和审美情趣更接近于都市市民风味与格局。善于从生活的细枝末节上体味人生，然细腻中缺乏应有的阔大感，缺乏博大的忧患感，使得所有作品的冲突都似乎有点"小打小闹"。他不善于、也许是不屑于或者不能够从生活抓取牵动一时代民族视听的尖锐矛盾，而使作品具备一看便知的鲜明的时代感。这样一来，也许就在一定程度上限定了他对人生整体某一部分的片面侧重，他的优越之处因为多次显达也不自然成为一种短缺。

我们先可以看看他笔下的人物谱系：

一般的知识者占据了绝大多数。《光电声色》中，陈亮和何小菲都是城市的小知识阶层。《爱情、雪花和小白鼠》中，渔夫是一位大学生，但不成气候，在他眼里，人生还太简单；颜杰则是一位人生的"出世"者，楚三平不过一位小有头脑的工人而已，至于刘小琳则仅仅是一个善良的姑娘。就是电影界人士，在哲夫的笔下，也趋同于一样的面目：即浑身具有市民小家子气的庸常之辈，他们并没有多少独异的动人心魄的人格力量。《谁坐一把金交椅》中所有人物都像如今城市的街道工厂的班组长一样，头脑稍稍复杂，但未臻深邃；气魄有点儿，但表现不出一个民族在非常时期的力度。总之，他笔下的所有人物都小市民化——这绝非通常意念的小市民，而是一种社会阶层及他们所具备的气度、素质、胸襟及行为。这样一来，作者不管是有意还是无意，都在以市民的眼光看取具有市民兴味的人生，发掘市民在整个社会、文化动荡下的各类作派，包括改革，包括永恒的爱，也包括生活的酸甜苦辣。这些人物在他的笔下有如下的特征：

1.喜欢对生活进行异想天开的自我设计,而这一设计本身却不曾有什么目的。

2.追逐时髦,喜欢用统一的方式调侃人生,有时甚至盲目地去当一种不实在生活的实验品。

3.感情细腻却狭窄,敏感于对自我愁苦的体验,但却缺乏对人生的包容。对生活敏感而肤浅,对人生执着却缺乏远见。

上述这些无疑更是当代中国不发达城市市民的典型心态。在这种心态支配下,他们仿佛那样喜欢爱,善于爱,然而却不怎样懂得什么叫真爱,怎样达到爱的佳境。我们在上面分析的那种形态不就足以说明吗?他们的爱,因为抽取了特定的时代、特定的人生悲剧内容而变得单薄异常;悲剧只是爱的悲剧,而不是爱在向"真正境界"过渡过程中的外力所造成的结果。这样就难免使悲剧格局趋于单纯化。

而作品的整个审美也只能放在封闭状态中看取。在作品人物所活动的天地里,他们的举动已不可怀疑地具有某种崇高感。他们为了爱而悲痛,忍受生活的不公平;他们为了尝到爱的真果,不惜以青春做实验;的确,他们是为了爱而活着——反之,就将死去。《光电声色》中的黄云不就是这样死去的吗?是的,即使这种爱的追求不怎样震撼人心,但本身也已构成了人在社会活动中的悲剧性——悲剧感便是这类人物及由他们支撑的整个作品的首要美感。

与此相适应的,就是人物的个性特征了。我想这一点,是作者没有意识到的。他并不想,或有意去表现现代不发达城市的市民文化心态及其生存意识和生存方式,但作品却让人感到了。书中人物对生活变化的琐琐屑屑的体味,他们对爱的执着和脆弱,他们在时代风云激荡之中的旁观者态度,以及所缺乏的时代悲剧感和民族忧患感,都使他们在对自我进行现代化设计的同时,露出了心态构成上的破绽。

请看,在作者的笔下,他们——所有作品中出现的角色,都仿佛没有经历过什么苦难,他们对人生没有基于切肤之痛的感情体味。因为在他们眼里,"两地分居"便是莫大的痛苦。没有在一切方面攀上时髦,也成为悲剧之源。偶然的邂逅之爱,便使主体痛苦地快要失却自身;为了爱,不惜进行各种各样真纯但却愚蠢的冒险。如果说,他们作为现代小都市的个体,特性是鲜明的,而作为整体,却都是相似的。这一看法是我们读完作品后的意外收获,作者既没有想要表达,而作品也不存在这种意蕴层次,只有在我们整体看去,才有蛛丝马迹可寻。

可以这样说,并非强悍的悲剧感,无疑是哲夫统一作品人生价值和审美价值的唯一纽带,"爱情"作为人生进行选择的兴奋中心,以爱情的意识为辐射线,以人在爱情生活的价值为半径,画出了他们自己所特有的人生和审美世界的半圆。

哲夫的贡献毕竟是有的,但却是很有限的。比如他的语言,那样畅言,但几乎每一篇都是如此,畅达就成为模式,失却了语言在他手中组合审美画面的特性和创造性。

在结束这篇文章的时候,我又一次想到"哲夫成熟了!"这一感觉。这意味着,他已经在文学的大海中取得了自由的资格。但这只是第一步,自我肯定到自我反省到自我否定再到自我超越,这才是真正的有前途的成熟。

也许你的生活经历限制了你,也许你的思想还不够深刻,也许你还没有真正弄清现实与审美的真正关系,也许你还未曾注意到在现代意识牵引下对自我艺术意识有必要进行一次手术……但愿这一切"也许"不成妄言。

1987年4月28日写毕

选自《批评家》1988年第3期

蒋韵论

李国涛

蒋韵步上文坛没有经过十分艰难的步履,她不是先作吃力的练习,发表习作,默默无闻,然后逐渐进步,最后崭露头角。她是一下子蹦上文坛的,而且立即引起一片喝彩声。她蹦上文坛时,脚下有两支弹簧,那就是《我的两个女儿》。

《我的两个女儿》1979年发表,那时候,蒋韵还是太原师范专科学校的学生。当时是"伤痕文学"的时期,这篇小说写了一家两姊妹的遭遇,表现出"文革"十年留给当时年轻人的心灵创伤。可以说这篇小说引起了小小的轰动,至少在山西文学界和读者界得到好评,引起注目。

蒋韵是什么人?是老太太,她真有这样两个女儿?或者蒋韵是个年轻人,她就是那两个女儿中的一个?——记得当年议论纷纷,这也正是那个年代的议论小说的特点。

蒋韵就是蒋韵,她不是小说里的老太太,也不是其中的一位女儿。小说是一位年轻的大学生写的;这位大学生倒是女的,但也不是其中的一个女儿。她叫蒋韵。就这样,一位女作家突地蹦了出来。

六七年以来,蒋韵的艺术耕耘很有收获,发表了四个中篇和二十来个短篇。她以十分严肃的态度从事文学创作,不迎合什么趣味,不故作什么姿态,坦率地表露自己的个性和自己对生活的感受。她是很有前途的青年作家。现在,在她刚到达第一个宿营地的时候,我们来回顾一下她的道路,送她走向新的征程。

"那个年龄,那个年代"

这是《紫薇》里的一句话,指明其中两个人物的共同特点。而这个特点似乎也可以指为蒋韵笔下许多人物的共性。只是要说明那到底是什么年龄,正处于什么年代。

蒋韵是1954年生人,她的主要的主人公几乎都是她的同龄人。算一算吧,1954年生人,1966年12岁五年级,直到1969年唱着语录歌、跳着"忠"字舞进了初中,1970年就提前"毕业",分配去做合同工。以上是蒋韵的个人经历,其实也是"那个年龄,那个年代"的人们的共同履历表,至少,在山西太原是大体如此的。而以后的道路就各有不同。不过蒋韵的道路也具有一定的代表性。1971年到建材厂的制砖车间做劳力工,其时17岁,以后又转到水电安装队当钳工。1978年考入高等学校,毕业后留校,迄今。

这是稍稍不同于"老三届"或更低几个年级的人的经历。这一茬人在"文革"开始时还是儿童,没赶上串连,没赶上造反,没赶上武斗夺权。大约他们经历的"风暴"略少,没亲历流血和死亡。因此,他们身上没有种种"悲壮"和"崇高"的色彩,他们只是在一片混乱、荒凉、无知、贫苦中走过自己的少年时代,一转眼已成为普通的劳力工。

现在回过头来看,这一茬人(不好叫作"代",因为同"老三届"的间隔也不过六年)的文学形象是被忽略了。也许是由于他们的生活缺少戏剧性,也许是由于他们自己也还没有自觉地认识过去生活的文学价值并加以表现。但是这一茬人的悲剧也许比"老三届"更为深刻,因为他们在远未成熟的时候,也许连花都没未得及开,就被砍伐丢弃。

《我的两个女儿》写的正是这一茬人。这篇小说当年引起很大的注意,是由于它的新鲜、深切,激起很大的同情、怜悯,引出很多的泪水、叹息。现在看来,这都同它补上了关于这一茬人的形象有关系。读者是关心"那个年龄,那个年代"里的这一茬人的,父母之心、兄长之心、同龄人之心呵!

不论蒋韵个人是否意识到这一点,实际上她在做着一件很重要的工作,就是塑造她那一茬人的文学形象。

也可能是由于熟悉,也可能是由于关怀,蒋韵一直在追踪她的同代人的成长脚步。这一代人的生活道路,他们所经受的物质生活的贫乏和精神生活的贫乏,他们曾有过的欢乐和痛苦,他们的努力和追求,他们之间的友爱和纠纷,这一切在蒋韵的笔下是最得心应手的题材,构成这位女作家的温情含蕴的篇章。在《我的两个女儿》和《判决》之后,蒋韵的"伤痕文学"的时期就过去了。在以后的作品里,蒋韵又把这一代人从1966年开始迄今的将近二十年的生活,继续不断地写在一系列短篇和中篇里。在以后的这些作品里,她以比较冷静的眼光,回顾一个时代,分析这一茬人,思考他们的命运。如果从小说的视角上说,她所有的小说都是从这一茬人的眼光来描摹世态、评价人的,如《孙老先生》《长长的日子》《温暖的夕阳》。这些作品写的是年近古稀的老人。而大多数作品是直接写这一茬人的,如中篇《细雨》,那简直是《我的两个女儿》人物命运的继续,如中篇《我们隔着讲台》和《少男少女》,短篇《春叶》《紫薇》,这些小说把"那个年龄,那个年代"的人的经历差不多写周全了。从在初中演样板戏,到离校当待业青年或工人,从考入高等学校到留校当教师;有人考研究生做学问,有人经营温暖的小家庭。可以说,在《少男少女》里分别的同学们,又各自在《春叶》《紫薇》《细雨》《我们隔着讲台》等小说中出现会面。还有一些小说,如《苏青》《枣树院》,其中的主人公也是这一茬

315

里的人,并带有这种气质。

这一茬人的形象在蒋韵的笔下出现,各有自己的特色。

发表在《黄河》1985年第2期上的《少男少女》是一篇令人动情的佳作。这篇小说虽然不足以使人落泪,却真正能使人伤心,伤其人人都有的父母之心、兄长之心、同龄伙伴之心。读完小说的人们都感到:真苦了那些孩子们了。那是一群十五岁左右的初中学生,在六十年代末期到处都建立的"文艺宣传队"里所度过的一段生活。当时整个国家都是悲凉之气,而这一群少男少女却被引导去载歌载舞。无限的天真在无限的悲凉之中,居然也创造出青春的欢笑。生活也只能是这样。一群少男少女在一起,在他们自己的群体里似乎创造了一个独立的美的境界,其中有团结友爱,有爱情友谊,有同情怜惜,有尊重体贴,当然也有吵嘴斗气,有争夺妒忌,甚至也有伤害、谣谤。

但总地说来,这里是一片青春。但这也是广大荒凉中的一点可怜的青春,孩子们在极短的时间中感受到它,而它在一声令下就消失得无影无踪。少男少女的生活结束得太快太凄凉了。

《少男少女》里的少年形象,在我们的小说中本是少见的,而写到这样生动的,则犹罕见。就这一点说来,蒋韵做出的成绩应当引起注意和足够的评价。

小说里写的是66届、67届、68届三届小学毕业生同时进入初中,到70年他们也同时"毕业"。在这群年龄相仿的人物里,雨生、芸芸从一开始就给人鲜明的印象,具有两种不同的气质个性,而后,陆续出现了亚非和小亚非,秋秋和忆鹃,忍冬和婵婵,还有伟军和成奇。除了雨生、芸芸之外,"冷美人"于忍冬的冷峻傲气,大亚非的正直率真,都有很好的表现,而秋秋受到的冷遇和她过早的死亡,给人留下难忘的印象。

这篇小说在描写少男少女的纯真,尤其在描写少女们的美、热情、善良和对青春的向往方面,是激动人心的。读者可以感到蒋韵对生活形象的捕捉、体会、想象、再现方面,确有良好的艺术素质,她对那一茬人的心理、感情也玩味至深,可以发掘出每一个明净的灵魂在底层都涌动着一些什么隐秘的东西。因为她自己就属于这一茬。

小说写宣传队下乡"支农"时姑娘们的兴奋:

……松松软软的稻草铺在身下,轻轻一翻身,便"沙沙"地响。隔着厚厚的棉褥子,还能闻到一股谷仓里的霉味儿,积贮了一冬的太阳味儿。人们忽然觉得亲近了许多似的……这个晚上,有人走出室外:

"多好看的月亮,"忍冬忽然仰起脸,"在城里可看不见这么好看的月亮。"

"我小时候,总觉得月光是很好吃的东西,常伸了舌尖儿,去舔月光,真有一股清凉凉的香味儿。"雨生说。

这里,关于太阳的味儿,关于月亮的味儿,以及少女们的感觉,成年的人们都早已忘记了,现在一经作者写出便感到少年时代的感觉和心情一齐袭了过来。以上提到的地方,在小说中并不是重要的,不过它表现出小说在细节上的充实和文笔上的清婉。小说的重场描写和出色刻画很多,比如亚非对于舞蹈的喜爱和"神奇的悟性",以及作者对她所作的赞美,比如姑娘们跳的"假芭蕾",由于同姑娘的纯美至善的精神相照应,显得比真芭蕾还要动人。还有关于朦胧的爱情的描写,她们嘲弄它,避开它,又不能不靠近它,写得很传神。

总而言之,《少男少女》写那动乱、荒凉年代里,极短暂的青春聚会,是美的;少男少女,载歌载舞,这本身有无限的情景令人赞叹。但是,在那种载歌载舞的背后,和那歌舞以及歌者舞者的本身,同时也包含着无知、可怜、贫乏、荒唐。那个年代的不正常毕竟要渗透歌舞之中。小说写道:"于是,一杯白开水,一撮萝卜丝,充当夜宵,居然也让这些小姑娘们吃得有滋有味,就像她们活得那么有滋有味一样。"这是当时物质生活贫乏同青春焕发的极好概括。可惜,关于时代的总体以及整个时代的荒凉、精神的荒凉,这个方面却写得不足。至少作为大的背景,这种荒凉、荒诞、畸形、残酷,也应反映到那青春的载歌载舞之中,这样才益发显出少男少女们的可怜。

小说结尾是写到了这一点,但这一点应当贯彻全篇才好。

关于"那个年龄,那个年代"的人生历史,自然不能停留在70年代。蒋韵把这个历史追踪到当前。这个问题,我们留在下面再谈。

人生:潇潇型和乔莉型

蒋韵追踪"少男少女"们的生活道路。她对这种人生道路,尤其是姑娘们的人生道路,作过不少思索,而且在有意无意之间似乎也作了点归纳:潇潇型和乔莉型。也许这不能算归纳,因为这一茬姑娘们的命运一定比这两种要丰富得多;这其实是由于蒋韵生活的范围、兴趣的范围所决定的。

潇潇和乔莉是蒋韵的短篇《紫薇》(见《人民文学》1985年第3期)中的两位主人公,当然从名字上也可以看出,是女性;这是小小的一个生活横断面,断面上是两位好友在北京相会。相会的地点在潇潇的房间里,那还是学生集体宿舍,她同丈夫还过着牛郎织女的生活。她和丈夫都在准备出国,忙于什么"GRE"的考试,"紧张得嘴里发苦",个人的日常生活是一片混乱。而乔莉从外省来开会,住在长城饭店("'长城饭店'几个字,乔莉念得很快,很熟练,很随便。不消说,没有一个人会放过这几个普普通通的音节。")乔莉打扮入时,生活满足,她同丈夫共同经营一个美好的小家庭,女儿咪咪刚过了五岁的生日。就是这样一次会面。潇潇在疲惫中继续学术上的追求,已经忘了物质生活的经营,乔莉在满足中继续生活上的追求,她对学术、"GRE"等等,毫无兴趣,一无所知。蒋韵的小说表现这样一种境界,就是:她们的追求各有自己的意义,潇潇未必高于乔莉,乔莉也未必高于潇潇。

据说《紫薇》曾经过一番修改,蒋韵认为在前一稿中关于乔莉苦心经营小家、抚养女儿,还有几个细节,如果不删去,也许效果更好一些。但是就目前所见而言,这篇小说描写得生动传神,气韵流动飘溢,仍然可以说是蒋韵小说的佳制。

这两位女友,"搞备战疏散"的时候,都十二三岁,正属于那一茬人。插队、进工厂、高考、研究生——潇潇的人生;进工厂、转干、函授大学、结婚、女儿、家庭——乔莉的路。她们各有自己的光辉,各有自己的成就、苦恼、追求。她们都很美。但是如果要指出哪一位更美,我想蒋韵指的还是潇潇。

从"少男少女"一茬里走出来的人物,经历了"我的两个女儿"的路途,造成潇潇和乔莉两种类型,这在蒋韵的小说里,占有主要的篇幅。《细雨》(见《清明》1984年第2期)里也写这两个类型的姑娘。

与其把《细雨》看作扩展了的《紫薇》,还不如把《紫薇》看作精炼了的《细雨》。当然我在此这样说,不过是一个比喻。这两篇小说的情节并不那么相似,人物的命运也很有差异。但我说,这都是同一类型的作品,也有同一类型的人物。在《细雨》里,一开始也是两位女友的相会,也是很突然的。两个人物,小牧——乔莉型,古良——潇潇型。如果把小牧看作乔莉的文学雏形,我想也是有道理的,她们在气质、性格上都太相似了。古良同潇潇的命运不同,她在三十之年尚未找到对象,要考研究生而未成,留在一个中学做教师。由于她不如潇潇那样顺遂,所以对"尘世"的思考和关心就多一些。但是,气质是相近的。

小牧和古良都是十六岁时一起参加"建设兵团"的战士,然后——大体同潇潇、乔莉那样回到了城市,各奔前程。结果,小牧得到了一切的幸福,而古良在自己的追求中苦恼。

蒋韵把这两个人的内心写得很生动，她重视的是她们各自的生活价值。在《细雨》中蒋韵对这两种类型的生活作出评价，这是通过古良同妹妹古悦的论辩表现出来的：

> 人家觉得自己生活得挺好，为什么不让人家得意？
> 可你心里明明看不起她！
> 胡说，你根本不理解这种感情。我们一块患过难，我生命中最富有色彩的一段时间是和她连在一起的。……爸爸、妈妈，还有你，你们都离我那么远，你们不能替我受苦，你们什么都不能替我。……她身上的缺点、优点，我知道的比任何人都清楚。尤其是这几年，她是变了，如果她觉得这样很幸福，又有什么不好？我有什么权力看不起她？

古良的话道出她那一茬人特有的感情，这是妹妹古悦所不能理解的，虽然她们只差三四岁。古良最后几句话是对小牧，也是对乔莉型生活的评价；虽然她说得公道，但也不能不使人感到她是由于感情的原因，"降格以求"的。应当说，这种看法到《紫薇》里确是没有明显的痕迹了。

如果再向前看，1982年的《枣树院》已经开始了对这种生活类型的评价；什么是庸俗，什么是高雅，已经从主人公梅林对枣树院里的女人作了比较。《枣树院》写得含蕴淡雅，在不甚着意中露出许多意绪。

高楼下面有个枣树院，枣树院有位不相识的姑娘叫枝儿。枣树掩映下的枣树院是恬静幽美的，枝儿也是恬静幽美的。这是从女作家梅林的眼睛看的。但是，当枣叶落净，一切都看得清楚时，梅林看到、听到枝儿同丈夫的恶骂，那是恶俗之极的语言、卑琐之极的家务，于是梅林感到了幻灭。在这里面似乎还没有以前提到的那两个类型，但是，枣树院的枝儿同高楼上编辑部里的女作家，也依然是两个类型。不过在小说里没有给她们分类。小说里分了类的,是梅林同另一位女编辑秋秋。在这里有明确的型号:梅林——"事业型"的,"她只觉得一个人走了很远,累了","她觉得很累,三十岁了";秋秋——"艺术型"的,也就是"潇潇洒洒的"、有"蛊惑力"的女人。小说的结尾似乎以秋秋的生活同枝儿作了照应,她们倒是同一类型的。在这篇出色的小说里,蒋韵开始运用艺术氛围力量,暗示出她的评价——"事业型"高于"艺术型"。

《枣树院》的类型评价是最早的,以后《柳絮儿》或许也有这种意思。再以后是《细雨》,最后有《紫薇》。《紫薇》以后,也是我们迄今见到的最新一篇短篇,是《老人星》。《老人星》似乎无意对生活作出什么明确的评价,它在赞美,赞美青年人对生活的热爱和追求,赞美生活本身所发生的伟大变化以及人们对这种变化的感受。浑然的意象和情趣传达出不作评价的艺术直感。

蒋韵追踪其同龄女性的生活道路并做出评价,这可以算作一个特色吧。如果说有什么不足的话,那就是视角有些狭窄。大多从作家的视角、学者的视角,如潇潇、古良是学者,而梅林是作家。此外,《我们隔着讲台》里的安成、海潮,《春叶》里的"我",《细雨》中的路生,也都是这一种人物。这大约同作者个人的境遇很有关系。而且所写的人物,也多是这两种类型。可是生活中的人物类型是很多的,那一茬"少男少女"就分成有几十种几百种类型。蒋韵也曾将目光移向另外的人,不过停留的时间并不多,而且大都把他们写到更年轻的一茬里面。其实这种人生是同时存在于潇潇和乔莉的一茬里的。比如《细雨》里的妹妹古悦,她同小牧有近似处,而玩世不恭、傲然物外的气派又同小牧以及乔莉是不同的。更不用说《苏青》(见《文汇》1982年第2期)里那位"穷人饭店"里的小服务员,他那种风趣、乐天,他那种天真、明达,他那种自尊、自嘲,活画出带点现代气派的青年工人形象。《诱惑》里的主人公是砖厂的工人,那是蒋韵当年熟悉的劳动青年,小说写到他走在堕落的边缘,而家庭、妻子、儿子使他抵挡住冒险犯罪、金钱美女的诱惑。凡此种种,都属于另一类型的生活,也属于另一阶层、另一境界的人物。从作品的总体来看,这样的人物、这样的生活太少了一些,因此,蒋韵的艺术的世界虽然细致而清幽,却不够深沉而丰富。不过,就她个人的注意范围来讲,也可以说是相当深切而入微的了。

艺术上的追求

蒋韵在艺术上是真诚的,也略显一点拘谨。她只写她所能写的,也即她自己的人生;而并不勉强去写更壮阔的人生甚或一个时代。一山一水、一丘一壑,自有它的价值,何必非江山万里图不可?——大约她是这样想的。读者从她作品中之所见,也大体如此。

在艺术上她是有苦心的追求的。不过,她也不作大起大落的变化,而试探着一点一点使自己的作品能更好地表达出自己的意趣,自己的一丘一壑。她希望自己的艺术境界愈来愈深,为了这个目的则必须求新。要反映深的,必须有新的。从《我的两个女儿》到1985年的新作《紫薇》和《老人星》,是我们看到的一头一尾。蒋韵在艺术上的追求,她实际的拓展,都在这中间。

从人物到氛围。

蒋韵的小说是注意人物的塑造的,她从传统的现实主义出发。从第一篇小说以来也确实显示出她在人物塑造方面的能力。《孙老先生》《苏青》《柳絮儿》《春叶》,都是以其中的一个人物为小说的中心,也就是题上所标出的人物。《细雨》和《少男少女》这两个中篇里也有几个性格鲜明的人物。当然,人物刻画简洁有力,取得一定的典型意义的,首推《紫薇》。

在以上这些作品里同时可以看到,《孙老先生》里刻画人物的方法多少有些板滞,作者用大量的细节去突出人物性格或内心世界里的某种特点,唯恐不够鲜明而一再增加描写的内容,显得琐细繁冗。作者似乎有感于此,她力求用较少的笔墨去传达人物的精神;她要改变以往那种过"实"的手法,不再去堆积细节,而从小说的氛围中寻求效果。在一定的氛围和心理状态下,有意无意一点点染也能托出一个人物来。蒋韵很重视她的《枣树院》和《诱惑》,认为手法上的变化应自《枣树院》开始,而艺术较完整的当推《诱惑》。本文的看法却略有不同。

本文以为,发表在稍前的《苏青》在手法上已有变化,而且取得的成绩也较《枣树院》和《诱惑》更好。《苏青》以七千字的篇幅写出两个人物来,这两个人物不单具有表面的性格特点,而且都展示了相当深的心理内容。"穷人饭店"的氛围从苏青的心理反应上得到很真实的描写,苏青的丈夫同小服务员的争吵也是通过苏青的感觉反映出起的,这就不是一点一滴的细节而是一个艺术整体。至于那位小服务员,蒋韵对他的勾勒十分简洁,不用叙身世、写情节,只是几句对话,人物就活起来了,活在苏青的感受中,也通过苏青的感受而传达到读者心中。看起来堪与《苏青》比肩的,应当说只是《紫薇》了。

蒋韵看重《诱惑》当然有一定的原因,那就是这篇小说反映了更广的生活和感受。不过,这是在蒋韵自己的小说中相比的,而在当代的小说中,这种情节,这种感情,早已不算新鲜。当然,《诱惑》自始至终从人物的感受和意识来落笔,这种试探含着作者的苦心。这样的小说不单纯着眼于人物性格,而是写情绪和感受,从人物的内部视角来扫描客观的世界,使环境有主观的色彩,造成特有的艺术氛围。如果说《诱惑》开始了这种探索,那么,这个探索好像没有延续下去,只是到了1985年,在《老人星》里,它才以比较成熟的面貌再次出现。这篇小说标明蒋韵对新的文学手法的掌握更进了一步。《老人星》由于它的内容的情绪性、意象性和多义性,它必须用一种新的手法来表现。这里不采用连续的情节、固定的人物和单向的主题。反之,它有不相关的场面、不相关的人物;贯穿其中的是一种愉快的、欣喜的情绪,这情绪是由无关系的人物的微妙心理造成,人们都在追求、欢呼生活中的变化。"老人星"的反复说明,强调着客观世界变化的规律和人们长久怀抱的希望,或者是预言。这同小说具体的内容相对称,该不是故作玄虚的吧? 总之,《老人星》是蒋韵"从人物到氛围"的追求的新的标志,如果能很好地把它溶入原有的艺术中去,也许将是一个新的起点。

上面说到短篇小说《苏青》的出现是蒋韵运用氛围力量的试探。从艺术表现上说,这也是由明净、鲜明,以至浅露,而走向含蕴、委婉,以至多义。在前进的路上,有些作品也露出明显的不足,《温暖的夕阳》和《长长的日子》就是如此。前者写十年动乱中一对"绝户"老夫妻的孤凄,场景在农村,人物是老教师,后者写十年动乱后一位老中医的一家。这两篇小说力图用许多细节渲染氛围,前者要写出老人的悲伤、销魂,后者要写出新生活对旧生活的冲击。这两篇作品都与时代气息不太调和,显得不够真实。《温暖的夕阳》里,一个农村教师焚香咏诗、教儿诵诗,那些场面在十年内乱中怕是很少可能出现的,因为那些行动几乎都属"反动"之列。在大道上老少三人一路朗诵《琵琶行》和《长恨歌》,分离前讲解《祭十二郎文》,以至声泪俱下;老人给孩子们讲解"诸子百家、春秋左传,到唐宋八大家",如此等等的雅事,在语录歌响彻云霄的时代,一个在旧军队、旧政府里混过点事儿(尽管今天看来无关紧要)的老教师,怕是不敢干的。更重要的是,这种局部的家庭气氛和整个的时代气氛无法协调,就觉得失真,给读者以虚幻的感觉。《长长的日子》写老中医的家庭。老人家在邓丽君的歌声早已扩散到书香药香之中的时候,仍要求孙子们在中秋节时叩头拜节,并希望"四世同堂";最后,当然无人磕头,家也正式分开了。读者似乎觉得,这些冲突,以及孙女守惠看到爷爷和哥哥们冲突时所感到的担心、苦闷,都早已是三十年代或二十年代的往事,整个的气氛同当前的生活相距太大。

看来,《温暖的夕阳》和《长长的日子》虽有不少的细节,也造成一定的氛围,但局部的氛围和时代的氛围不协调,就写不出新的和深的意义。

以上所举是1983年以前的作品,以后,尤其是到了1985年,她的短篇小说确是从明净、浅露走到了含蕴、委婉。但是她的中篇并没有相应的表现。

蒋韵的中篇总地说来是好的,1985年的《少男少女》又是一个明显的进步。但是1985年的《我们隔着讲台》(见《清明》1985年第1期)就有明显的缺陷。这个中篇是写三十岁的女教师(海潮)同二十岁的学生这两茬人之间的隔膜和谅解。但作品直接展示于人的似乎不是这两茬人的关系,而是他们同老一代人——在小说里即是那位总支书记秦老太太——之间的隔膜。这一点她写得并不深刻,虽然她用了过多的说明、分析和抒情来加强这种效果。连小说里的十九岁的陈阳阳也把自己的心情分析得那么透彻,就更不真切了。而真正动人的叙述和描写则是不多的。女主人公海潮和更"成熟"的安成之间的关系很不自然,太像"戏"。他们之间夹上一个已经死去的小姑娘,表现安成对她终生不渝,也为她终生不娶,他的爱情、他的生活都受这个死去的小姑娘的影响,这一切都太"戏"。这正同短篇《春叶》里有一位死去的"莲"一样,"莲"居然有那样大的力量激励生者在事业上不屈不挠。

从作家到人物。

作家笔下的人物总是在一定程度上反映出作家自己。鲁迅以第一人称写的小说,除了《狂人日记》和《孔乙己》以外,其中的"我"就有鲁迅个人的影子。据说《战争与和平》里的皮埃尔,《安娜·卡列尼娜》里的列文,同托尔斯泰个人气质也有近似处。

所以,如果说蒋韵所写的同龄女性身上往往有她自己的生活、感情和眼光,那是不足为奇的。不过伟大的作家虽然在某一人物身上寄托着他自己,而他的艺术世界都大大超过他个人的经历和体验。这一点在蒋韵那里却表现出一种局限,就是说,她只在写自己的亲历的种种,而自己的亲历也没有放到一个阔大的时代背景上加以熔铸,所以作品中的人物不够多样,生活面较狭。当然她的体验深切,表现委婉明净,使人读来便入诗境,这在相当程度上弥补了这种不足,这也是她取得的重要成绩。但是从长远的观点来看,以更高的要求来说,她应当开阔自己的生活面,而已有的生活也要进一步开掘,这样才会打开一个新的局面。

1985年12月28日脱稿

选自《批评家》1986年第2期

凄风落照丽人行

——蒋韵的小说世界

晓　华　汪　政

　　蒋韵的作品并不多,这不多的文字使她保持了一种纯粹的性质。作为一名女性作家,至少到目前为止,她基本上只为她所属的性别写作。除了与同龄人大致相似的履历外,我们对蒋韵所知甚少;但我们又似乎有理由猜测,在她的经验世界里一定有过关于女性遭受重大伤害的记忆,它对蒋韵来讲也许是刻骨铭心的,影响了蒋韵对这个世界的一些根本的看法,形成了她创作的最初的心源动力。它先在地给蒋韵以悲剧风格的伦理学和美学上的定位,使得蒋韵几乎无一例外地以苦涩的抒情的凄艳的笔调去诉说着女人的不幸。在当代小说家中,从题材的角度看,与蒋韵相仿佛而偏重于女性的并不少见,但如蒋韵这样在越来越深广的人文背景下以一种坚忍的姿态反复地书写那些沉重的故事的,则可以说是绝无仅有的了。

　　蒋韵最初的写作是从她的同龄人开始的,她有一部分类似于"伤痕小说"的作品,如《落日情节》等等,"文化大革命"是蒋韵笔下的女性形象出现的最初背景,许多女性在这样的背景下开始了动荡的生活,乃至走向毁灭。很显然,在这一类作品中,粗粗一看,环境和人物具有明显的因果关系,对蒋韵来说,这样的构成或许是一种途径,但也可能是一种极易滑入常规的离心力,因为对于已形成思维定式的中国读者来说,他们常常将"文化大革命"这类背景置于前景而将人物符号化、功能化,他们会忽视作品对人物的精心开掘,而认为它们大都是一些以社会反思为主的人人都会遇到的大同小异的故事,显而易见,这是一种误读,它违背了蒋韵创作的初衷。蒋韵意识到了这一点,她的作品构成发生了明显的变化,背景被重新处理了,它们被扩大了,即使背景仍是"文化大革命",作家也将其做出了技术上的重新安排,尽量使它淡一些、弱一些、间接一些,尽量不使它以全部而只是作为其中的一个因素甚至隐晦地参与到故事的进程中去。《裸燕麦》的背景从空间上来说,已超越了国界和文化的疆界,主人公林琦是在遭受了极大的伤害之后出国的,然而异国并没有使她获得慰藉和新生,反而使她再度陷入深深的绝望。再如《旧盟》的背景也从时间上做了逆向的延伸,谢萤的故事是发生在"文化大革命"期间,她因为不愿违心地伤害自己的朋友而自杀,这一本来戏剧性很强的事件被做了分割和侧面化的处理,其内涵的开掘是通过对历史故事和乡村蒙童的叙述来进行的。到了近作《大雪满弓刀》,蒋韵已成功地借鉴了结构现实主义的手法,使时空决然不同的故事交错地在作品中展开,发生在近代乡村的家族故事、复仇故事与发生在现代都市的故事互为发明,共同显示出作为女性的执着与不幸。通过这些手法,蒋韵的观念得以升华,背景不再是必不可少的重要因素,关键是人物,是一个个从古到今、从都市到乡村、从异国到本土的女性们的相似的命运遭际、生活经历和心路历程,阅读在这里将不再发生误置,蒋韵不再是一个伤痕小说作家,而是一个专注于女性思索的书写者。当然,这只是一个方面,而最为根本的是蒋韵对人物本身的处理以及由此形成的具有美学意义的人物观念,蒋韵对人物用力之所在不是叙述她们在环境的作用下如何应对外在的东西,说句老实话,蒋韵的作品动作性不大,戏剧性也不强,但内心、心理以及性格的独特性等等,对蒋韵来说都是很重要的方面。在这个意义上,将蒋韵的作品看作为心理小说大概是不为过分的事情,正是通过这种途径,蒋韵将她笔下的人物从背景中凸现出来,人物心理和性格的发展动因也许与她的外部环境有着原初的关系,但人物其后的发展却总能超越环境的有限时空,与她的生存环境拉开距离而洞开一片新的人性景观,这是蒋韵小说的独特性所在,也是它们最富有魅力的地方,读者也因为这一点而将视线聚焦到人物身上。我们可以通过对《旧街》中冯明伦的简略分析来说明这一点。冯明伦出身于一个古典气、书卷气很深的旧式家庭,这样的家庭在"文化大革命"中是注定要遇到不幸的,何况她的父亲还是旧军队的一名医官,所以,冯明伦的父母被双双押上了审判台。戏剧性的场面出现了,原本清雅高傲的父亲屈服了,而原先弱不禁风、默默无言的母亲却宁愿自杀也不出卖自己的灵魂。失去母亲的冯明伦与父亲一道被扫地出门,走上了动荡的生活道路。当故事发展到这一步时,蒋韵显示出属于她自己的独特的处理方式,她并没有去过多地渲染这个家庭的不幸,也并未将重点放在那个时代与少年冯明伦的冲突上,如果仔细去分析一下就会看出,蒋韵需要的是一个具有击打力的外部环境或事件,至于是否一定是"文化大革命",那并不重要,作品几乎没有流露一句冯明伦对那场动乱的怨怼,对那场灾难,冯明伦几乎是麻木的,她只关心这场灾害对父母亲的改变,原本纤弱沉静的母亲变得倔强无畏了,而原本清雅正直的父亲却是一名懦夫,冯明伦不能接受的不仅仅是那场动乱,更重要的是人性的变异和扭曲。父亲是一名医,但在冯明伦看来,他能治好人的肉体,却不能挽救自己灵魂的堕落,所以,不是那场外部的灾难,而是灾难后人性的扭曲使冯明伦对生活彻底绝望了。出于血缘义务上的考虑,冯明伦陪伴着她的父亲,不过,这样的陪伴已没有什么亲情可言了。面对着她的父亲,冯明伦只能越来越绝望,这种绝望到最后只有用死来解脱。蒋韵就是这样成功地将笔触由对外部世界的诘问而转到对人物内部世界的开掘上,从而展示出幽深的女性的心理世界并为她们唱出一曲曲凄艳的挽歌。

在蒋韵的笔下,很少有幸福、幸运的女性,这种安排几乎是宿命一般的,因为蒋韵不让读者有一丝一毫的思想准备,在作品一打开之时就让她们满面愁容地走来。在这些女性身上,都无一例外地背上了沉重的负担,有来自精神的,有来自生活的,有来自过去的,有来自现今的。《落日情节》中的郗童在武斗的时候把被母亲关在屋里的哥哥放走了,而哥哥偏偏死于枪战,从此,郗童背上了沉重的心灵枷锁,她将以自己的一生为此付出代价,她没有权利欢乐,没有权利恋爱,没有权利在这个社会找到合乎自己心愿的位置。自她哥哥死去的那一刻,她便成了一个罪人,生活总是在她稍有忘却稍微抬头的时候以种种方式提示她这一点。《古典情节》里的夏平也是一个悲剧性很强的人物,她仿佛不知道自己是一个不受欢迎并总是要给他人带来麻烦和不幸的人。夏平的丈夫崔胜原是一个很具有音乐天赋的人,他几乎无师自通地秉承了父辈灵性而在二胡演奏上达到了很高的造诣。就在崔胜技艺日臻炉火纯青的时候,他遇到了夏平,结婚后的崔胜没了灵气,夏平成了一个灾星和克星。崔胜的故事之后是李东,当夏平"以自己的思路"走进李东的生活时,她怎么也没想到自己扮演的是一个滑稽的角色,她自以为自己是为爱情献身的纯情者,而别人则把她看成一个生活中失败的感情的乞讨者。《随园》中的吴洁梅和岑雪屏,原是国民党军官的太太,大陆解放后二人各奔东西,岑雪屏因为是国民党军官的太太固然在"文化大革命"时受尽凌辱,连自己的生身女儿都弃她而去;而移居在台湾的吴洁梅也陷入了新的孤独,只能靠对往事的回忆打发余生。……诸如此类的故事在蒋韵的作品里俯拾即是。从抽象的层面看,它们显然显示了蒋韵对女性命运的一些近乎悲观的看法。不过,这种看法不是蒋韵女性观念的全部,这些不幸的背负重压的女性在蒋韵的作品中又都是一些倔强的近于怪异的形象。郗童对自己的命运了如指掌,她清醒地意识到自己"把自己弄丢了";夏平在遭受了一连串的打击之后仍表现出极大的心理承受能力;《随园》里的岑雪屏更是体现出惊人的生命力;《找事儿》中的琪因为父亲的历史问题找不到工作,母亲为此焦急万分,千方百计,低声下气,但琪却另有自己的性格和想法。作品并没有将琪刻画成一个乞讨者的形象,也没有将她写成一个走投无路、软弱不幸的女子。少年的琪心比天高,她对母亲的委屈、卑躬大为不满,当她不愿太伤母亲的心而去一个个工厂、文艺团体面试的时候总是表现出一种高傲和不屑,她宁可没有工作,也不需要任何人的怜悯与救助。梅(《盆地》)迫于无奈,做了一名学徒工,菩长得不好,但她并不在意,并不自卑,她毫无顾忌地表现自己,她拒绝社会给她的规范和责任,别人说她是小姐的身子丫头的命,而她偏要以这丫头的命去展示小姐般的高贵和傲气,环境与她显然格格不入,而她恰恰不愿让自己消融在环境之中。她看过去的书,唱着旧时代的歌,以精神的方式营造一个属于自己的世界。《大雪满弓刀》是篇南方风格的新历史小说,作品中的赵芝庭是一位充满解放精神的贵族妇女,看得出蒋韵在塑造这一形象时借鉴了同类的文学传统。在陈家那样一个规矩森严的旧式家庭,新女性赵芝庭做出了许多"伤风败俗"、惊天动地的事情。少奶奶赵芝庭看的是新文艺刊物《语丝》,弹的是新式的西洋乐器风琴,唱的是感时伤怀的流行歌曲,她放着现成的锦衣玉食的少奶奶不做,公然抛头露面地到新式学堂去做音乐教师……

也许由于对不幸女性的倔强性格的同情和礼赞,在蒋韵的笔下,男性形象大都是负性的(《相忘江湖》中的廖志平可能是个例外),他们在倔强的女性面前,大都相反地表现出猥琐、软弱和妥协,相比较而言,《落日情节》中的桑林就算是比较容易接受还不失可爱的一个了。然而,他最终也未能理解郗童,未能将他的感情贯彻始终,当他看到因生活的磨打而变了形的郗童时,他那本来就在销蚀的感情支柱终于倒塌了:"多年来那份困扰消失了，多年来一个温柔的怀想也消失了。他如梦初醒，也许，他早就在等待着这个滑稽如母鸭般的背影去打碎什么。"男性对女性的理解确实是困难的，这困难来自性格，尤其是理想和境界的差别。《盆地》里的梅曾经对老赵和老袁充满了渴望和企盼，企盼他们能给予她理解，能与她一同营造一个天地，创造一个自由的生存空间，但她失望了，在梅的面前，他们以不同的形象显示出平庸、务实、做作。《随园》有一个非常富于戏剧性同时更富于意味的情节，退伍军官齐文轩创办《国风》杂志支撑维艰，齐文轩的太太吴洁梅化名蕉下客写出了畅销小说《红殇》，救了濒临停刊的《国风》，其后，一发不可收，吴洁梅写出了大量的作品，而齐文轩竟然一无所知，他面对着自己的妻子却在到处打听"蕉下客"的所在。吴洁梅的作品一律是怀旧的情调，吴洁梅在自己的窗前手植了绿如碧玉的芭蕉……无数或隐或显的存在，齐文轩竟然都熟视无睹，却到外面找一个浅薄的女人厮混，这还有什么理解可言？寂寞的吴洁梅对齐文轩只能是深深的失望，失望后的吴洁梅烧毁了自己的手稿不留片言只语，从而表明了自己的绝望和决绝。《旧盟》中的陈叔叔在作品之初曾是以一个温柔长者的形象出现的，但就是这样一个本来感情丰富、善解人意的人物在谢萤人生道路最关键的时候未能理解她，更未能给她帮助。方怡是谢萤的朋友，方怡遭到了群众的批判，群众要谢萤也去批判方怡，而陈叔叔却对谢萤说："谢萤，方怡能够理解。"小说在陈叔叔说了这句话之后写道："于是这一刻注定了陈叔叔要走向一条漫长的孤独之路，也许是一念之差，也许是天地间某种不可思议的力量，使陈叔叔在一个选择的关头做了懦夫。"《旧盟》是一篇带有文化意味的作品，作家不但描写了现实，还将历史和传说融入其间，作品的意图显然是在显示谢萤的精神与历史的文化的隐秘的联系，而在作品的这种气氛中，陈叔叔进行了深刻的反思，他逐渐看清了谢萤的世界，她的圣洁、美丽、刚烈和辉煌，而他，虽然逐渐靠近了这个世界，却永远不可能进入它。

再如《旧街》，父亲的妥协与母亲的刚烈给了冯明伦醍醐灌顶般的启示，她厌恶父亲，厌恶这种人性的沉沦与堕落，她总是在关键时候给父亲以致命的击打，她承认，"是我杀了父亲"。她不是没有矛盾和痛苦，这表面看似无情的作为正表明了她更深更诚的大感情，这不是寻常的人所能理解的，冯明伦的男友宋初鸣曾不解地这样问道："小三儿，你怎么这样恶毒？"是呵，怎么会如此的恶毒？对于处事圆滑、精于世故的宋初鸣来讲，怎么能理解冯明伦的心理世界呢？——她的决然，她的对至善至美的容不得半点瑕疵的追求，她对恶的绝不宽容绝不姑息。男性的软弱和"聪明"与女性的刚烈和执拗是两个永远无法重合的境界。这种对照实在太强了，《大雪满弓刀》也许是蒋韵有意识地强化这种对比的典型，连细节也不放过。与赵芝庭的倔强、反抗、新潮相比，表面看上去知识阅历强得多的男性不知要逊色多少，大学教师、赵芝庭的丈夫陈家瑞算是一位有新见的青年，他曾试图帮助赵芝庭走出闺房，一开始也表现得相当坚决，但最终还是在她母亲的威胁下缴了械。

代之而来的是姜补之，这是一个与赵芝庭最终发生了感情纠葛的人，但这是一个怎样的男人呢？赵芝庭看的是《语丝》，他看的却是《觅灯堂笔记》；赵唱的是新歌，他吟的却是古诗；赵弹的是风琴，他却只能吹吹笛和箫。当两人的关系到了纸包不住火的时候，他不负责任地仓皇出逃，而赵却带着六甲的身孕饮毒而亡。事情到了这种地步，男性的形象就不仅仅是对女性缺乏理解的问题了，也不仅仅是在性格或境界上逊色于女性的问题了，而是在道义上、责任上未能尽其角色的职能，甚至在无意或有意中对女性构成伤害的问题了。前面提到的《古典情节》中的李东已经说明了这一点，最为典型的大概要算《裸燕麦》。作品一共刻画了三个男性形象——彭高、陈通和科尔，彭高是以青春偶像的模样出现的，他相貌英俊，气质高雅而又才华横溢，然而正是他无情地葬送了林琦的初恋；而陈通则几乎是一个有着文化外衣的市井无赖，在玩弄林琦的感情上,他显得更为直接,也更为粗鄙;再一个便是德国人科尔了,由于偶然的机缘,林琦远嫁他国,但是,当林琦遭到科尔家族的猜忌并面临着不可容忍的伤害时,科尔却未能挺身予以保护,事后,当科尔走过来对她说"对不起"时,已经晚了,林琦此心已冷。

说实话,这样的描写已多少有点堆砌和漫画化的味道,但就是这篇《裸燕麦》,在以这些描述作为铺垫后写出了动人的篇章。遭受重创的林琦在细雨的黄昏中徘徊在莱茵河畔,尔后,她来到了酒吧,她遇到了一群中国人,他们用母语交谈着,并情不自禁地唱起了陕北的民歌,而就在他们忘乎所以的时候,一位绅士用德语向他们说道:"你们的家在哪里? 你们怎么不回自己的家?"我之所以看重这一场景不仅仅是它在《裸燕麦》里为中国人尤其是为林琦提醒了一个冷酷的现实,而且,以蒋韵的所有故事作为背景,这句话对作品里的任何一位女性都适用,家在哪里? 归宿在哪里? 这是她们背负不幸拼命挣扎之后所面临的严峻课题,从上面的论述已可以看出男人是不可依赖的,一半的天空已经坍塌,另一半,以她们柔弱的臂膀,又如何支撑得起? 显然,结局是悲剧性的,她们或者被他人所伤害,或者被自己所伤害,总之几乎无一幸免地走上了"毁灭"的道路。虽然,这毁灭的含义是复杂的、多重的。郗童为了少年时的一个偶然的举动,牺牲了正常人所应得的全部幸福;而琪最终不得不接受现实的安排,她只有改名换姓才能找到一份工作,鲁西在现实的雕刻下也慢慢成熟起来,而往日的青春、真诚与清纯早已是羞于提及的东西;叶旦妮本是一个美丽而个性极强的女孩子,为了自尊,她可以连性命也豁出去,然而时过境迁,叶旦妮已日渐发福,一张"丰厚娇娆的大脸上堆着入世的俗气的微笑,满头羊毛小卷儿飒飒有声",她在 SAN FRANCISCO 做了洋太太(《旧街》)。《失传的游戏》是一部头绪纷繁的作品,蒋韵在其中描写了几代女性的不幸与抗争,同时也写出了她们的沉沦与毁灭。鱼是其中最年轻着墨也较多的人物,小说颇带象征地将鱼设计为一名弃婴,

334

鱼一旦明白了自己的身世之后便千方百计寻找自己的家、自己的双亲，但又哪儿能找得到呢？鱼一方面找不到自己的家，一方面又不承认现在的家是自己的家，她只有浪迹天涯。出类拔萃为许多人钟爱的鱼终于为人所玩弄而又为人所抛弃。

《相忘江湖》中的凯是与鱼身世、遭遇相仿佛的女性，从小尝尽了孤独的滋味，凯与廖志平的相遇本是一个人生转折的契机，但更险恶、更冷酷的现实使凯走向了自我毁灭的道路，作品中的凯最后远走异国，她成了一个薄情的女子，同时又将永远成为一棵无家可归的飘萍。这是一种意义的毁灭，一种间接的、深刻的、关乎人性之沉落的毁灭。这些女性并非没有挣扎，没有抗争，她们的力量毕竟太单薄了。当然，更有另外意义上的毁灭，它是直接的惨烈的，它关于人性的升华，毫无疑问，我指的是蒋韵作品中的死亡。杏花死了(《冥灯》)，谢萤死了(《旧盟》)，冯明伦死了(《旧街》)，赵芝庭死了(《大雪满弓刀》)，夏平死了(《古典情节》)，岑雪屏、吴洁梅死了(《随园》)，而且，她们中的大多数死于自杀，读过蒋韵作品的人都知道她对死亡的精雕细刻，死亡被蒋韵作为一种盛典、一种仪式加以描绘，下面一段文字是关于冯明伦的：

冯明伦选择了敌敌畏。冯明伦像喝酒一样把它们豪迈地灌进嘴里。

冯明伦早早地梳洗打扮了自己。冯明伦把头发刷得很亮，还换上一件较新的白衣。那白衣是府绸做的，也许是富春纺，也许是香云纱，总之那白衣穿在冯明伦身上很飘逸。

这一次是在深夜，万籁俱寂。黎明时分，下起了小雨。

雨渐渐地飘飘地自天而落，温柔而又伤感。

冯明伦把死看得很重要，死对她来说是最后的选择和证明，没有人能理解她,在别人眼里,她是恶毒的和没有良心的,然而冯明伦不顾这些,她自觉地充当了她父亲灵魂的审问者,她承认是她击垮了父亲"杀死"了父亲,冯明伦是两难的,作为女儿,她应当奉养她的父亲,作为至善至美的追求者,她又不能容忍父亲,于是只能采取这种"同归于尽"的方式。

死证明了冯明伦的对至善的追求,死证明了夏平在感情追求无望后的绝望,死证明了赵芝庭对旧礼教的决绝,死是这些刚烈女性拒绝妥协与苟安的唯一选择。在死中,她们的性情、她们的境界得到了升华,这是一个辉煌的瞬间,所以蒋韵才浓墨重彩,所以蒋韵才大书特书,当死亡具有了这样的哲学意味时,对死亡的世俗价值的追问已没有任何必要。表面看上去,谢萤似乎是为朋友方怡而死的,如果这样的话,从其后方怡的平庸和苟且来看,谢萤的死就很不值得了,其实,若深入地看,谢萤的死恰恰与陈叔叔、与方怡等人的活形成了鲜明的对比,死是一种毁灭,但这种毁灭却能保全另一种事物的完好无损:

> 谢萤不需要苦难,不需要在受尽凌辱与摧折之后微笑着说:"总算熬过来了。"所以她毅然而去。
> 谢萤憎恨苦难,所以她必须死,她以一个从容自在的死保全了一个玲珑美丽的自尊的生。

到了这一步,死已完全与他者无关,死完全是个人的事情,死成了一个人追求道德和理想最终完善的一个非常的环节,这应该看作是死的最高境界。

行文到此,我忽然发现我们好像遗漏了一个重要的细节,那就是,作为女性的蒋韵对女性的审美趣味,它同时与蒋韵的小说风格有关。我们发现蒋韵对女性的审美是相当个人化的,蒋韵的趣味是古典的、诗性的、书卷气的、伤感的、凄艳的、怀旧的,她固执地以这样的趣味来安排她笔下所赞赏的人物：

谢萤：

梳一根独辫的时候，陈叔叔就觉得她酷似一个历史人物。

夏平：

夏平是一个女人，脸上写满陈年旧事。

鱼：

鱼是一个规矩人家的女孩儿，她在一个旧式的家庭中被教养成人，素朴园中空寂的岁月，古书，流云，地上的青苔，夏天夜晚野艾和薄荷叶的气味，使她长成一个柔情似水却又含蓄的女孩儿。

赵芝庭：

北方庭院里一个睡眼惺忪的女人倚门而立，门就变成了一幅工笔美人的条屏。

冯明伦：

冯家是那种喜欢在除夕夜贴春联的人家。冯家的春联总是很儒雅，上面龙飞凤舞地写着一些很古典的句子。冯明伦熟读了这些句子，于是也变得古典起来。

冯明伦走出房门，人们便会无端地想起一些旧事，想起厚厚的线装书，断弦的古筝，一首残缺不全的古典，以及褪色的泼墨山水之类。冯明伦是一个有意味的女孩儿，冯明伦总喜欢穿旧衣服，看上去悠远又疲惫。

从这一点，我们可以推想蒋韵的唯美主义和感伤主义，在近作《随园》中，蒋韵对女性的这种趣味发挥到了极致，她让吴洁梅与岑雪屏一同出身于诗礼人家，美丽而又聪慧，她让她们在充满昆曲的气息中相见，于是，博雅佳人，品茗论书，共治精肴，红楼梦成了她们共同的话题。战乱过去,对滞留大陆的岑雪屏来说,精神的寄托便是那一箱布面盒装的《石头记》和几十封与吴洁梅的论红楼梦书;而飘零台岛的吴洁梅陷于感伤的回忆中无法自拔,对朋友的思念,对过往生活的缅怀,对旧日情感的追挽,组成了"蕉下客"全部小说的主题。不仅是《随园》,甚至可以推及蒋韵的全部作品,对旧式的美丽生活和情怀的追缅几乎是一致的,毁灭的含义亦将释为旧日不再、美丽不再,面临毁灭的女性必都怀有这样的伤感情怀。

对女性的这种趣味也正是蒋韵对小说的趣味,蒋韵的作品不仅仅是因为她写了女性,而且也因为它对女性化趣味的偏爱而成了更深刻意义上的女性小说。蒋韵的小说是与夕阳、晚风,是与溪水、荫翳,是与晚唐诗、南宋词连在一起的,因此,一个更有兴味的论题是,所有这些,以及女性,本是天然地与南方结为一体的,而作为北方女性的蒋韵,讲着北方故事的蒋韵又是如何达到这一风格的呢? 蒋韵说:

> 一个黯淡的北方故事,却跳跃着南方明丽的颜色,这就是我喜欢的叙事风格。

这确实是一个值得一谈的话题,蒋韵就是在这样的调子下开始了她的女性故事。

1995年初夏,二人转书屋

选自《当代作家评论》1995年第4期

从《中国的要害》看新时期报告文学的走向

谢　泳

现在人们普遍感觉到"晋军崛起"是山西小说的崛起，但读一读我省青年作家赵瑜的中篇报告文学《中国的要害》(见《热流》1986年第2期，《新华文摘》1986年第4期全文转载)，你会感觉到在"晋军崛起"的呼声中，像《中国的要害》这样气魄宏大，从公路问题透视中国社会生活的作品，无论如何是应该给予重视的。

《中国的要害》的出现具有双重意义，一是它对报告文学宏观地展示社会生活有一定的启发作用，二是它的出现代表了新时期报告文学发展的一个基本趋向，这后一点尤其值得人们重视。这一趋向就是从宏观上驾驭生活素材，直接地将对经济问题的思考渗透到文学中，既写事件中人物的情感、性格，又偏重于对所写事件进行高屋建瓴的评价，由于这类作品的作者对于自己所写的重大问题一般都进行过深入的研究，而其独特的优势又在于能从纯经济、纯技术的圈子里跳出来，多角度、多层次地进行剖析，这样就使报告文学本身的题材超越了以往报告文学新闻、文学价值，在很大程度上取得了为决策者提供咨询的权利，或者说，为决策者制定今后的方针政策提供了一个思考问题的角度。《中国的要害》等一批作品中就渗透着一种参与意识,强烈地让人感到有这样一种气息:假如我是交通部长,那么我就要如何如何干。

在新时期文学发展的历程中,报告文学一直以其特有的优势对中国社会的进程发生着影响。现在回想起来,新时期报告文学的发展基本上有这样几个走向:一、从歌颂先进人物到揭露不正之风;二、从写英雄、名人到写凡人小事;三、从较高层次对改革时代的热情赞颂到对改革生活的深入探索和思考;四、从对巨大事件的一般记述到深入探究事件发生的各种背景。赵瑜《中国的要害》等作品的出现则代表了报告文学的另一种走向,概括地说就是对中国社会生活中的重大问题进行宏观的把握,从对重大问题的直接干预转向深沉的思考。

从读者接受的角度看,这种趋势下产生的一批作品,一般有两个兴奋点。一是专业人员、决策者从直接的实用价值上欢迎这部分作品(当然也不排斥在接受时的陶冶性情的作用);二是一般读者从这些作品事件中人的价值上欢迎这部分作品。赵瑜的《中国的要害》和刘心武的《公共汽车咏叹调》可以说同时征服了从交通部的领导到普通的养路工和售票员,而且受到了与事件专业较远的一般读者的喜欢。如果说刘心武的《公共汽车咏叹调》所揭示的问题尚有一定局限性的话(因为中国的大城市毕竟有限),那么赵瑜的《中国的要害》所反映的问题却有极大的普遍性,从两篇作品对决策者的影响看,后者远甚于前者。从这里我们似乎可以说,以《中国的要害》为发端,新时期报告文学中的参与意识将越来越明显。今年出现的报告文学的拳头作品已开始张大其势,沙青的《北京失去平衡》就以其广阔的视野和翔实的事实,令人震惊地揭示了北京古城所面临的生存危机——水,都市的血液在北京地表地下已近干涸,大胆地提出了北京如何生存下去的问题。理由的报告文学《世界第一商品》(见《当代》1986年第1期)也以独特的历史眼光,全面而深入地向人们展示了海南岛进口倒卖汽车事件,其看问题的视野、角度都与以往报告文学有很大的不同。另外陈祖芬的《经济和人》(见 1985 年《十月》第 6 期)、钱刚的《唐山大地震》(见《解放军文艺》1986 年第 3 期),苏晓康的《洪荒启示录》(见《中国》1986 年第 2 期)等一批报告文学几乎都具有一种从社会、文化、历史以及三者的关系中透视当代生活的基本特色,虽然有些作品所写的是过去的时间,但作者的视野却是向着今天的。这些作品既有对事件本身弊端的揭露,又有如何克服这些弊端的思索,更有对于事件中人物心理、性格的揭示。

在报告文学发展的这一走向中,人们发现这批报告文学作家的视野已从单纯的文学角度扩展到用哲学家、经济学家、政治家的眼光看问题,既看现在,又反观历史,更展望未来。《中国的要害》《公共汽车咏叹调》在思索中国的交通问题时都是从整个世界交通发展的历程中着眼的,这样就使这批作品比新闻更有思想层次,更有历史感,从而成为真正的艺术品。

我们以赵瑜的《中国的要害》为起点,对于新时期报告文学的基本走向进行思索,留给我们的启示是报告文应该更多地从宏观上驾驭生活素材,写凡人俗事,写儿女情长的闺房琐事,写具体的民事纠纷,写错综复杂的刑事案例,这些已不再是报告文学的主要责任,因为报告文学毕竟不同于小说。小说的特点决定了它易于写微观的、内向的东西,而报告文学的着眼点应当是重大题材、重大事件,而且在揭示这些重大问题时要有参与意识,要放眼世界,要具有上溯历史、把握时代、展望未来的气魄,要有时间跨度,有厚度,有历史感,有信息量。

当报告文学真正被作家作为一种思考社会生活的好形式被运用时,我们有理由相信,从《中国的要害》《唐山大地震》《洪荒启示录》之后,报告文学的长、中、短的区别将日见明显,形式上的变化将带来题材上的扩展,像中国的铁路问题、邮政问题、当年的三峡工程——大型水利枢纽所带来的生态问题、1957 年的反右、1958 年的大跃进、1959 年的反右倾、

1964年的"社教"、"文革"十年、中苏关系、农业劳模的经历、工业劳模的沉浮等重大题材将成为报告文学的瞩目对象,从目前见到的对于各种大事件中的轶逆子趣事的传播,可以感觉到报告文学发展的大致脉络。由此发展下去,报告文学新闻性、爆炸性的特点将开始减弱,而以其深刻的思想性、历史感和巨大的信息量为人们所厚爱,这一发展趋势将对报告文学作家的知识结构产生巨大的冲击,它要求一个优秀的报告文学作家需要具备洞察国情、民情,放眼世界的改革家和社会学家的素质,要求他们对人、社会、自然以及三者的关系有深刻的洞察力,有经济逻辑推进头脑,有数理头脑,这样才能不被报告文学发展的大潮所遗弃。无论是《中国的要害》《经济和人》,还是《北京失去平衡》,我们都能强烈地感觉到其中的统计数据,主观的大段议论、抒情,不仅充满了令人沉思的哲理意味,而且具有一定的学术价值。

在我们大致描述了新时期报告文学的基本走向后,不能不为赵瑜的《中国的要害》感到兴奋。这篇作品在报告文学的这一趋势中无疑具有一定的先锋性,也许作者对此尚没有如此明晰的感觉,但从目前报告文学的发展趋势看,《中国的要害》已经作为这一潮头中的典型作品为报告文学界所瞩目,这对壮我"晋军"军威,无疑是极有利的一声呐喊。

在山西,像赵瑜这样有意识地将创作的视点转向报告文学,而且一出手就颇具大家风度的作家是很少见的,赵瑜对整个山西创作界的精神状态是很有影响和启发的。他从1983年的《玉峡关纪事》(见《时代的报告》1983年第8期)到1985年的《新形象的诞生》给予高度评价,认为"作者找到并攀登上了'马朝亮的高度'——热爱人、尊重人,在高度物质文明的基础上塑造具有高度精神文明的社会主义新人"。而且在对理由、陈祖芬、李延国笔下出现的改革者形象作总体评价时,认为:"在这些改革者的身上,我们都可以看到'马朝亮的高度'。"(见1986年2月17日《人民日报》七版高宁的文章《嬗变期的探索与思考》)难怪许多报告文学界的行家看了《中国的要害》后都说，"这家伙厉害，注意这个人。"

选自 1986 年 5 月 26 日《太原日报》

站在隆起的大山的赵瑜

——赵瑜报告文学漫评

李炳银

在文学创作界，"晋军"的崛起已非一个新的话题，然而，因为赵瑜的显赫从而使人们在这一话题上又有了新的谈资和新的内容。

尽管文学创作是一项极具个性特点的精神劳动，但是，在一定的时期，一定的环境范围内，作家们对于文学题材、形式的选择却不可能完全与他所处的时代及生活于其中的社会环境截然分离。任何时候，文学创作都会以不同的内容、形式曲折地表现着作家处身其中的社会生活的现实，折射着时代的光斑，渗透着特定时期、特定环境中的社会矛盾及人们经济文化生活和心理波动。某一种文学现象的出现，正反映或表示着现实生活对文学的呼唤和文学对这种呼唤的回应。自从1986年以来，报告文学创作一跃而成为文学创作中的热点和巅峰领域，被社会各方高度重视，这现象正说明了社会生活与文学创作的特殊关系，说明了相互选择而达到契合之后的新景象。

山西的作家及他们的文学创作，历来都同社会现实生活有着密切的联系，即使到了文学观念不断发生着许多新变化的今天亦是这样。所以，如何从文学的特殊性出发去描绘和表现现实生活，对于山西的作家来讲,既是一个传统课题,也是一个新的实践项目。新时期以来,焦祖尧、成一、李锐、张石山等作家在小说创作领域中的有效探索和取得的成绩,使这种课题研究有了较大的深入,也使这个似乎老套陈旧的课题富有新的活力。从认识文学与社会生活的关系一面看来,赵瑜同成一等作家没有什么区别,他们之间所不同的知识形式的差别,成一等作家采用了小说的表现形式,赵瑜采取了报告文学的报告形式。我们在认识和理解赵瑜报告文学创作时不应忽视山西作家群在创作特点一面对他的影响和促进作用。

赵瑜1985年在《热流》发表《新形象之诞生》,单从时间角度来看,似乎对了解赵瑜的报告文学没有多少意义,但若是把这个作品放到1985年报告文学创作中来认识分析的话,那就绝非是没有意义的了。其时,报告文学描绘报告改革生活内容是大量的,可惜因为众多的作品只着眼于改革人物的外在行为和这些行为给生活带来的新变化而使许多作品失之浮泛,流于雷同化。赵瑜的《新形象之诞生》尽管发表在一个地区刊物上,但还是因为其本身具有的新特色而为创作评论界注意到了。在这篇报告学作品中,赵瑜对晋城矿务局局长马朝亮的认识,明显地区别于不少报告文学对改革家的认识角度。他看到的不光是马朝亮的外在行为,而是他的新思维和与矿工在情感沟通过程中的心灵波动等更具内在意义的方面。鉴于矿工的尊严和形象被长期忽视歪曲的现实情形,马朝亮着力于确立矿工作为一个人的尊严和一个光荣的劳动者、献身者形象的塑造,他甘愿承担来自各方面的攻击和压力,在自我受苦的同时使晋城矿的矿工们终于在精神、物质等方面的面貌焕然一新。"煤黑子""光棍窝"再也同这里的矿工无缘了,这里站起的是几万个真正的人,几万个从精神到物质都渐渐富起来的新型的煤矿工人大军。赵瑜在这里写出了马朝亮作为一个新型企业家在思想情感方面的高度,从而使这个改革人物因为其人情味分明地区别于某些只追求经济效益竟把对人的漠视认作改革新层面的所谓改革家。同时,因为对马朝亮这个人物的选取和报告,也显示了赵瑜报告文学在取材角度和思想开掘方面的个性特点。马朝亮、赵瑜都在塑造他人形象的过程中使自己的形象清晰分明起来。接着出现的《中国的要害》使赵瑜的报告文学作品一下子具备了博大、厚重的特点。此作以太洛公路的交通状况为透视点,因为作家有统摄全局的眼光和对这一点的放射性认识与描写,使这篇作品富有高屋建瓴、洞悉褵里的特色,成为用文学手段来认识与描述我国公路交通现状的难得佳作。《中国的要害》首开了把某一个社会问题作为报告文学报告对象、从宏观角度对其进行考察认识并生动描述的先河。这种具有分明开拓创新价值的实现,不但足以标示赵瑜这篇作品的成功,更重要的是它为此后整个报告文学创作提供了有益的经验,并打开了一个非常宽阔的、深厚的创作领域。认识这一点,或许较之对它进行具体评价更有意义。此后大量社会问题报告文学作品的出现及巨大反响,正说明了读者与文学界对赵瑜等作家这种开拓精神和实践的肯定。

《但悲不见九州同》以报告李顺达在"文化大革命"中的经历为主要内容,可作品所蕴涵的东西却远不只李顺达一个人的经历所能局限。从一定的角度上说,它是中国农村几十年历史生活的缩影,是一个特殊农民曲折经历与坎坷生活的写照,是一个地区"文化大革命"真实情形的记述。正因为这样,《但悲不见九州同》也一样地具有气势宏大、波澜壮阔的特点。在帮助人们认识过去生活时极有参考价值。但此作因为记述多于分析,结果使许多很有价值的社会人生现象因为未能得到有力的解剖而使人抱憾。

不知赵瑜是否意识到《但悲不见九州同》所存在的这些缺失,但在他的又一力作《强国梦》中,显然已不再存在这种注重记述而忽略分析判断的不足了。《强国梦》在把眼光投向中国体育这个领域的时候,由于作家敏锐的见识和真诚的情感,使他在看到中国体育取得巨大成就的同时也看到存在着的严重误区。赵瑜在《强国梦》中指出对体育的认识评价，实则出于对人的尊重和由此发生出的对体育的真正理解；当把体育只看成一种竞技时，眼光自然就会模糊了人而被光闪的金牌所吸引，甚至用金牌代替了人的存在地位。体育毕竟是以人们强身为目的而变得有意义和有价值的运动。必要的竞争活动在于吸引人们自觉地参与运动，而绝不是目的本身。赋予金牌和名次以过多的功利目的和政治内容是对体育偏失理解之后的苛求。《强国梦》之所以被广大的读者所接受，正在于它对体育理解的真切和指出误区的有力。重要的事实还在于，《强国梦》的出现，使多年来人们对中国体育认识判断的稳固观念有了新的变化，也使反映中国体育面貌及运动员、教练员生活面貌的文学创作出现了新的性格和转机。所以，不管人们从何种角度来评判这部作品，都无法抹杀它在思维观念、变革及文学创新方面这些切实的贡献。

在诸种文学形式的创作中，报告文学创作更需要作家与生活直接的联系和坦诚的情感。报告文学的成功，多不在于对自我世界的述说，而在于把自己化入社会生活急流之后的认识与情感的表白。在赵瑜的报告文学作品中，我们看到的多是作家对他人的理解和对生活的忧患。他既赞赏马朝亮这样重视人、尊重人、爱护人的人物，也深为这样那样漠视人的存在而着力于权力争夺、计较功名有无的生活现象感到不安。

也许正因为他对人的看重，因之，赵瑜的报告文学基本上是环绕着人这个中心而展开笔墨的，不像许多报告文学那样把笔墨大量地花费到事件的描绘上。赵瑜的笔尖时常是带着情感的，这无论从他对因堵车困居太行山的汽车司机的描绘，还是从他对马朝亮和他的矿工，从他对李顺达曲折人生的述说，从他对许多运动员、教练员苦恼困惑情形的描述，都能清楚地感受到。情感氛围的形成，不光增强了作品的感染力量，还使作家的思考因为涉及人的纵深层面而显得更有深度。甚至不少地方真诚情感所具有的力量还弥补了作品在文学语言方面存在的粗疏和不足。

　　赵瑜的作品很注意结构形式和描绘的文学艺术性。他有时把聚焦点限制到一个人身上,透过这一点作深层开掘,如《新形象的诞生》《但悲不见九州同》;有时把焦点放到某一个重大社会问题上,如《中国的要害》《强国梦》。但不管是一个人还是一个社会问题,在赵瑜的笔下,都不是一个固定的、死的对象,他都能同时用透视和散射的眼光来给以认识和表现,所以,小的焦点中常常有面的折光,面的扫视中常常又有点的深入,做到点面互补,虚实有致。既不凝滞一点,又不大而无当。在叙述过程中常常出现的幽默语言,是赵瑜作品中特有的,这在报告文学作家的作品中似乎还少见。这种随时不断出现的幽默,既表现着作家的机智,又是作品文学性特点的重要因素,理应十分珍惜。如果说《新形象之诞生》中还有流露着赵瑜掌握报告文学这种形式时的笨拙痕迹的话,那么,到了《强国梦》出现之后,赵瑜在报告文学创作从思想到表现上的跃动就非常显著。今天,我们完全可以有理由向赵瑜提出更高的期望,等待他推出更加具有震撼力的新作。

选自 1988 年 10 月 3 日《太原日报》

把背景作为小说的塑造主体

——吕新小说的创举

张德祥

读吕新的小说,既无法真正进入故事,又难以真正抓住人物,却有一幅背景图像悄悄生成,赫然浮现。吕新的作品多写晋北山区的农村,但作家似乎无意塑造典型环境中的人物,故事也很少首尾贯通,作家似乎要在他的小说世界中绘制一幅关于农业时代的巨型背景图画,使这背景图画中包容一种纵深的农业时代的普遍意义。为了说明吕新小说中这种作为独特塑造主体和审美对象的背景图画的存在,本文在论述过程中将不可避免地引用一些作品原文。

中篇小说《消逝的农具》里有四个主要人物:陈仓,陈仓的爹,陈仓的继母及小学老师颜如玉。陈仓的爹年轻时威风过一阵子,用钱娶来了省立女子学校一个女学生,这个女学生就成了陈仓的继母。多年以后,陈仓的爹已衰老不堪,于是她常与小学老师颜如玉幽会,但这个书生性格懦弱,不敢弃旧图新,与此同时,陈仓已长大成人,对这位风韵犹存的继母垂涎已久。一天。陈仓趁她去山坳里种豆子时,强行求欢,无意中将继母置死。后来,陈仓的爹又将颜如玉儿子的脑壳砍成了两半。这对父子的杀人,似乎是在做一件不关痛痒之事,冷漠而平静。叙述人的感情从不介入,只是客观地描述当事人的行为。作家对事件的细节有时叙述得极为逼真,有时又留下大片空白。近距离的描写,但又不是纯粹的写实,整个故事缺乏情节的审美驱动功能,人物好像直奔作家设置的事件而去,事件发展的情感逻辑不予交代,人物在故事中出没得有些莫名其妙,除了对这种杀人的平静感到惊讶之外,整个故事使人不可思议。那么,作品是否果真没有意义?当作品临近结束时,叙述人留下了这样一段话:"我曾不止一次地眺望过农民与河流的关系,以及农具在四季里的形状和印象。描写农业岁月里的颜色和气候,是一次困难的空洞而悄无声息的活动。我怀着一种十分麻木的心情写作了《消逝的农具》以后,天气正值夏日的黄昏,河面上飘满了农民粗糙的语言和弯曲的影子。"这段自语也是提醒读者不要陷入这个虚设的故事,作品的重心在于状绘"农业岁月里的颜色和气候"。实际上,这个故事也屡屡排斥读者析解,而将读者引向一种视线之中:"出现在我面前的是一个破旧的画面,星星点点的窑洞分布在一种黄色的背景之内,栅栏和土墙形成一道道的围墙。黎明到来以后,一些篱笆门还关着,另一些篱笆门已经开了,炊烟在窑洞上徐徐地升起来。""许多的院落都比较简单,相似的结构里堆放着相似的农具和习俗。墙外堆着红色和黑色的草垛,墙外还长着一些树,有些稀疏。墙内的钉子上挂着草帽和蒜,葱就生长在屋后。门口的土地上晾晒着陈年的玉米,鸡和猪在院子里重复走动。多年来一直形影相伴的农具被黄土和庄稼磨蚀得闪闪发亮,日夜出没于幽闭而混沌的岁月之中。瓷碗成群,瓷碗辛酸,土布的衣衫低远地飘动、起伏……"。"我选择了一个能看得见风景的地方坐下来。我的对面就是那种青蓝色的年代,就是颜如玉他们日夜生活的寂寞无比的乡土"。"颜如玉蓝色的身影出现在黄色的背景里,如同一个笔画简单的象形文字"。类似这样的文字在小说中触目即是,但它们并没有与故事融为一体,而是由叙述人直接提供的一种远距离的背景图画。这种背景的出现是叙述人视野中的直接存在,往往以第一人称传达。它是叙述者对晋北山区农村感受经验的一种提炼后的复现，是作家关于"农业岁月"的感受和理解的形象表述，与其说这背景是具体的，不如说是抽象的。因为这种背景不是故事发展中的某一个具体场景或农家院落的描写，而是一种"抽象"后的具象图形，具有了某种普遍意义和典型性，这种"农业背景"的绘制已经完全越过了传统写实小说中只是作为人物活动的具体场景并且有助于表现人物思想感情需要的景色描写的原则，而是从情节和人物的活动中独立出来成为作家状绘的审美对象，大胆而畅意地在小说中涂抹一种背景原型，这不能不说是吕新小说创作的独到之举。但遗憾的是，《消逝的农具》中由于作家对背景多用第一人称直描，而故事则是全知全能的第三人称叙述；背景是远距离的状绘，故事则是近距离的写实，这种叙述视角与观照距离的差异，导致了故事与背景的某种错位。除了颜如玉这位小学老师的行为与这种背景相谐调之外，其他几个人物的举动都与这种背景难以契合，人物的活动仅仅为背景存在的一个框架，除此之外，这个故事本身在这副背景画面上的意义甚微，甚至故事的骨架凸裸、动作性太大太显，破坏了这幅画面的整体感，造成了背景同故事的游离与分裂。

《农眼》《哭泣的窗户》《绘在陶罐上的故事》这三个短篇写得极为精彩。作品中有故事，但故事又不首尾完备。作家对故事中的人物也不作精雕细琢的刻画，而是将他们的行为状貌放在空旷的背景中点染。时间概念是确定的，但又是不确定的，往往是"许多年来""以往多少年""多年以前""那年"等等，写实而不执实，使背景与人物虚实相生，于浑厚苍茫中见出灵动韵致，映出一种历史形态和人生状态。《农眼》写无休无止地开了整整一个冬天的选"劳模"会。这显然是夸张，但这夸张在作家笔下取得了一种真实的形态。作家只通过晋北山区晚上农民开会场景的勾勒，透过一对对"农眼"看到了社员们心里的一种景色："无数过去的日子纷乱地重叠在一起，显出一种极其陈旧的颜色。大家观望着这暗黄的印象。"缺吃少穿,必然也缺乏女人,姑娘黑亮黑亮的辫子"将晋北山区抽打得碧空万里,一尘不染"。只剩下黄土、风沙、贫困、寂寞和饥渴。大队妇联主任喜梅为这晦暗寒冷、旷日持久的会议带来了一点暖色,为寂寞饥渴的男人带来一丝湿润。年复一年,日复一日,"经常有一些人悄悄地从土里来,以后又悄悄地回土里去。老天呵,你不能这样,多年来轮来轮去老是我们这些人。老婆糊糊涂涂地和我睡了那么多年,到死连个正式的名字都没有"。这是一种生存状态,也是"农业时代"的一种背景现实。作家对故事的叙述,使人物有效地溶化在晋北山区的整体背景氛围之中,以创作主体的感受和情绪覆盖着、推动着故事和人物,故事和人物又成为这种背景意向的烘托和点染。《哭泣的窗户》映照出农村青年曹碧清的命运,他的命运也不过是这"农业背景"中的一副素描。因为他出身于一个富农家庭,他就不得更早地失学,更早也更艰难地谋生。一颗哭泣的心灵附着在一种沉重的背景上。《绘在陶罐上的故事》里的故事是现实的情节,却像陶罐一样古老。没有爱的婚姻是那样合法合理,现实似乎是麻木的,历史也早已凝滞。在这样一种凝滞钝重的历史齿轮中,人,无非是在这齿轮缝隙中存在着而已,成为这古老历史背景的一种装点。作家对于"农业背景"的感受中漫延着纵深的历史情绪,在这背景中,人的存在和位置显得那样微不足道。人融化在背景之中,背景又体现着人的历史。我们从《社员都是向阳花》《草垛边暗红的或发黄的风景》《青草遮断他的歌声》等作品中同样可以感受到作家的这种背景底色和历史情绪。

中篇小说《葵花》的题记写道:"对于山区粮食、蔬菜,以及部分河流和农具的松散回忆。"作家像一个徒步于这种背景之中的漫游者,叙述了背景上存在的一些情节事象:困在车马店里的农民,指望麻袋里的葵花籽为老婆孩子换回衣物,但面对这里遍地金黄、丰收在望的葵花,愁苦不堪,绝望透顶;民兵排长死于美女在梦魇中的无度纠缠;小学老师死也甘心,却对这种"艳福"求之不得;老赵其实不老,他娶了一个颇有几分姿色的女人,却到矿上当工人去了,这是村长对他的"恩典",于是,村长就常常黑天黑地出没于老赵的院落,老赵的女人还为吱吱呀呀的门眶上涂了猪油,但老赵的父母却能准确地感到这种偷欢行为的进行过程。日月更嬗、斗换星移,在风烛残年的土墙下晒太阳打瞌睡的人也都陆陆续续去世了,山区的背景中缺少了一些"蜷曲粗糙的影子"。世道变了,家家户户的新瓦房刷刷长满了村子,"谁也管不了谁了"。村长也日渐垂老,往日的威风一去不返,为此他悲凄不已,只能对往日蹲在打谷场上为社员们分口粮的"热闹朴素情景怀念不已"。一些农具的名称和形状都已经模糊不清了,遥不可及了。另一些则如同挺拔直立的向日葵枝杆一样一直宁静而辉煌无比地悬挂在记忆的墙头上,那上面至今还依稀隐现着手的痕迹。在这篇作品中,作家表现了时间的迁延在现实背景上造成的某种物象的挪动和变化,但灵魂依然尘封,依然尘封于记忆中的历史和岁月。人的灵魂世界不过是一种背景的映象,也是背景的一种构成。这里的颜色固然沉重,但历史的要求总算在这背景上抹去了一些旧影,留下了一些新迹。《夜晚的情节》写一对老人晚上为年幼的儿子剥葵花籽的情景,把刘旺和老伴的寂寞、孤独及不无执拗痴迷的爱子之心表现得淋漓尽致,那黑瓷钵子里堆得冒尖的好像不是葵花籽仁儿,而是一份寂寞和爱,透过一个夜晚的一个场景,似乎可以看见这对老人结伴而行穿过的漫长孤独岁月。作家勾画的这个细节是具体的、写实的,却好像是一种深久的岁月和遥远的背景:"那些寂寞的岁月都从窗户外面不知不觉地流走了,剩下一些长成稀稀落落的树?日夜飘摇在空荡荡的山区里","两个老人无声无息地坐在煤油灯下萧瑟的光圈里,如两块年久发黑的石头"。《秋天的故事》写一个死了丈夫的农村妇女的境况,对婆家小叔子的恋舍和对娘家哥哥的挂念,她悲苦凄楚的身影投射在秋后山区荒芜苍茫的背景上,"视线内满是灰褐色的东西",她的命运与这灰褐色的背景融而为一。《太阳》写一个晚年得子的老农民在太阳下为小学老师刨趿自留地的情形、在石碾上推荞麦面的情形。他一遍一遍地刨着冒烟的干土，"头顶上的天圆圆的，像一口井"；他推了一圈又一圈，不知在磨道里走了多少年，"石碾闷闷地响着，像是远处的雷声"。他的女儿飞离了这块乡土，他总是站在村口了女儿，土路上总是一个人也瞭不见。他的身影就蠕动在这黄土之上，太阳之下。从这里看到的是副历史背景图画，苍远而凝重，太阳静静地照耀着，不知照耀了多少个世纪。

《人家的闺女有花戴》在吕新的小说创作中，是不多见的一篇故事完整、情节清晰的纯粹写实作品，叙述了"我"少年时一个同学王水一家人的命运。王水的父亲是一个地道的老实农民，穷困包围了他一辈子，他一辈子也没能突围出去。王水的母亲一年四季总是咳嗽，"瘦小的腰弯曲得像一张年久失修的弓"。王水的大哥王明到了当婚的年龄却娶不上女人，火烧火燎，焦躁不堪，暴戾成性，孤独地活了半辈子后惨死。而王水则在十四岁时就结了婚，这个女人大他七八岁，正是王明的对象，但她死活不嫁王明，要嫁就嫁王水。王水正在上学，不想结婚，更不愿和这个丑女结婚，他是一个出类拔萃的学生，怎能如此过早地结束幻想，给未来画上句号？但是，"人家的闺女有花戴，你爹我没钱为你买"，现在这个女的愿嫁你，又那么便宜，"打着灯笼也难找"，"丑怕什么？丑是家中宝，你一没钱二没权，好看的谁嫁给你？才子配佳人，炉渣配烂炭。你也不小了，人大了就得结婚。不结婚就会有麻烦。"王水在父亲的劝逼下，抗婚失败，结了婚，认了命。十多年之后，当"我"再见到童年的伙伴王水时，他已经是四个孩子的父亲了，一个地道的农民，过早地衰老了。那个聪慧过人的少年永远消失了，完全有可能摆脱这一背景而走一条新的人生之路的少年王水，便这样默默地被这一背景汪洋吞殁。这篇作品似乎是吕新仅有的一篇故事完整、人物鲜明的作品，虽然如此，但如果把它放在吕新的小说世界中，却仍然可以见出人物活动与故事发生的那种背景的存在,不过是那副背景中的一个特写镜头。

在吕新的小说世界中,始终存在着一道视线,背景正是从这一远距离的视线内生成。请看下面的句子:"我看见那片灰色的屋顶如同一本尘封多年的历书或民间故事"。"一节一节的黄色土墙像一些古书,寂寞无比地摊在那里,许久没有一个人翻动一下"。"那灰色的山梁是一种很重要的生活背景,坟墓连着坟墓,很难再分清那里面的人到底是谁了"。"地头边丢弃着一些颜色模糊的农具"。"眺望那些模糊的影子,形状各异的农具正在渐渐消逝"。锅中的日子,如同幽闭的岁月,混沌而无边"。"它构成了一个有关农业故事的全部背景和乡土风光"(《空旷之年》)。"回忆漫长的农业岁月,云彩稀薄,荒草遍野,木轮车缓缓地走着,鲜红的辣椒和对联一茬接替一茬,重复演义"。"多年的农具带着固定的形状日夜出没于无边的庄稼地里,构成了山中的一种风景"。"河面上飘满了农民粗糙的语言和弯曲的影子"(《消逝的农具》)。"我行走在昔日山区的陶瓷器皿之中。在我的视线之内,那些巨大的面缸、水瓮、年久的坛坛罐罐、面盆以及夜壶都无一不在保留着昔日的时光所赋予它们的种种颜色和形状"。"一些建筑和废弃的风物,运用自身残缺的形式删节着时光"。"时光在山区的磨道里缓慢而艰难地向前移动。这种移动的结果既看不见开头,又望不见结尾"。"圆形的日子,如锅似碗"。"最终,时间删节了一切内容"。"那些杨树,那些庄稼地,就是山区的地方色彩浓郁的农业故事"(《雨季之瓮》)。"时光汩汩,仿佛在倒流"。"山区的岁月忽明忽暗,幽闭而无边"(《山中白马》)。"远处的塬地里,有人正在犁地。只见人和牛,看不见牛在走"(《太阳》)。"画面中的庄稼十分稀疏,蔬菜寥寥无几。只有一些牲畜和农具徘徊、出没在农业的四周"。"河流从农业的四周缓缓流过"。"走进了一种十分虚幻十分宁静的农业背景之中"。"在无头无尾、两头茫茫皆不见的农业岁月里挥汗如雨"。"拖着一些粗糙如树的身体出门去眺望那遍野的葵花。"(《葵花》)。从以上这些随意撷拾的文字就可以看出,反复出现在吕新小说中的意象是窑洞、土墙、石磨、陶器、马车、打谷场、河流及农具等等,尤其是"农具"的意象,似乎是作为"农业背景"中的一个特定意象而存在。工具是人类生产能力的具体体现和标志,是人类的每一种文明的决定因素,也就是人类的历史阶段和文明形态的最根本的内在因素。社会结构、心理结构、伦理道德观念、价值取向与审美追求以及人们的想象力和行为方式等等,只不过是"工具"的一种曲折反映或隐形存在而已。因此,作家在《雨季之瓮》中写到:"对于工具的记录和描绘,将有助于进入某种视线。"也就是通过"农具"的意向进入"农业背景"这一视线,即进入对农业社会、农业文明以及生存其中的人的理解和把握。作家这样一种艺术思路应当说是有某种独辟蹊径意义的。吕新的小说所展示在我们面前的这副背景图画,无疑存在着由具体农具、器物、场景所构成的那种客观规定性,但同时渗透了作家主体特定的乡土情感和乡村情绪。农具在庄稼地里的出没、空旷的打谷场、石磨、土墙及土墙下晒太阳、打盹的人影等等,都是一种客观存在,但这种客观存在又似乎非常古老和遥远,天地都圆如锅碗,圆形的磨道如同圆形的日子,无始无终,幽闭、寂寞、混沌,原始的农具与模糊的身影相伴而生,劳苦而贫困,麻木而饥渴,从外在世界到内在灵魂都显出了一种荒凉、贫瘠、破败。这是一种现实存在,又是一种明火执仗的古老,有如年深日久而废弃的风物。因此,与许多乡土作家不同,吕新不是去有意渲染乡土农业背景中的那种人与自然的和谐,那种恬静安适的牧歌景致,而是独具眼光地捕捉到历史颓败的影迹,原始寂寞中隐含着的那种贫困、愚昧和饥渴。古老的背景和其中的灵魂总是不肯从时间和空间中消逝,虽衰败而犹存。作家在《消逝的农具》中写道:"有一道视线很荒芜,不知道是谁的。"这道荒芜的视线就是作家主体的一种历史情绪,从这"荒芜"中看到了一种纵深和古老,看到了一个时代、一种文明的历史遗迹的意味,虽颓败却赫然存在于人类当今新的工具(电脑)时代而难以消逝,其沉重就不言而喻。往日的辉煌迁延为现实的沉重。所以,这"荒芜"的视线背后正暗含着一种新的工具的参照。从某种意义上来说,这种背景正是乡土观念在作家精神上的一种投影,一种远距离的投影,也是主体对乡土现实一种远距离的情绪体验。这种投影和体验又是和作家的童年经验分不开的。童年的经验是一种永恒的记忆。

这种苍茫颓败背景的生成,还有赖于作家特殊的艺术感觉。吕新的小说,常常意象兀立,色彩斑斓,声响纷呈,佳句迭出。作家轻松自如的比拟、夸张和变形,使不同事物在主体联觉作用下呈现出一种互化的通感效果,强化了事物的特性、历史内含及主体的某种情绪。奇诡的想象,常带来一种意外境界,凝重的背景中仿佛又飘荡着某种灵动的神韵。但是,吕新又常常显得过分依赖这种感觉和想象的铺张扬厉,太偏倾变形夸张所产生的效果,不仅致使同一意象、句式的重复,而且变形夸张也常常脱离客观的可能性。《带五个头像的夏天》中不乏梢彩笔墨,但整体看来,作品意象过分阴森神秘,象征过于晦涩。意义也就消解于那冥冥的怪诞之中了,梦幻与变形也就失去了真实的依据。人物始终像影子一样游来荡去,并没有注入多少审美意义。

在本文结束之前,还得涉及一下吕新的叙述行为。除了《圆寂的天》《人家的闺女有花戴》等作品外,吕新的叙述很少严格写实,绝大部分作品是在一种舒缓散漫的叙述中完成,不讲求故事的完整和情节的连贯,使背景意象与写实笔墨有机地融合起来,不执实也不逞意,虚实相间,浑然一体。但是,这种虚实的关系在吕新的创作中并不是每篇作品均能处理得十分得当,而在有些作品中,总觉得有一个故事骨鲠的存在,显得很不和谐。实际上吕新还是太胶着于故事本身了。他虽然不讲求故事的顺序与完整,但实际上很注重故事,只是将故事处理得迷离恍惚,以取得一种叙述的弹性效果。所以,中断与空白、倒置与交错,叙述人称与角度的频繁转换,奔突转捩,也常常造成意象营造与故事叙述的游离错位,而且露出了故事叙述中为了追求迷离效果的刻意匠气。如《手稿时代：对一个圆形遗址的叙述》，故事被切割得支离破碎，不仅失去了叙述过程的弹性，反而滑向了四分五裂的边缘，《山中白马》及《消逝的农具》等作品也程度不同地表现出故事叙述中的匠气。我之所以欣赏《农眼》《哭泣的窗户》《太阳》等精致短篇，就在于它们既凝练又散漫、既虚旷又充实，没有那种人为的迷离玄虚的故事骨鲠的格涩，显得朴拙自热，似行云流水，浑然天成。吕新的艺术想象，驱驰奔突，飘惚翻飞。独特的感觉与联想能力使作品盈溢着一股灵气、一种悟性。我从吕新的小说中读出了一种背景主体。也许这恰恰是对作品的误读。但将错就错，如果这种误读仍不失读解的依据。那么，如何使这种背景主体中包含更丰厚沉实、纵深幽远的历史内含和美学价值，仍然是需要作家进一步琢磨的问题。

选自《小说评论》1993年第2期

文人情致与现实关怀

——读王祥夫的小说

段崇轩

一

走进王祥夫的小说，你就像观赏一幅一幅的中国画，如宋代张择端的那张名画《清明上河图》，如明末清初弘仁和尚的《雨后春深》……构图开朗散漫，却气韵浑然，自成一体；作品也许有一个重心，但那重心是巧妙地镶嵌、融化在悠深广大的背景中的；散点透视式的布局中，一景一人一物，都被描绘得那样工整、传神，看似无关的细节，有时突然被作者放大、强化，待你读罢作品，才领悟了那细节的妙用，或许它正是整个作品的"文眼"；祥夫所选取的题材往往是很现实的（特别是近年来的作品），传递出浓郁的时代气息和作者的忧患意识。但在作品的细部、背后以及整体色调上，却又让你深切地感受到一种文化的底蕴，古朴、雅致、宁静……丝丝缕缕飘逸出作者的一种文人情致和审美趣味。

王祥夫曾说过他在青年作家中是一个"异数"。有评论家称他首先是一个文人、一个文人型的作家。在王祥夫这一代作家中，由于历史的原因，文化匮乏已成为难以补救的缺憾。但王祥夫却因了家庭、父辈的熏陶,自身的好学勤勉,奠定了较厚实的文化基础,形成了独特的审美情趣。他读书甚多,游历很广,琴棋书画无不喜爱,养花品茶亦颇精心。特别是古代的诗文、话本、笔记小说,鲁迅、周作人的作品,乃至佛禅文化,于他都有着特别的偏爱和深刻的影响,并在他的创作中很自然地流露出来。王祥夫是一个有着一定的文化素养和文化资源的作家,保证了他旺盛的创作潜力和生命力。他经历了从新潮走向现实主义的创作历程,但他笔下的现实主义,却已经过了他的全新改造,现实题材、现实问题同文化意蕴的有机结合,可以说是王祥夫创作的一个鲜明特色。时下,现实主义的又一次轮回来势蓬勃,但我们却又清醒地看到,回潮的现实主义中,有一种浮泛的就事写事的倾向,原因就在一些青年作家缺少足够的文化资源。王祥夫作为当前现实主义潮流中的一位重要作家,他的那些具有文化意味的现实之作,显示了独特的价值,呈现着别一种风采。

小说、散文、评论三种文学样式,王祥夫轮番操作,游刃有余。但他的主要成绩,无疑在小说和散文两方。他的散文大多描写的是他的所经、所见、所感,譬如他的游历随感、书斋生涯等等,是真正见性情、见学识的创作,儒雅、空灵而有趣味,是他内心世界的写照。而他的小说创作,则"入世近俗",多取社会现实生活为表现对象,社会的腐败、人性的扭曲、弱者的无助,都在他的视野之内,表现了他作为一个知识分子、当代作家的社会良知和人间情怀。在散文中,是一个感性的、自我的王祥夫;在小说里,是一个理性的、社会的王祥夫,恰好表现了作者精神世界里的两极状态。但这两极状态又不是互为隔绝的,他的个人情致和审美趣味往往制约和支配着他的小说创作,这就使他的创作多了对现实事件幕后和背景的思考与展现,多了对民俗、历史、文化的瞩目与描述,使一些简单的现实题材平添了一种文化韵味、文化背景。

二

王祥夫曾经坦率地说过："说心里话，我并不喜欢农村，之所以总写农村的事，是因我无法摆脱农村，也许，所有的中国人都无法摆脱农村，更也许所有的落后国家和发展中国家都无法摆脱农村。""我一直在想我的小说和我笔下的人物更应该在特定的社会制约中，表现超越制约的生命情致，但我总是为现实生活中的种种让人着急的现象迫使自己的小说呈现出'新闻'的色泽。或者，我近年来的小说和我许多朋友近年来的小说只是一种'问题小说'。我对'问题小说'始终保持着一份崇敬。因为，有人都没有谈问题的勇气。怀疑、问题、质问，是一个作家形成自己独立的艺术世界的必要前提。"（王祥夫：《小说与农村》,《山西文学》1996年第10期）作家的这番坦白，表现了他创作思想中的深刻矛盾。作为一个城市的儿子，他并不喜欢农村，但农村和农民问题在中国社会中的特殊位置和重要意义，使他以及无数的或城市或农村出身的作家，都无法摆脱农村的巨大引力。正是这种不由自主的选择，使王祥夫同农村保持了一种很紧密的联系，先是参加工作伊始就不断地跑农村，并结识了许多村里的朋友，后来又以作家的身份挂职乡镇体验生活。农村已成为他的人生舞台和精神故乡，其位置、分量甚至已超过了养育他的城市。从审美趣味上看，王祥夫自然喜欢那种可以充分体现人的"生命情致"的纯粹、雅致的艺术。而现实生活中那些"令人着急的现象"，又常常周扰、逼迫着他，使他不得不匆匆拿起笔来，把自己的创作融入眼前的现实生活中。我以为王祥夫的这种创作心态，与山西几代作家的现实主义创作传统的深刻熏陶不无关系。换一种创作氛围，他的创作就很可能是另外一番样子，其实他在审美上更接近叶兆言、苏童等作家。

敏锐地表现"当下"农村变革生活中的"焦点"问题、微妙变化、潜在矛盾等等，是王祥夫近年小说的一个引人注目的特点，也是他的小说走向突破的一个主要因素。在《早春》中，因为假稻种的问题，农民与政府之间发生了剧烈的冲突，甚至导致了一场人命案件。作品尖锐地揭示了一些政府官员，为了个人私利而不惜坑农害农的腐败行为，表现了农民无奈之下的盲目反抗，其主题是令人震惊的。在《雇工歌谣》里，作者独具慧眼地洞察到了"东家"与"雇工"这种新型的人际关系之间的微妙心理与位置的变换，展现于农民在社会转型期"精神与心理层面上遇到的顽固障碍"，真实地记录了"家庭"作为一种新的生产关系，在经济秩序中的独特作用。作者在小说中所表现的，是一个崭新的时代课题。《太阳下的村庄》反映了农村基层政权的瘫痪状态，以及下级为应付上级检查而有意"制造"的弄虚作假现象；上面号召搞外向经济，马庄一筹莫展，最后竟想到让人贩子贩来的"四川女人"们出谋划策，并把他们集中到乡政府去"专门训练"，以迎接市里的检查。检查终于告吹，村里和乡里的精心策划只落得劳民伤财。如此弄虚作假，真是令人啼笑皆非！《腊月谣》描述了乡政府在社会转型期间的人心浮动与艰难处境，以及同农民企业家之间既互相利用又互相对峙的社会现象。那位经营小煤窑的农民企业家，财大气粗，竟把乡政府、乡领导都不放在眼里，向他借款，他总要斤斤计较，讨价还价。他的粗野、狡猾、狂妄以及野心，十足地显示了一些暴发农民身上的国民劣根性，是一个令人深省、具有警示意义的人物形象。《乡村事件》中的罗树叶，一个温顺、善良的农家少妇，她无辜而悲惨的死亡，只是因了乡派出所一次稀里糊涂的"误抓"，因了公公、丈夫、哥哥等决然地要让乡里说个"清楚"的固执行动。一个女人的生命竟如此被葬送，那么杀害她的凶手究竟是谁？作家满怀忧愤，提出一个惊心动魄的追问。如上所述的作品，充分表现了王祥夫观照生活的敏锐性、洞察力，和他对现实生活的批判勇气和忧患意识。但我们又看到，他对现实的关注与忧患，依然是一种城市人、文化人的眼光和态度。这就使他的作品多一种尖新和从容，同时也少了一些深切和执着。城市儿子的王祥夫,注定了他同农村、农民之间的心理文化距离,这种距离成就了他,使他对农村葆有一种新鲜感、敏锐感;但这种距离又局限了他,使他对农村的感受和把握,难能"入木三分"、深厚广大。

有意思的是,祥夫在他的小说中提出一些很尖锐的社会问题,但他却并不想展开和回答这些问题,而是笔锋一转,就把他的问题化解到了人物身上,譬如人物的命运、心理以及人际关系上,把社会问题转换成人的主题,这是王祥夫既聪明又艺术的一个"绝招"。深刻而艺术地把握宏观社会,对王祥夫来说是"狗咬刺猬",难以下口的,因此他只能虚晃一枪,扬长避短。譬如在《早春》中,作家用很少的篇幅,插叙了农民同政府的冲突后,就把小说的重心完全转到那个代弟坐监的哑子身上。哑子听不懂、看不明这个世界,但他却是一个纯朴、勤劳、善良的"好后生"。他用一颗爱心对待这个世界,但他却不得不为他的弟弟、他的家庭,以及整个社会去做一只替罪的羔羊。小说实际上展示的是无辜的哑子的悲惨遭遇,但我们在为这个故事悲痛的时候,却会时时感受到这一幕悲剧的背景的存在。再如《雇工歌谣》里,作家提出了家庭这一新的生产形式中,"东家"与"雇工"的关系问题、剥削问题等等,但作品并没有缠绕在这些社会问题上,而是深入到了刘宝堂和张美军这两个主要人物的心理性格中去,展示了作为老一代农民刘宝堂在历史转型期间的心理障碍和这种障碍的突破,以及张美军这一外地的"打工仔"怎样使用心计和手段,挤进刘庄,并由雇工转变成东家。刘宝堂与张美军的对峙与较量,实际上是两代人、两种人之间的价值观、文化观的冲突。又如《乡村事件》中,作家揭示的本来是农村妇女的人权问题,但作品浓墨重彩描绘的是罗树叶的悲剧命运,让读者从人物的悲剧中去咀嚼、去沉思……

王祥夫特别擅长描写小人物、弱者,特别是女人的悲剧命运。在这些人物的悲剧中,往往蕴含着深刻的社会原因,如哑子、罗树叶等等。在他早期的作品中,这种创作倾向就已十分明显,如《西牛界旧事》中那位出身贫寒、眼有残疾，但却有着惊人的生存能力的瞎貉；如《永不回归的姑母》里那个为了全村的生命而不得不"献身"、最终却被村人甚至亲人唾弃的姑母；如《沙棠院旧事》中因做过妓女最后弄得众叛亲离的王妈；《初雪》中因面貌有缺陷被社会和家庭冷落的豁儿等等，他（她）们在广大的尘世中背负着沉重的人生"使命"，但却因了他（她）们自身的软弱、残疾，他（她）们往往要遭受不公正的伤害和悲剧命运。这悲剧不是来自他（她）们自身的性格，而是来自腐败的社会现象、陈旧的文化伦理、自私冷酷的人心人性……王祥夫以一颗纯真的同情、怜悯之心，表现了这些小人物的遭遇和命运，鞭挞了社会的不平和人性的扭曲，寄寓了一种深广的人道主义精神，从中我们可以倾听到十九世纪批判现实主义作家（如托尔斯泰、屠格涅夫）以及鲁迅先生的悲悯心声。我以为，王祥夫在表现小人物的命运上，情动于衷，委婉有致，十分出色。但由于他只从人物悲剧的外部环境去寻找原因，而忽略了人物悲剧的自身性格因素，因此就削弱了悲剧应有的力度和深度，同时也使他笔下的人物形象显得模糊、空泛甚至类同，给人一种服装模特的感觉。可以说，王祥夫至今还没有塑造出一种坚实而又富有个性——称得上"典型"的人物形象，这是不是同他太注重现实问题、社会环境的创作思想有关呢？

三

其实，王祥夫小说更值得关注和研究的，是他作品里那种带有文化韵味的背景描述。他以一种文人的心态，走进偏远、古老的晋北农村时，带有原始形态的乡村，赤裸裸地展现在他的眼前，古怪的村名、苍老的房舍、悠久的传说、奇特的风俗以及农民们亘古不变的生存状态……都使作家感到新鲜、惊讶、神秘，乡村以一种巨大的魅力和神奇的力量感动和吸引着他，他在这广大而荒凉的世界里读出了历史、读出了民俗、读出了文化……，他在这里流连忘返，细细品味，长久地思索，其实他已痴迷上了这块魔幻般的晋北黄土地。而当这些进入他的小说，就变成了一幅宽广的背景，这背影散散漫漫、宁静淡雅，像一幅国画。在王祥夫前期的小说中，有很多篇笔记体的乡村小说，它们在写法上极为自由灵动，更富有散文的特色。这些小说几乎没有一个贯穿全篇的中心情节，而是一些琐碎细节构成了一幅幅乡村图画。作家靠什么来统摄全篇呢？靠叙述语言，靠作品中的色调。

《好岽杂录》可以说是一幅带有民俗学、文化学的好岽村素描画。小说先从好岽村在像草履虫一样的山西地图上的位置写起，接着写了地名的变迁、村落的形状、院落的构成以及窑洞窗户上的剪纸窗花。自然要写到这里农民们的生存、民情风俗等等，特别是关于青年人结婚之夜，要拿"女儿招"示众以证明那女子"货真价实"的风俗描写，更是细致入微，生动传神。我们在作者漫不经心而又绘声绘色的讲述中，渐渐沉入一个古老、奇特的乡村世界中。如果让一个民俗家听了，他一定可以听出更多的历史和文化来。此外如《油饼洼纪串》《扁村笔记》等，均属于这类民俗小说。《城堡乡村》是王祥夫乡村小说中的一个独特篇章，具有很强的象征意义。全篇以第一人称展开叙述，舅舅沉浸在姥爷悲壮而辉煌的历史中，姥爷曾经在内蒙古草原上艰苦创业，拥有了大片土地和上千匹马，最后却悲惨地葬身西草地。舅舅酷爱那匹老红马，把祖传的玉镯、戒指同父亲的骸骨一块埋葬，固守在沉闷、贫穷的城堡里不肯迁移，其实他固守的是那已逝的古老历史。而姥爷、舅舅的后代们，却早已忘却了祖宗的光辉历史，也不再留恋那座破败的城堡，他们甚至掘开祖坟，盗出玉镯、戒指换成钞票肆意挥霍。作家是怀着一份崇敬和哀悼之情，表现了一代农民壮烈的创业历史和现代人对历史无情的背叛。我们可以把这座城堡看作乡村——历史转型期中国农村的一个象征性背景。

近年来，王祥夫逐渐强化了他的小说中的现实内容，作品中有了一个富有现实意义的中心情节，小说的结构也变得严谨有序多了，有效地加强了他的小说的现实感和可读性。同时，他依然发挥着自己的艺术优势，在这种现实小说中穿插或融入一种文化背景，使他的小说既有了层次感，又平添了文化味。坦率地讲，王祥夫对现实的表现并不比他的同代作家高明，他的独特之处正在于他作品中的文化背景的展示，文化背景同现实题材的有机组合，才使他的小说具有了独特的韵味。

《棉花》就是一篇既有前景又有背景的典型例子。小说的前景——现实事件是胡子村村民齐了心拒绝上交棉花，尽管采用了小学生身上做文章的招数，但村民依然同村里、乡里僵持着。在这一松散的事件的推进中，作者插入了大量的背景描写，由村民喜欢的戏文、民歌中，点出了棉花在人们心中的重要位置，胡子村历史上的"英雄人物"，村民们"法不治众"的集体意识，村子里听窗户、唱民歌等民风民俗……从这些背景描述中，我们又可以强烈地感受到这是一个古朴、愚昧、强悍的民间乡村社会。在这样一种社会土壤和背景上，村民拒交棉花的现象就自然不难理解了，背景实际上构成了对前景的形象注释。再如《小鼻村纪事》中，中心事件是小青年万文化粗暴地"扳倒"了小春姑娘，后来竟因祸得福、又祸由福生的一个悲喜剧式的故事。而围绕这个故事却镶嵌了许多细节，如小鼻村村名的由来，好胜斗狠的民风，种麻豆的仪式，结婚的独特风俗，村里常年不断地抓马鸡、偷砍树、打群架、扳女人事件……还有那位岳乡长，常端着一副官架子，但一遇到棘手事情，就求助神灵，用铜钱打卦，万文化的一福一祸，竟都是岳乡长打卦打出来的。所有这些细节，构成了一幅悠深的文化背景，即中国偏远山村一种永恒不动的原始生活状态，尽管这故事发生在20世纪90年代。在这样一种生存和文化环境中，万文化们的人生命运就必然是变幻莫测、无力自主的。作家把人生的一个偶然事件，放在一种文化背景上去展示，就折射出了丰富的思想内涵。

在另外一些小说里，作家则采用全景式构图方法，表现农村变革时期各种人物的生存状态以及追求与奋斗，各种人生观、价值观的冲突，现代生活方式和观念在平静的农村激起的层层涟漪,乡村企业给农民带来的实惠与不安……这类小说有《玉山河》《乡里》等。作家已不再满足于表现那种静态的乡村文化,而要努力把握变革时期的动态乡村文化。但后者表现起来显然要困难许多,因此在《玉山河》《乡里》等小说中,作家对作品意蕴的把握就显得力不从心,作品的情节结构也不够完整和谐,作品的色调也难以统一均匀,表现出作家对变革中的乡村文化的陌生与困惑。

四

细读王祥夫的小说,你常常觉得作家在创作时又像是"揉面团",揉得潇洒自如,随心所欲,花样翻新。他可以用不同品种的面粉,做出各种食品,还可以用一种面粉——譬如白面,跟着自己的兴趣,揉出多种样式,譬如馒头、花卷、元宝、如意,以至大个的枣山……王祥夫是一个做小说的"好厨子"。

王祥夫"揉面团"式的创作能力,源于他宽广的文学视野和对小说文体的潜心探索。譬如在《好岁杂录》等一系列笔记体小说中,他借鉴、融化了古代话本小说、笔记小说以及古典和现代散文等多种表现方法和手法,形成了他独具一格的笔记体风格。譬如《对一例梅毒病患者的调查》《非梦》《城堡乡村》等作品里,又明显地可以看到他对西方现代派文学以及中国新潮小说的有意识靠近,运用了大量时空交错、多线结构、象征性等表现手法,"豪华落尽见真淳",现在他又回归到现实主义创作的路子来,但他手中的现实主义,绝不是那种传统的、保守型的现实主义,而是融汇百川、返璞归真,形成了他自己的创作路数。古典小说的白描手法,赵树理开创的"山药蛋派"叙事方式,倒形成了他目前创作的基本手法。一个作家,只有领略和把握了各种文学流派和文学手法,面对散乱、混沌的生活素材,他才能心物交融、寂然凝虑,"入乎其内,出乎其外",创造出一种融主观与客观为一体的艺术品。同时,王祥夫"揉面团"式的表现能力,又源于他同生活、特别是同农村生活的审美距离。作为一个城市人、文人型的作家,他虽然关注农村,对农村有一种忧患意识,但他毕竟不是农民的儿子,对农村和农民的感情难能刻骨铭心。因此,他的关注和忧患,就往往带有形而上的意味,更具有一种审美特征。因此当他得到一个生活题材时,他完全可以按照自己的审美趣味,平静而耐心地打量那一件生活材料,反复地琢磨、试验怎样去使用、改造它,把它制作成一件什么样的艺术品。正是这种审美心态,使他的作品多了一种从容、雅致和趣味,自然有时也给他的作品造成一种"玩文学"的感觉。

这里我们还要讲到他的那些现实题材小说。在这些小说里,既有一个基本情节,又有一个很大的社会、文化背景,二者看似没有直接关系,你可以很轻易地把它们剥离开来,但实际上它们唇齿相依,是有机的一体,显示了王祥夫一种巧妙的糅合能力。如《另一种玩笑》里,前景情节是一个到乡里挂职的机关小干部,怎样表现自己、摆架子,甚至用一种小聪明报复乡党委书记。而背景是乡政府杂乱无序的工作状态和人与人之间的钩心斗角,而那位小干部的一切小聪明都逃不过乡书记的眼睛,倒常常被书记巧妙地利用。前景和背景的对比、糅合,显示了那位毛头小干部的虚荣和可笑,表现了基层政府外在的杂乱无章和内里的深不可测;一个年轻干部要认识和把握基层生活,其实并不是那么容易,中国的底层社会,同样是一湾深海。再如《早春》《棉花》《乡村事件》等小说中的社会、文化背景的展示,与前景情节的安排,都处理得颇具匠心。前景情节往往浓缩着社会矛盾、现实问题,而背景中则蕴含着文化积淀与历史传统,经作家的机智组合,就使现实与文化、现实与历史有机地交织起来。

用讲故事的方式组织情节、构筑小说,也是王祥夫喜欢的一种创作方式。作家特别乐于以一个说书人的姿态出现在作品中,这就无形中使作家与生活素材之间拉开了审美距离,给作家的讲述带来了更多的主动性,作家的艺术趣味也会在作品体现得愈加充分。如《非梦》《好崽杂录》《油饼洼纪事》《扁村笔记》《竹坡纪事》《棉花》《小鼻村纪事》等等,都采用了讲故事的写作方式。譬如《非梦》,是写"文化大革命"武斗中,某地发生的人吃人(所谓"腹葬")的惨烈事件的。故事从现在讲起,讲那场事件留给人们心灵上的阴影以及一些蛛丝马迹,然后才逐渐地把那场事件一点一滴地抖落出来。整个故事扑朔迷离、线索纷杂,细节迭出、布满悬念,但又大开大合、井然有序,充分显示了作家在结构、驾驭故事上的创造性能力。更让人惊叹的是,那样一个恐怖、惨烈的故事,经作者从容、机智的讲述,变成了一段悠远、虚幻的往事,化解了事件本身的"血腥"味,变得更加意味深长。这正是审美距离升华出来的独特艺术效果。在《好尜杂录》等一系列笔记小说中,作家不仅充当着一个说书人的角色,同时也是一位民俗学家,他给我们讲那些天荒地老的小山村,讲农民们最日常最琐碎的世俗生活,讲讲停停,不断插进一些"楔子"、考证以至笑话,雅起来让你肃然起敬,俗起来叫人捧腹不止。他不断地用说书人的口吻插言:"这和故事又有什么关系?""这近乎于胡说不是?""这便有了下面的故事"……亲切平和、娓娓道来,把我们引进了一个个古老、苍凉、贫穷但却有着神奇的传说、悠久的文化、生命的躁动的乡村世界,这是一种真实的民间乡村社会,同时也是王祥夫文化视野中的农村图画(当然,王祥夫的小说中还有另外一种变革中的农村世界,如《玉山河》里的窑峪村,《雇工歌谣》中的刘庄等)。不过我觉得王祥夫有时讲故事的"瘾头"太浓了,一个故事要编造出二三个开头来,要演义出三四个结尾来,不是不可以这样处理,而是要看故事本身、生活本身有没有这种必然。凭着兴致随意设置,卖弄一种专业化的"揉面"技术,不仅会给人造成一种"玩文学"的感觉,更会损害生活本身的自在性,不知祥夫君以为如何?

选自《上海文学》1997年第7期